大湖儿女

陈进 著

南京出版传媒集团
南京出版社

图书在版编目（CIP）数据

大湖儿女 / 陈进著 . -- 南京 : 南京出版社，2022.12

ISBN 978-7-5533-4017-3

Ⅰ . ①大… Ⅱ . ①陈… Ⅲ . ①长篇小说 - 中国 - 当代 Ⅳ . ① I247.5

中国版本图书馆 CIP 数据核字（2022）第 234444 号

书　　名　大湖儿女
作　　者　陈　进
出版发行　南京出版传媒集团
　　　　　南 京 出 版 社

社址：南京市太平门街53号　　邮编：210016
网址：http://www.njcbs.cn　　电子信箱：njcbs1988@163.com
联系电话：025-83283893、83283864（营销）　025-83112257（编务）

出 版 人　项晓宁
出 品 人　卢海鸣
责任编辑　李雅凡
装帧设计　张　淼
责任印制　杨福彬

排　　版　南京新华丰制版有限公司
印　　刷　南京京新印刷有限公司
开　　本　787毫米×1092毫米　1/16
印　　张　23.25
字　　数　375千
版　　次　2022年12月第1版
印　　次　2022年12月第1次印刷
书　　号　ISBN 978-7-5533-4017-3
定　　价　68.00元

用微信或京东APP扫码购书　　用淘宝APP扫码购书

大湖儿女

清澈的爱，首先献给生我养我的故土。

——作者

人生在平凡与跌宕之间闪烁着宝石的光泽（代序）

十　品

我一直认为能够代表一个国家和地域文学水准的一定是长篇小说。而长篇小说的功能又决定了其在文学中的价值和地位。当我读到淮阴本土作家陈进历时十余年写出的长篇小说《大湖长歌》的时候就非常兴奋地肯定了淮阴地区的文学创作上升了一个新的台阶。这才过去两年，陈进竟又写出了《大湖风云》和这部《大湖儿女》两部长篇小说，先让他的“大湖三部曲”走进文学创作的殿堂，以检阅一个作家和他所在地域的文学成色和水平。

我是陈进这几部作品的第一个读者，也是第一个感受到他作品里扑面而来的农村乡镇的气息，以及作品中人物的生死恋情、缠绵纠葛和质朴淳厚的写真形象。他的长篇小说写作开始进入佳境了，从一个起点走向另一个起点，三部作品形成三个台阶，不断向上，不断提升，成为一个可以作为参照的标杆和导向。我细致地读完了《大湖儿女》，我被一个用心写作的基层作家的精神风貌感动，从他的作品中深深地感受到他是多么热爱他生活的这片土地；他是多么熟悉这片土地上生活的饮食男女们；他是多么了解理解那个时代的风霜雨雪和雷鸣闪电。歌德说过：作家是时代的秘书。能将一个时代记录于笔下，并成为时代的不可多得的历史文本，这就该是长篇小说的功绩吧。我看到的《大湖儿女》正是具有文学的魅力和记录的潜质的成果，我将“所看到的”以这篇代序的方式做解读，也算是给更多人做个“指示牌”，引发更多人意想不到的收获，抑或点亮更多才华出众者的无限联想。我的解读可能会带有我个人的观点，但发现和评析依然是我解读这部长篇小说《大湖儿女》的态度。我从以下两个方面切入解读这部作品：

首先是枝繁叶茂的大树与普通叙事的传统

《大湖儿女》的故事依然发生在苏北淮阴的天鹅湖周边地区。故事结构是以朱守正为主线的一家人的生活故事，主要描述他的一个女儿朱琴，三个儿子朱聪、朱明、朱玉的成长、学习、爱情、事业、奋斗的过程，时间跨度接近半个世纪，容量大，故事曲折，人物鲜明。真实地叙述了这一地区几十年的发展、变化、进步和矛盾的演进史。作者在文中非常细致准确地描摹那个时代，尽可能地将那个时代曾发生过的事件与作品中人物命运相契合，为我们还原和再现了苏北农村的人文环境与生活场景。比如“赤脚医生”“乡公所”这样的称谓和“集体食堂会餐”这样的乡村事件似乎比较陌生，甚至已经与我们渐行渐远了，但那个时代留下的印迹正是与那一代人命运攸关的节点。因此，作家的思考不仅仅落脚在描摹和呈现那个时代，而更重要的是为那个时代保存下真实的影像，也保存着艰难岁月的坚守、困惑和反思的空间。

朱守正是长篇小说《大湖儿女》中的主要人物，出身贫寒，早年丧父，母亲改嫁。他与哥哥成了实际上的孤儿，曾经乞讨度日。15岁时虚报年龄参军，走进了人民解放军这个大学校，直到退伍，他已经成长为“能写会道的小秀才了”。回到家乡，朱守正竭尽自己所能，尽心建设家乡这片古老而贫穷的土地。他先做了生产队长，又干上村会计，由于成绩突出又升任了红星村的村党支部书记。之后，又调任农工部组织的县工作队队长，任务结束后，调任三城乡公所任副主任、主任。随着县乡体制改革，转任为镇长。最后一站调任县文化局长，直到退休，回到天鹅湖畔颐养天年。纵观朱守正的一生，是在共产党领导下的社会主义新农村中成长起来的普通基层干部。他的每一次调任和升迁都与他努力付出、德行兼备有关。他就像是一棵树一样，从小开始成长，遭遇过风吹雨打依然坚强不屈。肩挑重担以后依然初心不改，积极肯干，勇于担当，为人诚恳，克服困难，廉洁勤勉，是典型中国农村广大基层干部中的代表和缩影。

朱守正作为一棵树的象征，根植于天鹅湖畔这片丰饶的土壤中，汲取营养的同时又反哺于这片土地。他的形象正面，性格正直和胸怀坦荡，为人处世都是那个时代的形象代表。朱守正是大树的主干，是小说结构的主线。他的子女都是枝干，分成四枝，向四个方向生长，延伸生出四条副线，依然是枝叶茂盛，各有千秋。四个子女在叙事写作的铺展上都是副线的中心，并不断编织进往来纠葛的细节之中。树干之间血脉相连，茎叶同源，是中国广袤大地上千千万万棵大树中的典型代表。这棵树普通、真实、具体、生动，虽不一定有完全相同的枝叶，但一定会有相似的遭遇和风雨历程。这棵树所具有的象征意义永远不会停留在一棵树的本身价值上。文学艺术的最高境界是“来源于生活而高于生活”。典型事件中的典型人物，就是“高于生活”的艺术形象。长篇小说《大湖儿女》在写作实践中正是以此为目标而定位作品架构的，是一部理想主义现实主义的传统作品，是一部在艺术上超越了《大湖长歌》而成为作者代表性的作品。是一部描写中国农业农村在国家工业化转型期社会变革和人民生活状态的真实作品。

其次是细致流淌的故事河与平凡人生的励志篇

进入长篇小说《大湖儿女》就如进入了一条一直流动而从不间断的河中。小说本就是叙事文学，叙事的基本功能造就了小说可以大开大合，纵横四海，谈古论今，拷问人性，褒扬真善美，鞭笞假恶丑。从有限的文字空间里，发现和创造小说家脑海中的世界，并完成塑造和成型文化艺术的形象。叙事学的一个基本原则就是“带入感”，当阅读者被叙述者的故事情节完全“带入”其中，就会产生与故事中人物“同呼吸共命运”的感受。这也是许多小说希望达到的效果。《大湖儿女》中有许多故事情节极具渲染效果，仔细品味，是在两个方面的有效发挥才达到现在的效果。一是“细致”。细致描写事件、细致描写人物、细致描写物品、细致描写事件过程、细致描写心理活动。事无巨细，细入毫芒。在叙事文学中这样描写不多，甚至似乎忽略了选择的概念。这样的叙事效果比较有特点，但无从对应命名。在绘画界倒有一个名词，称之为“照相写实主义”，我看陈进的这种特有的叙事方式也可以此称之。二是“励志”。人物塑造是小说能否成立的主要因素之一。在《大湖儿女》中主要人物还是给人留下深刻印象的，像朱守正的形象和性格，鲜明、突出。更突出的是他的四个子女，每人都走了自己的路，而每人都表现得信念坚定，努力向上，励志冰檗，是一代人的典型代表。女儿朱琴性格温柔而坚毅，买下水泥厂创业，最后回到天鹅湖投入新农村建设；长子朱聪为人正直，作风正派和勇于担当，工作从基层乡镇做起，一路晋升到县级领导岗位，支援边疆建设更展现他远大的抱负。次子朱明参军从戎，保卫祖国，立功受奖后荣归故里，以一个普通者的身份参与家乡建设。小老巴子朱玉，从小就很聪明伶俐又具绘画天赋，但其以后的人生道路却走得不同寻常，也充分表现了他的个人魅力和特性。另有一位是作者着墨颇多的陆霏霏，她的形象如尚未开发的宝石，晶莹剔透，青涩初露，是一位有着清新气质的女性形象，她的人生和心路历程留有时代烙下的深深痕迹。他们在现实生活中平凡而真实，不甘于现状又不屈服现实的种种压力，他们通过自己不懈的努力，在不断的进取中获得自己的人生价值的最大体现。这些也就是这部长篇小说《大湖儿女》的最大意义。

在捧读《大湖儿女》的过程中，我的眼前常常跳出路遥的《平凡的世界》中的场景和人物的影子。我感觉到，这是一种传承和文学精神的延续。作家陈进的写作道路还很宽广，以他现有的生活积淀和写作储备，创作出更优秀的作品是一定的。我觉得他的“天鹅湖”就如徐则臣的“花街”，严苏的“小孟庄”，福克纳的“约克纳帕塔法县”和马尔克斯的“马孔多镇”一样，从一个地理概念变成了一个文学概念,成了长篇小说言说的“精神家园”。

我带着八月盛夏的热情，期待着他的“下一部”作品的问世。

2022年8月15日

古盐河边

十品：中国作家协会会员，中国文艺评论家协会会员。出版诗文集有《十品诗选》《一个人拥抱天空》《穿过时间的河流》《且看菊花开放》等十二部作品。

一

农历十月，拂晓。

苏北地区淮阴天鹅湖上空漆黑一片，冰冷寒彻，一点星光都没有。湖面上寒风呼啸，像是有看不见的巨人站在半空中挥舞着硕大的棍棒似的，发出一阵阵瘆人的“嗷、嗷、嗷”声，像狼嚎，又像是鬼吟，恐怖、阴森，让人不寒而栗。

离湖岸不远处，有一个普通的小村庄。

天还没有亮，这个只有三十多户人家的小村庄还沉睡在浓浓的夜色中。周围的一切都显得那么宁静、安谧，听不到人声，甚至连一两声犬吠都很少听到。只有那一阵阵寒风打着口哨从村子的西头向东头窜去，偶然还会从一些农户家没有关严的门缝和窗子里钻进去，打个旋再跑出来。村庄头顶上的天幕黑黝黝的，见不到一丝星光，此时，铅云四合，彤云密布，一场即将到来的暴雪正在悄无声息地酝酿之中。

此刻，正是黎明前最黑暗的时候。

蓦地，村子最东头第三家茅屋的东边窗子里亮起了一星亮光。屋子里有人点亮了煤油灯，橘红色的光亮一下子弥漫了整个窗户，整个茅草屋仿佛也一下子温暖了起来。

伴随着一阵衣物摆动的窸窣声，有人拿着煤油灯渐渐地穿过正堂向西间房移去。这时，传来了一个中年男子焦急的声音：“朱琴子快起床，你妈要生了！快去把陆先子[①]叫来。”

半晌，一个小女孩稚嫩的声音模模糊糊地回应道：“谁呀？天还没亮呢。”

中年男人催促道：“我是你大[②]，你妈快生了，你快去把陆先子喊来，再晚你妈就没命了。”

“啊！”小朱琴一个激灵，睡意全无，从铺着厚厚稻草的木板床上的被窝里

① 先子：淮阴农村把赤脚医生称为“先子”，是一种口语。

② 大：淮阴方言，爸爸的意思。

坐直了身体，训练有素的快速抓过枕边的花格子小棉袄和棉裤穿上，“吱溜”一声下了地，慌慌张张地套上鞋子掀了帘子就去拉门闩。床上的被窝里，她的两个小弟弟还在甜美的梦乡里酣睡。

“哐当”一声，两扇漏风的门板打开了，小朱琴矮小瘦弱的黑影敏捷地融入了沉沉的夜幕中。

身后，传来了父亲朱守正关切的叮咛：“要下雪了，走路慢点。”

“噢。”小朱琴答应着，快步走上家门前的那条土路，向正西方向走去。

父亲让她找的那个陆先子，小朱琴十分熟悉，是当地的赤脚医生，一名三十出头的中年妇女，名字叫陆小兰，留着齐耳短发，模样还算标致，在偏僻的农村也算得上是数一数二的了。美中不足的是她那略显苍白的脸上长了几颗麻雀斑，有点败了风景。在当地，陆小兰是一位让人心怀敬畏的人，初中毕业嫁到现在的红星村，虽然丈夫长得猥琐，她本人却谋了一个好差事——赤脚医生，不用像其他的妇女，每天在生产队长的吆喝下被指使来指使去。不过，小朱琴感觉到村里的女人们对陆小兰并不是表面上表现出的那份尊重，时常听到她们在背地里叫她“狐狸精”。至于什么是狐狸精，就没人告诉小朱琴了。小朱琴的父亲朱守正是村里的支部书记，早年家境困苦，十五岁就到了部队，当了五年兵，回来后当了几年生产队长，又干了几年村会计，后来又做了红星村书记，虽说年纪不大，在本地却是个老成持重的“老干部”了。陆小兰有事没事常到朱家来串门，在小朱琴的印象里，陆小兰每次来时，总是挎着一只墨绿色的小箱子，外面在正中间画了一个白色的圆圈，圆圈上面画了一个红色的十字架，看上去特别的漂亮。不过，在小朱琴看来，那个小箱子特别的恐怖，每次看到它都会让小朱琴心里莫名地烦躁起来。也难怪，每次她自己或是两个弟弟生病的时候，陆小兰肯定第一时间来到她们家，熟练地打开箱子，露出了里面三四个小格子里排放得整整齐齐长长短短大大小小的玻璃针筒子、锃亮的针头子、小镊子和一些药瓶子等物件。看着那些针头，三姐弟的头皮就发麻，心里就不由自主地紧张起来，有时甚至在心里诅咒眼前的这个女人，恨不得永远看不到她才解恨。

陆小兰才不管这些小屁孩是怎么想的，她打开箱子后，右手拿起一把镊子，左手捡起一支玻璃针水，举过头顶，眯起一只眼看了看，然后只听“叭”的一下，那只针水上端突出的部分早已被镊子搬了家。这一声“叭”，在孩子们听来，不啻是电影上放的枪声。生病的那个倒霉蛋哭丧着脸，极不情愿地被这个女人当众把裤子往下扯，露出上半部分细嫩的小屁股，害怕得心都提到了嗓子眼了。

每当这个时候，三姐弟各有各的表演。姐姐朱琴是个直肠子，又快言快语，每次都要高声地用淮阴方言把陆小兰胡乱地骂上一阵，有时还会故意抓住陆小兰的裤子，死命地捏她的腿。奇怪的是陆小兰从来没当一回事，也没有批评过她，反而夸小朱琴活泼可爱，以后是个做干部的料。小朱琴很纳闷，自己明明有时是很用力的，她怎么就好像没有感觉似的，还会在打完针后讨好地从口袋里掏出一块大白兔奶糖给她吃？小朱琴想不明白，也就懒得去想了，倒是她对陆小兰的好感慢慢地一点一点地消失了。

大弟弟朱聪今年五岁，长得是珠圆玉润，像是年画里的娃娃似的，性格又沉稳持重，深得大人们的喜爱。每次打针时，小朱聪总是紧抿着嘴唇一声不吭，尽管小小的额头上早已渗出了细密的汗珠。每次打完针，陆小兰总爱抱起小朱聪在他的粉脸上亲上几口，还一边“乖儿子、亲儿子”地叫个不停。有一次，她把小朱聪放在自己腿上，对着他父亲朱守正说：“朱书记，等朱聪长大了，给我当大女婿吧？”陆小兰说的是她家的大女儿王巧英，今年四岁，常跟着母亲到朱守正家来玩。朱守正听了“嘿嘿”地笑着，还没来得及搭腔，站在一旁早不耐烦的小朱琴噘起了嘴，嘟哝着：“你家那个拖鼻涕的，谁稀罕呢？”陆小兰听了，脸上红一阵白一阵，讪讪地把小朱聪放了下来。朱守正很不过意，狠狠地冲着女儿骂道：“死丫头，瞎嚼什么？”又掉过头忙着赔不是：“陆先子，小孩不懂事，你千万甭往心里去呀。”没等陆小兰接言，小朱琴早就“咯咯咯”地笑着跑出去了，心里得意得像是刚吃了陆小兰给的那颗大白兔奶糖似的。

二弟朱明才三岁，却是个不折不扣难剃的刺头。生病打针的时候，两手把裤腰攥得紧紧的，死活不让人家扒裤子。有一次把父亲朱守正惹急了，扯过来照着小屁股狠狠地打了下去。这下可捅了马蜂窝，小朱明不依不饶，哭着喊着要往屋外冲，说什么也不愿意待在屋里了。父亲没辙了，无奈地望着陆小兰。最后，还是姐姐小朱琴出马，软言软语三下两下说服了二弟，让他乖乖地挨了一针。

三姐弟中，姐姐朱琴享有绝对的权威，两个弟弟天天像个跟屁虫儿似的，围绕着她转，唯她马首是瞻，叫他们上东绝对不会往西。如今，她的队伍又要壮大了，怎能让她不高兴呢？只是，她不知道妈妈给她送来的是妹妹还是弟弟。

“妹妹好呢，还是弟弟好呢？”小朱琴一边自言自语，一边脚不点地地忙着赶路。

一不小心，小朱琴脚下碰到了一块小石头，把她重重地绊倒在冰冷的路面上，把小嘴唇都磕破了。小朱琴感觉到嘴唇火辣辣地疼，像是有人用刀子把嘴唇从中割开了似的，还有一点黏黏的东西顺着伤口慢慢渗了出来，她用棉袄的袖口擦了一下，疼得更甚，甚至还能闻到淡淡的血腥味。

小朱琴爬了起来，茫然四顾，黑漆漆的世界里，一切都变了模样，原本熟悉的村庄、房屋、树林都变成了阴森恐怖的东西，有的变成了巨大的怪兽，有的变成了可怕的巫婆，有的变成了神话故事里的魑魅魍魉……一个个怪笑着，口中呼喊着她听不懂的语言，慢慢地，一步步向她围拢了过来……小朱琴的心都提到了嗓子眼，在眼眶里转悠了有一会儿的眼泪终于不争气地流了出来。她想往回跑，甚至一度都转过了身。但，最终，她选择了坚持。

“快到了，快到了。对，过了那个岔路口就要到了。”小朱琴在心里不停地为自己打气。

风呼呼地吹着，死命地往她的脖子里、袖口里、裤脚里钻，她把两手缩在袖笼里，靠自己的体温来温暖已经冻得麻木了的两只小手。

下雪了。

先是一两片柳絮般的雪花悄然落下，紧接着越来越多，越来越密，最后成了漫天飞雪。在苍茫大雪中，小朱琴弓着背迎着风，在雪地里像是一个小小的黑色的逗号，慢慢地向前蠕动着。气温越来越低了，小朱琴的体温也在不停地下降，她的意识也随着体温的下降变得越来越迟钝了。但她的心中有一个信念正像一团火在熊熊地燃烧，那就是要尽快找到陆先子，把她带到家里去，自己的妈妈需要她，自己的那个即将见面的妹妹或是弟弟需要她。

当赤脚医生陆小兰在睡梦中被一阵急促的敲门声惊醒，披着棉袄跌跌撞撞打开房门的时候，她被蜷缩在她家门口这个小小的黑色的逗号惊呆了——小朱琴已经快被冻僵了！

此刻，雪像是从哪个魔术师的宝盒里抖搂出来似的，没完没了，无边无际地狂乱飞舞，在茫茫天地间恣意地肆虐着……

这一年的雪，比往年整整早了一个月。

二

提前到来的这场雪，给朱家提前送来了第三个儿子。朱守正的女人陈月英提前半个月临盆，因胎位不正，形势十分危急，要不是赤脚医生陆小兰及时赶到，后果就不堪设想了。女人和儿子得救了，可是大女儿朱琴因为那夜着了凉，得了肺炎，连续在陆小兰家挂了半个月的药水才渐渐好了起来，从此，朱守正对自己的大女儿特别另眼相看，认为她以后必成大器。

朱家三儿子出生那天，正赶上有一位路过的左眉头上长着一颗大黑痣的算命先生听说了此事，穿着一件袖口冒着油光的黑色棉袄，敲着一根陈年竹杖，冒着大雪踯躅来到朱家门口讨赏钱。朱守正刚得了第三个儿子，正在兴头上，见有人上门来讨赏，心中高兴，就将家里仅剩下的大半口袋山芋干子抓了几大把给了算命先生。算命先生打开肩膀上的布褡裢，收了下来。

“家主，敢问你家添的是公子还是公主？”算命先生搭讪道。

“哪敢，”朱守正回答道，“是个带把的。”

“噢，”算命先生追问道，“出生时可有什么异兆？”

朱守正略一思索，又轻轻摇了摇头。见朱守正急着要进屋，算命先生忙道：“家主，其实异兆已现。”

“噢？”朱守正闻言，不禁打消了要走的念头，且听一听这个算命的会怎么说。

“家主，”算命先生压低了音调，转动着墨镜后边早已失明的一对眼珠，煞有介事地说道，“如今斗转星移，异兆连连。今又十月降雪，于外，必有大事，于家，必出异人。”

朱守正听了，不以为然，问道：“你这个算命的真能扯，没事说成有事，故意在这里装神弄鬼，你就不怕我把你送官吗？”

算命先生也不生气，故作神秘道：“天机不可泄，信则有，不信则无。信与不信，全在人一念之间。”

“那，那你说说，我这个三儿子会怎样？”朱守正追问道。

“本是一精灵，遇劫落凡尘，世间难相容，白忙两双亲。”算命先生口中念念有词道。

“此话怎讲？请大师直言。”朱守正心里“咯噔”一下，一种不祥的预感袭上心头。

算命先生不答，竟然转身而去，茫茫风雪中传来几句嘶哑的歌谣：“列列长空白雪飞，几家欢喜几家悲。不怨世人不识相，只怪天宇蒙尘灰。若许年后再相逢，与君一一剖是非……”

朱守正听得不甚明白，待要上前去问个清楚，无奈人已走远了。

这边屋里陆小兰高声催促：“唉，朱书记，磨蹭什么呢？快把烧好的水端来。”

朱守正答应着到厨房去舀水，一忙乱起来，也就把算命先生的话丢脑后窝去了。不过，到了年底，外面好像真的有一件大事发生了。

春节刚过后，有一天，朱守正被通知到乡公所去开会。会上，乡公所书记张文宣布了一条爆炸性消息：“告诉大家一个内部消息：我们以往的一些做法可能要进行适当地调整了，具体怎么做，还要等上面的文件来定，大家先有个思想准备。”

会场所有人都愣住了，大家虽然不清楚到底是什么事情，但是估计也不是什么坏事，所以一个个心里头还是有点小激动，都眼巴巴地期待着。

朱守正听了，在激动之余，不由得想起了那位算命先生的话了。

“看来被这个算命先生蒙对了。”朱守正在心里对自己说着。他一时为自己竟然参透了算命先生的哑语而激动起来。不过，很快，他就陷入了苦恼之中，因为既然外面的大事都被算命的猜中了，那么他们家的那位三儿子的事还不被猜得更准？

“是好运呢，还是晦运呢？”他自言自语，不停地念叨着。

“朱守正，你在说什么？”猛地，会场里响起了张文书记愤怒的声音。张文书记人肥胖，个头又不高，头特别大，腮帮鼓起，连下巴都看不到，活脱脱是朱守正家门前菜园子里圆溜溜南瓜的造型。

“你在那儿神神道道的，想说什么？”张文手指着朱守正，大声地责问着，因情绪激动，脸涨得通红，就像是南瓜被霜打过了似的，“你是不是心里有什么想法？有就说出来，甭藏头收尾的。”

全会场的人都盯着朱守正看，鸦雀无声，气氛陡然紧张了起来。

朱守正一下子清醒过来，明白了自己所处的危险境地。他诚惶诚恐地站了起来，有点结结巴巴地辩解道：“张、张书记，你、你误会了，我这两天内火大，牙疼，我在哼哼呢。唉哟，唉哟。”说着，赶紧用右手托着腮，一脸痛苦的模样。

顿时，会场里爆发出一阵轻松的哄笑声。张文一愣，紧绷着的圆脸才慢慢地松弛了下来，有点皮笑肉不笑地讪讪了两句，就势让朱守正坐了下来。朱守正坐下后，才发觉自己的脑门净是汗。

“我没得罪过他呀，今天干吗要找我的茬啊？”朱守正百思不得其解。

接下来，张文书记在会上又说了什么，朱守正几乎一句也没有听进去。半天的会议下来，他的脑子里像是灌满了糊面酱，浑浑噩噩，又犹如喝醉了酒一般，晕晕乎乎。

中午所有参会人员集体在乡公所食堂会餐。这个时候，是各个村党支部书记最期盼已久的时候，平时在家连稀饭都喝不饱的这些庄稼汉，只有到了乡公所开大会的时候，才能在乡公所食堂放开干瘪的肚皮吃上两三碗山芋丁大米饭。大家排着队，手里拿着搪瓷碗，有的用筷子敲打着碗边，不耐烦地催促着前边的人“快点，快点，磨磨蹭蹭的，你不饿老子还饿呢”；有的嘴里哼着小曲“正月里来正月正，姐妹二人去逛灯，大姑娘名叫粉红女，二姑娘名叫女粉红，粉红女身穿着一件粉红袄，女粉红身穿一件袄粉红……”；有的盛到了饭，连大白菜炖粉条都来不及去盛，就找了个朝阳的墙根蹲下来“叽叽、叽叽” 地狼吞虎咽起来。恰在这时，乡公所大院里高高挂在一棵大槐树上的高音喇叭又响了起来：“临河乡公所广播放大站现在开始广播——下面播送天气预报：今天到明天白天，受西伯利亚寒流的影响，我县绝大部分地区依然寒冷，天气温度在零下2摄氏度左右，请大家做好防寒准备……”

朱守正左手端了一碗饭，右手端了一份菜，在人群里钻来钻去找地方。“这里来，这里来。”邻村红卫村党支部书记姜海洋蹲在大槐树下一边吃着饭一边热情地招呼着。

朱守正挤到姜海洋跟前，蹲了下来，将右手的一碗大白菜放到了两人面前的一块旧砖头上，然后开始专心致志地吃了起来。

姜海洋吃了几口，鼓着腮帮子抬头看了一眼朱守正，嘟哝了一句：“你没事吧？”

朱守正一边忙着吃饭，一边应道：“没事，我能有什么事？”

“没事就好。”姜海洋停下了咀嚼，用眼睛余光四下看了看，小声道：“最近张书记对你横挑鼻子竖挑眼的，你自己要小心点。”

“唔，我会的。”朱守正回答道，抬起头感激地瞥了姜海洋一眼。姜海洋比他年长几岁，身材矮小精悍，油光光的脑门，让人看了总有点别扭，尤其那双小眼睛，一刻不停地转动着，仿佛要把世间的万物都要看个透似的，让人看上一眼就会不寒而栗。但朱守正对他却一直有着一种好感，总感觉到在那一双深不可测的眼睛的背后，隐藏着一种让人信赖的东西，但到底是什么，朱守正也说不清楚。

从乡公所开会回来没几天，朱守正接到了乡公所通讯员赵小年的口头通知，通知他乡公所张文书记要到他们红星村召开春季农业生产动员会，让他做好准备，并特意嘱咐要让陆小兰参与筹备工作。

看着赵小年骑着那辆破旧的永久牌自行车离去的瘦长背影，朱守正陷入了沉思，他不能理解张文书记要陆小兰参加筹备工作的意图。在随后召开的村支委会上，朱守正提出了自己的疑惑。

“陆小兰不是村委员，也不是支委委员，连小队长都不是的，却让她来参加我们的一个会议筹备，大家看看合不合适？”朱守正说完，环视了一圈会议室，等待着大家发言。

会议是在村部会议室开的。村部就在朱守正家对面不远的社场的边上，四间土墙茅草屋，是红星村的最高首脑机关。最东边一间是朱守正坐班的地方，就是所谓的办公室；第二间是村会计胡得书办公的地方；第三间是临时的村卫生室，平时归陆小兰使用。最西边的那间摆了十来张小板凳，就算是会议室了。平时，会议室的门是关着的，只有开村委会、支委会，或是有重大活动时才打开。甭小看这间简陋的称得上是寒酸的会议室，在红星村群众的眼里，那可是全村商量大事的地方，不是谁都可以进来的，那地位在红星村群众心目中真的是不得了，可以说是要多高就有多高了。

听了朱守正的话，众人面面相觑，一时无人搭腔。朱守正也不着急，慢悠悠地从洗得发白的中山装右下边的口袋里摸出一叠裁剪得方方正正的白纸出来，白纸上还隐约看到一条条蓝色的杠杠，一看就知道是从哪个学生的作业本子上撕下来的。朱守正往右手食指上吐了一口唾液，将食指和拇指对搓了几下，然后伸出食指从一叠纸上蘸粘下最上面的那张，其余的悉数收回口袋。取下的那张纸在朱守正宽大粗糙的左手掌上躺平后，他又用右手从裤子口袋里拽出一个灰布小袋子，麻利地用三个手指撑开口，从中掇出一小团黄黑相间的烟丝，小心翼翼地在左手掌的白纸上撒成了一条线状，然后用白纸将烟丝层层裹了起来，在接缝处，朱守正伸出舌头把纸舔湿，最后完全黏合在了一起。朱守正伸出左手，将没有烟丝的两头多余的白纸掐掉，至此，一支手卷土烟就大功告成了。

副村主任王宝贵不失时机地凑上去，擦着了一根火柴，恭恭敬敬地将朱守正手中的香烟点着了。朱守正“滋溜、滋溜”地吸了两口，惬意地将烟从嘴里轻轻吐了出来，变成了一个又一个大大小小的烟圈，烟圈越变越大，越变越淡，倏忽消失得无影无踪了。顿时，一股烟丝特有的香味混杂着会议室里的土腥味、人身上散发出的各种气味，在狭小的空间里飘荡、浮沉。

“大家都说说呗。”朱守正觉得不能再这么干耗下去了，就直接点将，“胡会计，你先说说。”

胡得书五十出头，中等身材，皮肤白净，读过几年书，学校一毕业就到村做助理会计，等到朱守正从村会计的位置上让开，他也就顺理成章地被扶正了。他没做过什么农活，在乡亲们的心目中是个受人尊敬的文化人。在村里工作那么多年，对谁都和和气气的，唯唯诺诺，唯恐把人得罪了，是方圆几十里出名的大好人，他的处事信条是：说话留半句，做事留余地，凡事不出头，不争短和长。

听到朱守正点了自己的名，胡得书惶恐地从小板凳上站起来，因起得急了，把屁股下的小板凳也带倒了。他一边想去扶起小板凳，一边又想去回答朱守正的问话，结果小板凳没扶起来，话也没回答，弄得顾此失彼，好不窘迫。众人见了，由不得个个开怀大笑起来。在众目睽睽之下，胡得书好不容易扶好了小板凳，额头上已经渗出了细密的汗珠子了。他双手不知往哪儿摆是好，一会儿捏捏衣角，一会儿又抠着长得并不长的手指甲，嗫嚅了半天，才说道：“朱书记，你看，你看，这么重大的事儿，我哪能说得好呢，我说、说不好，还是先听听他们的想法。我不是那块料。”

没等朱守正表态，胡得书已经一屁股坐了下来，悄悄地吁了一口长气。朱守正无可奈何，只得拿眼去暗示村主任潘兴阳，让他先表态。潘兴阳二十八九岁，一米七不到，长得粗胳膊粗腿，留着锅盖头，乍一看去，像个社会上小混混似的。他得到了朱守正的暗示，就亮开了大嗓子，跟人吵架似的说开了：“噢那个，什么，既然大伙怕得罪人，那我就先说说。那个张文书记找我们朱书记说，让那个陆小兰参加我们那个啥啥会？”

“是春季生产动员会。”胡得书小声提醒了一句。

“噢，对，是春季生产动员会。按理说呢，张书记关心我们村，是一件好事，是我们的光荣，也是对我们红星村的信任。不过呢，让陆先子参加这项工作，不是带人家玩的吗？人家是行医的，你叫人家干别的，你事先问过人家同意不同意呀？哪能这么干呢？这不是插手我们村的事吗？那以后的事都让他来安排好了。”

“话不能这么说，你这不是存心不服从管理吗？”副村主任王宝贵反驳道，“张书记是上级领导，他想怎么做，我们肯定要听他的，哪怕他的话是错的，我们也要坚决地执行。你这样说，肯定是不对的，和你的村主任身份是不相符的，我本人对你提出严肃的批评。等到开支部大会时，我还要对你再批评，直到你认识到自己的错误为止，否则……”

“得了，得了，你不要没完没了行不行？”潘兴阳涨红了脸刚要争辩，被朱守正毫不客气地打断了王宝贵的发言，“你怎么看谁都有问题？以后这种想法一定要改一改。听到没有？”

“是。下次再也不敢了！”刚才还振振有词的王宝贵，被朱守正呵斥得一下子没了脾气，立刻变得低首敛眉，温顺得像一只家养的宠物。

接下来继续讨论。

讨论来讨论去，还是没能形成统一的意见。眼看着天快晌午了，一个个的肚皮子争先恐后地不争气地“咕噜、咕噜”叫了起来，人人巴不得会议早点结束。王宝贵心里更急，他的嫁在前庄的小姨子赵小红才生了娃，他和老婆赵月红头天就买好了四斤馓子和二斤挂面，准备今天去探月子呢。早上临来开会时，老婆赵月红跟在后头喊："死和尚，早去早回，去迟了，你今儿个中午就一个人待在家喝冷稀饭吧。"赵月红全村没人不晓得，是个厉害的角儿，骂起人来三天三夜词都不会重复的。回家迟了，挨一顿臭骂事小，关键是中午的红小豆干饭岂不泡汤了？想到这里，王宝贵觉得会议不能再这样拖下去了，他把磨得锃亮、袖口都露出了棉花的棉袄的左右襟子向里裹了裹，然后把两只手抄到了袖子里，最后舔了舔起了皮的干裂的嘴唇，顾不得才被训过不久，期期艾艾地说道："朱、朱书记，我们也出不了什么好主意，干脆、干脆就按张文书记说的办，反正他是书记，好与不好都是他一人兜着，群众骂也骂不到我们身上。你说呢？"

事已经至此，还有什么好说的呢，何况朱守正的肚子也正叫得欢。他一脸无奈地看了大家一眼，问道："大家看看呢？"

众人你看看我，我看看你，然后一齐摇头，又一齐点头，像一群被提了线的木偶似的整齐划一。

还有什么好说的呢？朱守正一摆手，宣布道："散会！"

三

红星村春季生产动员大会在三天后如期召开。地点选在村部门前的广场上，广场占地近十亩，是朱守正所在的第一小队全体村民无偿贡献给村使用的，是全村举办重要活动的场所，平时不用时就用来打谷晒粮堆草。

会前，村成立了筹备小组。因为乡公所党委书记张文要来，朱守正不敢怠慢，亲任筹备小组组长，每天事无巨细，都亲自过问。村会计胡得书负责写会标和会场四周的标语，村主任潘兴阳负责带着王宝贵和其他的支委布置会场，民兵营长肖平负责治安保卫，村赤脚医生陆小兰负责后勤保障。所谓的后勤保障，就是负责烧烧开水，帮做中午饭招待张文书记一行。一切安排妥当后，朱守正心里还是有点不踏实，时不时地四处察看，唯恐哪个地方不到位，又把“土皇帝”张文惹毛了，给自己招来什么麻烦。有时候，朱守正自己也纳闷，平时自己工作任劳任怨的，性格也不张扬，属于那种老黄牛式的实干家，深得红星村村民的拥戴，也得到乡公所前任书记周有政的赏识，要不怎么会让他年纪轻轻就做了红星村的“掌门”？可惜，好景不长，后来周有政书记因反对有人企图拆除乡公所那座有着几百年历史的清代的文物设施，而被时任副书记张文到县里奏了一本，受到了县里主要领导的批评，之后不久，就到县里一个不起眼的单位做了不管事的闲职去了。周有政走后，张文被顺理成章地扶了正，成了县里主要领导眼里的小红人。也就是从那时起，朱守正的处境就江河日下，一天不如一天了。

“这一次，千万甭出什么岔子。”朱守正在心里默默地祈祷。

早上八点刚过，各小组的组长就陆陆续续地把村民从家里叫出了门，像赶鸭子似的往村部门前的广场赶。九点不到，偌大的广场上已经布满了黑压压的人头，像是一张白色的纸上爬满了刚孵化出来的黑色的蚕宝宝，密密麻麻地挨在一起，一刻不停地蠕动着。

这时候，最忙碌的要数副村主任王宝贵，他穿着那件袖口露出了棉花的破棉袄，戴着一顶褪了色的蓝帽子，在人群里像一条泥鳅似的钻来钻去，尤其是看到哪个人堆里漂亮的姑娘小媳妇多，他就越起劲地往哪里钻，跟这个女人拉扯几句，和那个媳妇搭讪几句，忙得是不亦乐乎，差一点把村主任潘兴阳让他到村民家去找一个木箱子的事给忘了。

“王宝贵，你乱窜什么？”潘兴阳从人堆中抓住王宝贵的肩头，把他拎到了一边，“让你找的箱子呢？张书记马上就到了。”

王宝贵本来一脸的愠色，正要发火，听了潘兴阳的话，才知自己差点误了事，忙收起架子，装出了一副可怜相，一缩肩膀，从潘兴阳的手中挣脱，连爬带跑地向庄子上跑去了。不一会，王宝贵气喘吁吁地从庄子上不知哪户人家搬来了一只做饭用的大风箱，累累巴巴[①]地放在了充当主席台的空地上。

朱守正见了，不由得皱起了眉头，正要教训他几句，只听到村会计胡得书那惊喜中带着慌张的声音小声喊道：“来了，快，来了，快。”

朱守正知道是张文到了。他瞪了一眼胡得书，明显表现出了他的不满。他是一个直率人，最讨厌溜须拍马，自己不去拍，也讨厌自己的下属拍。胡得书没顾得上去理会自己顶头上司的表情，忙不迭地迈着女人般的碎步，上身夸张地向前倾去，像是前边有一个人用绳索套住了他的脖子往前拼命地拉他似的。

前边村部房屋的拐角处，闪进来两个推着自行车的人影。前边一个瘦高个，30来岁，满脸蜡黄，推着一辆破旧的永久牌自行车的，是乡公所的秘书赵小年。紧跟在赵小年的后面，肥胖的身躯、硕大的脑袋、推着一辆崭新的凤凰牌自行车的人，不用介绍也知道是谁了。两人支好了自行车，朝着热情欢迎他们的一群人走了过来。

朱守正伸出两只粗糙的大手，笑着说道：“张书记，就等你来了。”

张文也伸出了两只手，两只肉嘟嘟的润滑的手儿，握住了另一双纤小的润滑的手儿。张文满脸堆笑，柔声地说道：“你也来了？天这么冷，要注意着凉噢！”

被握住了双手的陆小兰吃吃地俏笑道：“你当人家是你呀，哪有这么娇气，一点冷就冻坏了？”

“那是，那是，”张文讪笑道，“人家不是关心你吗！”

朱守正伸出的手晾在了半空中，略一迟疑，就顺便在半空划了个弧形，将右

① 累累巴巴：方言，形容劳累疲倦。

手搭在了张文的左肩上，凑趣道："张书记来了，春天就来了，陆先子哪里还会冻着？"

张文回过神来，松了手，不满地将朱守正的手拨开，面向朱守正正色道："会议准备得怎么样了？"这时，陆小兰也借机抽回了手，一转身就不见了。

朱守正缩回了手，哈哈一笑，答道："就等你来开席了。"

秘书赵小年在旁插话道："张书记，群众都等急了。"

张文胖手一挥，威严地下了一道简短的命令："好，开始！"

临时用竹竿搭建的主席台上，寒酸的只有两张临时借来的结婚用的五斗橱，两张橱子肯定不是一家的，两者拼凑在一起差了一根拇指头高，更糟的是颜色也不协调，一张红艳艳的，像是被泼了一层猪血，隔了几米也能隐隐闻到一种油漆刺鼻的味道，显然是哪家小媳妇才陪嫁过来的。在当时，能赔得起这样嫁妆的人家已经让人刮目相看了。另一张五斗橱早已经是破损不堪了，整个身体好像都要散架了似的，其中一条腿竟然还短了一截，像是行将就木的老人，连站都站不稳了，只好靠在另一张橱上，才不至于轰然倒地。上面的油漆也已经掉得看不出了本色，斑驳陆离的样子像极了一位抽象派画家的画作，反正让你看不懂就是了。两张橱子的前边空地上，放着王宝贵刚刚借来的那只棺材似的风箱，充当讲话人的台子。橱子的后面摆着两张大板凳，都是从朱守正家搬来的，其中一条的板凳上有一条不规则的深沟，是树木在生长时留下的疤结，在做成板凳时疤结被木匠剔除了，却留下了这道疤，真是让人看了要多别扭有多别扭。橱子上方的竹竿做成的长方形会标上贴着会计胡得书写的几个毛笔字："红星村春季生产动员大会"。会场的四周，民兵营长肖平带着一些群众，依次站立，负责警戒。整个会场，上千口人，一下子静了下来，气氛显得紧张、压抑、沉闷。

乡公所书记张文在一干人的簇拥下，率先在主席台正中间位置坐了下来。坐在张文左侧的，是红星村书记朱守正，右侧的是乡公所秘书赵小年，坐在朱守正左侧的是红星村会计胡得书，坐在赵小年右侧的是红星村村主任潘兴阳。

张文坐好后，撸起灰色中山装棉袄的袖口，盯着手腕上的那只外壳已磨得发毛的上海牌手表看了看，时针正指向九点整。他面向朱守正，肥胖的脑袋微微点了一下。朱守正会意，清了清嗓子，亮开了喉门："我宣布，红星村春季生产动员大会，正式开始！"

按照惯例，第一项内容是村会计胡得书汇报去年全年村生产收支情况。胡得书拘谨地来到主席台前面，站到了那只风箱上，戴上一只黑边框眼镜后，费力地从口袋里掏出一只本子，屏了屏气，尔后才扯着嗓子大声喊道：“今天，我先把我们村去年整个家底向大家通报一下，让大家都知道我们的家底情况。去年的情况是这样的……”

枯燥的一长串数字终于读完了，胡得书也终于如释重负地从那只破风箱上颤颤巍巍地下来了。第二项内容是群众文艺表演。随着一阵喧天的锣鼓声，红星村压箱底的节目——“马灯舞”亮相了。十二名身着绿衣红裤，脚蹬绣花鞋，头扎白毛巾，腰缠红布带，手提锃亮的小马灯的青年女子，在领队陆小兰的带领下惊艳上场了。观众席上顿时骚动起来，有的人甚至站了起来，全然不顾后面的观众拼命地在催：“坐下，坐下，你还让不让人看了？”十二位女子花枝招展，舞态轻盈，一个个犹如牡丹花开，又似仙子临凡，尤其是那个领舞的陆小兰，极尽娇媚之态，更显风情万种，一会似扶花渡柳，一会又凌波荡漾，真如那贵妃醉浴，一顾倾城，再顾催魂，把个好端端、冷飕飕的会场硬是搅和成了一锅热腾腾、乱哄哄的大浴池。

从陆小兰刚一上台时，乡公所书记张文就像是中了邪似的，躯体也不会动了，手脚也不会动了，那肥硕的脑袋更不会动了，唯一会动的，就是那两粒泛着黄晕的小眼珠子，滴溜溜地跟着陆小兰的影子转，一会向左，一会向右，一会向后，一会向前，一会原地打转，陆小兰舞得是香汗涔涔，张文看得是眼珠酸酸，真是一个更比一个累。

按照原来计划，下一个内容是乡公所书记张文讲话，可谁也没料到的是，当“马灯舞”结束演员谢场时，张文书记竟然抬起了屁股，径直向舞台中央走去。主持会议的朱守正一下子没回过神来，惊愕地张大了嘴巴，竟不知道该说什么了。张文不管不顾地向陆小兰等一群演员走去，老远就伸出双手，却没料到静静地躺在地上的那只烧饭的木头做的风箱，在关键时刻使坏了，那肥硕的身躯硬是把张文那同样肥硕的身躯绊得摔了个猪啃泥，趴在地上差点没背过气去。

偌大的会场一瞬间是一片惊恐，一个个张大了嘴巴，既而是爆发出了一片“噢噢噢”的幸灾乐祸的肆意粗犷的叫嚷声。惹得周围负责警戒的干部群众以为发生了什么突发事件，一个个警惕地四下张望，随时做好了应付突发事件的准备。民兵营长肖平带着一个干部心急火燎地冲上主席台，看清了情况，忙不迭地一起把张文连拽带拖地从地上拉了起来。朱守正等人慌张地围了过来，手忙脚乱地替张文掸去了衣服上的尘土，把他扶到了自己的位置上坐了下来。这时的陆小兰连妆也来不及卸掉，变魔术似的端了一大碗热茶上来，递到张文的面前，满眼爱怜的神情，嗔怪道："多大的人了，还毛手毛脚的？"

听了陆小兰的话，张文心里刚刚升起的火苗像是遇到了一场甘霖，瞬时被浇灭得无影无踪了。他脸上堆着笑，一边接茶碗，一边说道："没事，没事，只当是给你伴舞的。"

陆小兰听了"扑哧"一笑，道："不怪张书记能升官呢，瞧这张嘴，像抹了蜜似的，搁谁谁不喜欢呀？"说着，还瞅了朱守正一眼，倒像是故意说给他听似的。

朱守正此时哪有那闲心听她瞎掰扯，心里想着今天这个事怎么个收场？这个人本来就跟自己不对付，今儿让他大庭广众之下出了这么大的一个丑，岂不让他气疯了？对自己的成见岂不又更深了一层？就在朱守正魂不守舍地胡思乱想之际，一场即将到来的风暴却让陆小兰给轻飘飘地化解了。有了陆小兰款语温言的安慰，张文懒得去发威了，不仅连自己摔跟头的事不去计较了，而且连最后大会的讲话也懒得说了，最后都一股脑儿地委托给了朱守正，自己在陆小兰和赵小年的陪伴下先到朱守正家休息去了。

张文离开了会场，朱守正悄悄吁了一口气，一颗悬着的心才渐渐地平复下来。没了张文在场，会议的气氛也轻松了起来，一些预定的程序就临时被朱守正取消了。朱守正站在那只风箱上，扯开嗓子大声说道："乡亲们，今天我们召开这个大会，重点就是安排我们村今年春季的生产工作。人是铁，饭是钢，一顿不吃饿得慌。老话说得好啊，叫'手里有粮心不慌'，我们要把粮食生产当成我们当前最重要的一项工作来抓。毕竟人长了嘴是要先吃饭的吗，这张嘴填不饱了，说什么都是扯淡……"好家伙，他这开场白一说，坐在下面的村民可来精神了，他们一个个伸长脖子，侧耳倾听他们的书记正在讲的和他们的生活息息相关的一些"小事"。

就在朱守正的讲话快要结束时，只见他的大女儿朱琴神色慌张地跑了过来，也不顾她父亲正在发言，就冲到台上，来到朱守正跟前，狠命地拽他的衣摆。朱守正一怔，见女儿一脸的焦急，心中"咯噔"一下，情知不妙，忙停止了发言，弯下腰将耳朵凑到女儿嘴边。果然，女儿急急地告诉他："俺大，三弟惹祸了！"

四

朱琴说的三弟，就是朱守正的出生才没几个月的三儿子——朱玉。

小朱玉出生的那天，正是多年来苏北地区罕见的风雪天，那一场雪下了整整三天，路面上的积雪都能没膝盖了，好多群众的茅草房都被大雪压垮了，听说有的村还死了人。据县志记载“全县倒塌民房2340余间，伤亡37人，为五十年一遇之暴雪”。好在红星村灾情不是太重，仅有一些民房倒了，没房子住的人都被朱守正及时地安置到了小学和村部，没有造成社会上的恐慌。雪停后，朱守正又发动村民为那些灾民修好了房子，又一一把他们搬回了自己的家。此举，为朱守正在村民心目中的威望又加了分，受到援助的村民走到哪儿夸到哪儿，都把他当成了自己家的人了。

为村民做事，是朱守正心甘情愿的，也是他长期坚持的想法，“当官不为民做主，不如回家卖红薯”，一想到这句话，朱守正就会不由自主地笑了起来，心里自嘲道：“我就一村书记，是屁官呀！”

村里的事，朱守正做得是得心应手，没有什么好烦恼的。而家里的事，却有点闹心，譬如这个小三子朱玉，一直是他的一块心病。

在生小三子之前，朱守正已经有了三个孩子，按照他的想法，有了三个孩子已经超过自己的父母，应该心满意足了。朱守正才兄弟二人，他是老二，大哥朱守礼比他大三岁，现在是红星村第一生产队的生产队长。朱守正的童年是苦涩的，不幸的，在自己才四岁的时候父亲就因病撒手人寰，母亲承受不了打击，狠心改嫁他乡，再也没有回来过。可怜两兄弟只好跟着年迈的奶奶艰辛度日。朱守正八岁那年，奶奶也凄然离世。奶奶临闭眼时用两只枯槁的手拉着两个孙子的小手，浑浊的泪水一直流个不停，直到咽下最后一口气。最疼爱他们的奶奶走了，兄弟两哭干了眼泪，最后在乡邻的帮助下草草掩埋了奶奶，让死不瞑目的奶奶入土为安了。

奶奶走后，兄弟两相依为命，过着近乎乞讨的悲凉生活。几年后，在亲友的撮合下，大哥朱守礼娶了一位比他大三岁的女子做了妻子，成了家。弟弟朱守正就跟着哥嫂过日子，也没有办法去学堂读书。朱守正十五岁那年，一个人跑到县武装部虚报了年龄，参了军。第二天朱守正就换上了军装准备跟着带兵的连长走的时候，哥哥朱守礼才得到了消息。朱守正跟着一群新兵列队上卡车时，朱守礼终于连滚带爬地赶到了县人武部大门口，抱着一身戎装的弟弟哭成了泪人。他想把弟弟留下来，无奈木已成舟，无法挽回，只好眼睁睁地看着弟弟穿着绿色的军衣爬上了绿色的卡车，在一片绿色的影像中渐行渐远，直到完全消失了。多年后，朱守礼还能记得那一片绿色，那一片让他痛彻肺腑的绿色。

朱守正到了部队，经过短暂的集训，被分配到了浙江舟山机场，当了一名地勤军人。由于他的个头太小，身体又单薄，连长不忍心让他干重活，就让他跟着自己当了警卫员。就这样，朱守正当了近五年的警卫员，不仅长了个子，更是长了知识，让他从当年的近乎文盲变成了现在能写会道的小秀才了。退伍回家后，在哥哥的一手安排下，娶了邻村陈庄老私塾先生陈太厚的小女儿陈月英为妻。陈月英比朱守正小一岁，父亲虽是教书的，她却没读过几天书，认不得几个大字，好在人长得端庄，也通晓事理，性格直率，婚后和朱守正感情和睦，相敬互爱，是个理家的好手。

朱守正和陈月英结婚后，就离开了老宅，别处下了宅基，在哥哥的帮助下盖了三间茅草房，算是成家立户了。朱守正先是在生产队做队长，后来又到村做了几年会计，最后被时任乡公所书记周有政看中，年纪轻轻就做了红星村的村党支部书记。这几年间妻子陈月英也没闲着，一口气给他添了三张嘴，让他喜不自胜。大女儿朱琴活泼可爱，性格泼辣；大儿子朱聪相貌俊美，性格沉稳；二儿子朱明秉性内敛，性格专注。这三个孩子都是上天送给他最好的礼物，在他看来，就是老天对他早年艰辛生活的一种补偿，是他今后幸福生活的开始，也是他人走好运的一种预兆。

然而，事物的发展总是不按照人的主观意愿来实现。

自从妻子陈月英怀上了第四个孩子后，一些令人烦心的事就接二连三地发生了，他的幸福指数就开始下降了。

先是对他有知遇之恩的周有政书记仕途不得志，离开了领导岗位，让他顿时失去了一座坚实的靠山。在政治舞台上，有了靠山，你就是导演，你让演员怎么演，他就得怎么演，一切以你的意志为意志；失去了靠山，你就是演员，别人让你怎么演，你就得怎么演，一切以别人的意志为意志；更为可怕的是，你还得时刻提防着，不知道自己什么时候被人踢下舞台，卷铺盖走人。张文上台后，朱守正着着实实地体会到了“人为刀俎，我为鱼肉”的战战兢兢的感觉。

陈月英怀孕时间不长，张文把朱守正叫到办公室，拍着桌子吼道：“你胆子也太大了吧，现在上面提倡计划生育，你不主动执行，反而自己先生了。你都三个小孩了，还嫌少？”张文冲到朱守正面前，伸出三个胖手指，在朱守正的眼前死劲地晃动着，仿佛陈月英就在眼前，他使劲地晃就能把她肚子里的胎儿晃出来似的。训了一通后，张文自己也累了，瘫坐在以前周有政书记坐过的有点破损的藤条椅子上，把椅子撑得结鼓结实的，就像一条蛇吞下了一头比自己的体积大了好多倍的肥猪，椅子痛苦地发出了“吱吱吱”的呻吟声，仿佛随时都有生命危险似的。“回去好好想想，甭为了生小孩把自己的前途葬送了。”末了，张文把最具威胁性的话撂了下来。朱守正自然明白这句话的分量，说白了，就是你朱守正要是胆敢把小孩生下来，你这个村书记也就做到头了。朱守正回家把张文的话学给妻子陈月英听，陈月英正在拿瓢舀水做饭，听了丈夫的话，把瓢往水缸里一扔，也不顾水溅了她一脸，圆睁杏眼，怒道：“他敢？他敢硬来，我就跟他来硬的，这年头谁怕谁？不要拾到一根鸡毛就把它当成了令箭？哼！那天乡公所妇女主任告诉我说，上面那只是在提倡，是自愿，不是强迫。我不自愿，我就是要生下来，看他张文敢对你怎样？反了他了？”就因为她这句话，朱守正铁了心，硬是顶住了各种压力，坚持把朱玉生了下来。张文虽然没给朱守正什么处分，但明眼人都看出来了，他对朱守正的态度越来越坏了，朱守正也明显地感觉到自己的处境越来越不妙了。

一切都似乎因小三子而起的，偏偏在这节骨眼上，这个还不会说话的臭小子又给自己惹了什么祸端？

朱守正听了女儿朱琴的汇报，没了心情，便草草结束了会议，就带着村大小头目，心急火燎地直奔家里而去。

且说张文摔了个跟头后，在陆小兰和赵小年的陪伴下悻悻地离开了会场，向不远处的朱守正家走去。三人边走边聊，聊着聊着，就聊到了朱守正的三儿子朱玉身上了。

“这小子就有点邪，和正常人有点不一样。”赵小年一手扶着张文的胳膊，一手扺了扺下滑的眼镜说。

“有什么不一样？”张文睨了他一眼，一脸的不屑。

赵小年未及答言，陆小兰抢话道：“真的，你还甭不信。你看噢，这个朱小三子出生的那天，是我去接生的。那晚上雪下得，几十年都没见过，都到我半身了。”陆小兰和赵小年一人一边扶着张文，她说到这，腾出一只手在自己的腰间比画了一下。

赵小年笑道：“那是你的个子矮，所以才觉得雪大。”

“去你的，”赵小兰白了他一眼，又转向张文，噘着嘴道，“张书记都没嫌我，你嫌哪门子？”

“张书记不嫌，那是张书记喜欢你。”赵小年挤眉弄眼道。

陆小兰听了，像是猛然灌了一口烈酒似的，一阵燥热从心头涌出，直奔脑门而来，耳根处瞬时就绯红了起来。她丢了张文的胳膊，奔过来要打赵小年，一边追打，一边骂道：“我把你这……”

赵小年笑着围着张文躲闪。张文拽到陆小兰的一只胳膊，拦住她道：“算了，算了，喜欢就喜欢呗，有什么不好意思的？”

听了张文的话，陆小兰才作罢。

张文皱了皱眉头，沉吟了一下，似乎在自言自语道：“不过也怪了，这个小子一出世，就搞得惊天动地，他是出生了，却死了那么多人。要我说呀，这是个灾星。不是好事，不是好事。”张文一边说着，一边把他那肥硕的脑袋像拨浪鼓似的不停地晃动着。

赵小年凑到张文的耳根前，神秘兮兮地小声道：“我听说呀，这小子出生时，来了一个算命的，说是这小子不能养，说是会克死父母的。”

“真的？”张文听了将信将疑，侧过脸去看陆小兰。

陆小兰为难道：“我也说不准，不过，确实有算命的来过。”

张文听了，一丝不易察觉的笑意掠过他的嘴角。他在心里恨道：“朱守正呀，朱守正，当初让你打胎你不听，你偏要跟我作对，这下好了，报应来了。”

“走，看看这个怪胎去。”张文脸上顿时洋溢着欢快的笑容，大手再次挥动了起来，以轻松的口吻下了命令。

朱守正的家里正忙得热火朝天。

陈月英正指挥着以赵月红为首的一帮女人在忙着准备村民中午的集体会餐。在房子门口的空地上，一字排开了五口大铁锅，这些锅都是从各个生产队的牛房里借来的，平时都是用来给牛拌饲料用的。因为中午人太多，一般人家的锅是不够用的，朱守正只好临时从各个生产队的牛房调用了。好在那年头没人会计较卫生方面的问题，能不花钱痛快地吃上一顿饭，已经成了许多人好长时间的奢望了。五口大铁锅支在临时用石头垒起的灶台上，每口锅里都盛满了水，上面用两片锅板覆盖着，底下是熊熊燃烧的柴火，那上下窜腾的火苗像是不安分的孩子们，把整个早春的温度都撩拨得热烘烘的。女人们有的用大木桶在清洗浸泡已晒干了的山芋叶子，有的用大木桶在和着玉米和豆饼做的饭糊子，有的用木盆在泡着去年冬天晒好的山芋干子，有的在跑进跑出地抱柴火，有的在扯着嗓子向陈月英要这要那……还没到开饭的时候，已经有村民偷偷地从会场上溜出来，胳肢窝里夹着从家里精心挑出来的大蓝边海碗，垂涎欲滴地来回跑过几趟了。

张文一行到朱守正家时，陈月英正坐在门口的太阳地里，一边忙里偷闲地给三儿子朱玉喂奶，一边指挥着众人这样那样。见到张文他们走来，陈月英忙扭过身去给儿子摘了嘴，拉平了衣服，转过身来招呼道："张书记，来了，屋里坐。"

张文未及答言，就听旁边一个抱着一捆柴火路过的三十来岁的女人大声地笑道："张书记，还没到开饭的时间呢，你着什么急呀？"

话音未落，引来现场正忙活着的众人一阵大笑。张文一时语塞，脸涨得通红，竟不知道如何回答是好。

陈月英止住了笑，朝着那个女人的背影唾道："赵月红，就你能，不说话没人当你是哑巴。"

赵月红远远地大声回道："我哪能呀？我要是能，我就把我那窝囊废的丈夫王宝贵撵下台，自己去当那个副村主任。你说是吧，陆先子？"

和张文一起过来的陆小兰猝不及防，她感到众人的眼光都在盯着自己看，顿时脊背上像是长出了无数的麦芒，痒得她恨不得拿刀子剐了自己的这身皮。她讪讪地笑了笑，倏地眼前一亮，对着张文小声说道："张书记，你不是要来看看朱书记的小宝贝的吗？”

一句话点醒了张文，他嘴里“啊啊”着，紧走几步来抱陈月英怀里的那个“怪胎”小朱玉。张文从陈月英的怀里接过朱玉，举到阳光下细细地端详了起来。只见他眉目清秀，五官匀称，肤色粉嫩，整个人就像是用桃花瓣做出来似的，又像是刚刚含苞的芙蓉，真个是人见人爱。

张文见了，哪里还有半点怨恨，心里一百个、一万个喜欢。他嚷嚷道：“这到底是男孩还是女孩？我怎么看着像是一个女孩呢？”一边说着，一边把裹在孩子身上的蓝格子被褥解开，扒开两腿一探究竟。

刚刚吃过奶的小朱玉似乎对这个胖乎乎的人一点也不感兴趣，他正眯起那对黑玛瑙般的小眼睛悠然地享受着早春和煦的阳光，蓦然地被风一刺激，他似乎不高兴了，皱起眉头就亮开了嗓子，声音洪亮地大哭了起来。紧接着，那个受到张文拨弄的小东西，突然间，像是拧开了阀门的水龙头，对准张文的胖脑袋、小眼睛、大嘴巴、粗脖子……不管不顾地，酣畅淋漓地，肆无忌惮地，尽情地撒泼了起来……

五

等到朱守正赶到家的时候，家里已经乱成了一锅粥。

张文猝不及防，被朱守正的三儿子朱玉没头没脸地尿了一头童子尿，惊愕之下，恨得差点将小朱玉掼死在地上，幸亏陈月英眼疾手快，冲上去将小朱玉抢到了手上，紧紧地搂在怀里，躲到了一边。张文的脸上、衣服上、脖子里全是尿，湿湿的，凉凉的，像个落汤鸡似的，要多狼狈有多狼狈。更可气的是，一大圈的妇女，先是一个个忘记了手头的工作，都被这千年难遇的一幕惊呆了，就好像是一台正在高速运转的机器，突然被人关掉了总开关，正在运转的一切一下子停止了下来：切菜的把刀悬在半空，根本没有意识到另一只手已经处于刀刃之下了；搅面糊的把棍子抱在怀里，涂了自己一脸的白粉也想不起来擦拭了；烧锅的忘记了添柴，任由锅膛里的火苗渐渐地向外爬行；添水的把水桶拎到了锅边也不看锅，把一桶水都倒到了地上；找凳子的抱着一摞凳子走来，扭头看时，正好和捧着一叠碗的人迎面相撞……紧接着，又像是谁突然打开了这台机器的总开关似的，一切又都恢复了过来。那些从短暂震惊中清醒过来的女人们在明白了发生了什么事情之后，终于都从一个极端状态转入了另一种极端状态，人人都像是打足了气的气球似的瞬间爆炸了，笑得是前仰后合，花枝乱颤，场面一片混乱：切菜的差点把自己的手砍下来，搅面的把棍子搅到了别人的头上，烧锅的把火苗儿拨得满天飞，添水的直接趴到了水桶上，找凳子的更是让手中的凳子把对面人手中的碗儿砸得碎了一地……

就在大家乱成一团的当儿，朱守正一头闯了进来。

张文正气得脸色青一阵白一阵无处发泄时，一眼瞥见了匆匆赶来的朱守正，一腔怒火像是在地下憋屈了许久的岩浆，终于找到了喷发的火山口。

“姓朱的，你是不是存心害我？你还想不想活了？啊？啊？啊？”张文满脸涨得通红，额头青筋暴起如雨后在泥地上扭曲爬行的蚯蚓，两颗混沌的小眼珠死命向外凸起，差点就从眼眶里掉了下来，因极度的愤怒，连声音都走了调，“我看你是活得不耐烦了？想找死了？啊？啊？啊？”

朱守正在路上就听女儿把大致情况说了一遍，但还没有估计到问题有这么严重。一看到张文这种歇斯底里的模样，他就知道自己的儿子给自己闯的祸有多大。事已至此，也就顾不了那么多了。是福是祸，听天由命吧。心里这么一想，反而平静了下来，他忍住笑，急步上前，伸手扯住张文中山装棉袄的下摆，边抖边问：“张书记，你的衣服怎么湿了？天也没下雨呀？”

“你还好意思问？”张文怒道，“你去问问你女人，都是你那混蛋儿子干的好事。”

“我儿子？我儿子怎么了？”朱守正一脸的茫然，掉头去找陈月英，“琴她妈？琴她妈？”

陈月英没有回答他，不知躲到哪里去了。倒是王宝贵的女人赵月红走上前来，笑着大声说道：“朱书记你不知道吧？你家的宝贝儿子给张书记喝了一碗正宗的童子汤。这下好了，张书记喝饱了，连中午的这顿饭也省了，这下便宜我们了。大伙说，是不是呀？”

众人被她一说，又都哄堂大笑了起来。

这个说：“张书记，味道怎样呀？”

那个说：“张书记，要不要再来一碗呀？”

……

朱守正沉下脸来，大声呵斥道：“够了，都甭说了。陈月英，把小三子抱出来，我今天非打死他不可。我们老朱家祖祖辈辈还从来没人敢干出这种事？反了，反了。打死算了！”朱守正气咻咻地卷起衣袖就到墙边去找棍子。

棍子还没找着，只见他的女人陈月英不知从哪冒了出来，此前，她已把三儿子交给大女儿朱琴抱走了。她拨开人群，赤手空拳，像个发怒的母狮子一样，张牙舞爪地向朱守正奔了过来，嘴里还大声咒骂着：“姓朱的，你逞什么能？你有什么了不起？你算什么东西？你这屁大的官有什么了不起？你就这臭德性，连我这个普通农家妇女都不如？儿子是我养的，从我身上掉下来的一块肉，你能怎干？你敢动他一个手指头，我就把你一只手都剁下来，把你这人模狗样的东西剁了喂狗……”

陈月英虽然骂得凶，但哪里能近得了朱守正的身，早被赵月红等一班女人拦腰抱住。那边又有村主任潘兴阳和胡得书、王宝贵等人把朱守正抱住，装腔作势地忙着劝架。现场那个乱呀，真的不知如何说起。

现场的张文一开始还指天咒地地胡骂，一副得理不饶人的架势。再到后来，看到陈月英和朱守正干了起来，他心里先怯了一半，气势上就败了下来。再听听陈月英骂的话，好像句句都是骂他的，那每一个字都像是陈月英抡起的巴掌，左右开弓，扇得他面红耳赤，头昏目眩，一个踉跄，差点栽倒在地。

秘书赵小年眼快，一把托住了张文的腰，关切地小声劝道："张书记，我们撤吧？"

陆小兰也趁机劝道："张书记，先到我们家去换身干净的衣服吧？"

张文软瘫着身体，有气无力地说道："好，好，好。"

不一会，三人就到了陆小兰的家。

陆小兰打开门，恭恭敬敬地把张文和赵小年让到了屋里坐下。

这是一幢当时再普通不过的苏北农村民舍，看上去已经十分破败了。

主屋是三间普通的土墙茅檐，屋里用河里晒干的芦苇扎成的把子把空间分成了三间，最东间是主卧室，四面的土墙上灰蒙蒙的，靠近那张大木床的地方贴了一些陈年的报纸。这些报纸看上去已经有些年月了，有的已经发黄破损了，像是上了年纪的行将就木的人，耷拉着脑袋等待着死神的降临。一张木头双人床上，凌乱地随手堆放着一些被褥和衣物。床沿前的地上摆放着一个圆圆的黑乎乎的物件，乍一看去，还以为是一个人蹲在那里呢。原来，那是当时农村人家必不可少的生活用品——马桶。这只马桶还是陆小兰嫁过来时，娘家人陪的嫁妆呢。房间的光线十分暗淡，即使是在正午，也不是太好。主要的光源是来自南面土墙上开着的一扇窗子。严格地讲，那不能称为是窗子，因为它没有窗子那么大，大小仅能够一只猫儿来回穿行，没有窗框，也没有窗棂，更没有玻璃，充其量只能算是一个通气口，或是瞭望孔什么的。为了躲避严寒，这个小孔里还被塞上了一团稻草。由于通气不畅，整个房间里弥漫着一种陈腐的让人窒息的味道。

西边的房间布局和主卧室差不了多少，那是陆小兰四岁的大女儿王巧英和两岁的儿子王小胜的房间，同样也是昏暗的，让人窒息的。相比较而言，中间的房间倒是宽敞明亮了不少。在农村房屋的布局中，这间房子的功能是综合性的，既是会客室、活动场所，又是全家老少吃饭的地方。摆放的家具有几样是基本相同的，一张小方桌，几只小板凳，外加一个干土坯垒成的长方形台子，当地人叫它“老爷柜子”，上面摆放着一些生活用品什么的。条件好一点的人家，就用木头打成，没条件的，就因陋就简用土坯码成。朱守正家的老爷柜子也是土坯做的，和陆小兰家的一样，只是陆小兰家的老爷柜上多了一些药品，多了一些淡淡的酒精和药品混合在一起的味道。陆小兰家和朱守正家唯一不同的，是厨房的位置不同。朱守正家的厨房，是在主屋的西边，南北方向独立新建的两间土墙茅屋。而陆小兰家的厨房，是顺着东山墙搭的一小间屋檐坡，墙体是芦苇把子扎成的，里外用掺和了稻草的泥浆涂抹了一层。时间一长，上面的泥浆就会脱落，露出了芦苇把子，里外能透亮，寒风从缝隙里钻进来，发出了呼呼的鸣响。

张文一行人到了陆小兰家的时候，家里空无一人。陆小兰的丈夫王有水带着一双儿女到村开会还没有回来。算算时辰，这个时候正是村集体会餐开饭的当口，陆小兰可以想象出王有水爷三手里拿着大碗，站在长长的队伍里，眼巴巴瞅着前头那只热气腾腾的大铁锅时的馋劲儿。

此刻，陆小兰没有工夫去想他们爷三，她的当务之急，是要抓住机会把眼面前的这位“大人物”服务好。她把张文和赵小年先安顿到堂屋的板凳上坐下，然后就掀开布帘进了自己的房间，手脚麻利地在最短的时间内将本来凌乱的床铺整理得干干净净。然后，她来到通气口，伸手将堵在洞里的那一团稻草掏了出来，房间里一下子变得明亮了起来。她刚想把稻草拿出去扔掉，在迈脚的那一刻却又犹豫了起来。短暂的思考后，她重又把那团稻草重重地塞了回去，房间里重又坠落到了昏暗之中。

陆小兰回到堂屋从老爷柜下面的一只麻袋里掏出了几把花生放在小饭桌上，招呼张文和赵小年先吃点垫垫肚子。这些花生是陆小兰年前从娘家带回来做种用的，准备在自家的小菜地里种上一些，给大人小孩当干粮用的。看着他们一前一后剥起了花生，她才退了出来，到厨房里忙碌了起来。不一会工夫，厨房屋顶上不高的烟囱里就冒出了一缕缕淡淡的青烟。

“小兰呀，你这日子过得够呛呀。”张文手里拿着花生，一边剥，一边把剥好的往嘴里扔。踱着步，来到厨房门口，倚在门框上，睨着正坐在锅堂口烧火的陆小兰。

听了张文的话，陆小兰噘起小嘴，一脸的委屈，嗔道：“可不是吗？张书记，你得要拉扯我一下呀，日子都要过不下去了。”

“哪能呢？有我在，还能让你活不下去？”

“那你准备怎么帮我呀？”

“那看你想让我怎么帮你了？”

“你想怎么帮呀？”

“你说我今天怎么那么倒霉呀？”

“你和朱小三子有缘呢。”

“他专门跟我作对，好像是前世对头似的。都是朱守正的问题，看我怎么整治他。”

“小孩子的事，不好跟大人扯上的。”

“你不要帮他说好话，他对你也不怎么样。”

……

说话间，一大锅水已经热气腾腾地烧开了。

陆小兰找出一只大木盆放在堂屋的地上，又不知从哪找来了一大块塑料布，用衣架撑起来挂在木盆上方，一盆热水倒下去，热烘烘的蒸汽瞬间把塑料布撑起来了，形成了一个小小的热腾腾的空间。

张文在旁见了，喜不自胜，夸道：“小兰呀，看不出你那么有心思呀！”

赵小年附和道：“就是，就是，她一定会把书记大人伺候得像神仙似的。”

陆小兰嗔道：“就你贫嘴！还不快到乡公所去给张书记拿衣服，等会让他拿什么换身呀？”

赵小年讪笑道：“我才不管呢，到了你这儿，你就得负责到底。你把张书记照顾好了，还怕委屈了你？”

张文在一旁听得不耐烦，抬腿给了赵小年一脚，骂道：“哪那么多废话？你小子想让我光腚呀？还不快滚！”

赵小年冷不丁被踹了一脚，也不生气，“吃吃”地笑着，退了出来，骑上他那辆破旧的永久牌自行车，饿着肚子头也不回地走了。

等到他在乡公所食堂吃饱喝足拿上张文的衣服回到陆小兰家时，老远就看到在屋门口不远处的一个草堆根前，有三个人影蜷缩在那里悠闲地晒着太阳。走近了，才看清是一个四十岁出头的矮个子男人带着两个小孩子。大一点的是小女孩，四岁左右，扎着两个一把撮小辫子，满脸脏兮兮地蹲坐在稻草上，在陪着两岁左右的更脏的小男孩在地上玩掷石子游戏。赵小年认出那个男人是陆小兰的丈夫王有水，忙从自行车上跳下来，赔着笑打着招呼："是王大哥呀，晒太阳呢？"

矮个子男人正抄着手眯着眼享受着午后温暖的阳光，猛听到有人说话，吓得打了一下哆嗦。睁开眼，抬起棉袄袖子揉了揉惺忪睡眼，看清了来人，才舒了一口气，诚惶诚恐地站了起来，小心翼翼地回答道："噢，是赵秘书呀，吃过了吗？"

"吃过了，吃过了。"赵小年一手扶着自行车把，一手亲热地拍了拍王有水的肩膀，"你吃了么？你坐在这干什么呀？"

王有水干瘪瘦小的脸上不经意间抽搐了一下，眼神有点茫然地看着赵小年，嘴里答非所问地"喔喔"了几声。赵小年有点尴尬，就四下里乱望，化解一下气氛。他看到陆小兰家那两扇破旧的门板紧闭着，听不到一点声响。只有门前那辆崭新的凤凰牌自行车，在春日阳光的照耀下发出一阵阵刺目的光芒。一道反光刺到了赵小年的眼睛，刺得生痛。他忙收回目光，和王有水搭讪道："王大哥，这两个小鬏[①]都是你家的呀？"

"是呀，两个不值钱的小孬种。"王有水有点木然地应了一句。

闻听此言，玩的正欢的小女孩扭头朝着大人这边望了一眼，倏忽又低下了头，带着弟弟专心致志地玩着自己的小石子了。

① 小鬏：淮阴方言，小孩的意思。

六

几个月后的一天上午，朱守正接到乡公所通知，张文书记有请。

其时，朱守正带着村干部一班人正在各个生产队的麦田里察看小麦生长情况。今年的小麦长势特别的好，开了春，麦子就铆足了劲，拼命地生长，每一片叶儿都像是在菜籽油里浸润过似的，油油的都要滴下来了。庄前屋后，田间地头，沟上坡下，一眼望去，整个大地都铺上了一层绿毯。更妙的是在绿毯的四周或是中间的什么地方，镶嵌着一条条、一缕缕、一块块金色的线条，那是黄灿灿的油菜花开得正炽，把四月的天际渲染得生机盎然，如梦似幻。

“朱书记，朱书记，乡公所张文书记让你去一趟。快点噢！”乡公所秘书赵小年骑着那辆破旧的永久牌自行车远远地赶来，隔着老远就喊了起来。

“有什么急事吗？”等到赵小年到了一群人跟前，朱守正问他。

“不知道呢。”赵小年到了跟前，也不下车，屁股从座位上滑到了大杠上，一只脚点着地面，支撑着车子，顺手抹了一把额头上细密的汗珠子，说道“你去了不就知道了”。说完，另一只脚踩住自行车的跶子，一使劲，车轮转了起来，赵小年的屁股挪上了车座后，向众人挥了挥手，敏捷得像猫儿似的很快消失在众人的视线里。

等到赵小年走后，朱守正别了众人，到了家里，推出自己的那辆连牌子也看不出的自行车，“哐里哐当”地一路响着向乡公所奔去。

乡公所离朱守正家很近，不到一袋烟工夫，他的车子已经拐进了乡公所大院。乡公所大院门口的那两扇大铁门已经锈迹斑斑，歪歪斜斜的好像一阵风就能把它们刮倒了似的。两边挂着的木牌子也十分陈旧了，上面的油漆也脱落了不少，字迹都有些模糊了。朱守正看了，心里叹口气，他不明白张文书记为什么不把乡公所的门面好好收拾收拾，弄得破破烂烂的，实在有碍观瞻。

“朱书记，来啦！”路过门口传达室，看门的顾大牛热情地打着招呼。顾大牛是本地人，三十来岁，个头不高，整张脸长得像是街上田三源小吃铺卖的大圆饼似的，说圆不圆，说方不方，好像是一不小心做出的次品似的。顾大牛虽是本地人，却不是父母亲生的，据说是他父母结婚多年没生孩子，不得已从外地抱了一个私生子。顾大牛因为是抱来的，他的养父母对他也不是太上心，再加上他从小顽劣异常，不好好读书，养父母更是冷了心，不去管束，任由他去了。顾大牛没了管束，倒也每天自由自在，学想去就去，不想去就躲在哪里玩上半天。十五六岁的时候，他的养父母得了绝症，先后撒手西去。没了养父母，顾大牛的生活没了来源，一下子陷入了困顿之中，学自然也上不成了。好在二十来岁的那一年，村里的老书记看他可怜，就把他推荐给了当时的乡公所领导，当时说好了只要管饭就行，报酬什么的一概不要。乡公所领导听了，落得有个现成人用，就答应了下来，让他到传达室做了个看门的。这一做就是十多年，连个老婆也没讨到。不过，他也没计较什么，每天总是乐呵呵的，谁叫干活都行，不管是乡公所大院的，还是下面村的干部。“他们是看得起我，不然怎么会看到我呢？”当别人嘲笑他谁都能用得动他时，他总是在心里这样对自己说，而且也懒得跟别人去争论，他觉得说那些话的人是不怀好意，好让他少做事，这样就好让领导批评他，他的工作就没有了，这样别的人就能顶替他做门卫了。“这些家伙真是坏透了，巴不得我又回到从前。”他说的是养父母死后没人管吃饭时的窘境。顾大牛这样想着，就更坚定了自己的想法，平日里不仅没有丝毫的偷懒，反而比以往更勤快努力了。

听到顾大牛打招呼，朱守正从自行车上下来，架好车，从灰旧的中山装左下口袋里摸出一包皱巴巴的大前门香烟，烟只剩下几支了。朱守正中山装下面的两只口袋，永远装着两样东西，左下口袋里装的是大前门香烟，或是丰收牌香烟，右下边的口袋里装的是叠白纸。大前门香烟或是丰收牌香烟是从街上的供销社里买的，2分钱一包，是专为对外应酬用的，自己平时是舍不得抽的。烟瘾犯上来的时候，他就从右下口袋里摸出一张裁好的白纸，然后从裤子口袋里掏出灰布烟丝袋，自己搓了香烟抽。

见了顾大牛，朱守正没有把手伸向右下口袋，而是直接从左下口袋里掏出了那所剩无几的大前门香烟，从中抽出一支递给了顾大牛。顾大牛也不客气，接过烟凑到眼前，眯起一对小眼端详了几下，笑道：“朱书记，就你看得起我，没把我当看门的看，让我和张书记抽一个牌子的烟呀！”

朱守正又摸出火柴，抽出一根划着了给顾大牛的烟点上，笑道：“顾科长说哪里话？你的资历在这个大院子里谁能比？”

顾大牛把烟点着了，深吸了几口，表情十分的受用，问道：“朱书记，你来有事呀？”

“不知道呢，只说是张文书记找我。”朱守正如实回答道。

“没说什么事吗？”顾大牛小声问道。

“没说呀。”朱守正反问道，“你听说了什么？”

“也不敢肯定。”顾大牛故作神秘道。

“什么呀？”朱守正笑道，“你要不知道就不要说了。”说完推车就要走人。

顾大牛沉不住气了，抓住朱守正的车把手不让他走，并把嘴凑到朱守正的耳边，小声说道：“听说和你有关，你要注意点噢。”

朱守正听了，心里一沉，问道：“和我有关？我又怎么了？”

顾大牛咬着耳朵道：“昨天晚上会议室开会研究了你们村的事，后来张书记回到家里不久，就听到他家里的骆大炮点着了火星子似的炸开了锅，好像和你们有点关系。所以啊，你自己要有点心里准备哟。”

顾大牛说的骆大炮是张文的老婆，叫骆秋鸿，长得是驴高马大，比张文整整大出了一个圈，性子又直，嗓子又大，说起话来像是和人吵架，所以得了个绰号“骆大炮”。骆大炮没什么文化，但却有一个北撤出身的老爷子。也不知什么原因，骆大炮就神差鬼使地嫁给了大胖子张文。张文到哪工作，骆大炮就跟到哪。到了临河乡公所，因为文化的原因，骆大炮就在乡公所大院干起了茶水工的活，每天负责给乡公所的几位主要领导烧几瓶开水了事。

“都说什么了？”朱守正一脸的紧张。

“就听骆大炮骂道‘你要是敢和那个女人有什么见不得人的事，我让你死都不知道是怎么死的’。”顾大牛鹦鹉学舌道。

“那后来呢？”朱守正心里没了底。

“后来呀，就听张书记说‘你甭整天疑神疑鬼好不好？好像你家男人是西门庆似的，见了女人就走不动路了。我那是工作需要，你懂不懂’？”

“噢。好像跟我没多大关系呀？”

“怎么没关系，你听后面的……”

两人正说到要紧处，冷不丁就听到身后不啻平地响起一声惊雷：“干什么你们？鬼鬼祟祟的？”

朱守正和顾大牛被吓得打了一下哆嗦，两人惊恐地转过身来，就见面前站着一个铁塔似的女人。此人四十出头，腰宽体胖，面如脸盆，浓眉粗眼，大鼻子，大嘴，乍一看，活像是渔夫宝瓶里释放出的巨人降临，又像是神话故事里的母夜叉再现。

顾大牛在对方如炬的目光直视下，连大气都不敢出，只顾低下头用手扯着衣角，像是一个犯了错误的小学生似的。

待朱守正看清来人是张文的老婆骆大炮时，他那原本惊吓不已的心反而一下子平静了下来。他笑着打招呼道：“是骆大姐呀，你忙什么呢？”

骆大炮嘴角似笑非笑，脸色似哭非哭，扬了扬两只手里提着的暖水瓶，说道：“上面来人检查工作，我给他们送点开水。”说完，也不等朱守正再说点什么，自顾自转过身朝着乡公所会议室的方向走去。走了几步，竟又停下了脚步，朝着两个还没完全缓过神来的人说：“以后说话注意点，没影子的事就少嚼舌头根子，小心哪天舌头被割了都不知道。噢，对了，朱书记，你要找张书记，他在家等你呢。”她朝着大院后排家属区的方向努了努嘴，就再一次转过身，“蹬蹬蹬”头也不回地走了。

张文书记的家是在乡公所大院的最后排最东头的那个小院子。

院子是用青色砖瓦砌成的，和家属区其他干部住的没什么两样，都是一式的三间主屋二间边屋，均是二十多年前的老式建筑，围墙和房屋墙体上的砖皮都开始渐渐地剥落了，屋顶上的瓦片有的已经断成了两截，在边屋的顶上竟然还长着一棵矮矮的皂角树，也不知是什么鸟儿将树的种子带上屋顶的，就这样让它找到了生根发芽的场所，开拓了一片小小的属于自己的时空。如果硬要找出张文书记院落和其他院落不同点的话，那就是院子里种的植物不同了。其他干部院落里的空地上，或是种上了油菜，金灿灿开满了院落；或是点上了豆角、毛豆、西红柿、黄瓜等时鲜蔬菜；或是被精明的主人播上了麦子，以弥补粮食的不足。而张文家的院子里，则是另一番景象，到处都种满了月季、海棠、芍药、牡丹、杜鹃等各式花卉，那红的、白的、紫的、黄的花儿，将院子里的春意渲染得轰轰烈烈，热闹非凡。

朱守正一踏进张文的院子，就被眼前的春色惊呆了，他怀疑是不是走错了地方，踏进了公园之类的领地了，以至于脚都不知道往哪里迈了。就在他疑惑不定的时候，他听见了主屋东边房间的窗子里传来了张文重重的咳嗽声，接着就听到了张文的说话声：“鬼鬼祟祟站在那里干什么？进来呀。”

朱守正应声进了主屋的客厅，张文踱着步子从卧室出来，先在一张木椅子上坐下，然后指了指对面的一张藤条椅子，说道：“坐，坐下说。”

朱守正略显拘谨地在椅子上坐下，又立马挺直了身子从上衣左口袋里去掏那包大前门香烟，没等他把烟掏出来，张文已经把一支红山茶牌香烟递到了他面前，说道：“今天抽我的吧，把你那烟省下来招待别人。”

朱守正听了，浑身不自在了起来。从进门那时起，他就感觉到了异样。按照张文的规矩，接见下属绝不会在家里这种私人场合，必须是到他的办公室，一丝一板地听取下属的汇报，或是对下属进行发号施令。像这样在家里谈工作，最起码在朱守正身上还是第一次。而能主动拿出香烟给下属抽，又是破天荒的第一次。这几个第一凑到了一起，又会是什么样的奇迹呢？

朱守正左思右想不得要领，干脆也就随它去了，不去想了。已经到了这个地步，走一步看一步吧。

就在朱守正抱着死猪不怕开水烫的心态时，张文开口了。先是寒暄了几句，问了问朱守正家小三子朱玉的情况，看来当日的那个仇还记着呢。尔后话锋一转，提到了红星村干部班子的配备问题。

“听说你们村部的干部整体能力不足，这很危险呀，尤其那个叫王宝贵的副村主任，整天吊儿郎当，不务正业。那个叫胡得书的会计，我看就是个老滑头，什么责任都不愿担。那个叫潘什么的？”

“叫潘兴阳。”

“对对，叫潘兴阳，又是个才上笼套的小牛犊，是个愣头青。这样的班子，你会很累的。”

“张书记，你对我们班子成员的这些评价，都是从哪听来的？”

“还要听来吗？我又不是没长眼睛！我又不是三岁小孩！”

“张书记，你今天把我喊来，到底是想跟我说什么？”朱守正有点急了，“我到现在都没搞懂。”

“你还没搞懂？”张文“腾”地站了起来，脸色都有点变了，“你怎么那么笨？我就是想提醒你，你的班子战斗力太弱了，要充实人手，提高战斗力。”

朱守正终于听明白了，张文要对他下手了。

“那你打算怎么个充实法呢？”朱守正至此已冷静了下来。是福还是祸，是祸躲不过，该来的迟早会来的。

“很简单，乡公所派一个人进去当副书记，做你的助手。”张文深吸了一口烟，又把烟圈悠悠地吐了出来，胖乎乎的脸上挂着一丝微笑，“当然了，你还是一把手。”

“那你准备派谁去呢？”

“不是准备，而是已经研究决定了。”

“谁？”

“陆小兰。”

朱守正夹着香烟的手突然停下不动了，烟已经燃到了手指头，他的手指不由自主地抽搐了一下，一截灰白的烟灰默然落下，在青砖铺成的地坪上留下了一小团污渍。

就这样，陆小兰正式成为了朱守正的副手。

三年后。

又是一个春天的上午，朱守正又被喊进了同样的院落。又是同一个人和他谈话。

“守正呀，你的运气来了。”张文满面春风地主动上前握了握朱守正的手，把他让到了三年前的那张藤条椅子上。

“张书记，你又有什么好事想到我了？”朱守正坐下后淡淡地问道。

“好事，绝对是好事。”张文有点激动地手舞足蹈了，“你知道的，现在上面的用人导向有所不同了，调整了好多干部，以前的好多人又得到重用了。对了，我们的老领导，就那位德高望重的老书记，周有政，那个最喜欢你的人，现在又到新的领导岗位了。”

“真的？”朱守正不由自主地站了起来，“周书记现在在哪？”

“不急不急。”张文笑着拍了拍朱守正的肩，先让他坐了下来，“他现在呀，已经调到我们北边的三城乡公所去当书记了。”

“真的呀？太好了！”朱守正的心都要跳出来了，双眼噙满了泪水。

“好事还在后头呢。”张文眯眯地笑着，眼睛都眯成了一条缝了。

“还有什么？你就甭卖关子了。”朱守正真的急了。

“现在周书记在三城搞农业工作试点，要在全县抽调人员组成工作队。现在队员都落实了，就是缺少一个工作队长。县里让我推荐人选，我想这不是明摆着周书记指名要你的吗？我就做个顺水人情，把你推荐上去了。昨天县里来了正式通知，调你到三城乡公所任县里工作队队长，任期三年，三天后到县里农工部报到。怎么样，时来运转了吧？”

朱守正彻底愣住了。

半天，他嗫嚅道：“那，那，我走了，红星村的书记谁来当呀？”

“当然是陆小兰了。”张文有点诧异地看了朱守正一眼，语气里很有点为她打抱不平的意思了，“她这个副书记已经当了好几年了，早就应该把副字去掉了。当然了，也可以以副书记的名义主持工作。”

他时常担心的事终于发生了。

现在，在红星村这个人生的舞台上，他这个当演员的到了该谢幕的时候了。

“好一个一石三鸟之计呀！”朱守正心里为张文的谋略点赞，一方面冠冕堂皇不露声色地把自己的眼中钉肉中刺除掉，一方面又让对方哑口无言找不到反击的理由，另一方面又把自己的人安排到了心仪已久的位置上。这样缜密的心思，真是应了电影上的一句台词：“高，实在是高。”

一切都来得太快了，快得让人到了无法接受的程度了。

记得作家柳青曾说过：人生的道路虽然漫长，但紧要处往往只有几步。

处于人生十字路口的朱守正又一次站到了人生的选择点。这次的选择和当年选择参军是不同的，当年的他是走投无路了，才毅然决然地虚报了年龄走上了从军路。也正因为当了兵，才使得他的命运发生了颠覆性的改变，如果没有当年的选择，他充其量也就是个苏北农村一个地道的农民。现在，已成为村书记的他，本以为在任上干个十年二十年以后，就像前几任的书记一样，安稳地退下来，到乡公所谋一个闲职，领一份薪酬，就此终了一生。没想到，人过而立，子女成群了，倒要远离稳固的工作，远离自己的亲人，到一个完全陌生的地方去谋生。他不知道，这样的选择意味着什么？是福还是祸？他想逃避，可是他能逃避得了吗？他想重新选择，可是他有的选择吗？一如他当年参军时的情景一样。

历史，竟然如此惊人地相似。

七

仿佛一夜之间，红星村的天就变了。

朱守正要走了，老百姓一下子没了主心骨。一大早，听闻消息的群众就陆陆续续赶往朱守正家探望，更有一大拨人在潘兴阳的率领下，群情激愤，爬上村里仅有的两辆拖拉机，浩浩荡荡地向乡公所的方向开去，要找乡公所书记张文讨个说法。朱守正得到消息，抓过靠在墙边的自行车骑上去，心急火燎地去追赶他们。

很快，在离乡公所大院一里多地的地方，朱守正把两辆拖拉机拦了下来。

“你们这样是做啥？这不是要造反吗？”朱守正把自行车横在拖拉机头，气咻咻地指着站在拖拉机上前排的村主任潘兴阳，骂道，“潘兴阳，你是村主任，你昏了头了，你怎么能干出这种事？你不是要把我朝绝路上逼吗？你还让不让我活了？”

拖拉机停了下来，一大群人从车上跳了下来，把朱守正围在了中间。潘兴阳去夺朱守正手里的自行车，想把路打通。朱守正怒了，抓住他的衣领，吼道：“你疯了？你眼里还有没有我？你到底想干什么？”

潘兴阳一肚子委屈，脸涨得通红，大喊道：“你怕那个姓张的，我不怕，大不了老子不干了。就是不干了，也要找姓张的问个明白，他凭啥那么狂？他做的丑事我都知道，我要到县里去告他，让他下台。”

一位老大娘挤上前来，拉着朱守正的手，一把鼻涕一把泪地说道：“朱书记，你不能走呀，那年大地震，没有你，我们娘儿几个早冻死、饿死了。你走了，我家再有三病四灾的，你让我找谁去？谁又睬我这个老不死的呀？”

一位老大爷拄着一根竹拐棍，一边剧烈地咳嗽，一边颤巍巍地挤进人群，来到朱守正面前，好不容易才屏下气，止住了咳，气喘吁吁地说道：“我是个要死的人了，活了这么大，还没看到像你这样好的书记呀。书记呀，你千万不能丢下我们这些老骨头呀，一定要留下来呀！”

大家七嘴八舌，乱嚷嚷着。

朱守正泪流满面，“扑通”一下跪倒在众人面前，哽咽道：“我朱守正何德何能，让各位乡亲错爱了，我有好多事没有做好，让大伙跟着我受苦了，我给大伙赔罪了！赔罪了！”

现场，一片唏嘘。

……

两天后，朱守正拎着简单的被窝行李，坐上了潘兴阳开的拖拉机，趁着天还未大亮，悄悄地向着县城的方向走了。

朱守正走后，全家的重担就全落在了陈月英的肩上了。每天，既要忙着到生产队上工，又要照顾四个孩子，生活的艰难程度是可想而知的了。好在大女儿朱琴、大儿子朱聪、二儿子朱明都已上学了，有学校管着，省点事，真不省事的就是小儿子朱玉了。小朱玉七岁上学之前，灾难不断，有几次差点把小命都玩完了。

朱守正走后不久的一个下午，朱玉的姐姐哥哥们都上学去了，妈妈也上工去了，他一个人在家待不住，就跑到门前的大马路玩。一个不小心，被一位骑着自行车的毛头小子撞倒后，车子直接从身上碾了过去。小伙子吓傻了，从车上连滚带爬下来，站都站不住，像一堆泥般瘫在了地上。附近的群众见了，一个个也是吓得魂飞魄散，忙不迭地用小伙子的自行车把朱玉送到了乡公所卫生院。结果，经过医生检查，身体除了有点擦破皮外，竟然毫发未损。送朱玉上医院检查的群众竖起了大拇指，夸道：“到底是他大没做坏事，才保佑这小鬏没事的。”

夏日的一个午后，正值雨季，天像被捅了个窟窿，没日没夜地下着，把大小河道和沟沟渠渠都灌满了。好不容易停了雨，陈月英被生产队长喊去排洪去了。小朱玉又是一个人在家，闲得无聊，突发奇想，一个人提着一个小竹篮子，屁颠颠地跑到屋后的水沟里去逮鱼。谁曾想，到了沟边，脚下一滑，掉进了沟里。沟里全是水，一下子就没过了小朱玉的头，他连喊一声都没来得及，就消失得无影无踪了。恰恰在这节骨眼上，在靠近沟边玉米地里有一位裹着小脚的邻居老太太在割草，听到了小朱玉的落水声后，扔下手中的镰刀，不顾一切地冲过来，把他从水里捞了上来，救了他一条小命。

朱玉家的门前空地上，有一个用木棍搭起的四方形小棚子，顶上放了几张芦柴席子，作为夏天吃饭、纳凉的地方。一天中午，一家人吃完饭大多去睡午觉了，只有朱玉和他姐姐朱琴还在门口玩耍。朱玉一会儿玩困了，想睡觉了，就围着凉棚不停地转悠。一会儿，他看上了凉棚顶上的芦柴席子，他想睡在上面一定会凉快的，就趁着朱琴不注意，自己顺着凉棚的柱子，“噌噌噌”几下就窜了上去。到了顶上，小朱玉迫不及待地就向着芦柴席子趴了上去。孰料，芦柴席子下面的横木仅仅是一个细细的树枝绑的，根本承受不了小朱玉的体重。随着树枝“咯嚓”的断裂声，小朱玉连同席子土豆袋般地重重摔在了地上。这一摔，直接把小朱玉摔得背过了气。亏得一旁的姐姐小朱琴哭喊着去掐他的人中，才把他从鬼门关拽了回来。

秋日的一个黄昏，妈妈陈月英带着几个孩子到地里去收山芋。不知怎么的，小朱玉中途哭着闹着要回家。妈妈没辙了，只好把家里钥匙交给他，让他自己一个人先回来。妈妈山芋收到一半，不放心小儿子一个人在家，就让女儿朱琴回家瞧瞧。小朱琴回到家里一看，家里黑灯瞎火的，就在门外大声喊着朱玉的名字，让他赶紧出来。其时，小朱玉已经在家里的床上睡着了，听到了姐姐在喊他，就连忙答应着跑了出来。前脚刚刚跨过门槛，后脚整个房子就“轰隆”一下整个趴了下来。吓得姐弟两个牵着手，一路哭着去给妈妈报信去了。估计当时姐姐朱琴步子慢一慢，她就再也见不到三弟了。

邻居有一位八十多岁的老奶奶，长期瘫痪在床上，很少有人见到她出来晒太阳。她住的小房子平时连个油灯都没有，里面黑窟窿咚的，只有她的一头白色长发在屋子里一闪一闪的，像是黑夜乱坟岗上的磷火，看了让人心里瘆得慌。平时，没几个小孩子敢从她的门口经过。可偏偏小朱玉喜欢去，一点也不怕那位老奶奶，还会帮着老奶奶干一些力所能及的家务活。一日，小朱玉又去玩时，老奶奶让他去隔壁的房间找东西，自己擦火柴时不小心点燃了床上的蚊帐，把她住的房子点着了，火势迅速蔓延，很快就把房子吞噬了。老奶奶走了，小朱玉却逃过了一劫。

更可怕的还在后头。

一日，红星村主持工作的副书记陆小兰到陈月英家串门，顺便把陈月英要的打厕所蚊蝇的农药“敌敌畏”带了过来。这类农药，是政府统购统销商品，没有准购卷是买不到的。家里的蚊蝇多，陈月英就委托陆小兰代为购买一点。陆小兰虽然贵为红星村的实际一把手，但是对曾经的老领导朱守正一家还是颇为尊重的，隔三岔五就来和陈月英套近乎，虽然陈月英并不喜欢她，但是大面子还是要顾的，偶尔也会请她办点小事，显出和她关系的不一般。这是陈月英的精明之处，虽然她识字不多，毕竟是老私塾家的千金，为人处事总是比平常人要高出一筹。陆小兰来的时候，陈月英正巧没在家，只有朱琴和几个弟弟在家。陆小兰带来的“敌敌畏”是大瓶子装的，估计陈月英一家用不了这么多，就寻思着找一个小瓶子匀一下。找了半天，才在堂屋的老爷柜上看到了一只喝光了的止咳糖浆的空瓶子。陆小兰拿过空瓶子，就把自己带来的“敌敌畏”灌了进去，刚刚倒满，就听到外面有人叫“陆书记，张书记让你去一趟”的喊声。陆小兰“诶诶”地应着，忙不迭地把止咳糖浆的瓶子盖好，放在小桌子上就匆匆地出去了。

在外疯了一天的小朱玉回家后，第一眼就瞄到了小桌上的止咳糖浆。这可是个稀罕物，只有自己生病咳嗽的时候才能享受到，没想到今天自己没病没痛就要享用一回了。来不及多想，小朱玉拿起桌子上的瓶子，拧开盖子，一仰脖子，“咕噜”一声，就是狠狠的一大口。再要喝时，外面有个小伙伴催得急，他只好先把瓶子放了下来，走了出去。等到小朱玉回来的时候，桌子上的那个瓶子恰恰被跳上来的猫儿碰到了地上，里面的东西全淌了出来。小朱玉没了法子，只得把瓶子拾起来放到了桌子上后，溜出门找人玩去了。

再说陆小兰从乡公所出来，蓦然想起“敌敌畏”的事情，害怕出事，骑上自行车忙忙地往陈月英家赶。到了陈月英家，一看瓶子还在，心中稍安。拿起瓶子一晃，顿时傻了，瓶子已经空了。

“小、小、小琴子，瓶子里东西呢？”陆小兰慌了神，赶紧追问小朱琴。

小朱琴望着惊慌失措的陆小兰心里觉得好笑，问道：“被我三弟喝了，怎么啦？”

陆小兰带着哭腔叫道：“坑得了，坑得了，那是敌敌畏，那是农药，要死人的。快，快，快把小玉子找出来，送医院。”

小朱琴一听，立马感到了事态的严重性，几乎是和陆小兰同时冲出了门，扯破了嗓子拼命喊着：“小玉子，你在哪？小玉子，你在哪？”

此刻的小朱玉并没走远，他正在邻居家的门前和小伙伴们玩“掼四角”的游戏。这种游戏就是把两张纸对折后放在一起交叉叠成四四方方的形状，称为“四角”。玩的时候，各个孩子把四角贴在墙上让其自由落下，谁的四角飘得远，谁就先拿自己的四角去掼别人飘在地上的四角，如果别人的四角被你的四角掼得翻了个身，那别人的这张四角就是你的了。小朱玉和一帮小伙伴正玩得欢，突然听到姐姐和陆小兰的变了调的哭喊声，心想不好，自己偷喝止咳糖浆的事犯了，她们急着找自己，肯定是要揍自己一顿了。想到这，小朱玉连地上自己的四角都不要了，悄悄地躲到了一户邻居家的屋山头。

这个时候，妈妈也得到了消息，急急地从生产队里赶了回来，和村子里一些知道了情况的村民们一起去找小朱玉。

第一个发现小朱玉藏身地的，是他的姐姐朱琴。朱琴发现三弟的时候，他的身体明显出现了不正常的状态，脸色发青，言语困难，意识也渐渐地模糊起来，情况已是十分危急。妈妈看到小朱玉这个情况，直接吓瘫了。众人接力和时间赛跑，以最快的速度把小朱玉送到了乡公所卫生院时，抢救室的医生连连说：“好险好险，再迟一分钟人就没了。”

一时间，这件事轰动了整个临河乡公所，每天前来探视的人络绎不绝。最后，连乡公所书记张文也被惊动了。一天下午，张文特意买了一个大西瓜赶到卫生院，拍了拍小朱玉俊俏的小脸，对着陈月英笑道：“放心，这小子有九条命，不会有事的。”

经过这一番折腾，把妈妈陈月英累得够呛，也让她对小儿子更不放心了，每次外出干活，不管再苦再累，都尽量把他带在自己身边，免得再惹出什么事来。直到朱玉七岁了，到了上学的年龄，天天跟着姐姐哥哥们去上学了，她的内心才稍稍安稳了些。

上了学的小朱玉收敛了不少，每天按部就班地跟着姐姐哥哥们上学、放学，再也没有惹出什么乱子来。倒是家里的生活越发艰难了，把陈月英压得差点喘不过气来。一家六口人，朱守正在外地工作，不能到生产队挣工分，四个孩子都上学，全家的工分全靠陈月英一个人，每年累死累活的，到了年底工分都是最低的，也就分不到多少粮食了。看着一张张嗷嗷待哺的小嘴，陈月英只有豁出去了，别人平时干一份，她就干两份，别人每天干六小时，她就干八小时、十小时。村里号召积绿肥，她天不亮就起床，挎上藤条编成的粪箕外出拾粪。天亮了，别人才起床，她已经拾满了一粪箕的粪回来了，回头还要做早饭给孩子们吃，吃了早饭孩子们还要上学呢。

那时生产队里有个烟叶炕，每天早上烟叶出炕的时候，都是场面最混乱的时候。村民们蜂拥着到炕口去抢刚出炕的一杆杆烟叶。按照生产队的规定，每上交一斤烟叶，可以挣到0.5个工分。为了多挣工分，陈月英总是第一个守在炕口，尽可能地多拿几个杆子，好多挣些工分。有时，在不上学时，孩子们也过来帮忙，一家老少齐上阵，一个半天下来，竟也能挣个二三十分。看着孩子们手忙脚乱地把烤好的烟叶从竹竿上解下来，码放得整整齐齐时，陈月英的心头就会涌起一股暖流。为了这些孩子，吃再多的苦也值了。有时，看到孩子们困起得早了，边解烟叶边打盹时，她就会产生一种深深的内疚感，觉得欠孩子们的太多了。因而，在以后，她都尽量不让孩子们参加大集体的劳动，让他们腾出时间用心地把书读好。她自己虽然不识多少字，朱守正也没正儿八经地上过学堂，但她不希望自己的孩子日后和她一样，做个睁眼瞎子。

繁重的劳动，再加上严重的营养不良，终于把陈月英压倒了。

那是一个年终岁尾的时候，县里大搞农田水利建设，要在陈月英的家后平地挖出一条七十米宽、二十公里长的人工河，连接东西两条河，把天鹅湖水从上游引过来，将沿途三万多亩的旱田改为水田。项目一旦实施成功，几万亩土地就可以改种水稻了，到时老百姓就能吃上香喷喷的大米了。县里一声令下，数十万的挖河大军就开到了红星村和附近的村庄，每家每户都住上了来自全县各个乡公所的民工。陈月英家也住上了五六个民工。

红星村按照人头派工，分到陈月英家的是一段五米的摊面，不要小看这五米，其土方足有1200方，还要把土从河底运到三十米外，其难度对一个柔弱的农村妇女来说，简直就是一个根本无法完成的任务。陈月英领了工后，和工段挨在一起的王大黑结成了对子。王大黑三十出头，性格木讷，不爱说话，却壮得像头牛，再加上皮肤黧黑， 生产队的人都叫他王大黑，而他的本名叫什么反而没有多少人知道了。

那些天，村子后面的工地上人山人海，人声鼎沸，再加上每隔一段就插上一面红旗，那一幅战天斗地的场景让你看了，心里不激动都不行。小朱玉这些孩子们一放了学，回家的必经之地，就是村后的工地，也是他们最爱去的地方。

一天，放学后，小朱玉跟着一帮小同学经过工地，带头高喊着“冲啊，冲啊”，像部队打冲锋似的向着已经初步成形的河堆顶部冲去。到了顶上，一个个又屁股着地顺着坡面像坐滑梯般地向下面滑去。小朱玉正滑得起劲，不提防，在他上头的同学刘学虎扬起尘土，洒了他一身。这个刘学虎，和他一个生产队，两人还是远房表亲，人长得虎头虎脑的，每天没事就爱打架，整天是碰到两打倒三的，害的别人经常到他家告状。他的母亲刘张氏又极护短，从来不批评自己的孩子，总是怪别的孩子惹的她的孩子不高兴。一来二去，好多小孩都不喜欢跟刘学虎在一起玩，而刘学虎呢，却自鸣得意，到处吹嘘别人都怕他。

这下，他欺负到了朱玉的头上，可有好戏看了。孩子们滑到了堆底，一个个把朱玉和刘学虎围在中间，“噢噢噢”地起着哄。

朱玉和刘学虎相比，一是年龄差了两岁，二是个子也差了半个头，一看就是一场实力悬殊的对决。就在众人认为朱玉会认怂了，刚要散了，就连刘学虎本人也洋洋得意准备离去时，冷不丁，就见小朱玉两眼放出凶光，脸色涨得绯红，像一头发怒的小狮子，倏地一下就窜了上去，直接把刘学虎抱住掼到了地下。这一连串的动作干净利落，快得让人还没反应过来，刘学虎已经被小朱玉压在了身下，摔得没头没脸都是泥。可是，毕竟刘学虎身大力不亏，短暂的错愕和慌乱后，他迅速开始反击，一使劲就把小朱玉翻到了下面。两人相互撕扯，滚作一团。小伙伴们一个个起哄得更厉害了，就差把天都掀翻了。

就在小朱玉渐渐处于下风时，援军到了。二哥朱明放学过来了，一看是弟弟和人干了起来，二话不说，上去对准刘学虎的面颊就是一拳，也加入了这场混战。

三人正打得难解难分，恰恰朱聪也放了学赶到了。朱聪一看是这种场面，顿时就来了气，三拳两脚就解决了战斗。再看刘学虎，鼻青脸肿，嘴角流着血，一路号哭着回家找他妈去了。身后，传来了小伙伴们的一片哄笑声。

吃了亏的刘学虎到了家里一顿哭诉，正坐在灶前拉着风箱烧饭的刘张氏一听，心都碎了，风箱也不拉了，把手里的火叉往灶膛里一扔，起来拉着刘学虎的手就走，一头走着，一头大声地哭喊着：“大家都来看看呀，这是什么世道呀？这还有没有王法了？他朱守正三个儿子打我一个儿子，大家都来评评理理呀。今个不给个说法，我这条老命也不要了。”

走在路上每碰到一个人，刘张氏就拉着人家哭诉一回。一路上，不知道哭诉了多少回。等到了陈月英的家，偏偏陈月英又没在家，孩子们也不知道躲哪里去了，门上只有一个铁将军把门。刘张氏想想陈月英应该在村后的河工工地上，就拉着儿子又一路向着工地方向哭着去了。

好不容易在乱纷纷的工地上找到了陈月英。其时，陈月英正和王大黑合力把一车泥运到坡上，王大黑在后面推着独轮车，她在车前用绳子往上拉。刘张氏找到了陈月英，也不管她的车子到没到了坡上，就拉着陈月英的胳膊哭道："她嫂子呀，你看看你家的三个宝贝儿子呀，怎么下得了手呀，看把我儿子打的呀。我都不想活啦！我死了算了，省得看到儿子被人欺负我心里难受呀……"

陈月英正累得连说话的力气都没有了，猛一听是儿子们惹祸了，还把人打成了这个样子，顿时心里一急，一股腥味涌上喉咙，吐出了一口血，霎时两眼一黑，腿一软，瘫倒在了河坡上，晕了过去。

八

陈月英病倒了。

被红星村村主任潘兴阳送到县医院，在病床上整整躺了一个月。

这期间，只是苦了小朱琴，妈妈生病后，她把照顾三个弟弟的重担全部担了起来。每天早上，她先烧好一大锅开水，倒上山芋藤子机成的饲料糠，把饲料拌好，用搪瓷盆子盛了，再倒到门旁边猪圈门口的石槽里，学着妈妈的样子，“留留留”地叫唤着，把猪圈里的那头瘦骨嶙峋的母猪引出来吃食。这可是全家一年的希望，到了年底，一家大小添衣买鞋的钱可全指望它了。所以，每天的头等大事，就是先把这个宝贝伺候好。

第二件事，就是把三个弟弟从床上叫起来，各人分配任务。大弟朱聪负责把屋里屋外用扫帚打扫干净，二弟负责到门外的山芋窖里掏山芋清洗。三弟朱玉虽小，也不能闲着，负责把锅洗干净后添上水把水烧开。她自己呢，就开始收集各人昨晚换下来的脏衣服，扔到大木盆里，然后到庄子前边的汪塘里挑水回来洗衣服。她力气小，两个水桶装满水挑不动，就把每个水桶装半桶水，多挑几趟就是了。冬天水刺骨的冷，小朱琴顾不了这些，每次洗衣服手都被冻得像刀子割似的疼。时间一长，两只小手都得了冻疮，裂了好多口子，一浸上水就钻心地疼。小朱琴没敢告诉给弟弟们，就自己偷偷地向村副书记陆小兰要了一盒歪嘴油子（用蛤蜊壳装的蛤油），用缝被的针尖挑出一点油放在灯火上融化后滴在手上的裂口上，减轻一点痛苦。不知为什么，陆小兰对朱琴的要求基本上是有求必应，而且有时很乐意帮她的忙，这个中的原因陆小兰自己也说不上来。

中午姐弟四人回到家，依然由朱琴安排各人的工作，一起动手把中饭对付了。晚上回来，先是把那头猪喂饱了，然后再开始做晚饭。晚饭后，姐弟四人趴在吃饭用的小饭桌上，围着一盏用墨水瓶子改装的小油灯，各人看各人的书。油灯的光亮太小，姐弟四人常常不约而同地把头往中间凑，到了有人把头发“嗞嗞”地烧着了闻到了焦煳味，大家才停下来彼此取笑一番。

等妈妈陈月英一个月后从县医院回来，她看到四个孩子又黑又瘦时，心痛地一把把她们搂进怀里，眼泪“吧嗒、吧嗒”地往下掉。

“妈妈，我们都好好的，没事的。”女儿悄悄地替母亲抹去了脸上的泪水，小声地安慰着母亲。

“妈妈，姐姐天天弄山芋给我吃，早上是山芋茶，中午是炕山芋，晚上是烧山芋，我现在一吃山芋就肚子痛。”小朱玉偎在妈妈怀里撒娇般地诉苦着。

陈月英听了，刚止住的泪水又流了下来。

姐姐朱琴见了，训斥朱玉道：“就你话多，别人也不比你吃得好。”

“就是，天天做事最少，还想吃得好。”大哥朱聪打趣道。

二哥朱明听了，“吃吃”地笑着，一句话也没有说。

朱玉没辙了，嘟哝着小嘴，再也不吭声了。

“孩子们，你们受苦了，以后妈妈一定要让你们吃得好，穿得好，过上好日子。”陈月英喃喃地说着。

陈月英出院不久，家后的那条河就正式挖成了，因为是两条河的连接河，还起了一个很文艺范的名字——鹊桥河。河两边还配置了水电站和引水渠，把天鹅湖水从上游直接引到了鹊桥河沿线的农田里，让几万亩农田终于能栽上了水稻。到年底分粮的时候，一家家终于吃上了香喷喷的米饭了。

鹊桥河开通不久，红星村响应上级的号召，全面实行联产承包责任制。陈月英家六口人，分得了一块水田，两块旱田，外加鹊桥河南北堤上的两块林地，一共是七亩一分地。从此，陈月英就更忙了，但，日子却一天天地好了起来。

没几年工夫，陈月英家的老房子翻新了，盖上了三间大瓦房，拉上了红砖砌成的围墙，在大门口盖了一个带飞檐的门楼，甭提多有气派了。当然，她家不是最早盖新房的，同村人家都盖得差不多了，朱守正才咬咬牙，拿出所有的家底，又拉了一些外债，才将房子盖了起来。虽然生活压力更大了，但陈月英却感觉日子越来越有奔头了，平时累是累了点，她的心里始终是甜丝丝、乐呵呵的。

再说朱守正任县工作队驻三城乡公所工作队长三年期满后，因成绩突出，被三城乡公所书记周有政向县里争取，将他留在了三城乡公所任副主任。几年后，又升职做了一把手主任，成了仅次于书记周有政的二把手。这样的结局，是临河乡公所张文所始料不及的，早知如此，他是死都不会同意让朱守正到三城乡公所做什么工作队队长的。但木已成舟，世上也找不到后悔药吃了。

朱守正为了减轻妻子陈月英的生活负担，就在那一年要开学的时候把大女儿朱琴、大儿子朱聪和二儿子朱明都接到三城乡公所读中学去了，家里只留下小儿子朱玉一个人陪伴着妈妈了。

那是八月底的一天，小朱玉和往常一样缠着姐姐和哥哥们玩。午饭后，陆小兰的儿子王小胜来到小朱玉家，约他到街上新华书店去买新出版的《说岳全传》小人书。王小胜和小朱玉两人在小学是同班，甭看王小胜比朱玉大，在班里却处处听朱玉的，朱玉叫他往东，他绝不会往西的，简直就是朱玉的一个小跟班。

“王小胜，你怎么突然想起来喊我去买小人书的哟？”两人走在路上，边走边聊。

“是我姐说的，是她告诉我的。”王小胜回答道。她说的是她大姐王巧英，和朱玉的大哥朱聪是同班同学。

“你姐怎么跟你说的？”朱玉问道。

“我姐昨天下午从书店买了一个皮面本子，到家后就趴在桌子上写字，我偷偷一看，本子第一页写的是‘赠朱聪’，我就问她是不是买给你哥的？”

“你姐怎么说的？”

“我姐把本子一合，冲我说道‘去去，小孩子家懂什么’。”

“那是不是给我大哥的？”

“我估计是的。”

“那她买本子给我大哥干吗？我哥不是有好几个本子的吗？”

“这，这我哪知道。”

“后来你姐又怎么说的？”

“今天上午姐从外面回来，看到我就说‘小胜，你下午去书店买小人书去吧，新来的《说岳全传》，好多人买呢’。我说我没钱，姐就给了我二毛钱，还让我把你也喊上呢。”

朱玉听了，搞不明白到底是怎么回事。说话间，两人早到了街上的新华书店。书店在街上十字路口的东北角，和供销社的一排房子连在一起，都是清一色的青砖青瓦，明晃晃的大玻璃窗子。唯一的不同点，是在店门前的门楣上树起了由一代伟人亲自书写的四个红色大字——新华书店。

两人在店里待了半天，冲着卖书的女营业员，一会要这本书看，一会要那本书看。女营业员岁数不大，顶多十六七岁，还满脸的稚气，模样还算俊俏，就是右嘴唇上的一颗黑痣有点煞风景。看样子，她很可能是哪家的孩子刚刚顶职上来的，经验还不丰富。在那个时候，上面有一项特殊的政策，父母有一人是国家干部或者是在职职工的，如果自己不干了，可以安排一名直系子女来上班，这就叫“抵职”。当时，好多在职的父母还没到退休的年龄，就早早地退下来让自己的子女去抵职了。

这名女营业员被朱玉两人叫烦了，斥责道：“你两看了半天，一本没买，耍猴呢？”

王小胜怯怯地看了她一眼，小声对朱玉说：“要不我们先走吧？”

朱玉似听非听，望着女营业员，“扑哧”一声笑了出来，道：“你又不是猴，干吗骂自己呀？”

女营业员听了，方知自己讲错了话，顿时老羞成怒，骂道：“小兔崽子，敢骂我？屙粪把胆屙出来了？”一边骂着，一边绕过柜台想出来揪打朱玉。朱玉一看不妙，拽了王小胜的手就跑了出来。

跑出了很远，才停了下来。两人一路笑着，心满意足地回家去了。

朱玉到了家里，明显感到了异样的氛围，好像哪里不太对劲。家屋前后转悠了几圈，才明白过来，原来是好多人不见了，家里冷清了下来。

“妈，人都去哪了？”朱玉嚷嚷着。

陈月英听见了，从猪圈里探出头说道：“噢，他们都走了。”

“他们去哪了？”朱玉问。

“你哥姐跟着你大到三城乡公所读书去了。”陈月英轻描淡写地说道。

“啊？”朱玉怔了一下，问道，“那他们不回来了？”

“怎么会呢？”陈月英笑了，“傻儿子，学校一放假他们不就回来了吗？”

朱玉听了，没再言语。他的心里多少有点落寂，小小的心灵里第一次有了一种被人抛弃了的感觉。这种感觉好难受，既说不清楚，又无处发泄。多少年后，他都有一种感觉，认为那天下午他被王小胜约到新华书店买书，是大人们故意这样做的，目的就是把他骗开，好让他们走人。以后的日子，他也曾问过王小胜。

王小胜赌咒发誓说没有那回事，纯属他自己胡思乱想。朱玉自己想想，也是的，纠缠这种事实在没多大意思。这样一想，心里也就放开了。

日子还得继续。只是，没有了姐姐哥哥们的呵护，好多事情就得朱玉自己独自来面对了。也正是从这段时间开始，经历了一些原本不属于他操心的事情过后，他的那种叛逆的性格特征渐渐地成型了。

一次，朱玉放学回家，路过家后的水田，听到水田里有人在大声地吵架。朱玉一开始没太留意，细听之下，竟是妈妈在和人争吵。朱玉忙忙地赶到田里，发现和妈妈吵架的人竟然是王宝贵。这个王宝贵经过多年的钻营，现在已经是红星村的副书记了，整天跟在主持工作的村副书记陆小兰身后点头哈腰，像个哈巴狗似的，要多恶心有多恶心。

“我先开的水口放水，你凭什么堵上放你家的？你还像个干部吗？”陈月英一手拿着铁锹，一手指着王宝贵责问。

正是双夏大忙的季节，家家都在等水插秧，可鹊桥河里的水量在急剧地减少，家家都急得像是热锅上的蚂蚁。陈月英为了能放上水，已经没日没夜地在田里几天了，好不容易盼来了一点水，又被王宝贵后来居上，强行封了她家的水口，把水往处于陈月英下游的自家田里放。这种明目张胆的霸道行径，陈月英岂能轻易容忍得了？

“先放我家的怎么了？你有本事去告呀。”王宝贵一脸的横劲。

“你有什么了不起？凭什么先放你家的？”

“凭什么？就凭我是村副书记，怎么啦？你不服气？”

“我呸！”

“你，你有什么好呸的？你还以为朱守正做村书记的？现在是陆书记的天下，他姓朱的回来也没有人听他的了。”

“小——人——”

陈月英鄙夷地回了一句后，再也懒得跟他费嘴皮子，直接拿锹到王宝贵田边的水口处，三下五除二就把他家的水口用泥堵上了。

王宝贵一见，急了，三步两步奔到陈月英面前，用手一推，把陈月英推得跌倒在了泥地里。陈月英爬起来，顾不得浑身的泥水，祖宗十八代地把王宝贵骂了个一佛出世，二佛升天，王宝贵被骂得就差点跑到鹊桥河上跳下去了。

就在这时，赶到现场的小朱玉目睹了王宝贵把他妈妈推倒在了水田里，气得头发根子都竖起来了。他从水田里挖出一捧淤泥，冲到王宝贵面前，“呼哧”一下，全部抹在了他的脸上，瞬间把他的眼睛、鼻孔、耳朵、嘴巴全糊上了。这一下，气得王宝贵双脚乱跳，差一点没背过气去，弄得十分狼狈。

这件事，很快传遍了红星村。

人们在为王宝贵的行为不齿的同时，也津津乐道于小朱玉的英雄壮举。

如果说这只是小朱玉叛逆性格的开始，那么，无情的现实很快就把他的这种发展推向了极致。这一次，他不仅动了手，而且还把对手打得住进了医院。

有一次，一位同住一个生产队的远房老表蒋根年，因为地界的问题和陈月英起了冲突。他家的山芋地和陈月英家的花生地连在一起，为了便于识别地界，两家在地头的交界处栽了一棵小柳树。后来，蒋根年每次套牛耕田，总是悄悄地用犁把陈月英家地里的土往自己家这边犁一点。今天犁一点，明天犁一点，日积月累，竟然把交界沟完全挪得越过了小柳树，全部到了陈月英家的地里。这也是蒋根年心坏的一面，欺负她们常年娘儿俩在家过活，有心算计她们的。到了后来，蒋根年自己看不下去了，干脆一不做，二不休，趁着陈月英某天没在家的时候，偷偷地把那棵作为交界树的小柳树连根拔去，以绝后患。

陈月英回来后，发现小柳树不见了，当然气不过，就到蒋根年家论理。蒋根年欺负她是妇女，不仅不反思道歉，反而恶语相加，辱骂陈月英。陈月英不让，就和他对骂了起来。蒋根年理亏，又怕丢人现眼，急于想把陈月英打压下去，就气势汹汹地窜到陈月英跟前，抬手给了陈月英一记耳光。陈月英挨打后，岂有服输的理？直接冲上去，疯了一般照着蒋根年的脸狠命地掳了起来。

正打得难解难分之际，得到了消息赶来的小朱玉当时就气炸了肺，顺手从地上捡起一块半截旧砖头，对准蒋根年那张瘦猴脸就拍了下去。这一下，就好像《水浒传》上鲁提辖拳打镇关西一样，那蒋根年的脸上也早“开了个油酱铺，咸的、酸的、辣的，一发都滚出来……也似开了个彩帛铺的，红的、黑的、绛的都绽出来”了。

蒋根年蹲在地上杀猪似的哀号不止。

陈月英愣住了。她没想到小朱玉会来，更没想到他下手这么重。一时间，她的脑袋里一片茫然，都不知道该如何是好了。

一石激起千层浪。

关于朱玉的各种传闻充斥着大街小巷，成了一段时间人们茶余饭后的首选谈资，甚至越传越离谱。有的说，朱玉从小就会武功，两三个人都近不了他的身；有的说，这小子天生就是个天煞星下凡，你看他出生的那一年死了多少人；有的说，他出生时算命先生给他算过命，他的命大着呢，你看他死了几回都没死成；有的说，这小子再不好好管束，指不定将来要惹什么祸呢……

不管怎么传，朱守正和陈月英的心里都有一种说不出来的沉重，不知道这个小儿子以后会变成一种什么样的人，会走一条什么样的人生道路?

但是，有两点是可以肯定的，通过几次风波后，一是朱玉已经成了红星村甚至是临河乡公所的名人；二是在红星村再也无人敢轻易招惹陈月英了，更甭说是招惹朱玉本人了。

九

和母亲在一起生活的日子是艰难的，甚至是刻骨铭心的，这一段的经历让朱玉悟到了一个道理：这个世界只属于强者！他要做一个强者，只有做了一个强者，才不会再受人欺负，才有权力去维护自己的尊严，不管这个过程多么艰难，哪怕是付出常人所不能承受之重，他也要勇敢地去面对，因为，这是成功所必须付出的代价。

路在哪里？出去。只有走出去，只有离开家乡，才会有一线的生机。

第一次离开家乡，是在他读了初中以后。去的路程也不远，是百里之外的三城乡公所——父亲工作的地方。不要小看这百十里，这是朱玉第一次走向外界，是他人生旅途一个新的起点。

初一放暑假期间，父亲朱守正委托自己的一位堂兄弟把朱玉带到三城乡公所去住一段时间。那天，朱玉的堂叔叔开着一辆老式拖拉机来接朱玉。这位堂叔叔主要是去找朱玉的父亲批条子买尿素的，所以才开着拖拉机去，也顺便把朱玉带过去的。那时，生产队里的邻居经常去找朱守正批条子，买化肥、柴油等一些紧俏的农用物资。而朱守正呢，对于老家人的相托，在不违反大原则的基础上总是尽可能地给予满足。

第一次出远门，朱玉十分的激动，他跑进跑去地想找一件干净的衣服穿上，他要给好久没见面的父亲和姐姐哥哥们第一眼留下好印象，也要给他们挣个面子，省得让他们在三城乡公所的那些干部群众面前丢了面子。可是，朱玉翻箱倒柜地找了半天，也没有找到一件合适的衣服穿。这么多年，朱玉几乎就没有做过一件新衣服，都是捡哥哥们穿剩下的衣服穿。那个年代，家家都有好几个孩子，因为经济条件差，不可能给每个孩子都做新的衣服，常常是新的衣服先给最大的穿，等穿旧了再给老二穿，老二穿坏了，再补一补给老三穿，这就叫“新老大，旧老二，补补缝缝是老三”。家家都是如此，朱守正家自然也不例外。在这之前，朱玉总是穿大哥、二哥不能穿的，也没觉得有什么不好的，偏偏这一次他晓得爱美了，要好了。

“这衣服怎么穿得出去呀？”朱玉抖着手里的几件旧衣服对着妈妈抱怨着。

“是呀，这怎么办呢？”妈妈陈月英接过衣服看了看，也是一脸的愁容。

旁边的堂叔急中生智，出了一个主意：“诶，甭愁了，有一个人的衣服，小玉子肯定合适。”

“谁的？”陈月英问道。

“你怎么忘了？”堂叔道，“是朱小军呀。”

朱军是朱玉的堂兄弟，和朱玉既是同年，又是同班，两人关系又要好。更关键的是，朱军家里经济条件比朱玉家里好，他有六个姐姐，他本人排行最小，其他的姐姐们有五个都出嫁了，只有一个六姐朱芸读初三。俗话说，“嫁出门的姑娘，娘家的心”。已出嫁的姐姐们个个经济条件都不错，而且个个都对娘家特别好，尤其是对这个最小的弟弟，恨不得什么好东西都先给他用，那些什么好衣服、好玩具的，家里多得是，满生产队的小伙伴们成天围着他转。

提到朱军，陈月英紧锁的眉头不禁舒展了开来。很快，陈月英就从朱军家借来了一件大半新的白色衬衫。到了这时候，朱玉也只好临时穿上了，虽然他的心里有一千个、一万个的不情愿。

“突，突，突……”拖拉机终于发动了起来，烟囱里一个劲地向外冒着黑烟。

“小玉子，到了你大那儿，要听话，不要给你大添麻烦噢。”陈月英跟在拖拉机后头不其烦厌地叮嘱着。

朱玉坐在拖拉机后厢的一堆干稻草上，冲着妈妈挥着手喊道：“妈，都说多少遍了，都记住了。你快回去吧。”

妈妈瘦小的身影渐渐变得小了，变得模糊了，变得看不见了，而朱玉的眼泪却不知什么时候悄悄地顺着面颊无声地流了下来。他是第一次离开母亲，离开的时候突然有了些许的牵挂：妈妈早上会几点起床，我不在的时候她一个人会吃什么，要是有人欺负妈妈该怎么办……如此想来，当初离家的兴奋感一下子荡然无存了，替而代之的是深深的担忧。

拖拉机离开乡村小道，驶上了开往县城的石子路。

“小王子，要见到你大他们了，开心吗？”堂叔一边开车，一边和朱玉搭讪。

朱玉听了，急忙抹去面颊上的泪水，回道：“开心，当然开心了。”

“你们多久没见了？”

“快半年了。”

“唉，你们一家也够难的。好在你们几个孩子一天天大了，苦日子要熬到头了。”

“七爷，能问你一个问题吗？”朱玉扭过头，看着堂叔的后脑勺问道。

堂叔回头看了朱玉一眼，笑道：“这孩子，还跟我假客气？问吧，尽管问。”

“七爷，你怎么不讨老婆呀？”看着堂叔那稀疏斑驳且略显杂乱的头发，朱玉忍不住把憋在肚子里的疑惑倒了出来。

堂叔听了，怔了半天，才叹了一口气，说道：“七爷兄弟姊妹多，前面大的一个个要成家，肯定顾不上我，等他们一个个成家立业了，我的岁数又偏大了，又老又穷的，还上哪说去？”

“不是听说以前谈了一个了吗？”

“谈是没错，哪知道是冲着我钱去的。等把我可怜的积蓄花光了，人也就不见了。”

“是这样呀？”朱玉感到十分意外。

“所以呀，老一辈子常说‘女人是祸水’，指不定哪天她就坑你一下呢。”

朱玉听了，心中若有所思。却不经意间，脑海里浮现出了一位少女俊俏靓丽的身影。那是朱玉上学途中常常遇见的一个身影，瘦高的个子，飘逸的秀发，清秀的脸蛋，粉色的上衣，浑身散发出青春的活力，简直就是美的化身。每天早上，这个倩影都会准时出现在朱玉上学的必经之道上，看她挎着一个黄色帆布包的样子，就猜的出是乡公所另一个联中的学生。每次看到她时，朱玉的脸上就像被火焚烤了一般热得烫人，怀里更像揣了一头小鹿似的“怦怦”乱撞，自己都能听到心跳的声音。对于这种感觉，朱玉自己也说不清楚为什么会这样。但是，他又十分喜欢这种感觉，总是有意无意地盼望着能在路上偶遇那个粉色身影的女孩。有时，如果哪一天在路上看不到这个身影，朱玉就会怅然若失，就像头天晚上睡眠不足似的，连上课都打不起精神。越是这样，他越是强烈地想见到她。有几次，朱玉见到她时，差点忍不住上前去搭讪，甚至都在心里把对话演练了无数回，却始终没有走出这一步。听了堂叔的话，朱玉理所当然情不自禁地想到了那个让他梦萦魂牵的女孩。

“她不会也是祸水吧？”朱玉自言自语道，随后又自己反驳自己，“唉，我想哪儿去了？她那么漂亮，怎么会是祸水呢？这哪跟哪啊？”

“小玉子，嘀咕什么呢？到龟腰大桥了，过了桥就是县城了。”堂叔大声说道。

朱玉扭头一看，可不，拖拉机已经来到了一条大河边，正在“突突突”地冒着黑烟喘着粗气沿着河堤往上爬呢。这是一座钢筋水泥大桥，桥身修长，横跨大河之上，桥面两侧上方有两道弯梁俯卧其上，远远望去，犹如长虹贯日，更似蛟龙饮水，甚是雄伟。

朱玉看了，心中疑惑，问道：“七爷，这桥明明像是一座彩虹，你怎么叫它是龟腰呀？”

堂叔听了，大笑道：“我们乡下人哪有那么多学问？看它上面是弯的，和农村的驼背差不多，就叫它龟腰桥了，都是瞎叫的。不过它有名字的，公家人都叫它‘城南’大桥。”

“噢，我说呢。”朱玉舒了一口气，笑了起来。

说话间，拖拉机早到了桥面上，但见宽阔的桥面上有不少大人小孩在往河里跳，河面上和河岸边也有不少人在嬉水。正是酷暑天气，这里自然成了人们消闲纳凉的好去处了。

从桥面上放眼望去，但见河水汤汤，奔泻东流，堤岸势若游蛇，忽明忽暗，似水上长城，蔚为壮观。河上，从上游驶来十几只驳船，连成一串，在头船的带领下，来到桥下时，小心翼翼地避开河面上嬉水的人群，低鸣着喇叭，缓缓地向下游逐波而去。

“七爷，这是什么河呀，这么壮观？”朱玉大声地问。

“啊？你说什么？”堂叔没听清。

朱玉探出身子，把嘴凑到他耳边，大声道：“我是问：这条河叫什么名字？”

“噢。”堂叔听清楚了，“你问它叫什么呀？这都不知道？它就是大名鼎鼎的大运河呀。”

“大运河？是京杭大运河？”朱玉一下子兴奋了起来，“就是那个隋炀帝开凿的大运河呀？”

“具体叫什么帝我哪知道？反正听说书的人讲，这条河就是那个想到扬州看花的色鬼皇帝挖的。当时，挖好后河里没有水，色鬼皇帝就叫两岸的老百姓家家把谷子倒在河道上，让船在谷子上滑，岸上有三千童男童女在拉船。真是造孽呀。”

“真的假的？”朱玉反问道。

“你不信？”堂叔有点不高兴，被人不信任总是一件不愉快的事，他提高了嗓门，“听老辈人说，在我们那不远的地方有个叫‘御坝’的小河，就是这大运河的引河，前几年挖小河工的时候，还有人在河底挖出了一些黑色的苞谷，听上面来的专家说，这就是好多年前的小谷子。听听，专家都这样说了，我说的还会岔了？你还小，你不懂。”

找到了事情的依据，堂叔的底气足了，连说话的嗓门都提高了不少。

拖拉机过了桥，驶入了一条路边栽着白色路灯杆子的柏油路面。

“七爷，这就是县城呀？”朱玉指着街道两旁热闹的店铺问道。

街道两侧，是一些青砖小瓦房子，一家紧挨一家，高高低低的不是很整齐，一家家的门口挂着各式各样的招牌，有理发店、杂货店、水果店、农资店、酱油店……林林总总，不一而足，看的朱玉眼睛都酸痛了。

夜色悄悄降临，路边的路灯也次第亮了起来。

橘黄色灯影下，看到街道上人来人往，十分的热闹。在一个十字路口，挤满了各种流动摊点，有的摊点都快要摆到路中心了。这些摊点，有的是卖馒头包子的，扯着嗓子喊“诶，快来快来呀，又大又白的馒头，有大白菜的、有青菜的、有豆沙的、有豆角的……尝一尝，看一看，不好吃不要钱啦”；有卖卤菜的，用蒲扇子不停地驱赶蚊子，一边摇扇子，一边吆喝“喂，刚刚出锅的猪头肉，又鲜又香又可口……这位兄弟，来一点尝尝鲜……”；有卖凉皮的，一边麻利地拌着黄瓜、粉皮、调料，一边嚷道“不要急，不要急，马上就好，马上就好。喂，这位大姐，你来几碗？”；最吵的要数卖唱的，站在路灯下，对着一圈人，怀里抱着一把吉他，慷慨激昂地吼着：“但愿到那时，我们再相会，伟大的祖国该有多么美，天也新，地也新，春光更明媚，城市乡村处处增光辉……”

拖拉机好不容易过了十字街口，行人和车辆渐渐少了，闹市的喧嚣声如清晨树叶上的晨露般很快就消失了。道路愈来愈窄，也渐渐地凹洼不平起来，只有昏黄的路灯还有一盏没一盏，半死不活地眨巴着。

“七爷，我们怎么不白天来呀？我都困死了。”朱玉打着哈欠，上下眼皮就像是一对久别的恋人，碰到了一起便再也不想分开了。

“你猜我不想呀？还不是拖拉机白天不给进城，不然我上午来还能跟你大喝上几盅呢。你说呢？”

等了一会儿，堂叔见没人回答，扭头一看，朱玉已经歪着小脑袋倒在车厢里睡着了。

等到朱玉模模糊糊地醒来，已是第二天早上了。他还没睁开眼睛，第一个意识就是自己睡在了一张竹床上。他是怎么睡到这张床上的，他不知道，他只知道自己和堂叔开着一辆老式的拖拉机路过县城，过县城的时候路灯亮得刺眼，还记得那个怀抱吉他的歌手，在众目睽睽之下拼命地扭动着腰肢，恨不得把自己身上的零件都要甩掉了似的……至于后来拖拉机是怎么走的，他就记不清了。

“这是哪里呀？”

他一个激灵，猛地起身坐了起来，仔细地打量着眼前的一切。他睡的地方是一间明亮的卧室，雪白的墙壁，两个宽大的玻璃窗，窗户后面都挂着白底碎花的薄薄的窗帘，靠窗子的地方连排放着两张课桌和两张木椅子，课桌上凌散地堆放着一些书籍和钢笔、铅笔、小刀之类的学习用品。挨着床的一面墙边放在一只老式的衣柜，从半开着的柜门，可以看见里面堆放着一些衣物。衣柜前面的地上，随意地扔着几双大小不一的鞋子，有塑料鞋、拖鞋、球鞋，还有一双手工做的黑色灯芯绒的布鞋，邋遢地靠着那双白色的大半新球鞋，像极了阿Q和城里来的大少爷对话的场景。看到这里，朱玉不禁笑了起来，他知道自己已经到了目的地，因为他认出了那双布鞋是他大哥朱聪的鞋子，他还记得母亲在摇曳的油灯下手指上戴着金色的顶针纳鞋底做这双鞋子时的场景。而那双白球鞋是他陪着二哥朱明过年时在老家的供销社买的。朱玉心里释然了，他知道自己到家了，而他现在所在的房间一定是大哥和二哥住的地方了。

“他们都去哪儿了？怎么到处都是静悄悄的？”

就在朱玉胡思乱想不得要领的时候，房间的门一下子打开了，一位十七八岁的女孩子带着风闯了进来。女孩子中等个头，身材匀称，皮肤白皙，面容秀丽，五官端庄，尤其是那一双像是涂了漆的大眼睛，柔中带针，不怒自威。上身穿了一件红底蓝格短袖衫，下面穿了一件黑色短裙，脚上是白色丝袜和一双红色塑料凉鞋。人刚进来，就笑骂道：“小懒虫，都几点了，还不起来？不怕被饿死呀？”

朱玉一见来人，开心地立马从床上滑下来，亲热地叫道：“大姐，我昨天几点到的？”

朱琴一边理床，一边说：“你呀，昨晚到的时候都快十二点了，睡得像个小猪一样，怎么喊都喊不醒，还是七爷把你背到床上的呢。”

“那七爷呢？”

“他昨晚连夜就回去了。”

“那他的事情没办呀？”

“怎么会呢？他来是干什么的？俺大早就把他的东西准备好了，你以为他是专程把你送来的？”

朱玉尴尬地一笑，问道：“大姐，牙刷在哪呢？”

“呶，厨房旁边的卫生间，杯子和牙刷都给你买好了，那个蓝色的杯子就是你的。记住，甭搞混了。”

朱玉找到卫生间，一边刷牙，一边向着外屋喊道：“大姐，大哥、二哥呢？”

“他们早出去贴海报去了，也快回来了。”

朱玉洗漱结束从卫生间出来，帮着大姐在客厅里端饭桌、找凳子。

“大姐，他们贴的什么海报？”

朱琴腰间围着围裙，手脚麻利地把一碗碗玉米稀饭往桌子上端，再从一只红色塑料袋子里把油条烧饼掏出来放到桌子上的一只空碟子上，才回答道：“他们两人每天早上都给乡公所电影院去贴电影海报，每贴一张，电影院里给他们5分钱呢。”

“啊？有这好事呀？”朱玉瞪大了眼睛。他以前只知道钱是大人挣的，是大人的事，却第一次听说小孩子也能挣钱。他的心里第一次有了自己挣钱的欲望和冲动。

姐弟俩正说着话，门外传来了有人走动的脚步声，到了客厅门口停了下来，紧接着客厅木门上的圆球形把手转了起来。门开了，一前一后进来了两个半大的小伙子。前面的那个十三四岁，留着短发，脸膛较黑，一脸的精神。跟着进来的这位比前面的小伙子高出了半个头，长得眉清目秀，面如满月，唇如润玉，宛如电影演员唐国强似的，让人望上一眼就难忘记。两人一个手里提着塑料小桶，一个胳肢窝里夹着几张海报，一身汗水地走了进来。

“大哥、二哥，你们回来了。”朱玉看到了二位哥哥，快活得像是一只早晨刚从丛林里飞出来的小鸟似的。

“你怎么不多睡一会？”大哥朱聪眼里含着笑，怜惜地看着自己这位最小的弟弟。一边说着，一边顺手把胳肢窝下的那几张海报小心地放在了靠门口墙边的地上。二哥朱明没有言语，只是冲着朱玉笑着点了点头，把手里刷海报的胶水桶放在那几张海报旁边就去卫生间洗手了。

“抓紧吃饭，天不早了，你们还不饿呀？”大姐朱琴发号施令了。

四个孩子围坐在饭桌边吃了起来。

刚吃了几口，朱玉发现有点不对劲，忙停下筷子问朱琴：“大姐，俺大呢？他怎么不来吃饭？”

朱琴嘴里咬着一根油条，听了朱玉的话，头也不抬地含糊着说道：“俺大早到乡公所开会去了。”

朱玉听了，有点犯糊了，问：“我们家住的不是乡公所大院吗？那是哪呀？”

不等朱琴作答，大哥朱聪喝了一口稀饭后，耐心地给他解释道：“乡公所大院在我们这个院子的前面，就一墙之隔，十分近的。俺大平时办公就在家里，喏，那个房间就是俺大的卧室兼办公室。”朱聪用嘴朝客厅旁边一间紧闭的房门努了努嘴，继续介绍道：“我们住的这个大院子，是乡公所的水泥制品厂，主要生产楼板、横梁、过门板、桁条什么的，既是生产场所，又是乡公所主要领导居住办公的场所。”

“那，还有谁家住在这？”

“有呀，党委书记周有政叔叔家也住这，就在我们家的隔壁。两家之间有一道后门，出了后门就是一条小河，河水很清的，我们经常去洗澡，等有空了我带你去。”

“好呢，好呢。”朱玉一个劲地叫好。只有到了哥哥姐姐们中间，他才又恢复了撒娇耍赖的老幺的天性，完全不像在老家时面对外界所表现出的凶狠和冷漠。

也许，这，就是家的温度!

“二哥，今晚电影院里放什么电影呀？”朱玉又缠上了他的二哥朱明了。

“噢，是《自豪吧，母亲！》和《庐山恋》。你想去看呀？”朱明回答道。

“想呀，太想了，我都好久没进过电影院了。”朱玉嘟起了小嘴。

“今晚就带你去，我和大哥晚上负责检票，看电影是不要钱的。”朱明笑了起来，搂了搂朱玉的肩头，说道。

“真的呀？”朱玉激动得都快跳起来了。

就在这时，院子里传来了大卡车行驶到门口急刹车的声音。随即，一个粗犷的男声焦雷般地炸响了。

十

“货——到——喽——”

朱聪听了，忙放下碗筷冲着窗外喊了一声：“诶——来——啦——”尔后，催促朱明道：“快点吃。”说完，端起碗一口气喝了下去，用手抹了抹嘴，就从门后摸出一把铁锹拉开门出去了。

二弟朱明“嗯！”了一声，也三下五除二地吃完饭跟着走了。

三弟朱玉不明就里，满腹狐疑地盯着姐姐朱琴的脸寻找答案。

大姐注意到了朱玉的目光，解释道：“噢，是这样的，我们这不是水泥制品厂吗？生产一些水泥制品就需要一些原料，像石子、黄沙、水泥什么的。这些原料拖来后要有人把它们从车上卸下来，为了照顾我们家人多，制品厂就把这个活给他们两人干了。就这么回事。”

“那，卸一车给多少钱呢？”

“也说不上，看是什么料子了。石子的贵一些，两块钱左右，黄沙便宜，才一块钱。”

朱玉不说话了，眼睛却感到热辣辣的，一汪泪水在眼眶里直打转。终于，两行清泓顺着面颊不争气地流了下来。他怕被姐姐看到，赶紧低下头悄悄地伸出手背擦去了泪水。

等到朱玉来到院子里时，才发现院子好大，足足比学校的十个操场还大，除了最后一排是红砖红瓦的住家户和办公用房外，其余的地方都用红砖拉起了围墙，和外边隔开了。围墙里一部分地面铺上了坚硬的水泥，用于生产各种水泥预制品，一部分地面做了原料堆放场，石子、黄沙堆得像小山似的，还有一些地面就成了成品储藏所，堆放着已经做好的大大小小的水泥筒、楼板、桁条、过门板、节水阀门之类的东西。刚刚开进来的那辆绿皮子的解放牌大卡车，就停放在离朱玉家不远的原料场上，朱聪和朱明兄弟两个正在车上挥汗如雨地忙活着。朱玉二话不说，也不知从哪找来了一把半旧的铁锹，猴子般敏捷地爬上了卡车，跳到了黄沙顶上，跟着二位哥哥闷声干了起来。

不远处和朱玉家同一排的屋子里，住着党委书记周有政一家。周书记到县里开会去了，家里只有妻子肖若云领着几个孩子在家。孩子们吃过早饭都出去玩儿了，只有她一个人在家忙着家务。肖若云是小学老师，正好放假在家。她正在厨房收拾锅碗时，一抬头，看到了院子里的三个男孩在卡车上卸黄沙的一幕。这本是她经常看到的一幕，习以为常了，但今天却有点不同，她凭着多年教师职业的敏锐观察力，第一眼就发现多了一个孩子，而这个孩子一定是朱守正的小儿子，因为隔着那么远她都能看出，这个孩子和朱聪长得太像了，只是他比朱聪小了一个轮廓罢了。

“朱主任的这些小孩真是能吃苦呀！”肖若云由衷地感叹了一句。

“妈，你在说谁呢？”不知什么时候二女儿周新雨站在了肖若云的背后，顺着母亲的目光也向外张望着。

“唉哟，死丫头，吓了我一跳。进门也不打个招呼？”肖若云嗔怪道。

周新雨身材高挑，瓜子脸，长发像瀑布似的被一根红绸带束着抛在脑后，穿着一件白色镶红色裙摆的连衣裙，飘逸灵动，如梨花带雨，似嫩杏吐蕊。肖若云看了，笑道：“二子，打扮成这样，是要去相亲呀？”

周新雨听了，一朵红晕染红了双颊，晃动着身体，嗔道：“老妈最坏了，我才上高二就想把我当水泼出去了。”

肖若云忍不住伸出手指轻轻戳了一下女儿尖尖的鼻子，笑道：“你这鬼丫头，妈什么时候嫌弃过你了？你们姐弟三个，哪个不是我的心头肉？你姐出门几年了，我还不放心她。你弟整天不好读书，我哪天不操心？只有你，我这个宝贝二女儿，从小就乖巧听话，是妈妈心头上的尖尖。以后呀，不知道哪个小伙子有福气能娶到你呢？”

“又来了，老妈。”周新雨噘着好看的小嘴，“以后呀，我谁都不嫁，专门在家陪你和老爸。”

“得，得，得，”肖若云连连摆手，“甭在这忽悠我了，把我卖了我还得替你数钱去。我看呀，朱主任家的朱聪这孩子就不孬，能吃苦，长得又帅气，你干脆嫁给他得了。两家知根知底的，你们两又是同班同学，多好！”

“妈，你瞎说什么呢？人家要急了。”周新雨低下头，两手局促地搓揉着连衣裙上的飘带。

“好好好，妈不说了。不过，甭怪妈没提醒你呀，朱聪这孩子聪明正派，是块好料子，还不知道有多少人盯上他了呢？依妈的经验呀，这个好饭要趁早，不然，到时候连馊饭都没得吃的。”

周新雨听了，一声不吭，转身进了自己房间，“砰”的一声关上了房门。身后，传来了肖若云不紧不慢的声音：“过了这个村，就没有这个店了。”

午饭后，朱玉爬上竹床去睡午觉。窗外，一轮太阳明晃晃地悬在天空，像个火球似的炙烤着大地，热浪灼人，房间里更是像一个蒸笼一样，人一进来就是一身的汗。朱玉热得实在受不了，索性翻下床去找大哥、二哥他们玩。找了一气，终于在屋后小河边的一片洋槐树林里找到了他们，准确地说应该是三个人。在洋槐树林的草地上放了一张芦苇编织成的凉席，大哥朱聪在和另一个跟他差不多大的瘦高个男孩在凉席旁边的草地上下军棋，二人下得聚精会神，以至于有人走近他们也没有察觉。另一个人赤着上身四脚朝天地躺在芦柴席上，睡得正香甜，连涎水都从嘴角流了出来也浑然不知。

那是二哥朱明。

朱玉见了，调皮劲又上来了。他从口袋里翻出皱巴巴的一张纸来，搓成一根香烟的形状，小心地插在了二哥微翕的鼻孔里。朱明的鼻孔受到了刺激，冷不丁打了一个响亮的喷嚏，把正在专心下棋的两个人吓了一跳。再看朱明，人倒是醒了，那插在鼻孔里的“香烟”却还没有掉下来，那副滑稽的模样惹得三个人肚子都要笑痛了。

和大哥对弈的那个男生注意到了刚走来的朱玉，扭过头问朱聪：“这位就是你的那个九死一生的小弟弟朱玉？”

朱聪望了朱玉一眼，笑道：“正是。”

男生道：“劫尽波未平，身后留余庆。非是池中物，一飞天地惊。”

朱聪诧异道：“茂生，此话怎讲？”

这个叫茂生的男生笑道：“玩笑，玩笑，你莫当真呀。来来来，我们接着下棋。”

朱聪听了，也就一笑了之。他伸手把朱玉拉到跟前，向朱玉介绍道："这是我的同学杨茂生，下次你叫他杨大哥就好了。"又对杨茂生说道："我这弟弟从小就遭了很多罪，吃了很多苦。下次有机会，你一定要好好照顾他呀。"

杨茂生笑道："是你弟弟，自然也是我弟弟呀。"又对着朱玉问道："小玉子，大热天不睡觉，干什么来了？"

朱玉道："天热睡不着，找你们洗澡来的。"

杨茂生听了，大笑道："好主意，好主意。来，我们一起洗个痛快澡。"说完，便从草地上站了起来，径自脱了衣服，只留了个裤衩，便走向河边。

河两岸芦苇葳蕤，四面环合，河中逝水清冽，碧波涟漪。

众人紧随其后，寻了个僻静的地方，脱去衣服，只穿着内裤，拨开芦苇，然后鸬鹚般扎进河里不见了踪影。倏忽，又从远处冒出头来，呼朋引伴地喊叫着。霎时，河面上浪涛翻滚，水花四溅，一个个相互嬉水闹腾，好不惬意快活。玩了许久，众人上了岸，杨茂生才尽兴而归。

傍晚时分，朱琴早早就烧好了一锅玉米粥稀饭，搬了一张小饭桌在门口的檐廊下，又把饭端到了桌子上先凉着。因为晚上朱聪和朱明要到乡公所电影院门口去检票，所以一家人晚饭吃的早。朱玉听说有电影看，更是急得不行，恨不得将头割下把饭往肚子里倒下去才过瘾。

"看看你们，吃饭像是在绣花，真是一点也不着急。"朱玉催促姐姐哥哥们。

大姐朱琴笑道："看你猴急的？还有一个人没到呢？到了就走。"

朱玉听了，不解道："我们几个不都在吗？"

大哥朱聪闷头吃饭，一声不吭。二哥朱明听了，扬了扬头，笑着想说什么，却又忍住了，低下头继续吃饭。大姐朱琴正要说话，就看见从屋子拐角处通往后门的方向闪过一个人影，径直向着他们走了过来。

朱琴对着朱玉悄悄笑道："说曹操，曹操到。"

朱玉抬头看时，只见一位年轻的女子已走到饭桌前了。但见此人个头中等，身材微胖，齐耳短发，明眸皓齿，五官娟秀，尤其左眼眉心一颗红痣十分醒目，让人印象深刻。来人上穿白色短袖，下着米色长裙，脚穿黑色凉鞋，显得朴素整洁。虽手摇一把折叠扇子，脸颊却也渗出了些许细密的汗珠，把肤色衬映得白里透红，越发似三月盛开的桃花了。

“你们还吃着呢？看来我来早了？”女子一边不停摇着手中的折叠纸扇，一边笑着说道。

“夏雪来了，再吃点吧。”朱琴热情地打着招呼。

夏雪落落大方地在饭桌旁边的一张竹椅子上坐了下来，一边摇扇子，一边说道：“我早吃过了，你们吃吧，我在旁边凉快凉快。”

“好，那你先坐坐，我们抓紧吃。”朱琴说道，“朱聪，去给夏雪倒杯水吧。”

朱聪听了，笑眯眯地站了起来，转身进屋去了。

朱玉悄悄地问他二哥：“二哥，这个女的是谁呀？”

朱明附在朱玉的耳朵上说道：“她叫夏雪，是大哥大姐的同班同学，就住在街上，离我们家很近，她经常来玩。”

“噢。”朱玉总算明白了。

“你们两个说什么呢？叽叽咕咕的？”朱琴问道。

“没，没说什么。”朱明赶紧说道。

“对，没说什么。”朱玉也赶紧说了一句。

朱琴狡黠地一笑，说道：“抓紧吃饭，吃完好去看电影。”

兄弟两个见到大姐发话了，不敢吭声，立即埋头专心吃起饭来了。

朱聪从屋里端了一玻璃杯水走了出来，递给夏雪。夏雪一边接过杯子，一边笑着问道：“那个最小的是你小弟弟吧？”

朱聪说道：“是的，学校放假了，过来玩几天。”

夏雪瞄了朱玉一眼，笑道：“你这个弟弟长得怎么像个女孩子似的，也太秀气了。”

朱聪听了，“扑哧”一声笑了出来，说道：“你可千万不要夸他，甭看他长得秀气，才喜欢跟人打架呢。”

夏雪听了，惊讶道：“这么厉害，看不出来呀？”

朱玉听了他们的对话，十分不满他哥哥这样评论他，丢下筷子不吃了，站起来进了屋子。

夏雪见了，用赞赏的口气说道：“嗨，果然有个性。”

朱聪淡然说道："他就这脾气，过一阵就好了。"

朱琴进了屋，对着坐在床沿边生闷气的朱玉说道："看不出来，你还有脾气呢？怎么啦，在美女面前说了你不好，伤了你自尊了？"

朱玉扭过头去，不理睬朱琴。朱琴双手别过朱玉的脑袋，正眼看着他的脸，笑道："甭生气了，小帅哥，人家美女还蛮喜欢你这性格的，还夸你呢。走吧，准备看电影去。"

听了大姐的话，朱玉的心里受用多了，乖乖地跟着她走出了屋子。

夏雪见到朱玉出来了，热情地向他招呼道："玉弟弟，来，到我这里来。"

朱玉一时间愣在了那里，不知道如何是好。夏雪从竹椅子上站了起来，走过来拉起他的手，问道："玉弟弟，你今年几岁了，读几年级了？"

朱玉的手被夏雪拉着，十分地局促，拼命地把手从夏雪的手心里抽了出来，紧张地抹了一下额头上渗出来的一层细密的汗珠，结结巴巴地说道："十、十二岁，初、初一。"

夏雪看着朱玉窘迫的样子，"咯咯咯"地不禁大笑起来，扭头对着朱琴说道："朱琴呀，你们没事要把小弟弟多带出来，让他和外界多接触，不然的话，真的变成了大姑娘了。"

朱琴笑道："真的要变成了大姑娘，就给你当妹妹好了。"

夏雪听了，一把扳过朱玉的肩头，亲昵地说道："好了，那你就当我妹妹好了，我真的喜欢你。"

朱玉的脸"腾"地一下子绯红了起来。他长这么大了，还没有哪个姑娘这么直截了当地当面对他说这句话，他害羞极了，恨不得找个老鼠洞一头钻进去。不过，夏雪这句话，朱玉听了，心里还是很高兴的。一下子，朱玉对夏雪的好感就增添了不少。朱玉的脑海里突然浮现出那个穿着粉色上衣的女学生的身影，心里想："要是她这么对我说该多好。"

看着他站也不是、坐也不是的样子，姐姐朱琴来解围了，对朱玉说道："朱玉，去把锅碗洗了，我们早点去看电影。"

朱玉自然懂得姐姐的意思，领了圣旨似的，立马挣脱夏雪的手，快速地把饭桌上的碗筷摞到了一起，放到水槽里清洗去了。

夏雪看着朱玉的身影对朱琴说道："你这个小弟弟聪明伶俐，情商颇高，以后前途不可估量啊。”

朱琴听了，笑道：“你可拉倒吧，他一个小屁孩子，能有什么前途？”

夏雪听了，摇着手中的扇子，不以为然地说道：“我相信自己的眼光，一定错不了。”

正说着，一个穿着白色连衣裙的女孩子走了过来，对众人说道：“你们在说谁的情商高呀？也说给我听听。”

朱琴一看，是同学周新雨过来了，便笑着招呼道：“新雨，吃了吗？”

周新雨没有接朱琴的话茬，而是看着一旁的夏雪说道：“夏雪，这么巧呀，你也在这里？”

夏雪看到同学周新雨来了，眼中闪过一丝异样，但还是马上笑着打招呼道：“你好，新雨，吃了吗？”

“早吃了，都过了这个点了，还能没吃过呀？对了，你今天不去看电影？听说是张瑜和郭凯敏出演的《庐山恋》，你不去看吗？”周新雨微微一笑，问夏雪。

夏雪看到周新雨来了，心里有点不自在，但还是客客气气地说道：“去呀，就是来约朱琴一起去看的。”

周新雨抿嘴一笑，说道：“又是巧了，我也是来约朱琴去看电影的，那我们一起去吧？”

夏雪笑道：“能陪你这个二公主一起去看电影，不是我的荣幸吗？巴不得呢，好，那我们一起去吧。”

这时，朱聪从屋里出来，对在一旁看书的二弟周明催道：“你好了没有，快要检票了，我们快走吧。”

朱明合上书，说道：“我早好了，就等你了。”

朱聪说道：“那我们走吧。”

朱明站了起来，一边往屋里走，一边喊道：“小玉子，你好了吗？走了。”

“好了，好了。”朱玉在厨房间一边答应着，一边快速走了出来。

很快，兄弟三人就先出了大院子的门，向着不远处的乡公所电影院走去了。

周新雨看着他们兄弟三人离去，回头问朱琴道：“朱琴，那个是你最小的弟弟吗？”

朱琴知道她说的是朱玉，便点点头，说道：“是呀。”

周新雨说道：“怪不得呢，他们兄弟长得真像。平时怎么没见他来过？”

朱琴说道：“我们几个大的都跟着父亲出来读书了，就留他一个人在老家读书陪着母亲，平时也没时间过来，这不，放假了，才难得来玩几天。”

周新雨若有所思地点了点头，说道：“这样对他也太不公平了，他这么小，就把他一个人丢在家里，也太……”

夏雪听了，笑道：“家家都有一本难念的经，哪像你呀，什么难处都没有，每天养尊处优，穿得好、吃得好、住得好，什么神也不用烦，多好呀！”

朱琴对夏雪笑道：“你要是羡慕她，你干脆给她家做儿媳妇算了。”

夏雪听了朱琴的话，立即绯红了脸，追着朱琴捶了她几拳，发急道：“唉哟，你这人怎么这样呀，说起话来嘴上连个把门的都没有？你就这么嫌我呀，这么着急把我往别人家推呀？”

周新雨笑道：“你也不用着急，我们家是肯定不要你去做媳妇的，我那弟弟比你小三四岁呢。我倒发现有一个现成的，刚好和你年龄相仿。怎么样，要不要我跟你做个月下老，帮你牵个线什么的？”一边说着，一边还俏皮地把两只手张开来，再慢慢地向中间靠拢。

夏雪未及答话，朱琴先笑了起来，说道：“你们两个呀，一到一起就总爱抬杠，真是一对活冤家。”

夏雪有点委屈，噘着嘴对朱琴说道：“她呀，整天就知道欺负我，一点也不考虑别人的感受。”

周新雨听了，赶紧走到夏雪面前，体态盈盈地给她道了一个万福，说道：“小女子这厢有礼了，往日有得罪的地方，还望姑娘多海涵。以后我如果再有冒犯的地方，就罚我变成一名美男子，把你娶回家做娘子。”

夏雪撑不住，“扑哧”一声笑出了声，用手捶着周新雨的肩头，连连说道：“去、去、去，谁愿意嫁给你，看把你美的？”

这个时候，朱琴已经收拾停当，从屋里走了出来，对二人说道：“好了，好了，都成夫妻俩了，还吵嘴？走吧，电影要开始了。”

听了朱琴的话，周新雨和夏雪才停止了嬉闹。三个人一路说笑着往电影院去了。

到了电影院门口，只见门口挤了好多人，现场乱哄哄的。朱聪、朱明兄弟两人在电影院门口的铁栅栏入口，一左一右把持着，熟练地对每一位入场的观众例行检票。三弟朱玉跟着二哥朱明的后面，看着院门口挤满了人，心里不由担心了起来。他悄悄地把嘴凑到朱明的耳根前，小声说道："二哥，这么多人来看电影，那我们还有位置吗？"

朱明正忙着，没听清楚，对着朱玉大声地问道："你说什么？大声点。"

看到朱明没听清楚，朱玉有点着急，这种话能大声说吗？没奈何，他只好又一次对着朱明的耳朵说道："有我们的位置吗？"

朱明这回听明白了，大声地说道："放心吧。"

朱玉听了，将信将疑，心里始终不踏实。不过，他也没有办法，只好耐着性子等下去。正在这时，朱琴、周新雨和夏雪她们过来了。朱玉看到她们了，赶紧爬到栅栏上向她们拼命地挥手。

夏雪眼尖，看到朱玉在招手，赶紧对朱琴她们说道："快看，玉弟弟在喊我们呢。"

朱琴和周新雨听了，也看到了朱玉，她们几个人开开心心地向着电影院门口挤了过去。随着人流好不容易到了门口，她们一个个已经是香汗涔涔，气喘吁吁。夏雪拼命地摇着手中的折叠纸扇，一边夸张地说道："我的妈哟，看一场电影就像上战场一样，热死我了。"

周新雨说道："你要是瘦一点就不觉得热了。"

夏雪白了她一眼，嘟哝道："我哪胖呀？我到了那个程度了吗？"

朱琴听了，笑道："看看，你们又要开始了。"

周新雨刚要说什么，这时，朱聪微笑着对她们说道："快进去吧，电影要开始了。"她们才一个个闭了嘴，赶紧钻到放映大厅找位置去了。

十一

电影很快就开始了。

偌大的放映厅刚才还人头攒动、人声鼎沸，现在一下子安静了下来。当张瑜那美丽的身影在银屏上出现的时候，现场观众出现了一阵小小的骚动，像是一阵风吹过水面，吹皱了一池涟漪，又很快恢复了平静。观众们很快就被电影情节深深地吸引住了，一个个瞪大眼睛，一眨不眨地死死盯着银屏看，生怕一不留神中间会错过什么似的。

朱琴她们几个人的位置在后面最后一排的中间几个位置。朱琴坐在中间，周新雨和夏雪分坐在朱琴的左右两侧。夏雪的旁边还有三个空的位置，显然是朱聪他们兄弟三个的。夏雪一边看电影，一边心神不宁地瞅着旁边的几个空座位，又不时地朝着放映厅的走道眺望。

朱琴发现了，连忙附在夏雪的耳边小声说道："不要着急，他们很快就会来了。"

夏雪张张嘴想要说什么，最终还是一句话也没有说出来。这时，朱聪已经带着两个弟弟一路摸黑过来了。

朱玉还没坐下就抱怨道："怎么坐最后一排呀？太远了。"

朱明小声说道："又没花一分钱，有看的就不孬了。"

朱玉听了，才不吱声了。

朱聪刚在夏雪旁边坐下来，夏雪就把自己手中的折叠纸扇塞到了他的手里，轻声地说道："热了吧，快扇一扇。"

朱聪听了，也不客气，接过扇子，"哗"的一声打开来就扇了起来。顿时，纸扇上一股淡淡的幽香就悠悠地钻进了朱聪的鼻子里去了。

"好香呀！"朱聪猛吸了两口，不由地赞叹了一句。

夏雪听了，在黑暗处悄悄地笑了起来。

周新雨隔着一个座位，眼角余光不停地往夏雪和朱聪这边扫视。虽然听不见两人在说着什么，但样子却显得很亲昵，这让她心里十分不舒服。电影看了不到一半，周新雨就跟朱琴撒了个谎，一个人郁郁不乐地回家了。到了家里，也不和母亲打招呼，就闷声不响地进了自己的房间，关上房门上床睡觉去了。母亲肖若云见她这模样，也不敢多问，只是悄悄摇摇头就做自己的手头事情去了。

那场电影看过，朱玉和夏雪熟络了起来。几天后，夏雪把朱玉接到自己在街上的家里玩了半天，临走的时候，夏雪送了一套新买的24色水彩笔给了朱玉。朱玉十分喜爱，回到家里就迫不及待地找来几张白纸涂鸦了起来。先是画几株梅花，后来又画几只鸟儿，整个下午都忙得不亦乐乎。

傍晚，姐姐朱琴走进了朱玉的房间，看到桌子上、床上摆满了无数张画作，她好奇地拾了几张看了看，细细地端详着，又捡起了其他的画作仔细地看了又看，最后满脸惊喜地问道："小玉子，你跟谁学的画画？"

朱玉抬起头，疑惑地望着他姐姐，摇了摇头，说道："没有呀，从来没学过。"

朱琴摸了摸他的头，赞许地说道："你没跟人学过就画得这么好，看来你不学绘画都可惜了，我们家竟然出了一个画家了。"

朱玉用右手搔了搔后脑勺，难为情地笑了笑。朱琴鼓励道："兴趣是最好的老师，你要真是喜欢画画，就要坚持下去，不能半途而废。"

朱玉点了点头，说道："大姐，我记住了。"

晚上朱守正回家吃饭的时候，朱琴无意中把朱玉绘画的事情跟她父亲提了一下。

"俺大，没看出来，小玉子竟然有绘画方面的天赋，真该把他送到外面跟别人好好学学画画，说不定呀，还能成为齐白石第二呢。"朱琴笑着说道。

朱守正听了，不以为然地说道："万般皆下品，唯有读书高。我看呀，认真读书才是正道，其他都不好比。"

朱琴听了，不服气地说道："七十二行，行行出状元。不管做什么，只要能做出成绩就好。"

朱守正见到女儿反驳他，面露愠色，说道："你懂什么？不读书就是睁眼瞎子。我就是吃了不读书的亏，不然，也不至于让你们跟着我吃苦受罪。"

朱琴见到父亲生气了，冲着父亲吐了吐舌头，开始认认真真地吃饭了。其他的几个弟弟听了，更是不敢吱声，一个劲地埋头吃饭。不过，在朱玉的心里，还是升起了一阵涟漪。当听到姐姐向父亲夸赞自己的绘画天赋时，他的心里美滋滋的，满怀期望地想得到来自父亲的夸赞。没曾想，父亲竟然是这样的一种态度，他顿时感觉到自己好像掉进了冰窟窿，心里寒寒的。他偷偷地瞄了父亲一眼，父亲的脸庞依然那么严肃、刚毅，如果从美学的角度讲，父亲的脸型在“三庭五眼”中的比例十分地均等，属于一种美男子的类型。“父亲如果是个女性，也一定是个人见人爱的美女。”朱玉心里竟然冒出了这种念头，但很快，他就对自己说道：“即使是个美女，也是个不解人意的人。”对于父亲对自己绘画的态度，让朱玉第一次对他产生了不满的情绪，他真的想立即扔下手中的筷子，一个人走回老家去，回到自己母亲的身边去。

一想到母亲，朱玉的心里顿时升起了无限的牵挂，自己不在家里，母亲她一个人过得怎么样？每天有没有按时吃饭，有没有人和她吵架……想着想着，竟然控制不住自己“啪嗒、啪嗒”地掉起了眼泪。

姐姐朱琴看见了，大呼小叫起来：“小玉子，你怎么了？你怎么哭了？”

朱守正听了，也吓了一跳，赶紧丢下碗，关切地问道：“你怎么了？到底谁惹你生气了？”

其他两个哥哥也一齐停下了筷子，不解地望着朱玉。朱玉索性放下碗筷，泪水滂沱地大哭道：“我想妈妈了，我要妈妈，我要回家，我要回家……”

朱聪和朱玉听了，一个个都不由得想起了母亲，眼圈都发红了，都抬头看着父亲不说话。朱守正听了，坐在那里一言不发。

朱玉一边哭着，一边站起来就往外走。

姐姐朱琴撵出去，把朱玉的胳膊拽住了，批评道：“天都黑了，你上哪儿去？你怎么这样不听话？”

“我不管，我就要回家，我就要回家……”朱玉一边哭着，一边挣扎着。

这时，父亲朱守正“腾”地一下从椅子上站了起来，三步两步跨到朱玉面前，抬手就给了他一个后脑勺子，怒吼道：“闹什么闹？明天就给你送回去，今晚好好睡觉，还反了你了？”

朱玉被父亲一巴掌打懵了，竟一下子都忘记哭了，愣在那里无所适从。姐姐朱琴趁机连拖带拽，把他拉到了屋里。进了屋子，朱玉甩掉姐姐的手，一个人进了卧室，和衣上床，面朝墙壁，想了一会母亲，淌了一会眼泪，后来就模模糊糊地睡着了。

看到弟弟睡着了，朱琴才走到外面，抱怨父亲道："俺大，你干吗打小玉子？你要把他吓着了怎么得了？真是的。"

父亲朱守正狡黠地一笑，小声说道："再不治治他，以后就没法治了。小样，还敢跟我玩横的？"说完，背起双手，找了个借口到前面的乡公所大院去了。

翌日晨，一缕阳光照进了朱玉的卧室里，照在了他那头发蓬松的脑袋上。朱玉揉了揉惺忪的双眼，从床上坐了起来，一看屋子里静悄悄的，就向着外间堂屋大声喊道："人呢，有人吗？"

姐姐朱琴从外面走了进来，看到弟弟起来了，笑道："太阳都照到屁股了，你才起来？"

"大姐，大哥他们呢？"朱玉问道。

"他们早到街上贴电影海报去了，要不是照顾你，我早到烟草站上班去了。快起来吧，洗洗脸，吃过早饭，我陪你到供销社去一趟。"姐姐朱琴说道。

"到供销社去干什么？"朱玉好奇地问道。

"你不是要回老家吗，走之前总得给你买点东西呀，不然不就白来一趟了吗？"姐姐朱琴打趣道。

"真的？那我什么时候走？"朱玉听了，急切地问道。

"下午走，正好下午有一个领导要到我们乡公所开会，就请他把你带回去，顺便。"朱琴说道。

"噢。"朱玉听了，心里有点高兴，又有些失落。

早饭后，朱玉跟着姐姐到了街上。来了几天，朱玉还是第一次跟着姐姐来逛街呢，他十分好奇地四处打量着。这条街是三城乡公所最繁华之所在，每天人来人往，十分热闹。沿街一侧二十多间的店面都是乡公所供销社的门面，里面分门别类地区分为生活用品、床上用品、农业用品、学生用品……多种多样，不一而足。店铺里面的各个房间都是相连的，朱琴带着弟弟从第一个店面开始，就慢悠悠地挨个逛了起来。那些柜台后面男男女女的营业员基本上都和朱琴熟络，一个个热情地和她打着招呼。

“大琴子，出来逛逛呀？”

“妹子，今天不忙呀？”

“朱琴，今天想买什么啊？说一声，送过去不就得了，省得你在日头下跑来跑去的。”

“这个小弟弟是哪个啊？我怎么一直没看过他？”

……

朱琴面带微笑，一一和他们打着招呼。

“大姐，你怎么认识这么多人啊？他们对你真好！”朱玉十分羡慕地对姐姐说道。

朱琴撇了撇嘴，说道：“你傻呀，你真当他们对我好啊？”

朱玉不解地问：“本来就是的啊，不对吗？”

朱琴爱怜地摸了摸弟弟的头，说道：“你现在还小，等你长大了，自然就懂了。”

“我不是已经长大了吗？”朱玉仰着头，反问道。

朱琴笑了，说道：“你才多大啊？小屁孩子。”

朱玉这才不作声了，乖乖地跟在姐姐后头一路向前逛去。到了文具店里，看着玻璃柜台里琳琅满目的学习用品，朱玉直接不走了，贪婪地看着那些造型别致的钢笔、圆珠笔、文具盒之类的商品。

“你想要什么啊？尽管开口。”朱琴对弟弟说道。

“随便，随便。”朱玉一边说着，一边目不转睛地盯着一只漂亮的小闹钟。

朱琴莞尔一笑，对柜台后面的一名女营业员说道：“麻烦你把这台闹钟拿出来看看。”

“好的。”营业员弯腰从柜子里把闹钟取了出来，交到了朱琴的手上，说道：“你真有眼光！这是我们今年的最新款式，非常抢手，前几天都卖脱货了，这是昨天才到的新货。”

朱琴接过闹钟，转手交给了身旁的弟弟手中，说道：“你看看。”

朱玉小心翼翼地接过闹钟，把它捧在手心里仔仔细细地端详了起来。这台闹钟的外壳是纯不锈钢制作，锃亮的晃人的眼，里边还有一只可爱的小猫，两只乌亮的大眼左右不停地转动着，每转动一下，闹钟的钟摆就会发出一声清脆的“喀嚓”声，那画面，甭提有多可爱了。

“喜不喜欢？”朱琴小声地问弟弟。

“嗯！”朱玉正看得爱不释手，听了姐姐的话，赶紧点了点头。

“这个多少钱啊？”朱琴问营业员。

“不贵，才5元。”营业员回答道。

朱玉听了，不由地张大了嘴，喃喃地说道：“啊，这么贵？”他一边说着，一边迟迟疑疑地要把闹钟还给营业员。

朱琴见状，忙阻止了他，对营业员说道：“行，就买它了，麻烦你把它包装好。”

“好嘞。”营业员一边答应着，一边麻利地从朱玉手中接过闹钟包装了起来。

朱玉紧紧地捧着装着闹钟的盒子，心里甭提有多开心了。

“小弟弟，你还要买点什么？”营业员笑容可掬地问朱玉。

“不用了，不用了。”朱玉忙不迭地回答道。

朱琴对营业员笑道：“我这弟弟最容易满足了，不过，既然来了，就多买一点吧。”随后，她又给弟弟挑选了几个本子、一支钢笔和一只文具盒。

当朱玉抱着一堆礼物回到家里的时候，把两个哥哥的眼睛都看直了，那个馋样子真是无可奈何了。

十二

从三城乡公所回来后，朱玉像是变了一个人似的，不再一放学就往外跑了，而是一回来就把自己关在那间卧室兼书房的房间里，一待就是半天。母亲陈月英一开始没有注意到小儿子的这种变化，以为是孩子在外面玩累了，不想动而已。可是，连续过去了一个多星期，朱玉都是放学回到家就一头扎进自己的房间，不喊吃饭都不出来。

“吃饭了。”陈月英朝着朱玉的房间喊了一声。

没有动静。

陈月英推了推房门，推不动，门从里面反锁了。

“咚咚咚”，陈月英一边敲着门，一边大声地责问道：“大白天的，锁门干什么？”

房门打开了，朱玉从房间走出来，随手带上了门，不满地嘟囔道：“敲那么大声干吗？我又不是聋子！”

“玉子，你是不是病了？”陈月英关切地问道。

朱玉爱理不理地说道：“什么啊？你看我是有病的样子吗？”

陈月英瞅了瞅儿子的脸，白里透红，神气活现，一点也不像生病的样子。陈月英迷茫了，一时丈二和尚摸不着头脑。她问儿子：“那你天天把自己关在房间做什么？”

“我在看书啊！你不是让我好好学习的吗？不学习，以后要考不上高中怎么办？”朱玉回答道。

陈月英听了，心中一块石头落了地，高兴地说道：“儿子看来这次没有白去你大那儿一趟啊，都懂事了。”

朱玉接话道：“你儿子是谁啊？不鸣则已，一鸣惊人。”

陈月英笑道：“吹吧，你就能吹，反正吹牛又不交税。”

朱玉说道："俺妈，那是你不了解你儿子，以后，我要做一番别人都做不来的事业，让那些狗眼看人低的家伙瞧瞧，什么才叫成功的男人！"

"好了，好了，别光顾着说话，先把嘴填饱了再说。"陈月英催促道。

几天后，陈月英趁朱玉上学去了，就想到他的房间收拾收拾。平时，这些天，只要朱玉离家走了，总是不忘把房门锁上，还叮嘱她母亲不要随便进入他房间翻东西。他越是这么说，越是撩起了陈月英的好奇心。她试探性地推了推房门，随着"哑"的一声，房门竟然被推开了。陈月英进入房间，四周环顾了一下，整个房间显得有点凌乱：一张双人木板床上被子胡乱地堆在那里，床头还扔着几件待换洗的衣服，床边地上横七竖八地躺着几双脏兮兮的鞋子，靠窗户的写字台上堆满了大大小小厚薄不一的书本和几支钢笔、铅笔。还有那台闹钟，正不知疲倦地"滴答、滴答"走得正欢。这些都是陈月英司空见惯的场景，没什么大惊小怪之处。但是，有一个地方，从陈月英一进门就引起了她的注意。

在靠近床头的地方，不知什么时候冒出来一个四条腿的木头架子，架子最上面的地方是一个长方形的东西，外面还盖了一条绣花的枕巾。陈月英十分好奇，忍不住走上前去揭掉了枕巾，露出了一块画板，那画板上有一张洁白的画纸。陈月英仔细一瞧，那上面还有一幅作品，虽然还没画完，但已经能够看出大致的轮廓了。画纸上画的是一个青春女孩的形象，长发披肩，面容姣美，两眼清澈如水，两眉似山含黛，神似黛玉怯三分，又如西子胜一筹，真是本属瑶池仙家姝，岂是人间平常女。陈月英看罢，虽然不知画的是谁，倒也十分喜欢。紧跟着，她又在朱玉的枕头底下找出了十多张画纸，上面都是画的同一个人，只是姿态和衣服不同而已，有的是托腮凝思，有的是手拿纸扇，有的隐于花丛，有的奔跑海滩，或与花语、或听雨声、或闻雪飘……每一个动作、每一个神情、每一张画面都是那么经典、那么唯美、那么隽永。虽然陈月英根本不懂得绘画艺术，但她知道一点，就是她太喜欢这些画了，看了一眼又一眼，都舍不得放回去了。当然，她也终于明白了一件事，就是儿子每天回家躲在房间里根本不是在看书用功，而是在画这个女孩子。

"这个丫头是谁呢？他是怎么认识的？难道玉子早恋了吗？不对呀，他才初中二年级呀，还什么都不懂才对啊？这到底是怎么一回事啊？"整个一上午，陈月英都在想着这些问题，想得她脑壳子发疼，做什么事都无精打采的。陈月英隐约感觉到，在朱玉身上一定发生了什么。她是他的母亲，有责任搞清楚事情的来龙去脉，帮助儿子解决成长中的烦恼。

中午吃饭的时候，陈月英不经意间问儿子道：“玉子，你最近都忙些什么啊？”

朱玉听了，头也不抬，闷声说道：“我能忙什么，上学、放学呗。”

陈月英迟疑了一下，小心翼翼地问道：“玉子，你是不是有什么心事啊？”

朱玉抬起眼皮，瞅了一眼母亲，鼻子里“哼”了一声，反问道：“什么心事？我能有什么心事？”

眼看对话就要无法进行下去了，陈月英干脆打开天窗说亮话了，问道：“你是不是早恋了？”

“早恋？什么早恋？”朱玉诧异道，“我怎么会早恋呢？”

“那你告诉我，那个女的是谁？”

“哪个女的？”

“就是你画的那一个。”

“什么？谁让你进我房间的？”朱玉发怒了，脸色急剧地变化着，一会儿发青，一会儿发紫，最后变成了深黑色，“你凭什么翻我的东西？谁给你的权利？”

“我是你妈，我想干啥干啥，谁也挡不了我。”陈月英见到儿子这种态度，也很生气，“你告诉我，她是谁？你们谈多久了？”

“我连她名字都不知道，连话都没有说过，怎么就是早恋啊？”朱玉反驳道。

“哪到底是怎么回事？你今天必须要交代清楚。”陈月英威严地说道。

“莫名其妙！你要我说什么？”朱玉被母亲的态度激怒了，“啪”的一声把手中的筷子扔到了桌子上，站起来冲到自己房间里，狠狠地关上了房门。

陈月英愣住了，她没想到儿子的反应会那么大，自己竟然不知道如何是好了。

不一会，朱玉拎着黄帆布书包从房间走了出来，径直向门外走去。

“你饭也不吃，往哪充军去？”陈月英在身后大声斥责道。

“不关你事，我再也不回来了。”朱玉头也不回地气冲冲说道。

“好，好，你走，你走，有种就再也不要回这个家。”陈月英赌气道。

“哼，谁稀罕呢！”朱玉边走边回道。

朱玉真的走了。望着儿子渐渐远去的背景，陈月英鼻子一酸，忍不住小声抽泣了起来。

几天后的一个早上，临时住在外婆家的朱玉早早就来到了那条熟悉的上学路上，来来回回慢腾腾地磨蹭着，两眼不时地在向路的尽头巡睃着。这条道路是田野里学生们踩出的一条小道，平时只有赶近路的学生才会走，所以，除了学生，一般是没什么人走的，非常的清静。

现在，还没到上学的高峰，路上很少见到几个学生。正值初秋时节，小路两旁的田野里长满了成熟待收的玉米，风起处，成片的玉米叶子发出了轻柔的“沙沙”声，像极了小时候母亲陈月英常常哄他入睡时哼的摇篮曲，那么舒缓，那么柔情，那么恬美。清晨的玉米地里，渐渐地升起了一层薄雾。乳白色、轻纱般的雾霭将整片玉米地轻揽在怀，幻化出了一种若隐若现、虚无缥缈的神仙般之境界。

此刻，朱玉正在焦急地等待着一个人影的出现。只是时间过得真慢，仿佛都停止了转动一样。现在，早上的天气已经转凉了，可是，朱玉紧张的手心里净是汗，他把手里拿着的那卷纸不停地变换着，一会儿放在左手，一会儿放在右手，一会儿又捧在胸前，真是这样也不好，那样也不好，愁得连汗都从手上转移到额头上了。

那天，朱玉和母亲吵了一架负气离家后，晚上放学没有回家，而是直接去了外婆家居住。外婆事先得到了女儿的口信，也就没有催他回去，就让他清静几天得了。朱玉在外婆家住下后，情绪也逐渐冷静了下来。的确如母亲所料，朱玉从三城乡公所回来后，一下子发现了自己绘画上面的天赋，他的脑子里好像一下子塞进了许多关于绘画上面的知识和经验，自己仿佛一夜之间就掌握了许多别人学了多少年也掌握不好的绘画技巧。看来，在某种程度上，无论是文学、绘画、音乐还是其他方面的大师，有的不是后天学习的，而是与生俱来的一种天赋。唉，这个世界好多事是无法用科学来解释的，真是大千世界，无奇不有。

时间，在一分一秒地无情逝去。终于，在朱玉忐忑不安的等待中，在乳白色的晨雾里，一位身着米黄色外套的女生身影，倏然出现在了前面不远小路的拐弯处，正袅袅娜娜，迎着朱玉款款走来。

近了，离朱玉越来越近了。一刹那，朱玉像是眼前遇到了一团熊熊燃烧的火球，被炙烤得面红耳赤，温度高得烫人。一颗小心脏也像受到了惊吓似的，不安分地剧烈跳动起来，似乎想要从喉咙里蹦出来逃跑，朱玉的耳膜里异常清晰地接收到了它那躁动不已的“怦怦”声。两人相隔不到三十米远的距离，要是搁在平时，也就是分分钟的路程。可是，今天的这一段距离，好像总也走不到头，而且异常地难走。等到两人即将擦肩而过的时候，朱玉像是刚刚经历了运动场上百米冲刺似的，额头上全是汗。

就在两人悄然相遇，肩头将要错开各自朝着相反方向走开的时候，朱玉心里陡然升起了一股勇气，他侧过身来，对着面前的这位匆匆上学的女生，轻轻说道：“喂，你好！”

女生显然已经听到了朱玉的声音，只见她那俏削的肩头不易察觉地微微一颤，像是一只被人打扰到了的小鹿，怯怯地停住了脚步，一脸狐疑地望着朱玉，那神情仿佛在说：“你是在和我说话吗？”

此时，朱玉已经不像刚才那么紧张了，他悄悄调整了一下呼吸，再一次轻轻地对眼前的女生说道：“你好！”

女生快速地打量了一下前后，确认再没有第三者在场时，才羞涩地一笑，说道：“你好！”

朱玉鼓起勇气说道：“我今天专门在这等你的。”

女生有点惊讶，小声地问道：“等我？等我有事吗？”

朱玉把手里一直拿着的那卷纸捧到女生的面前，真诚地说道：“我是来送这个给你的。”

“给我？是什么东西啊？”女生一脸的茫然。

“你看看就知道了。”朱玉说道。

短暂的犹豫之后，女生双手接过那卷纸，小心翼翼地打开来一看，上面赫然画着一位绝世美女身着一袭绿色汉服手持苏绣扇子的画面。女生先是一愣，再细细一看，上面的人不正是自己吗？她禁不住双颊绯红，抬起头来望着朱玉，莞尔一笑道：“这是谁画的？”

朱玉老老实实回答道：“是我画的，特意送给你的。”

女生听了，面露羡慕之色，赞叹道："以前常在上学路上碰到你，却不知道你竟然还有这般本事？"

朱玉腼腆地一笑，搔搔后脑勺，不好意思地说道："我也才学的，画得不好，还请你不要嫌弃啊。"

"哪里会呢？喜欢还来不及呢。"女生真诚地说道，"对了，光认识你人，还不知道你叫什么名字呢。你叫什么名字啊？"

"我叫朱玉，朱元璋的朱，宝玉的玉。"朱玉回答道。

"朱玉，朱玉。"女生嘴里念叨着，问道："那你们家真的和朱元璋是一个朱吗？"

"听说好像是一个旁支吧，我也不确定。"朱玉说道，"噢，对了，你还没告诉我你叫什么名字呢？"

"我姓陆，叫陆霏霏。"女生回答道。

"具体哪三个字啊？"朱玉问道。

"陆地的陆，雨字头下面给一个非常的非字的霏。"陆霏霏认真地解释道。

"霏者，飘扬舒缓，不急不躁，既柔和唯美，又润物无声，真是一个好字。"朱玉夸赞不已。

"对呀，我父母给我取这个霏字，就是希望我既像云雾雨雪一样柔和安静，又要像它们一样自由浪漫，一生无拘无束，生活在理想的世界里。"陆霏霏柔声解释道。

"你的一生一定如你父母所愿，生活在一个既自由又纯粹的理想王国里。"朱玉祝愿道。

"但愿如此吧。快要迟到了，我们先上学吧，以后有时间再聊。"陆霏霏说道，"噢，对了，谢谢你给我画的画，我都不知道怎么感谢你了。"

"没什么好感谢的，都是举手之劳，况且，都是我自愿的。"朱玉说道，"下次再聊，再见！"

"好的，再见！"陆霏霏把画重新卷好，对着朱玉轻轻挥了挥手说道。

就这样，朱玉和陆霏霏有了第一次的初步接触。只不过，他们两人谁也没有料到，这一次的接触，正式开启了贯穿其一生的悲欢离合。真是：人生若只如初见，何事秋风悲画扇。

在以后的日子里，朱玉和陆霏霏又“偶遇”了几次。朱玉对陆霏霏的了解也增多起来，知道她在乡下的一个联中读初二，和朱玉读一个年级。她家就住在街道上，父亲在城里一家国营饭店做调酒师，母亲在街上开了一间缝纫店，家境殷实。陆霏霏还有一个弟弟，在乡公所小学读二年级。陆霏霏小学毕业后，最后一次毕业考发挥失常，最后只得到了乡下联中去上学。在两人交往期间，朱玉把他画的陆霏霏的画像全部都送给了她。陆霏霏十分喜爱这些画作，她把这些画作找人装裱了起来，全部挂在自己房间的墙壁上，每天放学回家都要美美地欣赏一番才肯罢休。

有了陆霏霏这个忠实的粉丝，朱玉画画的热情更高涨了，每天，除了学习，一有时间就埋头画画，还自告奋勇当了学校团委黑板报的美术编辑，把团委黑板报的每期插图工作全部承担了下来，干得是不亦乐乎，十分带劲。渐渐地，他的名气也在学校大了起来，几乎成了学校的名人，无人不知，无人不晓。

前不久，朱玉遇到了一件让他十分开心的事，因为他的一幅画作在县文化局举办的一个比赛中获得了二等奖。然而，让他更高兴的事还在后头呢，就在秋季学期即将结束时，陆霏霏的父亲通过上层关系，把她从联中转学到了临河中学初二年级。好巧不巧的是，学校就把陆霏霏安排到了朱玉的班级。更让朱玉惊喜的是，他的同桌一个星期前因病休学了，位置空了出来。就这样，陆霏霏自然而然地成了朱玉的新同桌。

好事接二连三，让朱玉多少天都还沉浸在喜悦之中。但不久，陆霏霏却发现他的脸色越来越忧郁阴沉起来。一天下午，班级自习课刚刚结束，趁着同学们都出去活动的间隙，陆霏霏小声问朱玉：“你最近是不是身体不太好啊，脸色这么难看？”

“没有啊，我身体好着呢。”朱玉回答道。

“那为什么老不开心？是不是因为我来了，你不高兴？” 陆霏霏问道。

“跟你没关系，你来了，我高兴得连觉都不想睡了。”朱玉贫嘴道。

“就你嘴甜！” 陆霏霏嗔道，“快说，到底是什么原因？”

朱玉叹了口气，才说道：“这不要过年了吗？犯愁呢。”

陆霏霏不解，问道：“过年犯什么愁啊？”

朱玉解释道：“我们家每年大年三十都要开家庭会议，各人要汇报一年来的成绩。我这学期成绩不太好，正愁怎么过这一关呢？”

陆霏霏听了，才如释重负，粲然一笑道：“我当天塌下来的呢，就这么大点事，就把你愁成这样呢？还愧你是男子汉呢。”

朱玉听了，小声嘀咕道：“你是饱汉子不知饿汉子饥，我们家的那个会议你是没见识过。”

陆霏霏听了，不以为然地撇了撇嘴。

十三

朱守正家一年一度的家庭会议如期召开了。

大年三十。晚饭过后，陈月英和朱琴母女迅速去收拾满桌的碗筷。一阵“叮叮叮当当”乱响后，堂屋里总算安静了下来。一家人围坐在一张小小的正方形八仙桌边上，桌子上面吊着一盏白炽电灯泡，瓦数不大，至多25瓦，发出的光线不甚明亮，屋子里显得有些昏暗。

朱守正穿着一身深色毛呢中山装，头上戴着一顶深色毛呢帽子，神态冷峻、威严。母亲陈月英最后一个人走了进来，她解下腰间的围裙，随手扔在了饭桌上。朱守正微微皱起了眉头，小声却很严肃地说道：“什么地方不好摆，非得摆在这？”

陈月英嘴唇翕动了一下，喉咙里轻轻地响了几下，最终一句话都没有说，默默地站起来，拾起桌子上的围裙，送到厨房去了。等到陈月英重新回到饭桌边坐了下来，朱守正清了清嗓子，语调平缓地开始了家庭会议的开场白：“今天是旧年的最后一天，明天我们就共同迎来了新的一年，按照惯例，我们家今天晚上开一个家庭会议，对每一个人的全年成绩进行总结，对明年的成绩进行初估。哪一个先说？”

听了朱守正的话，大家你望望我，我望望你，没有一个人答言。朱守正四周环视了一下，最后把目光落在了坐在他对面的陈月英身上，开口说道：“老规矩，当家的，还是你先说吧。”

陈月英干咳了两声，说道：“我能有什么好说的，今年我一共种了七亩地，四亩是旱地，三亩是水稻地，收了棒子4500斤，豆子3000斤，麦子3250斤，水稻2700斤，养蚕赚了900块钱，一头猪卖了300块钱，其他的没有了。明年争取多养一头猪，多养一季蚕，给孩子们每人多添一件新衣服。就那么多了。”

孩子们听了，都兴奋地鼓起了掌来。

朱守正摆了摆手，让大家安静下来，然后说道：“你们看看，你妈妈一个人在家，一年下来，取得了那么大的成绩，她一个人容易吗？你们要是不好好学习，怎么能对得起她？下面哪一个汇报？”

朱聪坐在母亲的旁边，听了父亲的话，拿眼看向姐姐朱琴。朱琴明白了他的意思，就开口说道：“我是大姐，我先说，说得不好，俺大你尽管批评，反正你批评我是最多的，也不缺这一次。”

朱守正听了女儿的话，刚要反驳几句，就听朱聪抢先接过话茬，对着姐姐说道：“扯远了，扯远了，还是赶紧切入正题吧。”

朱明听了，跟着来了一句，说道：“就是，不要耽误大家时间了，我还等着早点结束睡觉呢。”

朱玉紧挨着姐姐朱琴坐着，看到他们在斗嘴，本来也想插上几句，想一想又忍住了，一言不发。

母亲陈月英看着这一幕，只是笑，也是一言不发。

朱守正看不下去了，制止道：“好了，言归正传，朱琴先说吧，批不批评等说完了再说。”

“好，那我先说了。”朱琴攒着眉，摆出一副认真思考的姿态，“我今年和朱聪都是高三了，再过几个月就要高考了，时间非常紧，我对能不能考上大学心里没底。如果真的考不上，你们也不要怪我，但我会尽力的，绝不给自己留下遗憾。”

“你这学期在班级排第几名啊？”朱守正问道。

“我不知道是第几，老师没公布排名。”朱琴一本正经地回答道。

“你们老师真的没告诉你？”朱守正步步紧逼。

“反正我不知道。”朱琴嗫嚅着。

“那你每门课考了多少，总该知道吧？”朱守正追问道。

“知道。”朱琴有点不安了起来，两只手悄悄地拽着自己衣服的一角，一下一下，狠命搓揉了起来。

“说说看，都是多少分？”朱守正一步不让。

“语文92分，英语87分，历史81分，政治76分。”朱琴一一说道。

“数学呢，多少分？”朱守正问道。

“数、数、数学65分。”朱琴结结巴巴地回答道。

朱守正抬眼望了望女儿，严肃地说道：“你每天虽然很用功，但学习效果不太好，你比去年名次下降了三名，这可不是什么好兆头啊，你要跟你大弟弟多讨教，不管怎么说，哪怕是个大专也要考上一个啊。不然的话，你年纪轻轻的就走上了社会，能干什么啊？好了，你表个态吧，明年高考准备上大专还是本科？”

朱琴抬起头瞅了父亲一眼，说道：“我怎么表态啊？我怎么知道能考上哪个？能考上哪个是哪个呗。”

朱守正听了，不悦道：“你这是什么态度？你好歹是个姐姐，要给下面几个弟弟带个好头。”

朱琴把头一昂，说道：“我做姐姐又不是我自己选的，凭什么必须是我带头啊？再说了，女孩子的智商本来就不如男孩子吗。”

“这是谁胡说的？”朱守正提高了嗓门。

“俺妈说的，不信你问问她。”朱琴用嘴向陈月英这边努了努。

陈月英见状，赶忙打圆场，说道：“本来古代哪有女人上学堂的？老一辈不是常说吗，那个叫什么‘女子不读书就是有才德’。”

朱玉听了，忍不住“扑哧”一声笑了出来：“俺妈，那叫‘女子无才便是德’。”

陈月英白了小儿子一眼，说道：“意思还不一样，非得说得文绉绉？”

朱玉刚要接话，就听朱守正不耐烦地对妻子说道：“你一个大字不识的人，还乱教育孩子，有你这样教育孩子的吗？”

陈月英听了，生了气，说道：“我大字不识一个？你这时候晓得嫌弃我了，你刚从部队回来找不到老婆的时候，你怎么不嫌弃我大字不识一个啊？我看你是早上喝烧酒，昏了头了；老母猪上坑，摆臭架子了；是涮锅把戴帽子，装人了……”

朱守正听了，忙双掌合十，说道：“姑奶奶，打住，打住，我这是在教育孩子，拜托你不要再发挥了。你要是累了，就先上床睡觉，好不好？”

陈月英听了，冷笑道：“怎么，这时候就撵我走了？你越撵，我越是不走。什么时候这个家庭会议结束了，我再睡不迟。”

“你不走可以，但不要再乱说话了。”朱守正无奈说道。

“那得要看你说话上不上路子？”陈月英说道。

“好，好，好，那你好好坐在那，尽量不说话啊。”朱守正只得低声下气地哄着妻子，“听话啊。”

“看你表现。”陈月英的嘴角浮现出一丝得意的微笑。

接下来，大儿子朱聪和二儿子朱明一个一个进行汇报。然而，会场的气氛再也无法回到一开始压抑严肃的状态了，甚至可以说是在近乎应差式的状态中度过的，至少在朱聪和朱明汇报时是这样的。

轮到最后一个人出场了。朱玉有了大哥、二哥汇报时的经验，再也不紧张了，他觉得到他这里，也就是几句话工夫就能应付过去了。于是，他以一种轻松的口吻说道：“前面大姐、大哥、二哥他们都说过了，轮到我了，时间也不早了，我就简单点说，不耽误各人睡觉啊。”

“不急，你慢慢说，你把你这一年来，尤其是下学期的情况好好跟我们说说，我很想听听。”朱守正慢悠悠地说道。

朱玉听了，心里“咯噔”一下，竟不知道该如何回答了。

“怎么不说了？刚才不是说得挺麻溜的吗？”朱守正问道。

众人听了，心里都有点紧张，空气都仿佛一下子凝固了起来。

“你，你想听哪一方面的？”朱玉小声地问道。

“就先说说你担任学校黑板报美术编辑的事情吧。”朱守正点了个题目。

“真是哪壶不开提哪壶。”朱琴在心里说道。

“小玉子，一定不要顶嘴啊。”朱聪在心里说道。

“老三今晚怕是要吃亏了。”朱明在心里说道。

“这个有什么好说的，仅仅是一项普通的工作而已。”朱玉轻描淡写地说道。

“学校怎么会找到你的，怎么不找别人啊？”朱守正问道。

“这个我哪知道？我又不是校领导！”朱玉耸了耸肩，说道。

“我看你比校领导还校领导，都能自己给自己分配工作了！听说是你自己主动要去当那个编辑的？”朱守正又问道。

“都是谁在背后嚼我舌头根子？”朱玉不满地反问道。

“还用别人说吗？全校谁不知道你朱玉是个美术天才，上次还拿了个什么二等奖，是吧？”朱守正问道。

“是县文化局组织的一次全县绘画比赛。”朱玉老老实实地回答道。

“奖金不少吧？”朱守正问道。

“没奖金，就是发了一支钢笔、一张奖状。”朱玉回答道。

“那多可惜啊。”朱守正“啧啧”道，一脸遗憾的表情。

朱玉一时不知如何是好。

“你少说两句吧。”朱琴悄悄拉了拉朱玉的衣角，小声说道。

母亲也用不安的眼神注视着自己的小儿子，却又不知道如何帮儿子说上话，只能心里干着急。

朱守正换了一个话题，问道：“你这学期成绩怎么样啊？”

朱玉听了，顿时像是霜打的茄子，耷拉着脑袋，瓮声瓮气地回答道：“成绩还可以，几门功课成绩都超过了70分了。”

“全班级排第几啊？”

“中等左右。”

“你们班一共多少人啊？”

“86人。”

“那你是第43名了？”

“差，差不多吧。”

“到底是多少名？”

“50名。”

“那你初中毕业是上高中呢，还是去考师范美术专业呢？”

“我还没有好好想过，现在想是不是太早了。”朱玉说道。

“怎么能不去想呢？人生要早点规划才是。你后年就要中考了，你到现在还没有想好考什么，你也太让人放心不下了。每天不好好学习，一天到晚就想着画画，你以为你会成为第二个唐伯虎，还是第二个王冕？你甭做梦了。”朱守正越说越激动，声音也跟着大了起来，“我们老朱家世代为农，都是老实本分人，没出过作家，更甭说画家了。万般皆下品，唯有读书高。只有通过读书这条渠道，才能跳出农门，才能改变命运。其他的，都免谈。”

“我不明白，我为什么就不能学画画呢？为什么非得要走读书这条路呢？”

朱玉不服道。

“为什么？”朱守正反问道，“你先看看你是不是画画的料？”

“不试怎么就知道呢？”朱玉问道。

“你脑袋瓜子怎么就不开窍呢？你为什么就非要和大人反过来呢？做父母的，能坑害自己的孩子吗？”朱守正开始焦躁起来。

“我就不明白了，做小孩的为什么就非要听父母的，就不能有自己的想法？”朱玉倔强地说道。

朱守正听了，彻底地被激怒了，他一拍桌子，吼道：“反了你了，你翅膀硬了，想飞了？我告诉你，没门。今天我要是制服不了你，我就不是你大！”

朱守正怒不可遏，冲到朱玉的房间，把朱玉放在书桌上、床上、抽屉里的那些画画用的画板、宣纸、画笔、颜料等物品一股脑儿抱了出来，统统扔到了门外的院子里。然后，掏出火柴盒，抽出火柴棒就开始划拉起来。

“俺大，你要做什么？”朱琴冲到门口，一把拉住父亲的胳膊，大声地责问道。

朱守正正在气头上，一把推开了女儿。

陈月英见了，也慌忙跑过来，蹲在地上去捡散落在地上的物品。朱守正干脆一把把陈月英提了起来，扔到了一边。陈月英跌倒在地上，无助地大声哭了起来。

朱聪和朱明两兄弟看着眼前发生的一切，呆坐在凳子上，一言不发，脸上显出十分惊慌的神色。他们从来没有看到过父亲发这么大的火，都不知道如何是好了。

朱守正连划了三根火柴，才把火划着了。他抓起地上的一大把宣纸，点着了，扔了下去，地上立即燃起了一团大火，火苗吞噬了画稿、吞噬了宣纸、吞噬了画板，吞噬了朱玉的心。朱玉站在院子里一个黑暗的角落里，他看着院子空地上升腾起的那团火焰，早已在眼眶里打转的泪水，终于像决堤的洪水一样，肆意、狂野地一泻千里，横扫一切。很快，他顾不上擦去脸上的泪水，一扭头，转身出了院子，消失在了茫茫的夜色之中。

朱玉不见了。

等到朱琴发现朱玉不见了，大声地喊了起来，一家人才真正慌了起来。朱守正打着手电筒带着家人撵出了院子，沿着道路、河边、沟边找了一个晚上，也没有发现朱玉的半点足迹。

这一年的大年夜，朱家人就是这样过来的了。

几天后，朱守正接到了邻县一个乡下派出所的通知，让他去接人。等到他和陈月英一起赶到派出所时，看到朱玉一个人蜷缩在派出所的长条椅上，蓬头垢面，衣衫褴褛，精神萎靡，像是完全换了一个人似的。

陈月英一步冲上前，把朱玉搂在怀里，哭一声，叫一声“我的儿呀”！

朱玉神色恍惚，仿佛不认识母亲似的，两眼空洞地望着母亲发呆。

朱守正看到儿子的这种情况，也是心疼不已，十分后悔那天晚上的举动。他把接待他们的派出所民警叫到一边，悄悄地打听道：“同志，太感谢你们了。你们是怎么找到他的？”

“是这样的，”民警回答道,“那天我们巡警在治安巡逻时，在一个桥墩下面发现了他，当时他正在那里睡觉。我们看他还是个孩子，怕他有危险，就把他带回了所里。问了半天工夫，才吞吞吐吐地告诉我们你们家的地址，我们才和你们联系上。孩子还小，你们做父母的要多关心他才是，他一个人在外面，要是碰上坏人那就糟了。”

“是的，是我们家长没做好，给你们添麻烦了，真的不好意思啊。”朱守正态度谦逊地说道。

“好了，没事了，你们赶紧把他带回去吧，再不能让他一个人乱跑了。”民警叮嘱道。

“放心，放心，我们一定把他看好。”朱守正连连保证。

朱玉跟着父母回来后，休息了好几天，才渐渐恢复了元气。母亲陈月英问他外出那几天是怎么过来的，朱玉一个字都不说。陈月英无奈，只好再也不问了。从此，朱玉那几天的经历，就永远成了一个谜。

经历过这一次的变故，朱守正的心里也发生了一些变化，他从心里已经开始对朱玉的离经叛道感到失望了，跟他心里的预期相差得太远了。

“这个孩子怎么这样啊？一点也不像我。我以后也不管他了，省得他再给我整出什么幺蛾子出来。唉，只当我从来没有生过这个儿子吧。”朱守正在心里对自己说道。

十四

过了春节，朱守正就忙碌了起来。

按照往常惯例，到了三月，就是各个乡公所计划生育重点月。俗话说，“三月的孩子不过冬”，只要女子在三月份怀不上孕，那到了年底孩子就生不下来。孩子生不下来，当年的计划生育考核就不会出大的问题。为此，每年的三月份，县委都把计划生育工作当成当月的重点来抓。朱守正是三城乡公所一把手主任，虽然具体工作有分管人来抓，但他是总牵头人，各项工作免不了都由他来决策、推动。

这天上午，县政府办来了通知，下午两点县委在县政府会议室召开计划生育工作动员会，要求各乡公所一把手主任和计划生育分管人参会。朱守正抬起腕看了看手表，已经是上午十一点多了。他腕上戴着的这块手表是中山牌的，是陈月英用养蚕得来的三十块钱给他买的。虽然戴的时间长了，表面上的玻璃有些模糊了，但朱守正一直舍不得换新的，倒不是他没钱去换新的，而是因为这是自己的老婆用汗水挣来的，戴在腕上不仅温馨，而且十分踏实。

“小刘，我们中午抓紧吃饭，下午县里有会，我们早点走。”朱守正把驾驶员刘星海喊到办公室吩咐道。

刘星海是个二十出头的小伙子，个头中等，长得结实，走起路来永远是一副雄赳赳的样子，不知底细的人还认为他是当兵出身的呢。刘星海的叔叔是县民政局的局长，他初中毕业后没能考上高中，就托他的叔叔来到了三城乡公所当了一名驾驶员。刘星海刚来时，三城乡公所只有一辆老式的北京吉普汽车，是专门为党委书记周有政服务的。刘星海来了以后没车开，周有政书记就把自己的北京吉普让给了朱守正，让刘星海为他服务了。而他自己，则是从县民政局刘星海叔叔那里要来了一辆半旧不新的桑塔纳汽车供自己使用，还让原来的驾驶员给自己开车。

“主任，我们什么时候走啊？”刘星海问道。

“一点钟走吧。”朱守正说道。

“那你要不要先回家把饭做好了，他们快要放学了？”刘星海问道。

“来不及了，我还有一些事要处理。”朱守正说道。

“要不你把家里的钥匙给我，我去把饭做好。”刘星海说道。

“不用了，这样吧，你把我的饭菜票拿着，到食堂给孩子们每人打一份饭菜，先将就一顿再说。”朱守正说道。

“好嘞！”刘星海答应着，从朱守正的手里接过饭菜票就往乡公所食堂打饭去了。

下午一点半钟，朱守正的北京吉普开进了县政府大院。刚到县政府大楼的一楼大厅，就看到分管计划生育的副县长王宝庆在县计生委主任顾勇等人的陪同下，有说有笑地从楼梯上下来了。王副县长年届中年，身材高挑，满头乌发梳得是油光水滑，皮肤白白的，保养得非常好。见到朱守正正要往一楼的会议室里拐，王副县长笑着打招呼道：“啊，朱主任，你来得好早啊。来，我们一起到接待室先坐坐吧，会议时间还没到呢。”

“好的，王县长，正好还有事情要向你汇报呢。”朱守正客气地说道。

“好，好，先坐下说。”王副县长笑盈盈地说道。

朱守正随着众人进了县委会议室隔壁的小接待室里，大家纷纷落座后，服务员给大家一一捧上了一杯热茶。

王副县长端起茶杯咂了一口，放下后，对着坐在身旁的朱守正笑道：“朱主任啊，今年的计划生育工作你要有心理准备啊。”

朱守正听了，丈二和尚摸不着头脑，于是便小心翼翼地问道：“县长，我没听明白，我要准备什么啊？”

王副县长听了，吃惊地望着朱守正，像是看着一个从火星上来的怪物似的，说道：“怎么，你不知道？当然是你们乡公所准备进计划生育重管了。”

计划生育重管是县里的一项计生管理政策，全县25个乡公所，必须每年要确定最后一名为重点管理乡公所，一旦这个乡公所被确定为当年的计划生育重点管理单位，全年的各项考核指标都要受到影响，干部的目标奖和晋升都会受到很大的影响。换句话说，如果哪个乡公所被县里戴上了计划生育重点管理的帽子，基本上就是当年对这个乡公所的所有干部判了死刑。所以，当朱守正听到王副县长要给他们三城乡公所定为计划生育重点管理乡公所时，一下子坐不住了，他坐直了身子不解地问王副县长：“县长啊，我就不明白了，今年的计划生育才刚刚开始，怎么就把我们三城乡公所内定为重管单位呢？”

听了朱守正的话，王副县长不由地笑了起来，连接待室里的顾勇等人都哈哈大笑了起来。

王副县长笑罢，扳着自己白嫩的手指，对着朱守正说道：“你想啊，你周边的几个乡公所一个个都进去过了，就剩下你们家没有进去了，今年再不进去也说不过去啊。”

朱守正反驳道：“我们家以前不是重管，说明我们工作做得好啊。”

王副县长听了，反问道：“那你说哪家工作做得不好呢？”

朱守正笑着说道：“工作没做好的，不都一个个进重管了吗？”

王副县长笑道：“大家工作都差不多，领导不要从面上讲究平衡吗？皇帝轮流做，明天到我家。”

朱守正诧异道：“你们上面的领导考核一项工作，原来都是这样平衡的呀？”

王副县长摇摇头，说道：“人家都说你是榆木脑袋，我还不信，今天看来啊，你的脑袋比榆木还不开窍啊，连这点也看不明白？”

朱守正恍然大悟道：“那我明白了，从今天开始我们乡公所计划生育工作也不搞了，坐等县里年底把我们弄成重管吧。那样，我们也轻松了。”

王副县长听了，正色道：“你说哪里话，你今年工作要是做好了，我怎么可能把你们列为重管呢？你太不了解我们这些当领导的了。好了，时间到了，我们进会议室开会吧。”

王副县长说完，猛地站了起来，头也不回地大步流星地向门外走去。其他的领导也赶紧站了起来，亦步亦趋地跟了出去。

从县城开会回来，朱守正第一时间把会议精神向党委书记周有政做了汇报，最后也如实把王副县长的态度一并说了。最后，他说：“书记，看来我们今年凶多吉少啊？王县长是盯上我们了。”

周有政书记听了，把身子埋在办公桌后面那张大藤条椅子里，半天沉默不语。周有政今年五十出头了，个子不高，身材消瘦，浓密的头发不见一丝白发，两只眼睛深邃有力，仿佛能把你的内心看穿，让你在他的面前感觉到自己就像个玻璃人似的，毫无秘密可言。

“书记啊，我们今年的工作还怎么开展啊？”朱守正看到周有政没有言语，忍不住又追问了一句。

这一次，周有政抬起头来，直视着朱守正的眼睛，哑然一笑，问道：“怎么，这一点小事就把你难住了？我可是对你寄予厚望的。”

“可是，可是……”朱守正有点为难。

“没什么可是的，你该怎么干还怎么干。”周有政一下子站了起来，抬起右胳膊在空中画了一个圆，“只要你尽心了，就是年底进了重管，我也不怪你。”

“书记啊，你可是给我吃了一颗定心丸了。”朱守正紧锁的愁眉终于舒展了开来。

“放手干吧，天塌不下来。”周有政豪迈地大声说道。

接下来的几天，三城乡公所连续召开了三套班子会议和三级干部大会，全面部署三月份计划生育工作。很快，各个三套班子领导和蹲点干部就在各自的蹲点村轰轰烈烈、热火朝天地掀起了计划生育突击月的热潮。没几天，各个村的妇检数字和计划生育罚款数字就雪片似的飞向乡公所计划生育办公室。看着计生办每天递送过来的报表，朱守正的心里暗暗高兴，心里说道：“我要是在全县得了第一，看你王县长还怎么好把我们列为重管乡公所？”

就在朱守正认为成功在望的时候，烦心的事却接二连三到来了。先是三旺村为了催收计划生育罚款时把人打得住进了医院，接着是计生站拉人去引产的拖拉机在路上翻进了沟里，再就是刘新村的计生干部被计生对象户打断了胳膊……一件件、一桩桩的矛盾，让朱守正忙得焦头烂额。这天晚上，忙了一天的朱守正开完计划生育推进会后，拖着疲惫的身体回到了家里。刚推开门，就见客厅里女儿朱琴正陪着同学夏雪在聊天。夏雪的手上正在织着一件米色的毛线衣，见到朱守正进来了，夏雪赶紧站了起来，甜甜地一笑，说道“叔叔好”！

“夏雪来了，吃了吗？”朱守正也笑眯眯地和夏雪打着招呼。

“叔叔，我已经吃过了。”夏雪回道。

“噢，那再吃一点吧，反正我们还没吃饭呢。”朱守正说道。

“不用了，谢谢叔叔。”夏雪笑道。

“来吧，还客气啥？”朱琴在一旁说道。

夏雪迟疑了一下，随即一边把手中的毛线衣放到旁边的椅子上，一边笑着说道：“行，那我就给朱琴姐做个帮手吧。”

“这就对了哟，走吧，陪我做饭去。”朱琴笑着把夏雪拉到了厨房里做饭去了。

不一会，香喷喷的饭菜就端上了饭桌。

“朱聪、朱明，赶紧出来吃饭了。”朱琴收拾着碗筷，冲着两个弟弟的房间喊了一声。

喊了几声，朱聪兄弟两才放下书本，打开房门走了出来。

“今天什么日子啊，晚上吃得那么丰盛？”看到桌子上比平常多了份青椒炒肉丝和鸡蛋炒黄瓜后，朱明故意地大声问道。

“就你话多。”朱聪白了弟弟一眼，小声说道，“快吃你的吧。”

偏偏这句话被朱琴听到了，她笑道：“你是沾了夏雪的光了，要不然，你今天能吃的这么好？”

“那你以后就经常来我们家吧，省得我天天啃萝卜干子。”朱明对着夏雪说道。

夏雪听了，笑而不答。

朱琴听了，立马不高兴了，责问朱明道：“这个小翻眼猴子，吃过的东西都不承认了？看下次谁还弄给你吃？”

朱守正听了，制止道：“不要吵了，开饭！”

众人听了，才不言语，都围着饭桌坐了下来吃起饭来。

饭后，夏雪帮着朱琴收拾好了桌子后，就不声不响地坐回到客厅的椅子上，拿起刚才的毛衣又低头织了起来。

朱守正从卧室里拿着一张报纸走了出来，看到夏雪一个人在织着毛线衣，停下了脚步好奇地问道：“夏雪，你在织谁的毛衣啊？”

夏雪头也不抬地回答道：“朱聪的。”

朱守正听了，疑惑地问道：“你是织给朱聪的？”

夏雪听了，抬头见是朱守正站在面前，立即显得有点局促不安，脸上也绯红了起来，迟迟疑疑地解释道：“我看到朱聪身上穿的那件毛衣袖口都磨坏了，就寻思着给他织一件新的。我织不好，让你见笑了，叔叔。”

朱琴恰好走了过来，听到了他们的谈话，就笑着对朱守正说道：“俺大，我这个老同学心可细了，照顾起朱聪来，比我这个做姐姐的强多了。朱聪呀，前世修来的福啊！”

夏雪听了，嗔道：“你又瞎说了，看我不撕烂你的嘴？”说着就要伸手来拧朱琴的脸。

朱琴吓得赶紧告饶道：“得，得，得，只当我瞎说的不行吗？”

夏雪停住了手，把毛线衣塞到朱琴的手中说道：“喏，还剩下几针了，你这个当姐姐的也该尽尽义务了。天不早了，我要回家了。”

朱琴接过毛线衣，不解地问道：“善始善终呗，何必留个尾巴呢？”

夏雪一边往外走，一边笑着说道：“什么事都不能太完美，太完美了就不真实了，也就让人回忆不起来了。”

看着夏雪轻盈离去的背影，朱琴神秘兮兮地问朱守正道：“俺大，你看这个人做你儿媳妇怎样？”

朱守正满面春风地笑道：“你一个小孩子家懂什么？赶紧看书去，今年要是考不上大学，看我不揍死你？”

朱琴听了，不服气地噘起嘴说道：“我天天像个用人似的，做饭、洗衣样样干，还要指望我考大学，你真当你闺女是个神童啊？”

“还犟嘴？再不进屋看书，真要揍你了。”朱守正虎起了脸。

朱琴看到父亲真的来了气，也不敢再多嘴，只得老老实实地进了自己房间看书用功去了。

翌日早上，朱守正刚到办公室坐下，就见派出所所长王浩风风火火地闯了进来，一进来就大声地说道：“反了，反了，这个愣头青彻底反了。”

“到底怎么回事？不要急，坐下慢慢说。”朱守正一边倒了一杯水递给王浩，一边劝慰道。

王浩是个转业安置干部，大脑袋光脑门，身材高大，体格结实，走起路来活脱脱就是一座移动的铁塔。他走到哪里，手里总是喜欢拎着一条半米多长的黑色电警棍，不时有意无意地拧开开关，让电警棍的前端发生一阵阵“嘶嘶”而鸣的蓝色光焰，让人不寒而栗。王所长平时在乡公所里是最不好惹的人，就是连周有政书记见了，也要礼让三分。他也是整个乡公所干部当中最心高气傲的一个人，谁都不在他眼里，不屑跟任何人为伍，尤其对上级更是从来不去趋炎附势、溜须拍马，却唯独十分敬重朱守正的为人，认为他是一个凭真本事干出来的人，有事没事，就爱到朱守正的办公室，或是汇报工作，或是吹牛聊天，两人俨然成了无话不谈的莫逆之交。

“主任啊，你说气人不气人，那个打人的浑小子昨天还承认打人了，答应赔偿医疗费，到了今天早上，突然就反悔了，翻脸比翻书还快。你说气人不？”王所长一边把手中的电警棍放在茶几上，一边气冲冲地说道。

“什么打人啊，谁打谁了？”朱守正心平气和地问道。

“还能有谁？就是那个打计生干部的小子。”王浩没好气地回答道。

“噢，那个打刘新村计生干部的叫什么来着？”朱守正问道。

“叫贾汪。”王浩回答道。

“你昨天不是告诉我，他已经答应赔偿医药费了吗？怎么变卦了？”朱守正焦急地问道。

“就是呢，昨天都已经写了保证书了，答应今天拿钱的。哪知道，一夜之间就翻脸了，还说和你是亲戚，要拿钱就让你拿。你说这小子混不混？”王浩说道。

朱守正听了，不由地生了气，说道：“这叫什么话？我哪来的亲戚，他也太会瞎嚼了。这个贾汪，他现在人在哪？”

王浩回答道：“还能在哪，在派出所拘留室里关着呢。”

朱守正说道：“带我去看看，我亲自去问问清楚。”

王浩不解，问道：“这点小事还劳你大驾？我直接去赏他两巴掌得了，叫他乱嚼舌根子。”

朱守正说道：“事出反常必有妖，还是亲自去问一问好。”

王浩说道：“我们先‘咸菜煮豆腐，有言在先’，如果那小子有什么冒犯你的地方，你可不要编排我啊？”

朱守正笑道：“你看我是小气的人吗？我自作自受，绝不迁怒于你。”

王浩无奈，说道：“话都说到这份上了，我还能说什么呢？走吧。”

两人起身，离了办公室，向着乡公所大门外对门的派出所走去。

审讯室里，气氛开始显得十分压抑。

朱守正坐在一张桌子的后面，旁边坐着派出所所长王浩，他的两只手在不停地摆弄着那根黑色的电警棍。在他们前面的一只木头椅子上，坐着一位二十出头的年轻人，留着一头弯曲的头发，上身穿着一件黑色人造革皮夹克，从半拉的领口可以看到里面穿了一件花格子衬衫，下身穿了一件半旧的灰色喇叭裤，脚上穿着一双沾满了泥巴的帆布解放鞋。那上面的泥巴显然已经不新鲜了，已经发干、发白了，边缘有的已经翘了起来，如果一用力，就会把一整块泥巴撬下来，不明白这个鞋子的主人为什么还把它们留在鞋子上，是有意还是无意，就不得而知了。

沉默了一会儿，为了打破僵局，朱守正先开口问道：“你叫什么名字？”

贾汪慵懒地将头歪靠在椅背上，连眼皮也没有抬一下，就像没有听到朱守正问话似的。

“你能告诉我，你叫什么名字吗？”朱守正尽量和颜悦色地发问道。

贾汪的身子还是没有动弹。

“你聋啦？没听到我们领导在问你话吗？”坐在朱守正一旁的王浩突然发起了火，用电警棍死劲地敲打着桌面，“你给我坐好了，吊儿郎当的，你当派出所是你家啊？”

贾汪被吓得打了一个激灵，不由自主地坐直了身子。

“说吧，你叫什么名字？”朱守正再一次问道。

“你们不都知道了吗？”贾汪睥睨着两人，“还让我说多少遍啊？”

“我让你自己说。”王浩威严地说道。

“贾汪。”贾汪极不情愿地报出了自己的名字。

“你为什么打人？”朱守正问道。

“为什么？谁让你们干部抢我们家粮食了？”贾汪大声地反问道。

“你们家违反了计划生育政策，难道不应该接受罚款吗？”朱守正平静地问道。

“我没钱，让我怎么办？总不能让我去偷、去抢吧？”贾汪回答道。

“这就是你打人的理由？”朱守正追问道。

贾汪翻了翻眼皮，没有搭理朱守正的问话。

朱守正换了一个话题，问道：“听说你和我们乡公所的朱主任是亲戚，你们是什么亲戚啊？”

贾汪听了，来了精神，身体向前倾了过来，压低了嗓门，小声说道：“我们是周正亲，两家近着呢。”

朱守正不解地问道：“那是什么关系啊？”

贾汪轻蔑地望了朱守正一眼，用不屑的口吻说道：“什么关系？能告诉你吗？”

朱守正问道：“那你交赔偿款跟朱守正有什么关系吗？”

贾汪回答道：“当然有关系了，他家和我家是亲戚，我没钱交，你们当然应该找他去，让他去给我交好了。亲帮亲，邻帮邻，他凭什么不替我交？”

朱守正轻轻呼出了一口气，稍微调整了一下呼吸后，继续问道：“你说你和朱守正是亲戚，那你见过他吗？”

贾汪听了，笑着反问道：“你说呢？”

朱守正也笑道：“我在问你呀。”

“当然见过了，要不还是亲戚吗？”贾汪一本正经地说道。

“那他长什么样子啊？”朱守正问道。

“你们又不是没见过，还要我告诉你们啊？”贾汪嘲讽道。

王浩在旁听了，再也忍不住了，把电警棍往桌子上一搁，怒斥道：“贾汪，你小子甭演戏了，你知道问你话的人是谁吗？他就是我们的朱守正朱主任，你家的亲戚。怎么样，还要继续说谎吗？”

贾汪听了，肩头不由地颤抖了一下，不相信似的问朱守正道：“你，你，你真是朱、朱主任？”

朱守正笑着点点头，说道：“如假包换。”

王浩大声地说道：“好了，戏就演到这。现在你说说，为什么要冒充是朱主任的亲戚？”

贾汪不好意思地低下头，不敢接话。

“说吧，到底是怎么回事？”朱守正轻声慢语地问道。

贾汪再一次抬起头来，小声地说道：“也，也不是冒充的，我们可能真是亲戚。”

这下，朱守正纳闷起来了，不知道究竟是怎么一回事。

“不着急，你慢慢说。”朱守正对贾汪说道。

“那，那我说了。”贾汪小声说道。

“好，你说吧。”朱守正说道。

“你小子快说，婆婆妈妈的，真急死人了。”王浩在旁催促道。

接下来，从贾汪断断续续的述说中，朱守正和王浩终于弄清楚了事情的来龙去脉。

原来，贾汪和夏雪是表亲，当贾汪听夏雪的母亲说夏雪和朱聪是同班同学，而且两人关系非常要好时，他错当成了两人谈起了恋爱，就理所当然地认为自己也是朱守正的亲戚。既然是亲戚，那朱守正不会坐视不管，总得关照关照他才对。只要把这层关系说出来了，那派出所还敢让他付赔偿款吗？却没想到，朱守正本人竟然亲自来核实情况了。

“你呀，想象力还蛮丰富的。”朱守正了解情况后，有点哭笑不得。

走出审讯室后，王浩有点拿不定主意，问朱守正道：“主任，这事怎么处理啊？”

朱守正正色道：“这是你的职责范围，你干吗问我啊？”说完，迈开大步回乡公所大院了。

王浩看着朱守正离去的背影，搔了搔后脑勺子，喃喃自语道：“这不等于没说吗？”

晚上回到家里，吃完饭后，朱守正把大儿子朱聪叫到了自己的卧室，让他坐到了床沿上，自己坐在床边的一张藤条椅子上。朱聪不明就里，心里忐忑不安，不知道父亲喊他来意欲何为。他刚要开口说话，父亲已经先说话了。

“朱聪，你跟我说一句实话，你觉得夏雪这个人怎么样？”朱守正慢悠悠地问道。

“干吗，问她干什么？”朱聪本能地警觉了起来。

“没什么，随便问问。”朱守正故作轻松地说道，“她不是常来我们家吗，我就是好奇。”

“噢。”朱聪松了一口气，歪着头想了想，认真地说道，“她这人还不错，学习好，班上的同学都挺喜欢她的。”

“那你喜欢她吗？”朱守正突然问道。

朱聪听了一愣，脸上突然像个女孩似的泛起了一圈红晕，一时竟不知道如何回答是好。

“喜欢就是喜欢，不喜欢就是不喜欢。这是正常的情感，有什么不好意思说的？”朱守正笑着说道。

“俺大，拜托了，现在能不能不提这个话题啊，再过几个月我就要高考了，能不能不要让我分心啊？”朱聪突然用手捂起了自己的耳朵，对着朱守正不耐烦地叫了起来。

朱守正看到朱聪的这副窘样，忍不住“哈哈”大笑了起来，说道：“好，好，不让你分心，等几个月过后再说吧。”

十五

几个月的时间，就像早晨树梢上挂着的露珠，还没来得及好好端详旭日的脸庞，就一下子消失得无影无踪了。

不知不觉间，紧张的高考已经结束，转眼就到了七月底，到了快公布高考成绩的时候了。这天一大早，夏雪就来到朱守正的家里，来找朱琴姐弟俩。

“朱琴，学校通知上午去拿成绩单，我们一起去吧。”夏雪热情地对朱琴说道。

朱琴正在收拾饭桌上的碗筷，听了夏雪的话，懒洋洋地说道：“我不想去，你还是和那位去吧。”说完，用嘴往朱聪卧室的门口努了努。

“你都不关心你自己的高考成绩？”夏雪听了，十分诧异地问道。

朱琴叹了口气，说道：“关心又有什么用啊？关心就能把分数提高了？”

“最起码能了解一下自己的真实水平啊。”夏雪说道。

朱琴不再说话了，捧起一摞碗碟转身进了厨房。

“你真的不去了？”夏雪冲着朱琴的背影喊道，“那我跟着朱聪去了？”

厨房的窗子里飘出来朱琴无精打采的话语声：“你们去吧，爱去哪去哪吧，我再也管不着了。”

夏雪侧耳听了听，再也听不到朱琴说话了，才来到朱聪的房门前抬手敲了敲门，小声地喊道：“朱聪，你在吗？”

房门，从里面打开了，夏雪走了进去。

不一会的工夫，朱聪和夏雪肩并肩出现在水泥制品厂的院子里，两人正朝着大门的方向不紧不慢地走着。

不远处，周有政的家里，周新雨站在客厅里，正透过窗户看着院子里正在走路的两个人影，一脸的落寂。

“两孩子这是去哪儿呀？”不知什么时候，母亲肖若云站在了身后，若有所思地顺着女儿的目光望着窗外，不经意地问道。

周新雨闻言吓了一跳，回头见是母亲，抱怨道："我的亲妈哟，你是不是属猫的，总是蹑手蹑脚地，想谋财害命啊？"

肖若云收回了目光，爱怜地望着女儿，笑道："傻丫头，妈妈要害命，也不会害自己女儿的命呀，虎毒还不食子呢！"

"那不见得，我每次都被你吓了一跳，三魂能丢了二魂。"周新雨调皮地说道。

肖若云笑道："你呀，现在跟你说也白说，俗话说'养儿才知报娘恩'，等你成家了，有了自己的孩子了，你才会体会到做父母的情感。"

"看看，你又来了。"周新雨噘起了嘴，"你天天神神道道的，烦不烦啊？"

"好，好，你嫌烦，那我就不说了。"肖若云说道，"噢，对了，听说高考分数出来了，朱聪他们是不是去学校拿成绩单的？你要不要跟他们一起去？"

周新雨听了，冷冷地说道："他们走他们的，我走我的，我又不是没两条腿的，干吗非得跟他们一齐走？真稀罕！"

"新雨，你说朱聪是不是和那个夏雪谈对象了？"肖若云望着快走到院子大门口的朱聪和夏雪的背影问道。

"我哪知道？你要是对这个问题感兴趣，你自己去问问不就行了？"周新雨一边四下里找袜子穿，一边漫不经心地说道。

肖若云听出了周新雨的不痛快，嘀咕道："你这孩子，我又没招你惹你，干吗今天对我夹枪弄棒的？算了，你的事我也懒得过问了，你爱干吗干吗去吧！"

此刻，周新雨已收拾好准备出门了，听到了母亲的话，一边拉门，一边回头说道："等我走了，随你怎么唠叨去吧。"

肖若云看周新雨要出门，忙问道："等等，你这是要上哪去？"

周新雨"砰"的一声带上了大门，把母亲关在了屋里，临走时还不忘对着窗户里面说道："你不是让我上学校拿分数的吗？我现在就去了。"

肖若云在屋子里听到了，无奈地摇摇头，说了一句："这些孩子，越来越看不懂了。"说完，也就转身忙家务去了。

"朱聪，你这次能考多少分啊？"夏雪一边走着，一边问朱聪。

“应该能够分数线吧，反正我感觉能够。”朱聪说道，“你呢？你感觉怎么样？”

“我？我感觉一般吧，肯定不能和你比了，你是我们的学霸。”夏雪羡慕地望着朱聪说道。

“我哪有呀，我只是每次考试运气比你们好一点。其实，你还是挺聪明的，什么东西一学就会，真的挺佩服你的。”朱聪说道。

“佩服我什么啊？其实我才笨呢，我自己都讨厌自己呢。”夏雪粲然一笑道。

“你也甭太谦虚了，过分谦虚就是骄傲了。”朱聪笑道。

“诶，朱聪，你想考什么大学啊？”夏雪问朱聪。

“我还没好好想过呢，还是等拿到分数单再说吧。”朱聪有点腼腆地回答道。

夏雪笑了，揶揄道：“你呀，也真够呆的，别的人早就在考虑报考什么学校了，你还整天没事人似的，我都替你着急。”

朱聪反驳道：“没有成绩，想也是白想呀？”

夏雪笑道：“人生总要有个规划，长有长的打算，短有短的想法，不能整天浑浑噩噩地过日子，不然的话，就成了整天敲钟的和尚了。”

朱聪听了，不禁有点汗颜道：“和你相比，我真的发现自己差得太多了，看得出，你是一位与众不同的姑娘，以后的发展不得了。”

夏雪调皮地说道：“啊，你到现在才发现我与众不同啊？”

朱聪问道：“诶，夏雪，看来你一定已经有了心仪的大学了，是哪一家呀？”

夏雪顿了顿，认真地说道：“我想好了，我想到南京去上学，那里六朝金粉，虎踞龙盘，既有历史文化底蕴，又有现代都市气息，是个非常好的学习、生活之所在。如果能去那里上学，岂不是人生一大幸事？”

朱聪想了想，说道：“南京好是好，就怕我们考不上啊？”

夏雪扬起头，两眼凝望着天际湛蓝湛蓝的天空，无限憧憬地说道：“鸟儿的翅膀是用来飞翔的，星星的光芒是用来丈量夜空的，年轻人的热情是用来拥抱世界的。一个人如果连梦想都没有，那将是何等的悲哀？朱聪，难道你就没有想过要离开这里，离开这个穷乡僻壤，到南京去，到大城市去，甚至到国外去？”

朱聪听了，笨拙地摇了摇头，说道：“我没你那么多梦想，我就想实实在在地考上一所大学，学一技之长后，回到家乡，在家乡工作、生活，用自己的双手来建设自己的家乡。”

夏雪听了，收回自己的目光，眼睛一眨不眨地望着朱聪，不解地问道：“你这一辈子就甘心待在这里，甘心在这个贫困之地终了一生？”

朱聪听了夏雪的话，心里有点不是味儿，但又不想过分打击夏雪的积极性，只好敷衍道：“一位诗人说过‘十八岁人人都是诗人’，就让我们带着这份诗意赶紧去学校拿成绩单吧，去迟了，恐怕就没有了诗，也没有了远方了。走吧。”

夏雪听了朱聪的话，也自觉有点失态，赶紧附和着说道：“是的呢，光顾着痴人说梦了，还不知道自己是不是‘心比天高，身为下贱’的奴才命呢？好了，不说了，抓紧走吧。”

两人进了学校，老远就看到已经放假了的校园里多了许多同学的身影，大多是高三的应届毕业生在进进出出的，有的人神采飞扬，有的人垂头丧气，有的人沉默寡言，种种形态，不一而足。

“朱聪，你怎么才来啊？分数条子在葛老师家里了，你们快去看看啊。”一群同学走向学校门口时，其中一人看到了朱聪和夏雪，向朱聪使劲地挥了挥胳膊，大声地喊道。

“诶，好呢，来晚了，这就去。”朱聪也举起手，向那一群同学挥舞着。

这时，周新雨不知道从哪里冒了出来，老远就冲着朱聪高高地举起手来，一边用力地晃着，一边高喊着：“朱聪，朱聪，你的条子在我这里呢。”

夏雪见状，赶紧大声地问周新雨道：“看到我的了吗？”

周新雨听了，又用力地晃了晃手，急切地大声回答道：“都在，都在我这儿呢。”

晚上，朱守正回到家里，召开了一次特殊的家庭会议。

下午，当朱守正在县里开会时打听到高考分数已经出来了时，就已经魂不守舍，急着要赶回三城乡公所的家里了。偏偏在会议结束后朱守正走到县政府大门口时，一辆黑色的丰田轿车从外面进大院，到他的身边停了下来。朱守正没来得及多想，就见后排的车窗玻璃摇了下来，一个头发梳得光溜溜的脑袋伸了出来，用一种不容置疑的口吻对着朱守正说道："朱主任，你到我办公室来一下。"

朱守正一看，是分管计划生育的副县长王宝庆，赶紧回答道："县长啊，有事吗？"

王副县长面露愠色，责问道："怎么，没事就不能上我办公室去坐坐了？"

朱守正笑道："能，能，我马上到。"

王副县长听了，脸色才缓和下来，慢慢地坐回到座位上，车窗也摇了下来。轿车一溜烟地开进了县政府大院，在县政府大楼门口的台阶上停了下来。王副县长从后排座位上下来后，径直上楼去了。

朱守正也不敢急着回家了，只好折返回来，远远地跟在了王副县长的后面上楼来了。

朱守正推开三楼最东头王副县长的办公室时，王副县长的办公室里的一只落地电风扇已经开启了，正在那里摇头晃脑地"嘶嘶"地卖力转动着。王副县长正站在一个脸盆架子前用毛巾洗着脸，见到朱守正进来了，王副县长把毛巾往脸上轻轻地抹了几下后就把毛巾挂到了脸盆架上，又端起脸盆要外出倒水。朱守正见了，赶紧抢前一步，从王副县长的手里接过了脸盆，说道："我来，我来。"王副县长也没有推辞，就顺势把脸盆递给了朱守正。

朱守正拿着空脸盆回到办公室时，王副县长已经泡好了两杯茶，一杯是玻璃杯子，放在自己的办公桌靠里面的一侧，是留给自己的。另一杯是白色带盖子的搪瓷杯，放在办公桌的外侧，是给朱守正预备的。朱守正放下脸盆后，在属于自己的座位上，王副县长办公桌对过的那张木质椅子上坐了下来。

"守正啊，我们都是老朋友了，话就直说了，也不去拐弯了。"王副县长见到朱守正已经坐了下来，就开门见山地说道。

"县长，你是我的领导，有什么话就尽管吩咐。"朱守正有点诚惶诚恐。

"年初召开计划生育工作会议的时候，你是不是对我有意见啊？"王副县长问道。

"我能敢啊？"朱守正说道。

"那就说明有了。"王副县长望着一脸窘态的朱守正，不禁哈哈大笑起来，

“你这个人呀，最大的优点就是实在，不喜欢玩什么绣拳花腿，是个老实人，能做事。不过呢，这也是你最大的缺点。”

“是，是。”朱守正忙点着头回应道。

“今天找你来，主要是想告诉你一个喜讯。”王副县长说道。

“什么喜讯啊？”朱守正问道。

“鉴于你们三城乡公所三月份计划生育工作的突出表现，现在市计生委已正式决定下个月在你们那里召开全市计划生育工作现场会了。”王副县长强调道，“这是一个千载难逢的好机会，你们一定要好好把握，展示我们县的工作亮点，给我们脸上增光啊。”

朱守正闻言，立马站了起来，朗声说道：“请县长放心，我们一定全力以赴，认真准备，确保现场会圆满成功。”

“好，好，一切都交给你们了！”王副县长也站了起来，握着朱守正的手满面春风地说道，“不过，有一句话要事先说清楚，万一有了闪失，你们都要承担责任的。”

“好，我记住了。”朱守正说道。

从县城回来后，朱守正没顾得上先回家，就急着赶到党委书记周有政的办公室，把王副县长的指示做了汇报。等到回到家里召开家庭会议时，已经是晚上九点钟了。开会地点因陋就简，就放在平时吃饭的客厅里，一家四口围坐在小饭桌前，开始了家庭历史上一次十分重要的会议。

“今天的高考成绩已经出来了，你们先说说各自的成绩吧。”朱守正就直截了当地说道。

大女儿朱琴硬着头皮说道：“我的成绩不理想，没有达到分数线，没考上。”

“差了多少？”朱守正问道。

“不多，也就四五分。”朱琴回答道。

“那你有什么想法？准备明年复读吗？”朱守正问道。

“我还没想好。”朱琴犹豫地说道。

“还有什么好想的？准备明年复读吧，争取明年上大学。”朱守正以不容反驳的语气说道。

沉默。

还是沉默。

朱守正看了看女儿，只见朱琴低着头一声不吭。

“你怎么不说话呀，哑巴了？”朱守正不满地斥责道。

朱琴闻听此言，猛地抬起了头，两眼噙着泪水，一字一顿地说道：“我不去复读，我再也不去上学了。”

朱守正听了，气不打一处来，用手将桌子猛地一拍，吼道：“你不去复读，你能干什么？”

朱琴眼里的泪水终于不争气地流了下来，她伸手抹了一把泪，把脖子一梗，犟道：“我不吃你闲饭，自己出去打工，不行吗？”说完，霍然站立起来，一边抽泣着，一边冲进自己的房间，把门“砰”的一下狠狠地关上了。

朱守正一句话也没有说，脸色铁青地僵在了那儿。

朱聪和朱明兄弟两吓得心惊胆战，更是大气也不敢出。

许久，朱守正的脸色才暖和了下来，他看了一眼面前两个呆若木鸡的儿子，心中觉得不忍，换了一种轻松的口气，问朱聪道：“你的那两女同学考得怎么样啊？”

朱聪回过神来，小心谨慎地回答道：“她两考得也不是很好，也仅仅过了分数线六七分左右，一个个也是垂头丧气的。”

朱守正听罢，羡慕道：“不管怎么样，人家毕竟都达分数线，有书念了。不像你姐……”话到嘴边，又硬生生地咽了下去。

“俺大，我，我，我有一句话，不知道能不能讲？”朱聪嗫嚅道。

“你说。”朱守正说道。

“我觉得，大姐如果执意不肯读书了，你也不要勉强。毕竟，读书这种事情，别人是代替不了的，有时会适得其反的，何必呢？”朱聪十分小心地说道，一边说，一边观察着他父亲的反应，随时做好了被骂的心理准备。

岂料，听了朱聪的话，朱守正不仅没有发火，反而深有感触地叹了一口气，说道：“我虽然识字不多，但我也知道读书的不易，并不是每个人都适合吃书本这碗饭的。既然你姐不愿再读书了，也就不为难她了。毕竟，强扭的瓜不甜啊！”

朱聪听到父亲如此说，心里的一块石头才落了地。

“你这次考得怎么样啊？你不会也让我失望吧？”朱守正望着朱聪，满眼都是期待的神情。

“也不是太好，就比一本分数线多了不到二十分。”朱聪平静地说道。

朱守正听了，十分高兴，连连夸赞道：“好呀，好呀，果然没有让我失望。”

朱聪遗憾地说道：“都怪我平时没好好用功，没有达到自己理想的成绩，让俺大没面子了。”

朱守正安慰道：“傻孩子，考得已经很好了。再说了，考得好与不好，不是我有没有面子的问题，而是关系到你以后前途的问题。以后的日子好不好，要靠你自己去过呢。”

这时，一直没有说话的朱明说话了。他清了清嗓子，对父亲说道：“俺大，你说得对。我们老家有一句话，叫作‘鹅吃稻草鸭吃谷，各人福气不同’，有的人适合做学问，有的人适合做生意，有的人适合当官，有的人适合当艺人……”

“你少说两句，你的意思我懂，你不就是想为自己不好好学习找借口的吗？我可告诉你，你大姐这次没考好，也就算了。但是你大哥总算给我挣回了面子，整整超过分数线二十多分，容易吗？”朱守正听到二儿子朱明的话，显得有点不耐烦，急切地打断了他的话，没好气地说道，“再说了，你明年也要高考了，如果考不上大学，只能回家当农民。书到用时方恨少，到时候，有你后悔的。”

朱明不敢再多言，心里却是一百个不服气，暗暗嘀咕道：“你不也是没有上过大学吗？要真的是大学毕业，还不把我们给吃了？”

朱守正看到二儿子不作声了，才没有再埋汰他，说了一句：“好了，天不早了，改日再研究一下报考志愿的事。”便草草地结束了当日的家庭会议。

半个月后，高考录取通知书陆续寄到了三城中学。朱守正得到的消息是：夏雪被本市工学院食品专业录取了，周新雨被南京一所大学的园艺专业录取了，而自己的大儿子竟然报考了和夏雪同一所工学院的粮食专业。让朱守正愤愤不平的事，凭着朱聪的成绩，上南京一所大学肯定是没有问题的，不知道他的脑子是怎么想的，竟然放弃了上省城读书的机会而选择了本市一所并不出名的学校？更让朱守正不能接受的事，报志愿这么大的事，他朱聪竟然连跟自己都没有商量，就自作主张地自己决定了，还把他这个老子放在眼里吗？朱守正气冲冲回到家里以后，又免不了和朱聪生了几天气。

但是，木已成舟，回天乏术，也只好接受了现实。

十六

就在朱守正和儿女们因为高考的事而心烦意乱的时候，远在老家他的三儿子朱玉自己，却迎来了一个让他欣喜不已的事情。

还没到下课的时候，朱玉就按捺不住激动的心情，悄悄地给同桌的陆霏霏递过去了一张纸条。陆霏霏正在认真地听代数老师讲解期末考试要点，冷不丁看到一张小纸条越过了“三八”线，朝着自己地盘闯过来了。就在讲台上代数老师即将转过身来的一瞬间，她眼疾手快，一伸手，把纸条抓到了手里。等到代数老师再次转身在黑板上板书的时候，陆霏霏迅速地打开纸条，只见上面用蓝色钢笔写了一行小字：放学后，到老地方见，有好消息告诉你！

放学后，陆霏霏背上书包，手里拿着一本书，沿着校外一望无际的稻田里纵横交错的田埂，向着几里外的天鹅湖挡浪堤走去。远远望去，大堤像一条绵延千里的万里长城，傲然屹立，巍巍壮观。堤上，遍植杨槐林，绿荫匝地，蝉鸣阵阵，俨然是一处幽静之地。

陆霏霏拨开路边茂密的野草，气喘吁吁地爬上了坡顶。顶上约有十几个跑道宽，除了中间一条弯弯曲曲的石子路外，两侧都是树木，林下杂草丛生，各色野花相夹其间，到处是绿意盎然，生机勃勃。

陆霏霏小心地穿过石子路，来到了大堤的迎水坡。坡上一律青石覆盖，石间水泥勾缝，十分地开阔平坦。坡下湖水浩荡，一望无垠，奔涌相激，发生了振聋发聩的“哗哗”声。沿岸的石坡上，一阵阵的水浪涌了上来，浪头高高扬起，尔后又轰然跌下，摔成了一粒粒碎银和粉末后，又迅速地退了回去。撤退的水浪想想还是不甘心，在稍事休整后，又积聚力量，再一次向着堤岸发起一轮又一轮的冲击。于是，那种激荡的、奋进的、快乐的声音便日夜不停地回响在蓝天碧水间，回响在每一位路过此处的人们的心田里。

在迎水坡不远处的水边，陆霏霏找到了一块一人多高的巨石。这块石头从哪里来，陆霏霏没有考证过，也从来没有听大人们说过。她猜测，也许是在建造迎水坡的时候用剩下来的吧，就好像是《红楼梦》里讲到的那块女娲娘娘练石补天时遗留下来的那块吧。《红楼梦》里的那块石头上面是有字的，这块却没有。有时，陆霏霏突发奇想："什么时候我也在这上面刻上字吧，说不定若干年后还会成为一个珍贵的文物呢。"

就在陆霏霏远远地对着这块巨石发愣的时候，巨石上传来了朱玉的呼唤声："在这里，快上来啊。"自从发现了这块石头后，朱玉和陆霏霏几次都相约在这里，或是看书，或是聊天，或是看风景，成了两人私密相聚的地方。

陆霏霏微笑着慢慢走下石坡，来到了大石头旁边。石上的朱玉伸出手，把她拉了上去。他侧着头看着陆霏霏，吃吃地笑着。

陆霏霏不解，歪着头问道："你笑什么？痴的了？"

朱玉笑道："你今天这一身打扮真好看。"

陆霏霏今天扎了一个马尾巴式发型，用一块黄色的真丝手帕把垂肩长发随意地束在脑后，额前的几缕长发被湖上的风凌乱地吹着，遮住了眼睛，让她不得不多次地伸手把它们拂到耳后。她的上身穿了一件白色的确良短袖，袖口镶了一圈天蓝色的波浪线，配上一袭吊带天蓝色长裙，风起处，裙裾窸窣作响，仿若要凌空飞升。整个人显得十分清新、阳光、优雅、灵动。

陆霏霏听了朱玉的话，把自己上下打量了一番，不解道："今天穿得很平常啊，没什么不同。"

朱玉也不解释，伸手示意她赶紧坐下来。两人并肩坐下后，陆霏霏侧过脸望着朱玉，笑道："什么好消息啊，非得到这里才说？"

朱玉压低声音，故作神秘地说道："好消息，绝对是好消息。"

陆霏霏嗔道："甭卖关子了，再不说我就要走了。"说着，就要起身站起来。

朱玉忙拉住陆霏霏的膀子，说道："好，好，好，告诉你，告诉你。"

原来，朱玉参加县文化局美术比赛获奖以后，受到了省美术馆一位领导的关注。暑假期间，省美术馆要在苏州举办全省首届中学生美术夏令营，指名道姓要朱玉参加。这在全市，也就朱玉一个人。这份荣耀，真是太高了。

陆霏霏听了，羡慕道："你都成了名人了，真不简单！说吧，送个什么礼物给你？”

朱玉笑道：“送礼物干吗？太俗气了。”

陆霏霏一脸的严肃，说道：“这怎么能是俗气呢？这件事是大好事，总的要祝贺一下呀？仪式感还是要有的，不然就太对不起这份荣誉了。”

“那你打算送什么给我呀？”朱玉嬉笑着问道。

“不能早早告诉你，不然就没有神秘感了。”陆霏霏歪头想了一想，“你什么时候走呀？”

“十天过后吧。”朱玉犯愁道，“我还不知道怎么去呢？我从来没有去过苏州。”

“那怎么办呢？”陆霏霏也跟着犯起愁来。

“我都不知道苏州在哪里呢？”朱玉说道。

“当然在江苏了，和我们是一个省，在江南，是一座美丽的城市。”陆霏霏说道。

“唉，我真是孤陋寡闻、井底之蛙了。”朱玉不好意思地笑道。

“要不我陪你一起去吧？”陆霏霏突发奇想地说道。

“哪能让你去呢？”朱玉说道，“要不我先问我父亲一下，看他有没有好主意。”

“也好，如果有需要，你尽管跟我说。”陆霏霏说道。

“好的，我先打个电话给我父亲。”朱玉说道。

“那现在就去邮政局打电话吧。”陆霏霏提议道。

“走吧。”朱玉附和道。

两个人来到街上邮政局，进了门，就听到柜台后面的一位胖阿姨冲着他们喊道：“不要进来了，下班了，关门了。”

朱玉问道：“不是还没有关门了吗？我们就打一个电话。”

“不行，不行，下班时间到了，我们要关门了。”胖阿姨连连摆手。

“阿姨，我们有急事，你就让我们打一个吧。”陆霏霏好言央求道。

“你们是哪个学校的，怎么这么不听话？当心我去告诉你们老师。”胖阿姨不耐烦地说道。

朱玉朝大堂的地上一坐，大声地说道：“行，不让我打电话，我就不走了。”

胖阿姨从柜台后面窜了出来，一手叉着腰，一手指着坐在地上的朱玉，大声叫骂道：“反了，你这个小兔崽子，耍横耍到老娘头上了。今天要不给一点颜色给你看看，你就不知道包三姑娘的厉害了。”一边骂着，一边冲上来抓住朱玉的衣领，想把他提扔出去。朱玉拼命挣扎着想脱离她的手，无奈胖阿姨的手像铁钳子似的，牢牢地抓住朱玉不放。

眼看着朱玉渐渐处于下风，陆霏霏赶紧跑到门口，向外大声地呼喊了起来：“快来人呀，要出人命了。快来人呀，快来人呀！”

喊声未停，就从外面急匆匆跑进来一位穿着白色短袖衫的中年男子，冲着胖阿姨吼道：“包小红，你干什么？还不住手？”

包小红看到中年男子来了，才不情愿地松了手，还不忘骂骂咧咧道：“浑小子，撒野也不看看地方！”

中年男子威严地问道：“到底怎么回事？”

包小红站直身体，整了整衣衫，带着胜利的神色说道：“王局长，都要下班了，这小子偏偏来捣乱，被我狠狠教训了一顿。你要是再迟来一步，我就把他扔出去了。”

“胡闹！”王局长面露愠色，严厉地问道，“他还是一个孩子，能捣什么乱？”

“就是。我们就是来打一个电话的，她偏不让我们打。”陆霏霏指着包小红说道。

“孩子们，你们要给谁打电话？有什么急事吗？”王局长一脸的和蔼可亲。

“王叔叔，我们要打给三城乡公所朱守正主任的。”陆霏霏指着朱玉说道。这个时候，朱玉已经趁势站了起来，很男子汉气概地挡在了王局长和陆霏霏之间。

王局长见状，两道浓厚的眉毛一下子向上弯成了上悬月，客客气气地问朱玉：“小朋友，你是朱守正的什么人？”

朱玉刚要开口，就听陆霏霏抢先一步说道：“这是朱守正的三儿子，他有急事要和他父亲商量，请你帮帮忙吧！”

王局长听了，明白了原委，把手一伸，笑着对朱玉和陆霏霏说道：“好的，你们到我办公室来吧。”说完，就带头向门外走去。

朱玉和陆霏霏相互看了看，心里还没明白到底是怎么回事，却不由自主地跟着王局长向外走去。两人跟着王局长出了大门，向左拐进了后院。到了后院，才发现这里又是别有洞天，宽阔的院子里栽满了桂花、牡丹、月季、芍药等各类花卉，好多花儿已经过了开花期，唯有那月季花开得还是那么红火、那么奔放、那么热情、那么肆意，仿佛整个世界都是她们似的，丝毫不顾及他人的感受。在院子的一角，还建有一个八角凉亭，亭子的旁边砌着假山水池，一道清流从假山上倒垂下来，像一条白蛇似的挂到了下面的池子里，发出了“哗哗”的水流声。朱玉和陆霏霏紧跟在王局长身后，穿过花间青砖铺设的小径，来到了一排整齐的房舍面前。

王局长带着他们来到了最左边的一间房子面前，打开门，对着两人说道：“这是我的办公室，就在我这里打吧。”

朱玉和陆霏霏相互看了看，迟疑了一下，但最终还是迈进了王局长的办公室。王局长快步来到离门口不远的枣红色木质办公桌前，左手拿起了桌子上那部黑色手摇式电话机的话筒，右手摇了摇电话的手柄，对着话筒说道：“请给我接三城乡公所朱守正主任的办公室。”

稍后，王局长把话筒递给了朱玉，说道：“电话接通了，你来说吧。”

朱玉犹豫着是接还是不接时，陆霏霏早已抢过了话筒，递到了朱玉的手里，催促着说道：“给你，快接呀。”此时，王局长悄悄地退出了房间，屋子里只剩下了朱玉和陆霏霏两个人了。

朱玉紧张地接过话筒，紧紧地贴在耳朵上，大声地喊道：“喂喂，我找朱守正主任。”

话筒里传来了一位年轻男子机械般生硬的声音：“你好，这里是三城乡公所秘书办，请问你找朱主任有什么事吗？我可以转达吗？”

朱玉听了，着急地喊道：“你是小张哥哥吗？我是朱玉啊。”

话筒那头的声音立即变得柔和了起来：“啊，是小弟啊，你稍等。”随即，话筒里传来了话筒搁在桌子上的“吱吱”声和渐行渐远的脚步声。

不到半分钟，就传来了一阵急促的脚步声和一个男人气喘吁吁的说话声：“谁呀？是小玉子吗？找我有事吗？”

朱玉听出了是父亲朱守正的声音，赶忙说道："俺大，是我呀，我是小玉子。"

"小玉子，你有什么事吗？"朱守正的声音特别的大，震得话筒"嗡嗡"作响，满屋子都回荡着他的声音。

"是这样的，俺大，我要去苏州了。"朱玉大声地说道。

"为什么要去苏州啊？到底怎么回事啊？"朱守正连连发问。

"俺大，是这样的……"朱玉就一五一十地把事情的原委述说了一遍，然后央求道，"俺大，全市就我一个人，就让我去吧，来回路费都是报销的，花不了多少钱的。"

话筒那头，听不到朱守正的一句话。朱玉急道："俺大，你在听吗？"

终于，话筒另一端传来了朱守正不急不慢的声音："小玉子，你马上就要升初三了，还是不要折腾了吧，苏州就不去了。你要是想去，等你初三毕业了，我陪你去，好不好啊？我还有事，那就这样啊。"随即，话筒那头就传来了"嘟嘟嘟"的声音。

听了父亲的话，朱玉一颗滚烫的心像是被人当头浇了一盆冰水似的，一下子凉透了。他的脸瞬间涨得通红，泪珠就像滚黄豆般地顺着脸颊掉了下来。手中的话筒也从手中滑落，垂吊在半空中颤巍巍地晃动着。

"朱玉，你不要这样。"陆霏霏看到这种情形，心里发了慌，赶紧抓住朱玉的左手摇晃着，不停地安慰他，"你不要难过呀，我们可以再想想其他办法的，一定会有办法的，真的，你放心吧。"

朱玉泪流满面，像是回答陆霏霏，又像是自言自语道："'人为刀俎，我为鱼肉'，我又能奈何？"

陆霏霏劝道："天无绝人之路，一定会有办法的。走吧，我们先出去，然后再想办法。"

到了这步田地，朱玉也只好听从陆霏霏的安排，跟着她向门外走去。到了门外，看到王局长一直站在不远处等着他们。见到他们出来了，王局长快走两步来到面前，笑着问道："电话打完了？"

朱玉哭丧着脸，没有答话。陆霏霏忙回答道："已经打完了，谢谢叔叔。多少钱呀，叔叔？"

王局长笑着摆手说道：“不要钱，不要钱。”

“那谢谢叔叔了。”陆霏霏乖巧地说道。

“没事，没事，以后要打电话就尽管来找我。”王局长客气地说道。

“好的，叔叔，我们先走了。”陆霏霏拽着朱玉的手，一路小跑地穿过院落，出了邮政局的大门。

“我们现在往哪儿去啊？”朱玉站下来，挣脱陆霏霏的手，茫然地问道。

陆霏霏歪头想了想，突然抿嘴一笑，提议道：“我们不如去买点吃的，然后到湖边去看书，一边看书，一边想点子，如何？”

朱玉低头想一想，除了这个办法，眼下也确实想不出更好的主意了，于是只好点头表示同意了。陆霏霏一看朱玉同意了，非常开心地拉着朱玉来到了集市小吃最集中的地方，买了一大包肉串、凉皮、烤红薯之类的零食后，两人又回到了湖边的那块巨石上。陆霏霏把食物放在石头上，她和朱玉一人坐在一边，开始吃东西。一边吃，一边有一搭没一搭地说着闲话。

“你大也真是的，都什么年代了，还搞家长专制？”

“唉，俺大就是那样的人，做官做惯了，什么事都要他做主。”

“你们姐弟几个都怕他吗？”

“怕肯定都怕，但心里不服气。”

“比如呢？”

“比如我姐，在一些关键的问题上，就敢于和俺大顶，他也没有办法，只好随她去了。”

“你哥他们呢？”

“大哥最听话，二哥孬好不作声，但他心里最有数，什么事情该听，什么事情不该听。”

“那你呢？”

“在我们姐弟四人中，也许我是最听话的，可偏偏父亲不喜欢我。”

“为什么不喜欢你？”

“主要是我没有按照他的愿望发展，他就把我当作另类了。”

“那你为什么要跟他犟着来呢？做父母的哪能不希望自己的孩子好呢？”

“话是这么说，但是，父母不能包办子女的一切啊？每个人都不一样，不能让每一个人都按照一个模子长吧？”

“可是，可是，你如果违背你父亲的话，你想过后果吗？”

“我没有想过后果，我从不去想后果，如果什么事都事先把后果想好了，那这个世界还会有惊喜吗？还会有那么多意外吗？”

“如果真的有一天你和你大闹翻了，你会怎么样？”

“我会离家出走的。”

“你真的会离家出走吗？”

“一定会的。”

“你是什么时候有过这种想法的？”

“自从春节我一个人在外流浪几天后，我就知道，我是一个不安分守己的人，我不喜欢墨守成规的生活，更喜欢去一个未知的领域、陌生的地方，去试、去闯，哪怕是碰得头破血流，我也不后悔。一个人要有梦想，梦想不会从天上掉下来，只有去奋斗，才有实现的可能。为了自己心中的那份梦想，吃多少苦都是值得的。至少，在他若干年后回首自己走过的路，没有因饱食终日、无所用心而后悔过。至少，他可以对自己的后人骄傲地说道：我为自己的理想奋斗过，哪怕这种奋斗最终是失败的。”

“你真像是一位伟大的诗人。”

“不，我不是诗人，我是实践者。”

“噢，那我错了。不过，我很好奇一件事，可以问吗？”

“什么？你说吧。”

“不知道我们伟大的实践者对爱情怎么看？噢，换一种问法：你相信爱情吗？”

“当然。爱情是人类最美好的情感，爱情对于一个人，犹如茫茫大海上的一叶扁舟，犹如黑夜中的启明星，犹如沙漠中的一片绿洲，因为，那是生命的希望，那是生命的真谛。为了爱情，还有什么不可以放弃的呢？”

“哈哈哈，我都被你感动了。”

“以后我会用行动来证明自己的。”

“我相信你。”

……

夜幕悄悄地降临了，就在两人即将起身离开的时候，一场大雨突然不期而至，毫无征兆地洒落了下来。陆霏霏惊慌不已，朱玉见状，连忙举起自己的书包挡在她的头顶。可是，毫无用处，两个人很快就被淋成了落汤鸡，狼狈地相互搀扶着往回逃。路过一座无人居住的茅草屋时，两人赶紧躲进了门洞里，焦急地等待着大雨早点停止。

朱玉关切地询问陆霏霏："你冷吗？"

陆霏霏轻轻地摇了摇头，说道："不冷。你呢？"

朱玉自责道："都怪我，因为我的事，让你遭雨了。"

陆霏霏笑道："跟你有什么关系？都是我自愿的。再说了，夏天不淋一场雨，那还叫过夏吗？"

朱玉听了，笑问道："你真的不后悔？"

陆霏霏反问道："你看我是那种爱后悔的人吗？"

朱玉笑道："现在不后悔，不代表今后不后悔，有你哭鼻子的那一天的。"

陆霏霏正色道："如果真有哭鼻子的那一天，也不代表我是后悔了，只能说明你让我伤透了心。"

朱玉听了，赶紧打岔道："你看，雨好像下小了。"

陆霏霏把手伸出屋檐外面，试了试雨点的大小后，欣喜地说道："真的变小了。"

朱玉提议道："那我们抓紧回家吧，不然要感冒了。"

陆霏霏赞同道："好，那走吧。"说完，第一个跑了出去。朱玉紧跟在陆霏霏的后面，直到把陆霏霏送到了家门口，他才往自己的家赶去。

"你慢点啊，甭摔倒了。"陆霏霏在身后不放心地喊道。

"放心吧，进屋甭忘了烧碗姜汤喝。"朱玉一边跑，一边叮嘱道。

夜色中，雨又淅淅沥沥，渐渐地大了起来。

十七

坐落在县城主干道淮海路和北京路东侧的县长途汽车站，是全县城最热闹的地方。车站的房屋是典型的苏北风格，一排十几间房屋一色的青砖红瓦，那些墙体有的已经剥落，显得斑驳陆离，很有一些年月了。中间的大门是两扇钢筋焊成的大铁门，上面也是锈迹斑斑，十分陈旧了。房子的后面，用砖头拉起了一块十多亩大小的空地。空地上停了一排排灰头土脸的长途客车，不时地有客车跌跌撞撞地挟裹着一路烟尘开进了院子里停下，门开处，像下饺子似的下来了一串乘客。也有一些客车带着乘客，鸣着喇叭，颠颠簸簸地，像个醉汉似的驶离院子，向着不同的方向驶去。站门口的广场上，成了各种摊贩的地盘，他们一个个支起油布蓬或是塑料布蓬，铺上几块木板，把一箱箱的红苹果、黄香蕉、绿橘子等各式水果搬过来放在木板上叫卖。有些勤快一点的摊贩就会多费点事，把箱子里的水果拿出来，把木板堆得满满当当的，如果再在这些水果上放上一两片青翠的绿叶，那就更好看了，也更能吸引人的目光了，当然，前来光顾的顾客也就更多了。那些商贩们在川流不息的人群中卖力地叫卖着，询价声、报价声、还价声、叫喊声此起彼伏，混响一片。在水果区的旁边，是那些卖油条的、卖包子的、卖馄饨、卖鸡蛋饼的、卖稀饭的等各式小吃的领地，不时地有行色匆匆的顾客走过来，坐在摊位前面的小板凳上，点上一碗小吃，然后就见油桶改装成的炭炉里冒出旺旺的火焰，把铁锅里的水烧得滚开，不一会，就有一碗热气腾腾的小吃端到了客人的面前。客人先是轻轻地绕着碗边舔上一口，然后再伸长脖子猛吸一下，最后就剩下一脸的满足感了。

在这些点小吃的客人中间，坐着一对中学生模样的男女生。他们不是别人，正是朱玉和陆霏霏两人。朱玉穿着一新，脚上是一双崭新的黑色塑料鞋，旁边的一只凳子上放着一只装满行李的红色塑料网兜，一副准备出远门的样子。陆霏霏穿了一身乳白色带暗花的连衣裙，脑后的长发上扎了一条黄色的真丝手帕，显得十分阳光、朝气。

陆霏霏点了两份鸡蛋饼和两碗玉米稀饭，还向摊主要了两小碟雪菜拌青椒。她一边吃饭，一边叮嘱朱玉道：“你到了苏州车站下车后，一定要坐第12路公交车，过了四站就下车，再向东拐200米就到报到的宾馆了。你记住了吗？”

朱玉把嘴里的一口饼咽下后，又喝了一口稀饭，才回答道：“你都说好几遍了，我的耳朵都起老茧了。”

陆霏霏笑道：“重要的事情说三遍，你是属老鼠的，爪子一落地就忘记了。所以，要不停地说，不然你记不住。”

朱玉把头向陆霏霏的眼前凑了凑，小声地问道：“诶，你说我这次背着俺大去苏州，他知道了会不会狠狠地揍我一顿？”

陆霏霏听了，噘起了嘴，不屑地说道：“知道怕了吧？不过还好，你现在还没有上车，退票还来得及。要不，你把票给我，我去帮你办退票手续去？”

朱玉把脖子一梗，说道：“谁说要去退票呀？我不过是随口问问吗？”

陆霏霏认真地说道：“我说的是真的，你后悔还来得及。”

朱玉也板起脸说道：“我从来不知道后悔药上哪里买？我只是不好意思，这次去苏州竟然拿你的钱。等我下次有钱了，一定还给你。”

陆霏霏听了，不禁莞尔一笑，说道：“得，得，得，区区二十块钱，何足挂齿？你就不要放在心上了，等你从苏州回来，给我画几幅画就行了，只当我是提前付你画钱的。”

朱玉听了，不禁鼻子一酸，说道：“你对我的好，我会记住的。”

陆霏霏听了，脸上泛起一片红晕，娇羞一笑，小声说道：“你又来了？嘴上像是抹了蜜似的，专拣好听的说。意不意歪[①]啊？”

朱玉笑了笑，埋下头专心吃饭。吃完饭，朱玉提起凳子上的网兜，在陆霏霏的陪同下，进了车站院子。一位穿着制服的女检票员站在一辆开往苏州的长途汽车门口，在挨个对乘客逐一检票。

“小姑娘，你不能上去。”检票员伸出右手挡在了陆霏霏的面前。

陆霏霏没有办法，只好目送朱玉独自一人随着人流登上了车子。陆霏霏在车下踮着脚尖挨个窗户寻找朱玉。朱玉在车上找到了自己临窗的一个位置，把行李

① 意歪：方言，肉麻的意思。

放到了头上方的行李架子上后，就急切地趴到窗口寻找陆霏霏。陆霏霏扒着车窗对朱玉说道：“我有一个礼物送给你。”说着，从背在肩上的书包里掏出了一个粉红色铜版纸包裹着的一样物件递给了朱玉。

朱玉接过来就要打开，陆霏霏忙制止道：“不急，等车子开了再打开吧。”朱玉依言停住了手。

这时，车门“哐”的一声关上了。随即，发动机成功点火，发出了“嗡嗡”的响声，整个车厢都跟着声音像打摆子似的颤抖了起来。车子缓缓地起动了，陆霏霏追着窗子挥手喊着：“朱玉，一路平安！”

不知不觉间，朱玉的眼睛湿润了。他看着跟在车后跑来的陆霏霏，不停地挥手，声音哽咽地喊道：“再见，再见！”

长途汽车鸣着喇叭，开出了车站，拐了个弯，驶向了淮海路，速度越来越快了，风儿也越来越大了。车后已经看不到陆霏霏的身影了，朱玉的眼泪终于忍不住滑落了下来。他关好窗户玻璃，头靠在椅背上，任泪水在脸上肆意地流淌。此时，他的身体似乎已经被人掏空了似的，脑海里剩下了一个陆霏霏的影子。在他的脑海里，像在放电影似的，一幕幕地出现了他和陆霏霏相识、相处时的点点滴滴。在他的心目中，陆霏霏就是他的女神，是他的幸运之神，只要和她在一起，他就觉得快乐、舒畅、自由和自信。一天看不到她，他就觉得烦躁、忧郁、失落和消沉。

“唉，要是她能一起来就好了。”朱玉有点懊悔地想着。突然，他想起了她送给自己的礼物，就急不可耐地把手中的礼物打了开来。等他撕去了外面的包装纸，才发现原来是一本黑色的美术用的速写本子。打开本子的封面，在第一页洁白的扉页上，有一首用钢笔写的一首诗。字迹工整、清秀，一看便知是出自陆霏霏之手：

那夜的雨

暮色如许，湖边雅聚，小食几许。哪知阴云暗聚，只道是寻常一幕。

茅檐小屋，暂避风雨，少语片时。谁知天色发晴，只恨那岁月二重。

读着陆霏霏写的诗，朱玉的眼前又浮现出了那天晚上他和她在湖边小屋下躲雨的场景。想到当时两人的狼狈相，朱玉忍不住“扑哧”一声笑了出来。这时，同车一个小伙子的录音机里倏然飘来了一阵男子的歌声："拍拍身上的灰尘，振作疲惫的精神，远方也许尽是坎坷路，也许要孤孤单单走一程。早就习惯一个人，少人关心少人问，就算无人为我付青春，至少我还保留一份真……"歌声嘶哑、沧桑、忧郁，让人听了不胜唏嘘。朱玉听了，却有一点不理解。他不明白一个人怎么会少人关心少人问？既然无人为我付青春，又怎么才能保留一份真呢？这份真是为谁保留的呢？

就在朱玉胡思乱想的时候，客车突然在路边停了下来。门开处，一位帅气的小伙子拎着东西上了车，稍微停顿了一下后，便径直坐到了朱玉身边的那个一直空着的座位上。车子又开动了。

朱玉隐约感到有人坐到了身边，侧脸一看，差点惊掉了下巴。他脱口而出，对着来人问道："大哥，怎么是你？"

来人正是朱玉的大哥朱聪。他笑眯眯地看了一眼朱玉，然后轻轻地把头靠在椅背上，闭上了眼睛，问道："为什么不能是我？"

"大哥，你要上哪儿去啊？"朱玉一脸的狐疑不解。

"你上哪儿去啊？"朱聪仍然闭着眼睛问道。

"我去苏州啊。"朱玉答道。

"那我也去苏州啊。"朱聪说道。

"你去苏州做什么啊？"朱玉问道。

"你是去干什么的？"朱聪问道。

"我去参加夏令营的啊。你呢？"朱玉问道。

"那我是去陪你的啊。"朱聪漫不经心地说道。

"那干吗去陪我啊？我用不着陪，又不是小孩子！"朱玉有点急了，说道。

"你当我想来啊？要不是俺大不放心你，我才懒得来呢。"朱聪说道。

"俺大怎么知道我要去苏州的？"朱玉更加狐疑不解了。

这时，朱聪睁开了眼睛，侧过脸笑道："就你那点小心思，能瞒过谁呀？我劝你呀，还是闭上眼睛好好休息一会，到苏州要走一天，路还长着呢。"说完，又一次把头靠了回去，闭上了眼睛。这一次，朱聪很快就传来打鼾声。

至此，朱玉彻底地无奈了。本来，他把这次自己孤身一人赴苏州参加夏令营，当成是自己独闯世界的处女行，充满了无限的期待，也好为自己以后在小伙伴们面前吹牛积攒资本。却不料，大哥朱聪的到来，把他的幻想击打得粉碎。唉，如此看来，那个能孤孤单单闯世界的歌手真是太幸运了。算了，既然已经不能实现无人为我付青春的梦想了，还不如早点休息再作打算呢。想到这里，朱玉也把头仰靠在自己的座椅后背上，学着大哥的样子闭上了眼睛。很快，朱玉的意识就渐渐模糊了起来，随之，轻微的鼾声也随着大哥朱聪的节拍，有节奏地响了起来。

朱玉刚闭上眼，就看到陆霏霏也来到了身边。只见她星眸点点，似有泪光。朱玉大吃一惊，拉着她的手，问道："霏霏，你这是怎么了？谁欺负你了？"

问了几遍，陆霏霏才掩面说道："我们两人是不可能在一起了。"

朱玉听了，急得面红耳赤，说道："你这说的是哪里话？"

陆霏霏说道："你本不是凡间俗物，又怎么能过上凡夫俗子的日常生活呢？"

朱玉听了，争辩道："你这话从何说起？当真把我说糊涂了。我不管自己是不是异类别族，也不管是不是凡夫俗子，我对你的心是真的，难道你看不出来吗？非得要让我像比干那样把心掏出来给你看吗？"

陆霏霏脸色缓和了过来，说道："此话当真？"

朱玉发誓道："我若对你有三心二意，就让天雷把我劈死好了。"

陆霏霏嗔道："此心两不负，你知我知便了，何必发此毒誓？"

朱玉笑道："自古知音两难觅，你我青梅竹马，两小无猜，岂不是天造地设、举世无双？"说完，就要来牵陆霏霏的手。

陆霏霏不胜娇羞，抽身便走。朱玉一脚踩空，跌倒在地，头碰在地，一时疼痛难忍，竟自醒了过来。原来是司机急刹车，朱玉的头碰到了前边的椅背，自己则是做了南柯一梦。

朱玉揉了揉眼睛，不敢再睡了，转头看看大哥，朱聪睡得正香。傍晚时分，车子才到苏州车站。出了车站，朱玉在大哥朱聪的陪伴下，在不远处的公交站台坐上了第12路公交车，过了四站就下车，再向东拐200米，果然就看到了报到的江南雨宾馆了。到了宾馆前台报到后，夏令营的工作人员热情地接待了他们两人。当得知大哥朱聪是专门陪同弟弟朱玉来时，工作人员非常感动，当即就为朱聪单独开了一间房间。工作人员告诉朱聪说，他住的房间是免费的，但伙食费要自己承担。朱聪听了，非常高兴，连连表示感谢。

第二天早饭后，参加夏令营的全体人员到宾馆门口的广场上合影留念。在合影排队时，因为朱玉的个头最矮，所以站在了最边口。队形排好后，主持人请省美术馆的大领导先致辞。这位大领导年纪约四十出头，身材高大，虎背熊腰，两鬓已有些过早斑白了，戴着宽边黑色眼镜，满脸笑容，十分和蔼。当他讲话结束准备站到队伍里一起合影时，一眼瞟到了站在最边口个子最小的朱玉了。他快步走到朱玉面前，亲切地询问道："你叫什么名字啊？是从哪里来的？"

朱玉猝不及防，根本没有想到这么大的领导会走到他跟前，更没想到会和他说话。他心里一阵慌乱，但瞬间就恢复了镇定，于是便大声地回答道："报告首长，我叫朱玉，是从天鹅湖畔来的。"

大领导一听，愣了一下，立马就想起了什么，高兴地说道："你就是那个美术小天才朱玉啊？"

朱玉听了，不知道怎么回答，只好伸出右手搔着后脑勺，"嘿嘿"地傻笑着。看到他这副窘样，所有人都忍不住"哈哈哈"大笑了起来。

大领导拉着他的手，"呵呵"地笑着，把他拉到了前排队伍中间，站在了自己的旁边，说道："你们老家有一句老话，叫作'小小带头跑'，你个子最小，还是站在中间最好啊，能起到一个领头羊的作用呢。"众人听了，又是一阵大笑。朱玉只好也跟着笑，老老实实地站在大领导的身边拍完了照。

接下来的几天里，朱玉参加了夏令营组织的各种美术培训、讲座、论坛，还组团到拙政园、虎丘山、寒山寺、天平山等著名的景区去写生。每到一处景区，朱玉就会用一张明信片在上面用速写画出一处景物，然后把明信片寄给陆霏霏。他在每一张明信片的最后，都会写上一句话："我替你去世界看风景。"

那几天，最闲的人应该是朱玉的大哥朱聪了。每天，他一个人手里拿着一张苏州旅游图，到处挤公交车，穿街走巷，把苏州的各处风景名胜游览个遍，忙得不亦乐乎。

没几天，夏雪和周新雨竟然也结伴来到了苏州。这让朱玉十分意外。

"大姐，你们怎么过来了。"晚上，朱玉在江南雨宾馆她们的房间里，悄悄地问夏雪。他管夏雪叫大姐，管周新雨叫周姐。

听了朱玉的话，夏雪笑着回答道："今年我们不是都毕业了吗，就想趁这个暑假好好玩玩。真不知道去哪儿玩是好呢，就听说你们兄弟两刚好在苏州呢，就寻思着地头有人不紧张，所以我和新雨一商量，就一拍即合。这不，就来这里旅游了。”

周新雨听了，笑着问朱玉：“怎么，我们来你不高兴吗？”

朱玉笑道：“哪能呢？你们能来，我高兴还来不及呢？这下好了，大哥有事做了，从明天起，他就做你们的向导，把苏州好好看一看。是吧，大哥？”

朱聪在一旁听了，不耐烦地说道：“你忙你的，不关你事。”

朱玉吐了吐舌头，没敢再说话。

夏雪对朱玉说道：“玉子，我们不打扰你的活动，你只当我们没来的。”

朱玉说道：“我才放心呢，有大哥在，我还有什么不放心的？”

夏雪说道：“什么时候我请你们一起吃顿饭？”

朱玉说道：“我和夏令营的人一起活动，没时间的，你们自己吃吧，不要管我。”

夏雪笑道：“好，那我就有机会再请你这个大画家，到时，一定要给面子呀。”

朱玉也笑道：“大姐喊吃饭，我要是不去才傻呢！”

大家听了，都笑了起来。

朱玉要回自己的房间休息了，周新雨把他送到房间外面的走廊上，悄悄递给朱玉50块钱，小声说道：“小弟，这个钱你拿着，碰到自己喜欢的东西，你就买下来留个纪念。”

朱玉忙推让道：“周姐，我不要。我有钱。”

周新雨笑道：“怎么，嫌少呀？我知道你有钱，不过，这是我的心意。人在外，多带点钱以备应急。”

朱玉犹豫道：“我要是收了你的钱，大哥知道了会骂我的。”

周新雨说道：“我的钱是给你的，跟他有什么关系？再说了，我干吗要告诉他呀？他又不是我男朋友！”

朱玉还要推辞，就看到夏雪把头从房间门口伸出来，对着他两喊道：“你们在干吗呢？有话不能明天说吗？快来商量一下明天的路线呢。”

周新雨听了，忙答应着：“诶，来了。”趁势把手缩了回去。一边往回走，一边朝朱玉挤眼，示意他赶快回去。

至此，朱玉只好把钱收了下来，掉头往自己的房间走去。身后，传来了“砰”的一声关门的声音。走廊上彻底地安静了下来，只有墙顶上的照明灯发出幽暗的光芒，把朱玉的身影拖拽得老长。

一个星期的夏令营生活很快就要结束了，即将离开苏州的头一天晚上，省美术馆的那位大领导在晚饭后把朱玉叫到了自己的房间。通过交谈，朱玉知道了这位大领导年轻的时候在淮阴插过队，做过知青。“不怪他对我们老家方言俚语那么熟悉呢。”朱玉心里说道。

“你的学习成绩怎么样啊？”大领导关切地问道。

“比较一般，在班级中等偏上。”朱玉实话实说，说完，自己也觉得有点不好意思。

“你家里人支持你学美术吗？”大领导问道。

“我父亲反对，其他人还好。”朱玉把他父亲是如何反对他的事情一一告诉了大领导。

听了朱玉的话，大领导深思片刻，语重心长地对朱玉说道：“你现在还小，是应该以学习为主。虽然说美术是很高尚的艺术，但如果靠画画来谋生，是很艰辛的，历来都如此。你还是应该集中精力学习，先考上一个学校，有了一个稳定的职业，再把美术当成是一个爱好，这样，生活和爱好都不耽误，不是很好吗？”

朱玉请教道：“那我应该怎么做呢？”

大领导说道：“你马上就是初三了，你可以先报考当地师范学校的美术专业，以后想进修，还可以修美术本科、研究生，都是可能的。凭你的天赋，你一定会在美术界占据一定地位的。”

朱玉顿悟道：“我懂了。”

大领导叮嘱道：“你以后如果有什么需要我帮忙的，你可以到省美术馆去找我。如果我不在，你就到省政协去找我，我可能很快就要到那里去上班了。”

谈话结束前，朱玉拿出了陆霏霏送给他的那本速写本，请大领导帮他签名留念。大领导欣然接过本子，打开一页，拿出签字笔，在上面笔走龙蛇，写道：

“三更灯火五更鸡，正是男儿读书时。黑发不知勤学早，白首方悔读书迟。”朱玉看了，面显惭愧之色，感激道：“首长，一日为师，终身为父，今后还望您老指点、栽培。”

大领导哈哈大笑，说道：“我的通信地址都写在上面了，有需要就给我写信。”

朱玉恭恭敬敬回答道：“一定多请教！”

大领导说道：“明天你们兄弟启程返回，我就不送了。”

朱玉谦逊作答道：“不敢，不敢，还望首长有空到我老家去故地重游。”

大领导听了，十分高兴，说道：“好，好，时机成熟，一定会去的，去了，一定让你去陪我。”

朱玉答道：“一定，一定，学生陪老师，理所当然，理所当然。”

翌日，朱玉在大哥朱聪、夏雪、周新雨的陪同下，浩浩荡荡地从苏州返回了淮阴县城。临走的时候，朱玉还不忘一个人悄悄地跑到苏州市区的一家市场，挑选了一条苏州刺绣丝巾藏了起来。

这是他给陆霏霏买的礼物。

十八

从苏州回来后，朱玉像是脱胎换骨似的，再也不去过问画画的事了，而是一门心思地钻研书本了。看到这种情况，父亲朱守正那颗悬着的心总算暂时落了下来。让朱守正舒心的事还不止这一件事，大儿子朱聪已经和夏雪一起去市工学院报到了；大女儿朱琴也找到了一份临时工作，在三城乡公所的一家再生纱厂做了一名纺纱女工。虽然说只是一个临时性的工作，但好歹先安置了下来。接下来，朱守正就是要全力谋划市计生委在三城乡公所召开的计划生育现场会的事了。

中午，党委书记周有政从县里开会回来，告诉朱守正，上午县里召开了基层党委政府换届选举工作会议，基层乡公所一律改为乡镇名称，原来的三城人民乡公所改称三城镇人民政府，原来的主任、副主任一律改称镇长、副镇长。没几天，淮阴县委就正式下文，将全县的乡公所名称一律改为乡、镇。同时，对全县的干部进行了适当调整。朱守正改任三城镇镇长。忙活了几天后，县计生委发来一份公函，要求三城镇务必做好即将召开的全市计划生育现场会。为此，三城镇党委召开了三套班子会议，专题研究如何开好这次现场会。

“这次的现场会，是我镇乡公所改镇后的第一次全市规模的工作会议，反映了市县计生委对我镇工作的肯定，我们必须要全力以赴，确保这次的会议成为呈现我镇各项工作亮点的平台。下面，大家说说怎么开好这次会议吧！”党委书记周有政在会议的开头，就简明扼要地把召开会议的目的挑明，然后开始征求班子成员的意见。

“请分管人先谈谈吧。”朱守正提议道。

“好，那就请姚镇长先说吧。”周有政说道。

“那我就恭敬不如从命，只当是抛砖引玉的。”分管计划生育的姚副镇长三十五六岁，长得高高挑挑的，长条脸，小平头，一双眼睛总是细眯眯的，仿佛一直处在半梦半醒之间似的。他的个子虽然很高，但声音却完全不成正比，柔柔的，像个女的似的，“我觉得这次现场会要分三个部分进行：第一部分是会议准备，会议在哪开、哪些人参加、议程是什么、席卡怎么摆、会议材料怎么准备、谁负责会场引导、谁负责会场倒水、茶杯里放什么茶叶，等等细节，都要考虑周全，不能有一丝疏忽；其二是镇计生站内部的准备，包括内部卫生、台账资料、妇检现场等；最后是下村走访，挑选一个示范村供与会领导现场走访了解，当然，要确保这个村没有一个计划外超生的。总之，一句话，我们计生系统压力非常大，会后我们将专门召集会议，研究一下具体细节，确保不出任何差错。”

“好，姚镇长讲得很好。下面谁再说说？”周有政书记问道。

分管土地、城建的副镇长张韩说道：“我觉得还应该把集镇的街道彻底地整治一下，把下水道疏通一下，绿化重新规划一下，两边的乱搭乱建整治一下，展现我们良好的集镇环境。”

党委副书记田山说道：“信访问题也要引起高度重视，不能在开会那天引起信访事件。”

分管后勤的宣传委员张中杨说道：“那天的食堂接待更重要，要提早找人定下菜谱，好安排人到市区去买菜。”

……

大家你一言我一语，讨论得十分热烈。看看到了火候了，党委书记周有政总结道：“我看这样，我们先成立一个工作组，组长就由镇长朱守正担任，成员由你挑，花多少钱无所谓。只是有一条，只许成功，不能失败，只许出彩，不能出丑。”

会后，朱守正立即着手组建工作组，抽调了三套班子部分成员和一些站所长，分成了计划生育、会务保障、市容市貌、信访稳定、后勤服务和观摩点位工作组。工作组成立后，立即投入工作，确保在规定期限内完成各项准备工作。任务下达后，朱守正不放心，又亲自参加了各个工作组的内部会议，多方面地听取意见，修改完善各项工作方案，整天忙得是焦头烂额，晕头转向。

这天中午，忙了半天的朱守正匆匆吃了中饭就上床小憩。朱守正有个习惯，就是一年三百六十五天，如果没有什么特殊，几乎每天中午都要休息一下。如果在中午休息期间接上一个电话，那接下来就再也无法入睡了。如果中午没得到休息，那整个下午都会哈欠连天，无精打采的。好多人都知道他这个毛病，因此，在他午休的时候，基本上是没人敢给他打电话的。偏偏这天朱守正刚犯迷糊，床头柜上的电话铃声就急促地响了起来。朱守正打了一个激灵，十分不情愿地伸出右手拿起了电话听筒，大声地问道："喂，哪位？"

电话那头，传来了副镇长张韩惊慌失措的声音："喂，是朱镇长吗？不好了，打起来了。"

"什么打起来了？你说慢点，说清楚一点。"朱守正不高兴地对着话筒说道。

"是这样的，修自行车的顾老头子和我们的城管队员打起来了，你快来呀，要出人命了。"张韩焦急地喊道。

"你不要急，先稳住阵脚，不要乱，我马上到。"朱守正说完放下话筒，迅速披衣下床，往街道上顾老头子的摊位奔去。

顾老头子大名叫顾小如，小时候刚生下来一天一夜不哭不闹，脸涨得发紫，连呼吸都变得微弱了。父亲看他不中用了，就趁着夜色用包裹包起来扔到了乱坟岗就走了。也活该他命大，当夜被坟地上的蚂蚁群叮咬时，竟然发出了哭喊声。又恰恰这哭声被当地一位姓顾的修鞋匠路过此地听到了，把他抱回了家，让他捡回了一条小命。这个顾鞋匠是一位老光棍，孤身一人生活，就把他留了下来做了自己的儿子，并取名叫作顾小如。顾小如长大后，不愿读书，顾鞋匠乐得省了学费，就让他跟在自己后面学修鞋子。偏偏这个顾小如不喜欢摆弄鞋子，却喜欢上了修理自行车。顾鞋匠无奈，只好帮他在街道上占了一个摊位，帮他支撑起了一个修理自行车的摊位。顾鞋匠死后，顾小如就一个人在摊位上住了下来，日复一日，年复一年，长大了也没娶个媳妇，就把摊位当成了自己的家。大家看顾小如可怜，就对他占道经营睁一眼闭一眼，时间久了，也就久占为业了。因此，当镇城管队员前来拆毁他的车棚子时，他岂能不以死相拼？

朱守正大步流星地赶到现场时，但见现场围满了人，有城管队的，也有集镇上的干部，更多的却是看热闹的群众。在人群当中，身材矮小、皮肤黝黑、穿着一件脏兮兮的看不出什么颜色的大褂子的顾小如手里举着一把铁叉，凶巴巴地对着一群城管队员叫嚣着："你们这帮混蛋，还让不让人活了？你们再敢上前一步，老子就戳死你们，大不了，大家一齐死。我死了，光棍一个，没牵没挂的，你们死了，女人、小鬏就成了别人的了，看看到底谁上算？"

周围围观的群众听了，有的叫好，有的起哄，还有的趁机煽风点火、火上浇油怂恿道："顾老头，快戳呀，戳死一个够本，戳死两个赚一个，快戳呀！"

也有的喊道："杀人不过头点地，二十年后又是一好汉。我就佩服顾老头，敢说、敢想、敢干，好样的。"

也有的说道："顾老头主要是出身不好，要是一生下来没被父母扔掉，哪里就遭这个罪呀？唉，没妈的孩子没人疼啊！"

……

众人你一言我一语，说得顾小如血脉偾张，两眼充血。只见他猛然大喊一声："我跟你们拼了，老子不过了。"说完，就挺起手中的铁叉向最前面的城管队员刺去。

最前面的几个城管队员一哄而散，后面的其他队员见到前面的人跑了，也就早早地撒开腿，四下里跑散了。躲在人群后面的副镇长张韩也被人群冲散了。顾小如追得正起劲，突然听到一个人炸雷般地吼了起来："顾小如，你发什么疯？想闹事啊？"

顾小如抬头一看，站在他面前挡住他去路的不是别人，正是本镇的镇长朱守正。在朱守正威严目光的逼视下，顾小如不由自主地浑身战栗了一下，皮肤上感觉到一股凉气拂过，那股嚣张的气焰顿时灭下去了很多，手里端着铁叉竟然不知如何是好了，只得整个身子僵在了那里，像是被人点了穴位似的。朱守正大声问道："你想出事吗？你想偿命吗？"

顾小如收起了铁叉，冲着朱守正大叫道："都是你们逼的，我在这里住了多少年了，你叫我拆我就拆呀？没门。"

这时，副镇长张韩站到了朱守正身边，手指着顾小如怒斥道："姓顾的，你不要太张狂了，你的底子大家都知道，甭以为没人能治得了你？今天，非让你难看不可。城管队，来人，把他捆了。"

"动手！"重新聚拢而来的十几个城管队员发一声喊，就准备一齐上前拿人。

顾小如看到这架势，立马又把手中的铁叉端了起来，冲着人群不停地晃动着，一边晃，一边喊道："来呀，来呀，不怕死的尽管上。"

朱守正向城管队员摆了摆手，示意他们先退下。然后对着顾小如说道："你先把手中的铁叉放下，我们有话慢慢说。”

周围看热闹的群众有人喊道：“不能放呀，一放，你就完了。”

顾小如噘着嘴对朱守正说道：“你哄谁呢？哄三岁小孩呢？噢，我把铁叉放下，好让你们趁机把我绑起来？你当我傻呀？我才不傻呢。”

朱守正清了清嗓子，说道：“你不放下铁叉也行，但是你必须让我进你的小棚子里，我们再聊聊。可以吗？”

顾小如听了，愣了一下，随后指着朱守正身旁的一群城管，问道：“那他们要强拆怎么办？”

朱守正笑道：“我打包票，没有我的话他们不敢拆。”

顾小如疑惑地问道：“你说的是真的？你是一镇之长，可不带哄人的。”

朱守正问道：“你什么时候被我骗过？”

顾小如想了想，摇了摇头，喃喃地说道：“没，没有。”

朱守正转头对副镇长张韩说道：“让他们现在都回去吧，也让他们放松放松。”

张韩会意，冲着一群城管队员大声地说道：“今天就到这里，大家都回去吧，这几天都忙累了，早点回家歇息吧。”

城管队员们听了，都说道：“好嘞。”一下子都走了。那些看热闹不嫌大的群众，看看没什么热闹可看了，都一个个无精打采地离开了。

“怎么样？能到你的棚子里坐坐了吧？”朱守正对顾小如说道。

“那，那，那你要不嫌地方脏，就随你吧。”顾小如现在倒是扭扭捏捏地说道。

“走吧。”朱守正一边说着，一边向着顾小如的棚子走去。

张韩也紧跟其后，一齐过去。不料，顾小如却伸出膀子挡在了他面前，冷冷地说道：“你不能进去。”

张韩的脸瞬间变了色，责问道：“凭什么我不能进去？”

顾小如面无表情地说道：“不许进就是不许进，哪那么多废话？”

张韩还想说什么，朱守正摆摆手，示意他不要跟去了。张韩冲着顾小如龇牙道：“什么金銮殿，谁稀罕啊？”

顾小如回道：“是不是金銮殿，都不欢迎你。”

张韩把嘴一撇，翻了翻白眼，轻蔑地说道："请我去，我还嫌脏呢。"

顾小如还想再斗上几句，这时朱守正催促道："走吧，多说几句能当饭吃？"顾小如听了，才闭上了嘴，跑到朱守正前面抢着去推开了门。

进入小棚子，满眼都是杂物，连插脚的地方都没有。棚子里飘浮着一种说不出、道不明的难闻气味，既有浓重的汗臭味，又有衣物好久没晒太阳的霉腥味，更有吃剩食物的馊煳味，再加上自行车轮胎的塑料味和油污味，这里简直成了垃圾场。朱守正强忍着呕吐的欲望，在顾小如勉强腾出的巴掌大地方的一只矮凳子上坐了下来。

"朱镇长，我这里太逼仄，比不上你的办公室敞亮，你就多带谅[1]点。"顾小如一脸的歉意。

"老顾呀，你一年到头就住在这样的环境呀？"朱守正鼻子有点发酸。

"唉，我就这命，能有地方蹲就已经知足了。"顾小如说道。

朱守正叹了口气，说道："这样的环境哪能住人啊？我看呀，你还是要挪一挪，你不为别人着想，总得为自己想想？时间长了，你能不得病吗？一旦得了病，不是自己遭罪受吗？"

顾小如也叹了口气，说道："理是这个理，可是，我又能往哪块去呢？我待在这里几十年了，有感情了，也不想瞎折腾了。镇长啊，你就高抬贵手，放过我一马吧，只当是我老顾厚着脸皮求你了。"

朱守正脸色严肃地说道："老顾啊，如果我没来看过，这话还可以商量。现在亲眼见到你的状况，又怎么能让你再住在这样的地方呢？如果真是那样的话，我这个镇长就不配再当下去了，就愧对你了。"

顾小如听了，脸上露出了惶恐的神色，颤颤巍巍地说道："那，那，那你想怎么样？真的不给我活路了？"

看着顾小如一脸紧张的样子，朱守正缓和了语气，用商量的口吻说道："你看这样行不行，我们把你这小棚子拆了，把这地方整理干净了，再给你做一个可以移动的棚子，晚上把棚子推回家，白天再推出来。这样，不仅集镇环境变好了，你的工作、生活环境也改善了。最主要的一条，你还不用离开这个地方。你说，好不好？"

---

① 带谅：淮阴方言，原谅的意思。

顾小如听了，不免动了心，但又心存疑虑，便故意慢腾腾地说道："好是好，可是我哪来的闲钱做那个移动棚子？连吃饭都要断顿了。"

朱守正自然明白他的小心思，笑道："你放心吧，棚子的钱你就不要费心了，我们政府还是出得起的。不过，有一条，就是以后经营要服从管理，不能想干啥就干啥，世上没有这个理。"

顾小如听了，心里彻底放下了心，连连说道："不消说，不消说，这个肯定的。如果连这一点都做不到，我还是人吗？"

朱守正听了，笑道："言重了，言重了。"

接下来的几天里，顾小如的摊位顺利地拆除了，新的流动棚子也到位了。以后，顾小如逢人便夸："朱守正是大好人，实在，没官架。"

解决了这件事后，朱守正又陆续处理好了集镇绿化时群众不配合的问题、计划生育模范村村民不支持的问题和计划生育罚款群众不服上访等一系列棘手问题。忙完了这些事，市计划生育现场会的日子也就到来了。

会议的头一天晚上，党委书记周有政再次召开三套班子会议，专题进行工作安排。最后，周有政郑重其事地说道："同志们啊，各人的分工已经明确了，大家的任务都清楚了，当说的我都说了。最后，我再说一句话：那就是，如果哪位同志在关键时刻给我捅娄子，那就不要怪我挥泪斩马谡了。好了，散会。"

众人站了起来，纷纷收拾好笔记本往会议室外面走去。朱守正刚欲起身，却被周有政叫住了："你先等等。"

"书记，还有事吗？"等到众人都出去了，朱守正才轻声地问周有政。

"老朱啊，你怎么看明天的现场会？"周有政的年龄比朱守正大得多，却喜欢称呼他为"老朱"，好多人不理解。但朱守正本人却满不在乎，甚至十分珍惜这个称呼。

"我觉得这是市县两级对我们计划生育的一种肯定，也从一个侧面证明了我们镇年底不会被定为计划生育重管镇了。"朱守正回答道。

听了朱守正的回答，周有政意味深长地说道："可这也是一把双刃剑啊，哪一个环节出了纰漏都不是闹着玩的，都能要了我们的命。何况，这件事过后，我将正式向县委提出要求，建议由你来接替三城镇党委书记的职位。所以，明天的事，你要多费心啊！"

朱守正听了，局促不安地说道："书记，我哪能做书记的位置呀，这不是把我往火山口上推吗？"

周有政笑了，说道："哪有你说得这么严重？其实，你的水平早就达到了，只是机会一直不成熟。现在好了，等到这个市级现场会开完了，开成功了，我就更有理由去推荐你了。好好干，你的前途大着呢。"

朱守正还想说什么，只见周有政轻轻摆了摆手，说道："去忙吧，明天还有好多事呢。"说完，就把头靠在椅背上，闭上眼睛，休息起来。

朱守正见状，不好再说什么，只好一个人蹑手蹑脚地退了出来，轻轻掩上了会议室的房门。

翌日，天刚蒙蒙亮，朱守正就带着计划生育分管人姚副镇长和蹲点干部，骑着自行车来到全镇计划生育模范村河头村，来督查现场点位准备情况。

刚进入河头村地界，冷不防从路边的树荫里窜出一个人来，冲到他们面前问道："你们是干什么的？"

朱守正刚要说话，就听到河头村的蹲点干部赵大龙开口骂道："你眼瞎了？这是我们朱镇长来检查工作的。"

被骂的人认出了是赵大龙，忙不迭地点头哈腰，连连说道："对不起，对不起，不知道是自己人。"

朱守正不解地问赵大龙："这是怎么回事？"

赵大龙解释道："听说今天要来检查计划生育，村里就在每个必经之路放了暗哨，一旦有陌生人过来，这些暗哨就会盘查一番，或者把信号传递出去，让下一处暗哨知道。"

朱守正问道："那他们怎么快速把信号传递出去呢？又没有电话。"

"这可难不倒他们。"赵大龙走到路边指着插在地上的一根长竹竿说道，"你看，这根竹竿顶头是不是绑着一块大红布？"

"是呀，是有一块大红布，它是干什么用的？"朱守正说道。

"一旦有检查人员来了，这个暗哨就立刻摇动竹竿头上的红布，下面的人员看到后，就会立即向村干部汇报。这样，一传十，十传百，所有人就都知道检查的人来了。"赵大龙回答道。

"他们平时就是这样对待计划生育检查的？"朱守正问道。

“是的，平时也是。不过，有的时候他们也会设置一两棵信号树来传递消息。”赵大龙说道。

“这帮家伙，都把我们当成日本鬼子了。”朱守正恨恨地说道。

“哈哈，心思不用在工作上，都用在这上面了。”姚副镇长笑着说道。

朱守正把村里的那个暗哨喊到跟前，问道：“你们书记田峰现在在哪儿？”

这个充当暗哨的村民忙回答道：“报告领导，田书记和村主任他们都在村头等消息呢。只要我一摇动竹竿，他们就知道有外人来了。”

朱守正笑着说道：“我们不是外人，你就不要摇竹竿了，好吗？”

这个村民憨笑着说道：“不会的，不会的。”

朱守正对其他几个人说道：“走，我们进村。”说完，骑上自行车就走。其他人也紧跟其后，上了车一同向河头村骑来。

“你们几个笨蛋，连这点小事都办不好，还能指望你们能干成什么大事？”刚来到河头村村口，就见到河头村党支部书记田峰站在村头路口，叉着腰对着几名村干部大声训斥着。

“怎么啦，田书记？一大早的，发什么邪火啊？”朱守正下车来到村干部跟前，一边支好自行车，一边打趣地问田峰。

田峰一看是镇长来了，赶紧收起了架势，满脸堆笑地上前跟朱守正打着招呼：“朱镇长，你也太让人感动了，一大早就赶到这儿来了？你们怎么过来的，我怎么一点也不知道啊？”其他几位村干部也上前来和朱守正打了招呼。朱守正也一一握了握手。

“都让你知道，我们还能有秘密吗？”朱守正转过身来问田峰。“噢，对了，刚才是怎么回事啊？你为什么批评他们？”

“没什么，没什么，我们都是在谈工作呢。”田峰笑着说道。

“怎么，不肯告诉我？当我是外人？”朱守正问道。

“哪能呢？”田峰笑道。

“那就快点说呗，刚才我看你情绪不是很激动吗？怎么，一下子气顺了？问题解决啦？”朱守正笑眯眯地问道。

田峰听了，气不打一处来，指着几位村干部对朱守正说道：“昨天晚上就告诉他们，今天有领导来检查，让他们把村里所有生小鬏的人家，连大人带小孩都撵走，等检查结束了再回来。哪知道，到现在还有人家没有走。镇长，你说，我能不骂人吗？”

朱守正听了，脸色沉了下来，问道：“为什么要撵人家走？你们村是不是有超生的？”

田峰听了，赶紧改口道：“超生？我们村怎么会有超生？”

朱守正紧追不放，问道：“那为什么要撵人走？”

田峰的回答一下子结巴了起来：“主，主，主要是，是外村回娘家的，对，是外村，不是我们村的。”

朱守正问道：“是哪个村的？叫什么名字？”

田峰支支吾吾还没说出口，一旁的姚副镇长脱口而出：“是外地的，不是我们淮阴县的。”

朱守正听了，转过脸来，一脸疑惑地问姚副镇长：“你怎么知道的那么清楚？是你家亲戚？”

姚副镇长的脸一下子红到了脖子根，喃喃地说道：“我，我猜的。”说完，别过脸去，不敢正眼看朱守正一眼。

朱守正也不为难他，而是继续对田峰发问：“田书记，你给我一句实话，你们村是不是有超生户？”

田峰低下头，一边用脚来回搓着地上的一颗石头子，一边小声地回答道：“没有。”

朱守正生气了，对田峰说道：“都到这时候了，你还不跟我说实话？走，带我上村子里看看去。”见田峰还在犹豫，朱守正催道：“走呀。”

田峰没奈何，只好带着朱守正等人一路向村里走去。一行人来到了村东头第一家门口，看到一位老大爷正在自家门前的菜园子里割草，朱守正推着自行车停了下来，大声地打着招呼：“老哥，这么早就忙了？”

老大爷头也没抬，随口应道：“忙，忙了。”

朱守正问道：“老哥，我们这儿哪一家生了小鬏了？”

老大爷听了这话，慢慢抬起了头，混浊的眼睛里满是疲惫。他看了看朱守正等人，又看了看紧跟在后面的田峰等几个村干部，随后轻轻地摇了摇头，说道：“我们这里没有超生的，我们是模范村。”说完，就低下头继续割草了。

朱守正一连问了几户人家，都没有问出结果来。田峰在一旁有点得意忘形地说道：“镇长，我说没有超生的，你偏不信。怎么样，我没骗你吧？”

朱守正没有搭话，他站在村子里的一条穿村大路上，对着前后左右的村庄仔细观察了一番，突然指着大路前面一里多路一排村庄说道：“我们去前面倒数第二家看看。”

田峰听了，劝阻道：“镇长，昨天刚下过雨，那排庄子路不好走。况且，那里有一家刚死了人，不干净，还是不去吧？”

朱守正不动声色地说道：“那家房子有点像我的老家，去看看吧，反正不远。”一边说，一边带头在前面走。田峰无奈，只好也随着大家一齐跟了来。

一群人刚走到那排村庄的第一家门口，就从那户人家院子里窜出了一条黑色大狗，一边狂吠着，一边以百米赛跑的速度冲向人群。刹那间，一条庄子的看家狗都被惊动了，十几条黄的、花的、灰的狗儿从四面八方围了上来，把众人围在了核心。

面对着一群龇牙咧嘴、咆哮不已的恶犬，田峰和其他村干部手里拿着木棍吓唬着群狗，还不忘扭头对着朱守正说道：“镇长，太吓人了，我们还是撤吧？”

姚副镇长也劝朱守正：“看这架势，不太好对付，不如先回去吧？”

朱守正冷冷一笑，说道：“这点狗阵就把你吓倒了？来，大家一齐撵。”大家听了朱守正的话，一起呐喊起来，吓得狗们一个个狼狈鼠窜。最后，只敢远远地跟在他们后面，有一声没一声地叫唤几下，意思意思罢了。

破了恶狗阵，他们又遇到了一断泥泞不堪的土路，到处都是污水和淤泥，几乎没有插脚的地方。就在大家犹豫的时候，朱守正已经骑在自行车上第一个冲向了泥泞路。几近挣扎和努力，他终于顺利通过了那一段路程。随后，其他人也都效仿朱守正的方式，骑在车上过去了。几个村干部没有骑自行车，干脆脱了鞋子，光脚蹚了过去。

一行人，终于来到了倒数第二家的门口了。

朱守正一看，发现这家的房子十分破旧，正屋是三间红砖瓦房，已经有些年月了，墙皮有的已经脱落，屋顶上的瓦片有的已经损坏，上面压了一大块白色塑料布。正屋东边两间厨房是土墙茅檐，那土墙已经裂开了缝，墙外四周用几根木棍子顶了起来，看上去随时都有倒塌的危险。房子的前面，用芦苇稀稀拉拉地围了一圈，权且充当一下围墙的功能。在围墙的前面，是两块菜地，上面长着白菜、萝卜、芫荽、菠菜之类的时鲜蔬菜。靠近围墙的大门口，还长着一颗碗口粗的石榴树，那棵石榴长得枝叶繁盛，生机勃勃，枝叶间即将成熟的石榴一个个如拳头般大小，色泽黄里透红，十分诱人。

朱守正等人在田峰的带领下，穿过菜地中间的一条土路，径直来到了大门口。田峰一边推开几块木板钉成的简易大门，一边大声地问道："哪个在家的？"

只见院子里，一位六十多岁、衣衫破旧的老妇人正在往院子里的一根晾绳上晾衣服，绳子上已经晾好的一半都是大大小小、五颜六色的尿布，脚下的木盆里还有一堆已经洗好的衣物。看到有人进了院子，老妇人停下了手中的活，转过身来，一脸惊恐地看着来人。

"你们家怎么还不走，想闹事啊？"田峰抢先冲到老妇人的面前，气冲冲地怒喊道。

老妇人手里拿着一件已经洗好的衣服，吓得嘴唇直打哆嗦，一双湿漉漉的布满了经脉的手儿不由自主地抖动了几下，手中的衣服都差点掉了下去。她紧张得一句话都说不出来。

朱守正见了，伸手把田峰拉到了后面，他自己走到老妇人面前，和气地问道："老嫂子，家里添了个茶壶还是酒杯子啊？"

这时，堂屋里突然跑出来一位两三岁的小女孩，她怯怯地望着一院子的人，然后木木地走到老妇人面前，扯着她的衣襟小声说道："奶奶，妹妹屙巴巴了，没尿布换了。"

老妇人听了，没有理睬她的孙女，而是看了看朱守正，又看了看跟在身后的那些镇村干部，叹了一口气，说道："是茶壶也罢，酒杯也罢，反正家里就剩下这几间烂砖破瓦了，你们要是看中，就都拆走吧。"说完，一下子坐在地上，拖一把、抹一把地号啕大哭了起来。

朱守正见状，赶紧蹲下来想把老妇人扶起来，劝慰道："老嫂子，我们不是来罚款的，是来了解情况的。你不要哭了，听我慢慢讲。"

老妇人坐在地上，一边哭，一边说道："还有什么情况好了解，我家就这么样子，要钱没有，要命就拿去，反正生了几个，也没生出个茶壶来，反正以后也没有孙子替我捧哭丧棒了，我活着也没有意思了，你们就把我带走吧，我跟你们走……”

就在老妇人呼天抢地哭闹的时候，一位年轻的小伙子扛着一捆砍得整整齐齐的木柴走进了院子。他看到这种情况，先是愣了一下，下一秒就扔下木柴，像发疯似的一下子冲到河头村计生主任面前，把他掼倒在地，然后骑在身上，拳头雨点般地落了下去。田峰等几个村干部见了，发一声喊，不约而同地冲了上去，把小伙子掀翻在地，又找来绳子把他捆了起来。这时，老妇人早已跑出了院子，跑到外面大声呼唤着：“快来人啊，干部打人了，干部打人了。”

朱守正看到这种情况，只好把田峰拉到了院子外面的马路上，要求他先把人放了，不要把事态扩大。然后严厉地责问田峰：“你们村的超生户到底有多少？”

此时，田峰的额头上渗出了豆粒般的汗珠，他一边伸出手背擦了一下额头的汗水，一边战战兢兢地回答道：“不，不，不多，不超过5户。”

朱守正听了，十分震惊，问道：“怎么这么多，你们不是模范村吗？”

田峰回答道：“我们算是最少的，其他村都不能看了。”

朱守正阴沉着脸，问紧跟在后面出来的姚副镇长：“你告诉我实情，全镇今年一共超生了多少个？”

姚副镇长一脸懵圈，不好意思地说道：“对，对不起镇长，具体数字我也不是很清楚，我马上问一下计生办。”

朱守正正要发火，就见镇政府门卫小郭骑着一辆自行车一路狂奔而来，老远就向朱守正招手，大声喊道：“镇长，书记叫你立即回去，上面领导快到了。”

朱守正听了，只好对姚副镇长和田峰一行人说道：“你们就留在这里，处理事情，解决不好不要回去。”说完，骑上自己的那辆永久牌自行车，和门卫小郭一起悻悻地回去了。

十九

市计生工作现场会议以后，市县两级都对三城镇计生工作给予了很高的评价，县委根据镇党委书记周有政的提名，准备任命朱守正为三城镇党委书记。朱守正得到消息后，找到了县政府分管计划生育工作的王副县长，向他坦诚了三城镇计生工作存在的问题。

“县长，我们镇计生工作还存在的这些问题都是客观存在的，说明我们的工作没有做好，希望县委重新考虑对我职务的任命。”最后，朱守正真诚地说道。

王副县长坐在椅子上，沉默了半天，才缓缓地说道：“你这个同志啊，就是太实在。”

见过王副县长后不久，朱守正就被调离三城镇镇长的岗位，到县文化局任党委书记去了。原来的党委书记周有政也调离了三城镇，到县城建局做了局长兼党委书记。

朱守正到文化局工作后，事务没有原来那么繁忙了，有机会把更多的精力用在了子女身上了。这天上午，他借着到三城镇检查文化站工作的机会，来到三城镇再生纱厂来看望女儿朱琴。自从朱守正离开三城镇后，他们一家人就从三城水泥制品厂搬了出来。朱守正在县城老城区一个大杂院里租了一间房子，正在读高三的二儿子朱明搬到学校学生宿舍去住了，大女儿朱琴因为在再生纱厂上班，就住到了厂里分给她的单人宿舍了。

再生纱厂位于三城镇集镇东侧的河堤上，一大片低矮的厂房隐映在河堤上遍植的洋槐林里，四周拉了一圈围墙，墙头用红砖砌成，也没有粉刷，有的地方已经开裂，仿佛随时都有倒塌的危险。靠近大门的两侧墙体上，用白色油漆涮了两条标语，一侧写的是“质量就是生命”，另一侧写的是“安全高于一切”。

朱守正来到传达室门口，对着坐在门口晒太阳的门卫说道：“请问你们厂里有一位叫朱琴的工人吗？”

门卫是一位六十来岁的男子，头上秃顶得很厉害，中间是一马平川，两侧只有少许几根长长的灰白的发丝，很服帖地横亘在平川上，给原本了无生机的高原上平添了一丝秋色。他的两道眉毛也是稀稀拉拉的，杂乱无章地挂在脸上。倒是那一双滴溜溜转动的眼睛，透出一种深不见底的气息，让人看了一眼就感觉到一股不寒而栗的冷气。他听到朱守正的问话，很不情愿地站了起来，瞟了一眼，瓮声瓮气地问道："你是她什么人？找她干什么？"

朱守正看到他这种态度，也不生气，而是和气地说道："我是她父亲，来看看她。"

门卫听了，脸上的神色温和了不少，但是语气依然不冷不热地说道："你等着。"说完，就一条腿长、一条腿短地走进了厂子大门。朱守正这才看出来，这个门卫原来是个瘸子。看着门卫颠簸起伏的瘦小背影，朱守正的心里竟然莫名其妙地冒出了"卡西莫多"这个名字，这是他现在放在床头柜上的那本小说《巴黎圣母院》里的一个人物，他还清晰地记得那张几何形的脸、四方形的鼻子、向外凸的嘴的怪物形状。想到这里，他又感觉很好笑，自己怎么能把这个门卫和国外的文学作品人物联系在一起呢，真是太不靠谱了。这么想着，自己的嘴角不由自主地浮起了自嘲的笑意。朱守正原本是不怎么看文学书籍的，一来自己的文化程度不高，看得有点吃力；二来平时忙于工作事务，静不下心来。只是到了文化局后，他才意识到读书的重要性。上班没几天，他就让办公室的小李，那位刚刚从市艺术学校毕业的姑娘给他开了一张读书单子。

"记住了，小李，要世界名著之类的啊，其他的乱七八糟的就不要列单子上了。"朱守正吩咐道。

小李一脸好奇地问道："朱书记，不是我说啊，你是从下面一把泥土一把汗地干上来的，应该对官场那一套着迷，怎么会突然对文学艺术感兴趣了？这不对啊，不合常理啊？再说了，那些大部头的世界名著，也不是人人都能看下去的，像我，一看就头疼，不知你能坚持几个晚上？"小李是从农村考上中专的，皮肤上像是涂了一层河塘里的油泥，悠悠地泛着光泽，讲话像是扫机枪，一个扳机扣下去，多少梭子弹都没有了。

朱守正听出了她的弦外之音，也不生气，呵呵地笑着说道："我以前没念过什么书，是个大老粗，不比你们赶上了好时代，能够安安静静地待在学校里读书，那时，我连吃饭都成了问题，还谈什么去上学堂啊？真是连想都不敢想。后来，在乡下工作，天天忙于琐事，更是没有工夫看书。现在好了，到了有文化的单位了，更有大把大把的时间可以看书了。如果不学黄鼠狼戴眼镜——充当知识分子，还怎么领导你们这些文化人啊？”

小李听了，“扑哧”一声，掩面而笑，说道：“我的天，你要读书，竟然只是要装装门面的啊？”

朱守正也笑道：“不然呢？所以啊，以后你可得多帮帮我啊，让我好早点拉近和你们的距离啊。”

听了朱守正的话，小李昂着头挺了挺瘦小的还不丰满的胸膛，责无旁贷地说道：“好说，好说，既然你已经到了文化局，就是我们的人了，以后有时间，我就指导你读书，一定不能让外人看出你是外行。”

朱守正听了，哈哈大笑，拱手道：“好、好，我先给老师拜个礼，承蒙老师看得起收下了我这个老学生。”

就在朱守正想起卡西莫多这个人物的时候，一位穿着白色罩衣、戴着白色帽子的姑娘快步从院子里跑了出来，一边跑，一边喊道：“俺大，你怎么过来了？带什么好吃的了？”原来是自己的女儿朱琴来了。

朱守正爱怜地看着女儿，几个月的工夫，朱琴的脸上褪去了一些稚嫩，略显疲惫，却也多了几分成熟和稳重，看得出精神状态十分好，一直笑眯眯的，好像十分满足现在的状况。他看见女儿的脸上还挂着几根细小的纱线，就伸手把纱线细心地捏了下来，然后笑呵呵地说道：“我刚到，你就找我要吃的？还给不给我进去喝杯水啊？”

朱琴笑道：“对，对，对，我光顾着高兴，竟然忘了。走吧，先到你闺女宿舍去喝杯水吧。”

朱守正跟着朱琴进了厂子大门，沿着正对着大门的一条石子路，穿过两排厂房，在最后一排的房子面前停了下来。这一排的房间格局都是一间一间的，每间一扇木板门、一扇窗户，有点像三城镇政府的机关干部宿舍。在房子前面的空地上，栽了一排十几根水泥桁条，桁条之间都拉上了铅丝，一排铅丝上挂着十多床花花绿绿的棉被，还有大大小小的各色衣物。在这些铅丝的下面地面上，还有一长溜男式女式的鞋子，歪歪斜斜地摆了一路，像是在等待着某个大人物来检阅的仪仗兵似的。整个看起来显得有点凌乱，倒是桁条前面的一大块菜地，处处绽放出一派生机。那块菜地被平整成一块块十分整齐的菜畦，每一块菜畦里都长着不一样的蔬菜，有的是大白菜、黄芽菜，也有的是萝卜、雪里蕻、菠菜。还有一块地里长了一片的慈姑，那高大挺拔的茎竿像极了婴儿伸出的臂膀，那迎风摇曳的绿叶更像婴儿嫩嫩的小脸，看一眼就让人心生爱怜，欲罢不能。

朱守正指着菜地说道："你们以后都不用去上街买菜了，完全实现自产自销了。"

朱琴说道："我们这些菜地原先都是自发开垦的，后来厂里就每个宿舍划分一块，由自己种去，这样，每个月就省了我们不少伙食费了。"

朱守正听了，感叹道："这也是没办法的办法，谁让我们的经济基础还很落后呢？不过这样也好，要让你们学会过苦日子，尝尝苦头。先苦后甜的日子好过，先甜后苦的日子就没法过了。"

说着话，父女俩来到了一间单人宿舍门口，漆了黄漆的木门已经显得十分破旧，门框上的油漆有的地方已经剥落，或是已经卷了皮，像是虾片下了热锅四边翘了起来。门板上的板与板之间已经开裂，露出了一细缝隙，透过缝隙能够勉强看到房间里昏暗的景象。唯一的窗户是两扇的，向外开着，其中一扇窗户的一块玻璃已经掉落，只剩下一个洞口，像是一个巨兽大张着没了牙齿的嘴巴，十分的丑陋。倒是窗户里面露出的墨绿色的窗帘，显示出了主人的品位和不俗。

朱琴从口袋里掏出钥匙开了门，把父亲拽进了屋子。屋里面积不大，除了木板床、写字台、装衣服的一只旧木箱和几只小板凳外，最显眼的就是紧靠门口的一张破旧的书桌上放着一只铁皮做的煤油炉子，炉子上放着一只乌黑发亮的单柄铁锅，锅的底部已经被烧得结了一层厚厚的痂子，仿佛你只要一伸手就能把它们完整地抠下来似的。锅子旁边的书桌上，还有一把新鲜的韭菜，嫩白的根部还残留着从地里带出来的泥土。看来主人早上出门时走得很急，没来得及把这一把韭菜全部理完，它们被人为地分了开来，一半是理得很干净的韭菜，一半还保存着从田地里出土时的原貌。正对着铁锅的墙上糊着几张不知是什么时候的报纸，纸张已经有些年月了，上面泛着一些不均匀的黄色，就像是年老色衰的老妪，即使涂的增白霜再多，也能让人一眼看出其真实的年龄。报纸上面钉着一排蓝色的铁挂钩，上面依次地挂着锅铲、饭勺、筷笼、油瓶、味精盒和食盐罐子之类的物件。看得出，主人的生活条件十分简朴和艰难。

朱守正默默地环视着，心中一股愧疚感油然而生。他的眼眶慢慢地变红了，嘴唇翕动着，扭过头去，背对着女儿喃喃地说道："大琴子，你就这样生活的？"

朱守正表情的细微变化没能逃过朱琴那双俏丽的眼睛，一股暖暖的父爱在她心底慢慢升起，直至弥漫到整个心胸，那一刻，她真切地感受到了亲情的力量。她想流泪，想说几句感谢的话，可是话到嘴边，却成了这样："是呀，这不是你期待的吗？你不是常说，'吃不得苦中苦，难为人上人'吗？"

朱守正听了，有点气恼，为女儿不懂自己的心意。还不等他说出难过的话来，朱琴已经换了一张面孔，满面笑意地拿过一张小板凳，用嘴吹了吹，按着父亲的肩膀让他坐了下来。

"喝杯茶吧，俺大。你今天怎么找到这儿来了？"

"怎么，一位父亲来看看女儿，还要找借口？"

"哪有啊，人家不是好奇吗。像你这么大的领导，能屈尊到这个小地方来视察，我不是有点受宠若惊吗？"

"哈哈哈，你这丫头，从小就贫嘴，长大了一点也没改，看以后哪个倒霉蛋娶了你，还不天天受死罪？"

"这个你就把心放到肚子里去吧，谁想受罪，也是他自己找的，怨不得别人。这叫周瑜打黄盖，一个愿打，一个愿挨。"

"那，到现在为止，有没有哪一个小伙子自投罗网的？"

"怎么，担心你闺女嫁不出去？还是怕以后成为你的累赘？世上哪有像你这样当父亲的，一天到晚盼着闺女早点嫁人？也不怕伤了小棉袄的心？"

"我是为你好，趁自己还年轻，现在是你去挑人，一晃岁数上身了，就是别人挑你了。俗话说，早成家，早得济，早享福。"

"得，得，得，打住。我想弱弱地问一下，你今天是来看我呢，还是成心来气我呢？"

"你这孩子，越来越不听话了，把我和你妈的话都当成耳旁风了。俗话说，不听老人言，吃亏上当在眼前。以后啊，有你好受的。"

"好，好，好，不要再用这些俗话来刺激我了，人家耳朵都起老茧了。"

这时，一个声音从门外传来："朱琴，这就是你的不对了，可怜天下父母心啊，你要多听听朱镇长的话才对啊。"随着话语声，一个人影闪进了门。来人热情地握着朱守正的手，连连说道："老首长来了，怎么也不打声招呼？要不是门卫宋四牛跑到办公室告诉我，我都不知道老首长来了，该死，该死。"

朱守正定睛一看，认出来人是厂里一把手钱井有。钱井有正值中年，身材消瘦，颧骨凸起，两腮削尖，整个下巴成了一个倒立的山峰。一身藏青色中山装，十分的精神。朱守正做镇长时，对钱井有十分熟悉，工作上没少打过交道。不过，从心里来说，他对钱井有并不是很赏识，也不是能力方面的问题，而是一种说不清道不明的感觉，说白了也许就是缺乏一种信任。但这种感觉朱守正从来没有说出来，也没有让对方察觉出什么，过去没有，现在也就更没有必要了。所以，朱守正还是同样报以热情的问候。两人一番寒暄过后，朱守正打听起他最关心的事情来了。

朱守正一边把自己的板凳递给他，一边笑着说道："我女儿在这里没少给你们添麻烦吧？她这个人啊，从小就被我宠坏了，任性得很，正好，你要帮我多管管她。"

朱琴在一旁看了，早已把另一只板凳递到了钱井有面前。钱井有接过来一边坐下，一边夸赞道："老首长，你女儿不简单啊，聪明、干练、实干，很得你的真传呢，真是虎父无犬女呀。"

朱守正听了，心中有点不乐意，正色道："诶，夸孩子哪有这样的，这不是害了她吗？她才多大啊，以后要走的路还长着呢，你要多点拨她才是啊。"

钱井有看出了朱守正的不快，坐直了身体，满脸真诚地说道："老首长，你还不了解我吗？我是你一手提拔的，哪天说过假话的？"

朱守正随口应答道："那是，那是。"

钱井有得到了鼓励，直接把上半身尽力地向前倾，几乎都要蹭到朱守正的脸了。从对方呼出的鼻息里，朱守正闻到了一股难闻的酒精味、残留食物味和体内呼出的气体相互混合的味道，不由得把身体向后让了让，保持了一定的距离。

钱井有却没有察觉，继续说道："老首长，你可不知道，朱琴一到我们厂里来，就和别人不一样，就像一只仙鹤站在了一群土鸡里。甭看她是干部子女，但她从来没有干部子女的那份矫情，不怕脏、不怕累，什么活儿都抢着干。没多长时间，征服了所有人，还当上了车间主任，甭看她年纪小，却把一个车间管理得井然有序，十分的服帖。前一段时间，我们厂领导还在讨论，想给她当个副厂长呢，让她……”

朱守正不待钱井有说完，立马打住了他的话，有点不相信自己的耳朵似的问道：“你说什么？你们要提她做副厂长？没开玩笑吧？”

钱井有听了，诧异道：“没有啊？干吗要开玩笑？”

朱守正叹了口气，说道：“朱琴还太小，没什么历练，哪能挑起这么重的提子？哪天要是出了什么差错，还不得耽误了你们的大事？不行，这个想法我反对。”

钱井有听了，一脸的懵圈，不知所措地看着朱守正脸上那种不容置疑的表情，心里想道：“老镇长是不是没做上党委书记把脑袋急坏了，别人家长遇到这种事情还不是立马感恩戴德说尽好话？他倒好，一个谢字没有，还没有好脸色给你看，也真是让人无语了。”

朱琴在一旁看到这种情形，也不由得着急了起来，她嘟起嘴抱怨父亲道：“俺大，看你说什么呢？我怎么就不能当这个副厂长？钱厂长一片好心，你却当成了驴肝肺，你怎么这样啊？”

看着女儿生气的样子，朱守正也不气恼，只是慢悠悠地对钱井有说道：“这样吧，我也不下结论，等到半年后我再来，如果你要还是坚持让朱琴当副厂长，那我一定没有意见。不过，现在不行，时机还没有成熟。好吗？”

钱井有听了，脸色才缓和过来，连忙说道：“好的，好的，到时一定欢迎老首长来指导工作。”

朱守正说道：“好，我一定来。”

朱守正离开再生纱厂后，女儿朱琴因为生他的气，一连几个月都没有回家。朱守正因为自己的二儿子朱明要高考、三儿子朱玉要中考，再加上文化局局长到省委学校脱产学习去了，工作上的事情全部交给了他，事务陡然多了起来，也就把朱琴的事暂时丢到了一边，没有时间过问了。然而，偏偏就在七月份两个儿子快要各自走向考场的前夕，朱守正接到了三城镇再生纱厂钱井有的电话，朱琴出事了。

接到电话的那一刻，朱守正正在县文化局二楼那间不大的会议室里接待省文化局一位处长的工作调研。

“老朱呀，你们县里都有哪些历史文化古迹呀？你这个文化局的实际一把手不会不知道吧？”处长的年龄看上去要比朱守正大好几岁，两鬓已白了大半，就连脑门上稀稀疏疏的发丝也成了锃亮的银白色，十分的扎眼。

听到处长把朱守正叫“老朱”时，正在给处长倒水的办公室小李一脸的不屑，一边把杯子递给处长，一边夸张地叫了起来：“唉哟，处长啊，你什么时候去染发的呀？还挺时髦的呢。”

处长听了，抬起头不解地望着小李：“什么？什么染发？鄙人从来不染发。”

小李听了，“咯咯咯”地笑道：“怎么没染发，你把头发染的一半白一半黑，还真好看的呢。哪像我们朱书记，全染成了黑色，缺乏那个沧桑感，不好玩。”

处长听了，稍一愣神，随即哈哈大笑起来，说道：“你这个小姑娘，嘴还挺不饶人的呢。”

众人也跟着笑了起来。

众人笑罢，朱守正严肃了起来，向处长汇报道：“处长，我们县文物古迹众多，仅汉代以来，就有兵仙韩信沙场点兵、一饭千金的故事，更有那百里运河古道、三闸口遗址和日出斗金的天鹅湖，每一寸土地都浸润着历史，每一株草木都渗透着文化，您到我们县来调研算是来对了地方，等明天，我陪着您到各处去走走，让您亲身感受一下我们这里浓浓的楚韵汉风，领略一下大自然的蓝天碧水……”

“好，我一定去。”处长听了，十分有兴致。

“朱书记，您的电话。”正在这时，会议室外面的走廊上传来了一个中年男子的声音。那是文化局办公室主任席树年的声音。

“诶，来了。”朱守正答应着，向处长抱歉地点了点头，就匆匆地出去了。倏忽，又匆匆地返回，对着处长说了一句：“处长，我有急事，先请个假，请办公室主任先陪你一下。”又扭头对着坐在后排捧着本子做记录的小李交代了一句：“还有你，一定要把处长陪好啊。”

交代好工作后，朱守正下了楼。

“书记，你上哪去？要派车吗？” 小李跟在后面喊道。

“不用，把车留给处长应急用。”

朱守正在车棚里找到了自己的自行车，几步就跨了上去，心急火燎地就往三城镇卫生院而来。等到朱守正满头大汗地赶到三十里外的三城镇卫生院时，已是夕阳西下，晚霞如锦。朱守正在砌有两个高大门垛的大门口下了车，就便把自行车停在了院内紧靠围墙的铁皮做的车棚里。此时，已过了下班的钟点，车棚里只有零星的几辆自行车和一辆平板车。那辆平板车的上面铺了一层厚厚的干稻草，看上去软软的，十分的舒适。稻草上面放了一张芦苇编织的席子，看那席子细密的纹路和白皙的质地，就看出它是用天鹅湖里生长的芦苇编成的，因为在任何其他地方都产出不了这么好的芦苇。朱守正无暇细看，急匆匆地穿过院子，向住院部走去。整个院子不见什么人影，显得冷冷清清，只有门诊大厅那边偶尔还能看到一两个走过的人影和听到含糊不清的话语声。拐过门诊部的墙角，后面一排就是住院部的房子了。这是一排红砖青瓦砌成的起脊结构的房子，在苏北农村是再平常不过了。所不同的是，这一排房子的前面墙体被涂成了和护士身上穿的褂子一样的白色，再配上一个大大的红十字，就显得肃穆神圣得多了。进了住院部走廊，一股医院里特有的浓浓的酒精和药品混合的气味，就钻进了朱守正的鼻腔，让他的鼻子一阵发痒，禁不住连打了几个喷嚏。肆无忌惮的喷嚏声引来了一位端着平底盘子穿着白大褂的小护士的注意。

“大叔，你找谁呀？”小护士迎面走来，十分友好地问道。

“我找朱琴，一位二十来岁的姑娘，你知道她住哪个房间吗？”朱守正急切地问道。

“噢，你说的是再生纱厂的那个女英雄吧？”小护士眉毛高高地向上一挑，一脸崇拜的神情。

“什么女英雄？我只知道她是再生纱厂的女工。她叫朱琴，其他的我就不知道了。”朱守正回答道。

“你真不知道啊？”小护士问道。

“我真不知道。快说说，到底怎么回事？”朱守正着急道。

“你是真不知道，还是装的？”小护士不相信地再次问道。

“我不骗你，我一点都不知道，快告诉我吧。”朱守正真的急了，心都快提到嗓子眼了。

“噢，对了，你是她什么人，我干吗非要告诉你呀？”小护士一脸警惕地问道。

“快告诉我吧，好姑娘，我是她大。”朱守正急得眼泪都要下来了。

“你真是她父亲？没骗我吧？”小护士听了，有点半信半疑。

“真的，真的，你看我这么大岁数，何苦骗你一个小姑娘？”朱守正带着哭腔说道。

“好吧，好吧，我信你一回了。”小护士从朱守正的表情上，选择了“相信”一词。

接下来，从小护士絮絮叨叨的讲述中，朱守正总算搞清楚了事情的来龙去脉。原来，上次朱守正在再生纱厂看到的那个“卡西莫多”宋四牛果然不是好东西，甭看他平时装得挺老实，背地里净干些监守自盗的勾当，经常趁着看大门的便利，将厂里的东西偷拿出去卖钱。好长一段时间，都没有人发现他的这一偷盗行为。他越是这样，在厂长面前表现得越是十分忠厚老实。不明就里的钱井有不仅没有起疑心，反而对他大加赞赏，人前人后地表扬他，还把食堂物资采购的美差交给了他。不料，此举却进一步刺激了他的野心，让他在这条不归路上一路狂奔。尝到了甜头的宋四牛在接下来的日子里，越发变本加厉地偷盗起来，到了一发不可收的程度，一个星期不偷东西手就痒痒，东西到手了才能心情舒畅起来。原先是小偷小摸，偷一些废铜烂铁，够买几包烟抽就行。到后来，小偷小摸不过瘾了，就瞄上了厂里的原材料。到了最后，尤其是他搭上了厂子外面的一个中年寡妇后，手头不阔绰了，就动起了成品纱的主意，常常半夜三更骑着一辆三轮车到仓库里把成品纱搬到车上，再运出厂子低价卖给城里的纱厂或者织布厂。厂里丢的东西多了，就引起了厂长钱井有的注意，但他却始终查不到事情的根源，让他十分苦恼。却不料，宋四牛的一些反常举动却引起了一个人的注意，对了，那就是朱琴。朱琴从宋四牛抽烟的牌子不断地更换和新衣服添置的档次上看出了端倪，就暗中盯上了他。一天子夜时分，万籁俱寂，宋四牛又把自己的三轮车骑到了仓库门口，偷偷地用偷配的钥匙打开了库门，正在把成品纱一捆一捆往车子上搬运时，被朱琴逮了个正着。

“宋四牛，你在干什么？”朱琴手里拿着一只手电筒，一边用光柱罩住了宋四牛的头，一边厉声斥责道。

冷不防听到有人呵斥，吓得宋四牛浑身打了个哆嗦，差一点尿了裤子。在手电光的照射下，宋四牛的五官都变了形。当他终于看清楚只有朱琴一个人时，他那颗狂跳不已的心脏终于慢慢平静了下来。对付眼前的这个黄毛丫头，他的心里还是有底气的。

“朱，朱琴，你怎么还没睡呀？” 宋四牛试图和她套近乎。

“你在干什么？”朱琴怒道，“原来内贼果然是你。”

“朱琴，不朱主任，我也是没法子的，你就放过我这回吧，我以后再也不敢了。求求你，求求你了。” 宋四牛装着一副可怜相，苦苦地哀求道。

“说吧，你到底偷了厂里多少东西？”朱琴逼问道。

“我，我，我才是第一次，我以后再也不敢了。” 宋四牛继续装出一副受罪相，“你这次放了我，我一定把钱给你，你也不吃亏。咋样？”

“你做春秋大梦去吧，你这个小偷。”朱琴骂道，“来人呀，宋四牛偷东西了。快来人呀……”

朱琴的呼喊声在空旷的厂子里显得十分响亮。

“宋四牛偷东西了，快来人啊。快来人啊，宋四牛偷东西了……”

半夜里，住在厂里闻讯而来的工人们在工厂的大门口堵住了仓皇出逃的宋四牛，他的手上还拿着一根带血的半截木棍。当工人们找到仓库门口的时候，朱琴已经倒在了血泊中昏迷了过去。

就这样，朱琴被工友们紧急送到了卫生院。

了解了大致情况的朱守正疯了一般地问面前的小护士：“她在哪？她到底怎么样了？她在哪个房间？在哪？”

看到朱守正焦急万分的模样，小护士不禁莞尔一笑，说道：“她没大碍，就是额头破了，已经没事了。”

朱守正听了，心里才稍稍放下一点心，依然追问道：“她在哪个房间？”

小护士回答道：“她下午就出院了，回厂里去了。”

朱守正听了，惊诧道：“她怎么就出院了，谁来接她走的？”

“她怎么不能出院？问题不大当然能出院了。” 小护士回答道，“噢，想起来了，是厂里一个男同学把她接走的。对了，那个男的长得挺帅的噢，大家都在打听他叫什么名字呢，打听他有没有处对象呢……”

不等小护士把话说完，朱守正已经冲出了住院部的大门，向着车棚快步走去了。等到他骑着自行车几乎是冲进再生纱厂的大门时，天已经完全黑了下来。远远地，从朱琴住着的那间宿舍里的窗子里，透出了一团明亮的灯光，仿佛还能听到里面传出的阵阵欢声笑语。

二十

那些天，朱守正的心情像是坐过山车似的，备受煎熬。让朱守正放心的是，朱琴的伤势确实没有什么大碍，疗养了十多天就好了。让朱守正揪心的是，朱琴一个人在再生纱厂工作，危险性太大了，万一哪一天那个“卡西莫多”宋四牛回来报复怎么办？让朱守正开心的是，认识了那个叫侯宇的小伙子，看得出，他和朱琴的关系不是一般的好。让朱守正喜忧参半的是，经过那件事情后，再生纱厂正式决定让朱琴担任了副厂长一职。他倒不是担忧自己女儿的能力不够，女儿是自己养的，也是自己一手带大的，她的管理能力是天赋的，异于常人的。他担心的是，自己的女儿性格太像自己，干起事来太较真，没有一点社会阅历，不知道江湖险恶，只知道靠着一腔热血做事，不知道委婉曲直，这样下去迟早会吃大亏的。所以，在朱琴伤愈正式上班之前，朱守正抽出时间来，和她进行了一次正式谈话。

“你确定要回到再生纱厂吗？”那天晚饭后，朱守正放下筷子，侧着脸问朱琴，“就不能换一个单位吗？”

“总不能遇到一点事就打退堂鼓吧？”朱琴正在收拾桌子上的碗筷，听到父亲的问话，她没有停下手，而是继续地干着自己的活，只是轻轻地回了一句，“那样也太没有定力了。”

“没有商量的余地了吗？”朱守正不死心，追问了一句。

“没有。”朱琴的问答，一点也没有拖泥带水。

“那你以后不会后悔吗？”朱守正的语气多少带有一点威胁的味道了。

“那是你女儿的风格吗？”朱琴反问道。

“那个侯宇，什么时候能到家里来吃个饭？”看看这个话题谈不下去了，朱守正换了一个话题。

“看机会吧。”朱琴说道。

“你对这个人了解多少？”朱守正问道。

“我们是同学。”朱琴回答道。

“他对你怎么样啊？”朱守正问道。

“干吗？你不能自己去问问他吗？”朱琴一边说着，一边端起一摞碗筷，向厨房走去时，还故意把客厅的门重重地“砰”的一声带上了。

那“砰”的一声响，把朱守正懊恼的心情带入了谷底，他怎么也没有料到自己精心准备的一场谈话就这么匆匆地结束了。事已至此，他也只好打掉门牙往肚里咽，在心里自己安慰自己道：“是我自己生的，随我，随我。”

女儿这边的事情暂时也就这样了，两个面临毕业的儿子的事情又迫在眉睫，火烧屁股了。

“喂，是朱镇长吗？你儿子朱明是不是你生的？你还问不问了？”一天上午，朱守正刚刚进入办公室，就接到了二儿子朱明班主任邵义华老师的电话。邵义华和朱守正是老相识了，所以还习惯喊他为“朱镇长”。电话里，邵老师告诉朱守正，他的二儿子朱明最近上课老是一副魂不守舍的样子，不能专心听讲。有一天晚自习结束后，朱明一个人偷偷溜出了校园，班主任查岗发现他不在床上睡觉，吓得不轻，叫起了十多个同学四处寻找，最后在水泥制品厂后面的河堤上找到了他。

“朱镇长啊，工作上的事情固然重要，但孩子的事情更重要，眼看着再有一个月就要高考了，在这个节骨眼上孩子不能出任何状况啊。”最后，邵老师十分关切地叮嘱道。

朱守正听出了邵老师的话外音，他不敢怠慢，下午就到三城中学找到了朱明。在三城中学一间小会议室里，父子俩第一次郑重其事地坐到了一起。经过一番交谈，朱守正了解到朱明主要是心理压力太大，其他的没什么大问题。那天夜里他一个人跑到水泥制品厂的河堤上静坐，主要是想家了，自从朱明他们一家搬走后，他还从来没有回来过。他自己也没有想到，自己这样做的后果有多严重。

“俺大，我错了，我以后再也不敢了。”朱明低着头不敢去看父亲的眼睛，两只手在专心地抠着自己的指甲。

“好了，知道错就好了，等会去跟邵老师道个歉，承认一下错误就行了。”

“嗯。”朱明顺从地点了点头。

处理好朱明的事情后，他自然而然地想到了那个最让他头疼的人——三儿子朱玉。“这小子更不是个省油的灯，得要看紧点，甭在中考前再出什么幺蛾子。”朱守正心里想着，第二天上午又假借到临河镇文化站检查工作的名义，到临河中学找到了朱玉的班主任陈小平老师。

在陈老师的办公室，朱守正小心翼翼地问陈老师：“陈老师，我们家的小三子最近没给你惹什么事吧？”

陈老师刚从师范学校毕业不久，戴着一副金丝眼镜，一脸的书卷气。听了朱守正的话，赶忙笑着连连摆手说：“没有，没有，朱书记您说哪里话？朱玉同学表现得很好，学习态度端正，上课认真听讲，每次摸底考试，成绩都是班级前几名。我们对他是寄予厚望的，前两天校长找到我，让我做他的思想工作，想让他放弃报考师范学校，而是直接上我们中学的高中。”陈老师怕朱守正没听懂，又特意加重语气说道：“就是保送，直接上，不用参加中考。”

朱守正问道：“小三子是怎么回答的啊？”

陈老师叹了口气，说道：“他说让他想想。唉，要是别人遇到这种事，高兴还来不及呢，他竟然一点也不热情。对了，朱书记，你能不能做做他的思想工作？要是他同意了，就不用这么拼命复习了，多省事啊。怎么样，朱书记？”

朱守正沉吟了一下，有点为难地回答道：“陈老师，这个，这个，我不敢打包票，只能试试啊。成不成，我不敢包啊。”

陈老师习惯性地用手扶了扶并不歪斜的眼镜，有点尴尬地笑了笑，说道：“这个自然，这个自然。不过，速度要快呀，时间不能拖得太久，校长那边还等着回话呢。”

朱守正回答道：“好的，我尽快，不能让你没法向校长交代。”

朱守正告别陈老师临出门时，陈老师又喊住了他：“您等等。”他一边说着，一边低头打开面前办公桌中间的一个抽屉，从里面拿出一个外面包裹着鲜艳锦缎的一个小盒子，递到了朱守正的面前，说道：“这个请你带给朱玉同学。”

晚上，晚自习下课的时候，陆霏霏慢慢腾腾地整理着书本和文具，悄悄地问还在埋头看书的朱玉：“诶，听说今天你大到学校来了？”

“你的消息蛮灵通的，你都听谁说的？”朱玉放下书问道。

“你大那是大人物，一来大家都知道了，听说校长还请他吃饭的呢。对了，他们吃饭，怎么没喊你呀？”陆霏霏笑着问道。

“我的级别不够。再说了，喊我去，我也不去。”朱玉一脸傲气地回答道。

“得了吧，尽吹牛。那是没人喊你，你就不要往自己脸上贴金了吧。”陆霏霏说道。

朱玉听了，用手搔了搔头，“嗨嗨”干笑了两声。

“这么说，你没见到你大？”陆霏霏一脸的关心。

“见到了，吃饭前把我喊到校长室的。”朱玉老老实实回答。

“跟你说什么了？”陆霏霏追问道。

“给了我这个东西。”朱玉一边说着，一边从书包里拿出一个小盒子递给了陆霏霏。

“这个是什么？”陆霏霏说着，接过来随手就打开了盒子。只见盒子里面全部用红色绒布衬了底，绒布正中摆放着一枚金光闪闪的奖章。陆霏霏把奖章拿了出来，细细地端详着。这枚奖章分为两个部分，上半部分是圆形带齿边的向日葵图案，上面还有一些太阳和云朵，做工极为精致。下半部分是一个长方形的带金边的红底挂件，挂件上面写有四个金色的大字：三好学生。奖章上下两个部分用金色的链条相连，整个设计显得十分耀目和鲜亮，让人看上一眼就会爱不释手。

“这个是？”陆霏霏把奖章举到朱玉面前，一脸的狐疑。

“我们县教育局把我评为全县‘三好学生’了，这个是教育局发给我的三好学生奖章。”朱玉说道。

陆霏霏听了，一脸的羡慕，又把奖章举到眼前，仔仔细细地瞧了个够，才把它重新装回到盒子里，还给了朱玉，真诚地说道：“祝贺你呀！”

朱玉把盒子交到陆霏霏的手中，淡淡地一笑，说道：“有什么好祝贺的？这个东西能顶什么用？你要喜欢，就送给你好了。”

陆霏霏听了，粲然一笑，说道：“你又开始装清高了。这样吧，既然你想做世外高人，那我就成全你，临时帮你保管着，等你什么时候想要了，我再还给你，省得这些世俗的东西玷污你那双寻找美的艺术家的眼睛。”

正当陆霏霏准备把盒子往书包里装时，冷不丁一双手从后面把盒子抢走了。一个男生的声音猛然喊了起来：“这是什么啊？你们两鬼鬼祟祟的，还没到毕业的时候，就开始送定情物了？”

说话的人是班级的班长张文如，他是镇党委书记张文的小儿子，长得肥头大耳，和他父亲像是一个模子里脱出来的。张文如的喊声吸引了班级的同学，他们纷纷聚拢过来，想看看盒子里究竟是什么。

陆霏霏蓦然站了起来，脸涨得绯红，她用手指着张文如，大声喊道："把盒子还给我，你凭什么拿我东西？"

张文如把盒子举过头顶，对着周围越聚越多的同学得意扬扬地说道："大伙都来看看，我们马上就要中考了，别人都在忙着复习迎考，他们两人却在互赠礼物，暗定终身，这不是存心要败坏我们班级的风气吗？"

同学们听了，有的跟着起哄，有的发出嘘声。一个跟陆霏霏平时里十分要好的女同学沈丹丹见到她受到了欺负，立刻冲到张文如面前喊道："张文如，你不要仗势欺人，不要认为你想整谁就整谁，你这样做，我们不答应。你把东西还给霏霏，不然你会遭报应的。"

张文如平日里在班级骄横惯了，哪里受过别人这样的指责，听了沈丹丹的话，他恼羞成怒，一只手指着她的鼻子骂道："好你个沈丹丹，你今天吃了豹子胆了，竟敢跟老子叫板，看我怎么收拾你？"说完，就要把另一只手里拿着的盒子往她的脸上砸。

千钧一发之际，张文如下落的手臂被一个人的手牢牢地抓住了，疼得他一声尖叫，半条胳膊都酸麻起来，半点都动弹不得了。原来是朱玉忍无可忍终于出手了，他的五根手指像钢筋似的差点抠进了张文如的肉里。张文如的内心惊恐不已，表面上还在强作镇定，结结巴巴地说道："你小、小子不要乱来啊，出、出了事你可吃不了兜着走。"

朱玉双眼藐视地看着张文如，冷冷地说道："你知道我从小是干什么的吗？"

张文如眨巴着眼睛，不解地问道："你，你是干什么的？"

朱玉一字一顿地说道："就是惩治你们这些坏蛋的。"

张文如惊恐地问道："你想干什么？你不要乱来啊？"

朱玉未及答言，教室外面走进来一个人影。张文如看到了，就像看见了一根救命稻草，拼命地喊了起来："陈老师快来呀，要出人命了。"

陈小平老师见此情景，连忙三步并作两步冲进人群里，冲着朱玉和张文如吼道："你们在干什么？反天啦？"

……

深夜了，一群同学才从陈小平老师的办公室走了出来。朱玉和陆霏霏走在了人群最后。

"你现在犯困吗？"陆霏霏悄悄拉了一下朱玉的衣襟。

"不困。"朱玉回答道。

"那我们出去走走吧？"陆霏霏小声提议道。

"嗯。"朱玉点了点头。

两个人一齐向着学校大门方向走去。沈丹丹在前面人群后面扭过头，看着他们两人，似乎猜出了他们的心事，大声地笑着说道："早点回家睡觉啊，明天还有模拟考试呢。"

陆霏霏报以一笑，回答道："放心吧，晓得了。"

两人离了学校，不约而同顺着田间小道向着天鹅湖挡浪堤踯躅而行。不知不觉间，两人登上了大堤。四下望去，夜色中的大堤像一条黑色的巨蟒蜿蜒盘桓在万顷波涛上，又像是仙人的衣带在云水间飘逸。满天的星斗洒落满湖，湖面上到处是耀眼的光点，仿佛是落满了一湖的金豆子。没有夕阳下渔舟唱晚的悠闲，没有晨雾里鱼跃鸟飞的动感，听不到惊涛拍岸的喧闹声，看不见狂风暴雨的肆虐景，只听到细细的水波摩挲着护坡石的轻柔声，像妈妈的摇篮曲，像婴儿的呓语声，更像是春天里花儿离开枝头滑落的脆裂声……今晚的一切，看上去竟然是那么的美好！这一刻的天鹅湖是恬静、柔美、沉睡的，这一刻的天鹅湖也是识趣的，她把一天来最静谧的难得时光留给了这一对正值人生第一次抉择的青春男女。

多年以后，每当陆霏霏回忆起那晚上的湖堤夜色时，总是会拨动心灵深处那根最温柔的弦。而同样地，在朱玉的心中，那晚的记忆也是如此地刻骨铭心，终身难以忘怀，成了他一生梦萦魂牵的牵挂，也是他日后病重一心想返回天鹅湖疗养的原因之一。

天鹅湖畔那块巨石上，两个人影席地而坐，肩靠着肩，彼此挨得很近，近到几乎能听到彼此身体里那颗心脏跳动的声音，甚至能听到对方血管里血液流动的细微的波动声。两个人都没有说话，只是这样默默地坐着，感受到对方身上混合着汗渍、洗衣粉、洗发水和青春期男女身上特有的气息的味道。这时，整个世界都静止了下来，也好像整个世界已经不存在了，没有了那么多无休无止的考试，没有了老师没完没了的唠叨，没有了父母千篇一律的叮嘱，甚至也没有了今天班上那令人不快的一幕。存在于世的，能够真切感受到的，只有眼中的彼此，犹如湖面上倏然飞起的那两只水鸟，一会儿贴着水面箭一般地掠过，一会又追逐嬉戏在莲荷间……那一刻，天鹅湖是属于那两只水鸟的，但又何尝不是属于朱玉和陆霏霏的？

“你，想好了吗？”就这样，两个人不知坐了几世几劫，陆霏霏才终于开口问道，目光从湖面上收回，凝视着朱玉。

“你指的是什么？”朱玉一时没反应过来，不得不干巴巴地反问了一句。

“当然是指陈老师今天晚上说的把你保送高中的事情了？还能有什么事？”陆霏霏嘟着嘴说道，因为他没有猜中自己的心事，心里有点小小的不高兴。

“我不会去上高中的，我想去报考师范学校美术专业，想早点工作，也好为家里减轻一些压力，我母亲每天忙得脚不沾地的，何况她又身体不好，不能把她累倒了。”朱玉缓缓地说道。

陆霏霏听了，眼里涌起一股热流，被他的一片孝心而感动。“那你决定了？”她轻柔地问道。

“决定了，不改了。”朱玉眼神坚定地说道。

“你不后悔吗？你不怕考不上师范吗？如果真的考不上师范，估计连高中都没得上的呢！”陆霏霏认真地提醒道。

“我朱玉从记事开始，就从来没有对自己做过的事后悔过，无论是哪一件事。哪怕就是事实证明是错误了的，我也不后悔，也会坦然承受一切的后果。一个人，尤其是一个男人，做事情拿决策如果一味地瞻前顾后，犹豫不决，那一定不会有大的作为的。世上的事哪能一切如你所愿，哪能不担风险，果真如此，人类还有活力吗，社会还能进步吗？”朱玉像个哲人似的说道。

“那你就不怕输得精光？”陆霏霏说这句话时，突然感觉到有点不合时宜，“精光”二字不像是一个姑娘家应该说的，所以，话一出口，赶紧把头低了下来，生怕被朱玉嘲笑。

好在朱玉并没有在“精光”二字上做文章，而是斩钉截铁地说道：“即使输得精光，大不了从头再来，没什么了不起的。”

陆霏霏听了，心里不由得感慨道：“他真是一条九头牛都拉不回的犟驴啊。”

“霏儿，你打算考高中、中专还是师范呢？”朱玉偏过头望着陆霏霏问道。

“你这时才知道关心起我来了？早干吗去了？”陆霏霏故意噘着嘴问道。

“我不是才有时间吗？”朱玉解释道。

“你哪天没有时间呀，天天在一起？”陆霏霏责问道。

“好了，甭闹了，正经回答问题。”朱玉故意板起面孔说道。

陆霏霏也知趣，立马收敛起面容，一本正经地说道：“本姑娘决定了，你考什么学校，我就考什么学校，我要永远把你看在身边，防止你被别的鸟儿叼走。”

朱玉听了，有点不好意思，说道：“你瞎说什么呢，我又不是一块肉，说把我叼走就叼走了？”

陆霏霏回答道：“那谁知道呢？还是看在自己眼皮子底下踏实。”朱玉一时语塞，半晌才问道：“那你也考美术专业呀？”

陆霏霏说道：“我不会画画，我就考普师就行了，能跟你在一个学校就行。”

“那敢情好！”朱玉说道。

“不过，我听说能参加中考和师范考试的人，必须在毕业考试中占班级前五名才行，否则连报考的资格都没有。你肯定能进前五，我就不敢打包票了。”陆霏霏不无担忧地说道。

朱玉安慰她道：“没事，离毕业考还有半个月呢，在这期间我给你开开小灶，把你薄弱的地方强化一下，确保闯入前五。”

陆霏霏听了，心里踏实多了，点着头说道：“有你这句话，本姑娘今晚可以高枕无忧了。”

听了陆霏霏的话，朱玉突然想起什么似的说道：“霏儿，夜已深了，我赶紧把你送回家吧，不然家里该找翻天了。”

陆霏霏听了，莞尔一笑，喃喃道：“再坐一会吧，难得今晚的夜色那么美！”说完，也不等朱玉同意还是不同意，就贪婪地环顾着身边的一切。过了许久，不知不觉地，陆霏霏的眼睛变得干涩起来，一阵睡意袭来，她将头软软地靠在了朱玉的肩臂上，须臾，已轻轻地打起了香甜的鼾声，进入了甜美的梦乡。

一开始，朱玉都没敢合眼，身体一动也不敢动，一只手紧紧地抓住陆霏霏的胳膊，生怕她一不小心就摔下巨石。时间长了，朱玉实在支撑不下去了，到底还是硬着心肠把陆霏霏叫醒了，送回了家。

半个多月后，朱守正的二儿子朱明的高考终于画上了句号，三儿子朱玉的毕业考也顺利结束了。两天后，朱玉的成绩率先出来了，他和陆霏霏均成功进入班级前五名，获得了报考师范学校的资格。不过，让朱玉奇怪的是，班长张文如竟然也走入了前五名，这让他百思不得其解。

朱玉去和陆霏霏说起这事，陆霏霏淡然地说道："你去较这个真干什么？以后看不惯的事多着呢，你都去管？"

朱玉听了，不服气地说道："说还不让人说吗？能管住我的嘴，也能管住别人的嘴？"

陆霏霏说道："你不说就行了。"

朱玉不说话了。

大约又过了十天左右的一个下午，临河中学所有参加中专和师范考试的学生在陈小平老师的带领下，分乘两辆农用三轮车，从临河中学启程，顺着县乡公路那条唯一的石子路，颠簸了一个多小时，才总算到达了目的地——县蔬菜公司招待所。

朱玉肩上背着一个书包，手里提着一个网兜，从三辆车上跳了下来。陆霏霏跟着其他同学陆续下了车。朱玉"呸呸呸"地吐了吐嘴里的灰土，骂了一句："这路也太难走了，一路上净吃土了。"

陆霏霏听了，一边弹去衣服上的尘土，一边回答道："少说两句吧，别人都受得了，就你受不了啦？"

朱玉听到陆霏霏说话了，才不吱声了。

晚上，七八个同学挤在一个房间里，显得十分拥挤。房间里没有空调，只有屋顶上装着一只铁皮吊扇，在那里卖力地转动着，发出"嗡嗡嗡"的巨大声响，扰得人心神不宁，那情景就好像房间里始终有一架飞机正在飞过，而且永远找不到飞机场似的。吃过晚饭以后，朱玉早早冲了一个凉水澡，就爬到了那张属于自己的双人床的上铺，把头裹在床单里就睡觉了，其他的同学还一个个歪在床上抱着书本在临时抱佛脚呢。陆霏霏来找朱玉，看到他已经睡下了，就没有叫醒他，也返身回去看书去了。

第一天的考试是语文和政治，朱玉考得十分轻松。第二天上午是英语，朱玉也是一脸笑意地走出了考场。中午吃饭的时候，父亲朱守正不放心，大热天里，用黑色公文包放在头顶上遮挡阳光，一路汗流浃背地找了过来。

“考得怎么样啊？”朱守正一见到朱玉，就迫不及待地问道。

“你怎么来了？”看到父亲来了，朱玉一脸的诧异，“这么热的天，你跑来干什么？”

“还不是不放心吗？在家待不住，就跑来看看了。”朱守正放下手中的公文包，掏出手帕不停地擦去额头上渗出的黄豆粒般的汗珠，短袖上衣像是从水里刚捞上来似的，湿漉漉地贴在身上，又像是汽车玻璃起皱的膜纸一样，不时地冒出几个大小不一的气泡，十分地别扭。

“前几门考的还行，下午是数学，也应该没什么问题吧，你就放心，早点回去休息休息，甭中暑了。”朱玉说道。

“那就好，那就好，不要骄傲啊，要确保考好每一门，尤其是下午的数学，更不能大意，往往拉开差距的就是在数学上。所以，下午的考试，一定要全力以赴，不能出任何问题。”朱守正叮嘱道。

朱守正走后，朱玉的右眼皮忽然剧烈地跳动了起来，而且非常地疼痛，他赶紧跑到隔壁房间去找陆霏霏。

“霏霏，人家说‘左眼跳财，右眼跳祸’，我下午的考试会不会出什么事啊？”朱玉忐忑不安地问道。

“没事，不要瞎紧张，这个主要是你睡眠不好造成的。来，我帮你治一治。”陆霏霏问明了情况，笑着安慰着，并随手在床铺的芦苇席上抠下了一小节细细的芦苇，沾了一点自己的唾液，然后将芦苇粘在了朱玉正在跳动的右眼皮上。说来也怪，芦苇刚贴上，眼皮就立马不跳了。

离开房间时，朱玉竟然用自己的右脚踩到了左脚，一下子摔到了地上，慌得陆霏霏赶紧把他扶起来，问道：“摔伤了没有？”

朱玉沮丧地拍了拍衣服上的尘土，摇了摇头，说道：“不碍事，不碍事。”

陆霏霏问道：“要换衣服吗？”

朱玉说道："没时间了，快走吧，早点去考场。"

陆霏霏只好顺从他，说道："那你自己注意点呀，不能再有闪失了。"

下午的数学考试很快就开始了。

朱玉拿到试卷后，按照惯例很快地浏览了一遍，发觉总体难度比去年试卷难，但还好，一些基础性的题目还能对付，最后两道题目就要好好费费脑筋了。他拿起笔来，快速地做了起来。就在他聚精会神答卷时，坐在他前排的班长张文如开始变得不安分起来，几次趁着监考老师转身的瞬间快速扭过头来想抄袭朱玉的答案。朱玉见状，迅速把试卷的一角扬了起来，不让他看到试卷答案。张文如没有办法了，只好狠狠地瞪了朱玉一眼，嘴里无声地咒骂了几句。等到监考老师再次转身的时候，张文如悄悄地从钢笔筒子里抽出了几张事先折叠好的小纸条，快速地打开纸条查找起来。就在这时，监考老师冷不防转过身来，张文如大吃一惊，想藏起纸条却已经来不及了。情急之下，他把纸条向后一扔，纸条无巧不巧，恰恰落在了朱玉的桌子底下。

监考老师是一位人到中年的女老师，戴着一副紫色边框的近视眼镜，镜片上布满了一圈又一圈的纹路，活像是两片厚厚的啤酒瓶底部。她显然已经发现了地上的纸条，径直走到了朱玉的桌子旁边，然后吃力地弯下腰来，伸手从桌子下面的地上把纸条拾了起来。她站直身体，打开纸条看了看，然后温和地问朱玉道："这个纸条是你的吗？"

朱玉抬起头，望着女老师的眼睛，摇了摇头，语气坚定地回答道："不是我的。"

"那是谁的？"女老师问道，语气依然十分温和。

"反正不是我的。"朱玉说道。

"这么说，这个纸条是我带进来的了？"女老师反问道。

朱玉没有回答，只是夸张地耸了耸肩，摊开双手，一副无可奈何的模样。女老师嘴唇翕动了一下，强忍着没有发火，随后快速离开了教室。不到五分钟工夫，从教室外面进来了一位长的牛高马大的男老师，身后亦步亦趋地跟着刚才出去的那位女老师。两人走进教室停顿了一下，女老师指着朱玉对男老师说道："就是他。"

男老师确认了目标后，三步并着两步跨到了朱玉面前，一下子把他的试卷抢到了手里，指着教室门口对着朱玉大声地说道：“你，现在立即出去。”

朱玉的脸一下子涨得紫红，他坐在那里没有动弹，大声地反问道：“你凭什么让我出去？”

教室里一下子安静了下来，所有的考生都停下了笔，惊愕地看着眼前正在发生的一切。只有一个人例外，他就是坐在朱玉前排的班长张文如。他看到监考老师从地上拾起纸条时，心里十分慌张，害怕老师发现是他扔的纸条。当他发现监考老师认定是朱玉时，他在心里迅速拿定了主意，决心栽赃给朱玉。这时，他恨不得立马跳出来指着朱玉的鼻子大声喊道：“就是你扔的，就是你扔的。”

男老师看到朱玉还敢顶嘴，觉得自己的权威受到了冒犯，让自己很没有面子。再加上今天早上临来时他和老婆因为赡养老人的事吵了一架，自己的一肚子火气没法发泄，正好现在找到了靶子。他大吼一声：“你给我起来吧。”说罢，伸出一只粗壮的长着一层黑黑绒毛的胳膊，像老鹰抓小鸡似的，直接把朱玉从座位上拎了起来，连拖带拽地把朱玉推出了教室。

此时的朱玉的脑袋一片空白，身不由己地被人架离了考场。

这一刻，他连死的心都有了。

二十一

朱玉中考失利了！

消息传来，朱守正怎么也不敢相信自己的耳朵。他去找过教育局局长，局长也很为难，说当时抓的是现行，证据确凿，事实清楚，谁也不敢冒天下之大不韪，公然地徇私舞弊。

“你们检查过纸条笔迹了吗？怎么就能一口咬定是我儿子的呢？怎么就可能不是前面的人或者是旁边的人扔的呢？你们这样做负责任吗？”朱守正在局长办公室拍起了桌子。

局长一脸同情地看着朱守正，拍了拍他的肩头，叹口气，劝道：“老朱啊，当时换作你做监考老师，你会怎么做？让你坐在我的位置，你会怎么办？”

朱守正满脸愤怒地说道：“至少我不会想当然地下结论，至少先调查清楚再说。局长大人，这关系到一个孩子未来的前途命运，你知不知道？”

局长沉默了一会，才缓缓地说道：“这样吧，我提个建议，现在朱玉的处理结果已经出来了，数学单门成绩做零分处理，这个是无法更改了，要不这样，我们安排他到县中上高一，你看如何？”

朱守正想了想，也实在想不出更好的方法了，只好说道：“这个我要回去问问，我做不了主。”

局长看出朱守正有点心动，他也不着急，说道：“这个结果已经不错了，别的人想上也上不了，何况，这件事也不能声张，还不知道局党委能不能通过呢。不过，你要早点给我回话啊，省得夜长梦多。”

从教育局回来后，朱守正迅速召开了一次紧急的家庭会议，专门讨论朱玉的上学问题。会议在朱守正的老家举行，专门挑了一个周六的晚上，为的是能让在市里上学的朱聪也能参加。那天晚上，陈月英按照朱守正的要求，早早就做好了晚饭。晚饭后，一家人围坐在客厅中间那张八仙桌子四周，一个个神色凝重，等待着家里最高领导人朱守正宣布会议开始。

“今天让你们都回来，主要想听听你们对小玉子上学的意见。怎么样， 你们都说说。”朱守正坐在八仙桌最里面居中的位置，看了看围在一起的家人，开门见山点明了意图。

“我们是不是要先搞清楚究竟小玉子有没有扔纸条？这个才是问题的关键。”朱琴率先说道。

“现在说这个还有意义吗？”朱守正反问道。

“当然有意义了，否则，小玉子将永远背上这个黑锅，要背一辈子的，这样对小玉子是不公平的。”朱琴情绪有点激动，“教育局必须要给我们一个交代，不能就这样完了。”

“小玉子，你把当时的情况再给我们说说，看看有没有什么细节遗漏了？”朱聪对朱玉说道。

“唉，你们真烦，我都说过多少遍了，还有完没完？”朱玉趴在桌子上，一脸的不耐烦。

“话不能这么说，我们也是为你好，不了解情况，怎么好对症下药呢？”朱聪说道。

“有什么好说的，明明是张文如那个混蛋扔的，反而不分青红皂白都赖在我身上了。”朱玉不服气地说道。

“那你跟监考老师说了吗？”朱聪问道。

“当然说了，可他们根本不听我的，就是认定是我扔的，我能有什么办法？”朱玉说道。

“那后来呢？”朱聪继续问道。

“后来，后来，他们就不让我考试了，连下面的考试都不让我参加了，还硬逼着我写检讨书。”朱玉说道。

“那你写了吗？”朱聪问道。

“我又没作弊，凭什么写？”朱玉气呼呼地说道。

“对，就是不能写，你要是写了，就是跳进黄河也洗不清了。”朱琴在一旁帮腔道。

这时，坐在旁边一直没有说话的朱明说话了：“那个张文如，应该去举报他，不能轻易饶了他。”

朱琴听了，赞成道：“对，明天就去举报。这个张文如，看来和他大张文一个德性，都不是什么好货。”

一旁的朱聪听了，沉吟了片刻，说道：“话虽这么说，但你又没亲眼看到是那个姓张的扔的。话又说回来，即使你看到是他干的，你又没有相机把他照下来，又没有旁证，也不好就认定是他做的。”

朱琴听了，急了眼，说道：“那你说怎么办？就这样便宜了那小子？”

朱聪看了看坐在主位上一言不发的父亲，对大家建议道：“我们还是听一听俺大的意见吧，毕竟他吃过的盐巴比我们吃过的大米还要多。”

大家听了，都没有表示反对意见，一齐扭头看着自己那眉头紧锁的父亲，等待着他那一锤定音的最终方案。

朱守正干咳了两声，清了清嗓子说道：“你们刚才的发言，我都认真听了，你们的意思我也都明白了。我们要追究张文如的责任，现在来看，已经错过了最佳时机，基本上不可能的了。对小玉子的影响已经实实在在地产生了，想清除掉已经是不可能的了。那么，当务之急，就是如何把对小玉子的影响降低到最低程度，也就是说，怎样才能让小玉子的利益得到最大化？这才是我们今天要商量的焦点。目前来看，让小玉子到县中去上学，应该是最为理想的结果，一方面体现出教育局认识到了自己的错误，让社会上对这件事有了新的看法，‘如果你教育局没有错，怎么会让朱玉到县中去上学呢’，另一方面也让小玉子有了读书的地方，我们考师范出了状况，也没什么大不了的，那我们就再下三年功夫去考大学，‘不吃馒头争口气’，让那些嘲笑我们的人看看，我朱玉绝不是那么轻易就会被击倒的，笑到最后的一定是我朱玉。你们说，这样好不好？”

朱琴听了，说道：“理是这么个理，就是太便宜了那个姓张的，让人心里多少有点发堵。”

朱聪说道：“这也是没有办法的办法，两权相利取其重，两害相害取其轻。”

坐在座位上的朱明两手托腮，一直没有吭声。朱守正问他的意见。朱明拿眼瞟了一下坐在身旁的弟弟朱玉，瓮声瓮气地说道：“我们说了都不算，还是听听玉子本人的意思吧。”

朱守正听了，有点不满他的态度，但又不好发作，只得望着朱玉问道："小玉子，那你自己说说，让你去县中读书好不好？"

朱玉听到父亲的话，缓缓地站了起来，环顾着众人，一字一顿地说道："不好，我不愿意。"

"为什么？"众人都十分诧异。

"如果我真的去县中了，一辈子还能挺直腰杆吗？"朱玉大声地说道。

"那你想干吗？"朱守正来了气，大声地问道。

"我不读书了，我自己出去闯世界，我自己养活自己。"朱玉语气十分坚定地说道。

"你疯了？你把我们的好心都当成驴肝肺了？"朱守正呵斥道。

"我要为自己活着，我的人生不需要你们为我做主。"朱玉反驳道。

"你，你，你这个逆子，你要敢不听话，你以后没吃没喝了，你不要上朱家的门。"朱守正也"腾"地站了起来，手指着朱玉，气得话都说不利索了。

"你放心，以后，我就是死在外头，也不会回来求你的。"朱玉冷冷地说道。

"你、你、你，滚、滚、滚——"朱守正指着大门，大声地喊叫着。

朱玉听了，推开凳子，摔门而去，转眼就消失在茫茫的夜色里。

母亲陈月英急步追到门外大声呼喊着，无人回声，又急步奔回屋里，对着朱守正一通撕打，最后哭瘫在了地上。

朱玉再一次离家出走了。

相较于朱玉的第一次离家出走，朱守正骨子里没有太大的担心，毕竟是孩子，一时冲动，过了几天总会找到的。可是这次却不同，朱玉已经有了上次的经历，再加上现实的压迫，让他坚定了自己人生的方向，这才是最可怕的。如果说朱玉上一次是负气而走，那么这一次他肯定是经过深思熟虑的了。

"他不会再回头的了。"朱守正不停地在心里告诉自己，努力说服自己接受这一事实。他又想起了朱玉一出生时那位算命先生说的话，"本是一精灵，遇劫落凡尘，世间难相容，白忙两双亲"，心里更是无比的凄楚、苦涩。

然而，对于朱守正的打击仿佛才刚刚开始，不久后，又一个消息差一点让他直接崩溃。那一天下午，朱守正正在办公室里批阅文件，办公室主任小李拿着一本来电记录走了进来。前些日子，在省委党校学习结束回来的局长提拔到市委办去了，朱守正也就水到渠成地做了一把手局长。之后，原来的办公室主任升任副局长后，办公室的小李也就顺理成章地成了办公室主任。

“局长，刚才县人武部办公室来电话，准备到我们单位来政审，问您什么时候能在单位呢？”小李的脸上洋溢着一种抑制不住的激情，好像浑身都有一股使不完的精力。而且，自从做了办公室主任后，开始注重打扮了，穿衣不说，单是脸上的妆容估计每天都要花去不少时间，不仅描了眉，植了睫毛，还画了眼影。让朱守正看来，那个眼影有点像是被人打了一拳头后形成的黑圈，显得十分的滑稽搞笑。面颊上的底粉调得太稠，以至看不到了皮肤的原色，倒像是一个满脸打满了石膏的伤员似的。双唇上用的唇膏颜色红得过了头，涂在嘴唇上鲜艳欲滴，老是让朱守正怀疑她是不是刚刚咬断了一只鸡脖子什么的。身上散发出的香水的味道，既不是玫瑰花那种浓郁的气息，也不是薰衣草那种淡雅的芬芳，更不是百草园那种浑然的清香，反而像是刚刚走进一间上过油漆还没来得及通风的房间，一种让你差点窒息的气味扑面而来，想不逃走都难。

小李一边说着，一边走到朱守正的面前。朱守正闻到了她身上的那一种味儿，不由自主地把头向后仰了仰，微微皱起了眉头，不经意地问道：“什么政审？”

“人武部的人在电话里说，你的儿子通过征兵体检了。怎么你不知道啊？”小李问道，表情十分的夸张。

“哪个儿子？我怎么不知道？”朱守正一脸的惊讶。

“还能是谁啊？就是你二儿子朱明啊。”小李回答道，“你怎么会不知道呢，这么大的事怎么会不知道呢？”

“混蛋！”朱守正狠狠地拍了一下桌子，把桌子上的水杯都震倒了，杯里的水洒在了桌面上，把文件都沾湿了。朱守正站了起来，手指着吓呆了的小李大声地命令道：“你立即打电话让他们来，马上查清楚到底是怎么回事？要快！”

很快，县人武部的同志就来到了朱守正的办公室。经过一番交谈，朱守正终于了解了事情的原委。原来，二儿子朱明高考成绩出来后，成绩只够上中专分数线，他觉得十分丢人，就擅自决定放弃了上中专资格，还瞒着家人去报名参军。现在，体检已经过关，就等着进一步政审了。朱守正知道这个情况后，心里的那个恨呀，甭提有多大了。要是朱明恰巧在他身边，他一定会毫不犹豫地甩手赏他两个大耳刮子。他在心里骂道：“这个小混蛋，怎么和朱玉一个样，没一个省心的。罢、罢、罢，我只当只有朱聪一个儿子的。”心里虽然恨得牙齿痒痒，但嘴上还要做一番最后的努力。

“两位同志啊，能不能这样啊，朱明去当兵的事情我一点都不知道，能不能给点时间，让我们回去商量一下？”朱守正恳切地对两位人武部的同志说道。办公室的小李听了朱守正的话，赶忙提起地上的热水瓶给两位同志面前的杯子里添上热水，还不忘赔上笑脸。

两位人武部的同志都十分年轻，身着军装，腰杆笔挺，一丝不苟地坐在朱守正办公桌对面的沙发上。听明了朱守正的意思，两人相互对视了一下，然后，那位年龄稍大一点的同志说道：“朱局长，我们都能理解您的心情，也理解您儿子的心情。但是，不管怎么说，只要是朱明的政审材料没有问题，谁都不能改变朱明参军的事实。希望您能理解，因为您也曾经是一位军人。告辞！”

人武部的同志走后，朱守正一屁股跌坐在了椅子上。他怎么也想不到，自己的三个儿子，竟然有两个的性格如此的叛逆，全然不顾父母家人的感受，自己想做什么就做什么，哪有半点像是朱守正的儿子？唉，朱守正啊朱守正，你对子女的教育也太失败了，他们的翅膀真的变硬了，都一个个渴望着飞离自己，飞离这个家，飞向属于自己的遥远的未来了。未来，未来到底是什么样子呢？朱守正的脑袋里一片空白，喉咙里一阵发甜，咳了一声，吐出了一口痰，眼前的景物就渐渐地模糊了起来，只听到耳边依稀传来办公室主任小李“朱局长、朱局长”的焦急呼唤声。

就在朱守正因轻度脑梗住院期间，他的二儿子朱明参军的政审手续已经完成了。朱守正出院后的十一月份，朱明正式入伍的时间也就到了。在此期间，朱守正虽然于心不甘，但他最终接受了现实，没有再明确反对过这件事。

那是一个星期天的下午，在新落成的县城长途汽车站的广场上，黑压压地站满了人。这儿一堆，那儿一坨，到处都是前来为孩子送行的人群，广场上弥漫着一种离别时那种特有的压抑的氛围。朱明在母亲和姐姐朱琴的陪伴下，站在广场一角半圆形的花坛前有一搭没一搭地聊着天。

已经是深秋的季节了，广场花园里的几株月季花早已枝叶凋零，没有了生机。几株高大的银杏树全身的叶子变成了金黄色，在瑟瑟的秋风下，树叶儿一片又一片地离开了枝干，在半空中盘旋着、飞舞着、徘徊着，依依不舍地在向银杏母亲做最后的告别，然后，又一片片义无反顾地投入到大地母亲的怀抱，在地面上欢快地翻滚着、跳跃着，像极了母腹中骚动不已的婴儿。只有靠着花墙的那几颗棕榈树，依然是树影婆娑，翠色如故。一只花喜鹊落在树丫上，冲着朱明一家三口“叽叽喳喳”地唱着歌。

部队通知开始换装了，朱明跟着一群差不多大的小伙子在一位军人的带领下，鱼贯走进了车站的候车大厅。半个小时后，一队队身着草绿色军装的队伍走了出来。一个个刚才还是身着各式服装的地方老百姓，转眼之间，已经完成了凤凰涅槃，成了英姿勃发的人民解放军战士了。军人们来到了围拢在门口的一大群人面前，一个个兴高采烈地寻找着自己的家人。

朱明拎着自己的一包旧衣物，跑到母亲和姐姐面前，将手里的东西塞到了朱琴的手里，热情地说道：“大姐，你把我的东西带回去吧，我用不着了。”

“好，好，好。”朱琴接过衣物，连连答应着。

“妈，我这身军装好看吗？”朱明搂着母亲瘦小的肩膀，孩子气地问道。

母亲陈月英看着眼前像是换了一个人的儿子时，不由得心中像是被人割了一块肉似的，心疼地忍不住扭过头小声地抽泣起来。

“妈，你看你，今天是朱明的好日子，你淌什么眼泪啊？”朱琴见状，小声地劝慰道。

陈月英经此提醒，反应了过来，赶紧回头看着朱明，含着眼泪说道：“我是高兴的，我没哭，没哭。”

朱明继续搂着母亲的肩头，附在陈月英的耳朵跟前，小声地说道：“妈，我走后，你要少种点地，不要把自己太累着了，你也上了年纪了，不比年轻时候了。我听说大姐谈了一个男朋友，以后家里有什么脏活、累活，就让他来做就是了，你尽管出出嘴，指挥指挥就行了。”

陈月英听了，“扑哧”一声笑了出来，说道：“八字还没一撇呢，你就尽想着把人家当长工用了。”

朱琴听见了，笑着说道：“唉哟，唉哟，这话只能我们自家人说说算了，要是被人家听见了，谁还敢上我们家的门呀？”

一家人正谈得起劲时，只见朱聪拉着夏雪的手从人群外面挤了过来。夏雪披着一袭长发，穿着一件杏黄色呢子大衣，里面衬着一件白色羊毛衫，面如秋月，眼含笑意，款款来到众人面前，和陈月英等人问过好后，将一支钢笔从口袋里掏了出来，送到朱明的面前，笑着说道："二弟，你要出发了，我没什么好东西送给你，就把这支英雄牌金笔送给你，希望你在军营里好好干，早日成为一名大英雄。"

朱明接过笔，十分感动，对夏雪说道："谢谢你来给我送行，我在部队里一定干出个人样出来，绝不会让你们失望的。以后，大哥就靠你照顾了，你可千万不要欺负他啊，他从小到大，胆子最小了，你要多让着他啊。"

夏雪听了，不禁掩嘴大笑了起来，说道："你们看看，到底是亲兄弟，到什么时候，都还是自家人维其[1]他自家人啊。"

众人听了，都笑了起来。朱琴捶了夏雪的肩头一下，笑道："那是肯定的。你呀，就认命吧，你就是把心都掏出来，还是一个外姓。我们女人呀，就这命。"

夏雪还要说什么，就听到朱聪对姐姐说道："你少说两句吧，我到现在一句话也没捞到说，光听你一个人包场了。"

朱琴听了，指着朱聪对夏雪抱怨道："你听听，你听听，这叫什么话？人家说'新娘进了房，媒人扔过墙'，你们还没进洞房呢，就早早地不理我了，也太不地道了吧？"

夏雪听了，红了脸，扭捏道："你看你，讲话嘴上也不带个把门的，愈说愈离谱了。"

朱琴笑道："唉哟，看这架势，怎么像个刚过门的小媳妇，晓得护短了。"

陈月英听了，对朱琴说道："你就让朱聪说两句吧。"

朱琴见母亲发话了，才把要说的话硬生生吞了回去，笑着不作声了。

朱聪得了空，从裤子口袋里掏出了两张十元的钞票，拉过弟弟的手把钱放了上去，说道："把这个带上，在路上想吃什么就自己买。"

朱明说道："有部队管着呢，不用自己花钱。"

朱聪说道："上厕所、喝水也管你？理发、寄信也管你？以后用钱的地方多

① 维其：淮阴方言，意思是袒护、偏向。

着呢。到了部队，如果有什么难处，就写信告诉我。”

朱明听了，才没有说什么，只是抿着嘴，强忍着没有让眼泪掉下来。

这时，传来了领队军人的一声大喊：“新兵注意了，时间已到，立即排队进站。”

广场上的人们听了，立刻引起了一阵骚乱，传来了一片送别的泣哭声。陈月英抱着朱明的一只胳膊，迟迟不肯松手。朱琴也眼含泪光，站在一旁一句话也说不出来。夏雪则是紧挨着朱琴，拽着她的一只手，毫无目的地在她的手掌心里划拉着。朱聪见了，上前轻轻地拍了拍弟弟的肩头，小声地柔声说道：“到时间了，走吧。”

朱明听了，点了点头，松开母亲的手，扭头向已经站成队形的队伍中跑了过去。

“全体都有了，立正，稍息。目标：车站大厅。立正，向右，齐步走！”站在队伍前面的军人腰杆挺得笔直，干净利落地下着口令。

“一二一，一二一……”

随着响亮的口号声，两排新兵一个个昂首挺胸、精神抖擞地依次进入了车站候车大厅。半个多小时后，一辆辆蒙着迷彩色帆布的军车从车站的出口开了出来，缓缓地驶上了前面的淮海大道。陈月英挤在人群里，翘首望着一辆辆渐渐远去的军车，眼泪又一次不争气地流了下来。

朱琴看见了，抱怨母亲道：“你看你，临来时，我是怎么说的？你是怎么答应的？说好的，不许淌眼泪，可你偏不听，一个劲地流，让朱明看见了，让他心里多难过啊。”

陈月英一边抹着泪水，一边不服气地说道：“你当我好意[①]的啊？等到你以后遇到了，你来试试？”

朱琴听了，说道：“什么我以后遇到了？我就是遇到了，也不会像你一样的，一把鼻涕一把泪的。”

陈月英还要说时，夏雪在一旁笑道：“还是俗话说得好，‘母子连心，打断骨头连着筋’，不是自己身上掉下的，不知道心痛。”

朱琴笑道：“好，好，以后看你的，看你怎么个心痛法？”

① 好（hào）意：淮阴方言，意思是故意、有意。

朱聪在一旁提议道："天色已经不早了，我们还是吃过晚饭再回去吧？今晚的饭，我请客。"

夏雪听了，高兴地说道："好呀，好呀，好多天没好好吃一顿了，馋死了。"

朱琴笑道："算了吧，你那点生活费还是自己留着吧。还是老规矩，我请客。不过，今天晚上我不花钱，叫别人来付账。"

"谁呀？"朱聪和夏雪不约而同地问道，"是侯宇吗？"

"还能有谁啊？"朱琴咂了咂嘴，说道，"不过，我不知道他出差回来了没有？"

二十二

“今晚真是可惜了，大姐的男朋友没带来，不然就可以先睹为快了。”

市政府门口一条宽阔的大马路上，昏暗的路灯下，一男一女两个长长的身影，慢慢地向前挪动着，两人小声地说着话，显得十分亲密。

市政府是最近才搬迁过来的，这里地处城市的西郊，人烟稀少，也没有什么机关单位，是一条新开辟出来的道路，透过两边的路灯，还能看到在市政府的西侧还是大片大片的农田。一个月前，这里还是一片金黄的稻田，到处都是秋收繁忙的景象。现在，土地上已经被农民们种上了小麦，在白天的时候，就能看到那成片成片嫩绿的麦苗儿，在秋风的吹拂下顽强地伸出头来，绿油油的一片，像极了农村人家房前屋后栽种的韭菜儿。麦田后面影影绰绰的地方，就是近郊的一个个自然村庄，里面稀疏地亮着星光一样的灯火，有的时候是那么近，仿佛伸手可及，有的时候又是那么的远，仿佛遥不可及。村庄里面听不到人语喧哗声，却不时传来一两声看家狗的“汪汪”声。这里的村庄，与其说是郊区，还不如说是和朱聪的老家没什么两样。顺着市政府门口的柏油马路一直往西走，不到一公里的地方就遇到了一个十字路口，南北向的道路十分的宽阔，中间的主干道足够六辆卡车并排行走。路两旁栽满了小黄杨、红叶石楠等低矮的景观树。两旁的路灯好像是才安装上去的，十分明亮。只可惜的是，这条路的路面却是石子铺成的，路面上留下了一条条深浅不一的车辙，路面也是高洼不平，十分的不平坦。这条路也是新开辟的，主要是为各种货车准备的通道，每天都是车来车往，十分的繁忙。每当一辆货车轰轰隆隆地驶过，地面都会为之而颤抖，随之而来的，就是扑面的滚滚黄尘，遮天蔽日，蔚为壮观。这是晴天的景象，如果换成是雨水天，那就是另一番景象了，就是无数的泥浆和雨水挟裹着大大小小的石子，像利箭般劈头盖脸地向四面射来。如果，你这时恰好步行或是骑车路过此处，那种遭遇炼狱般打击的经历一定会让你刻骨铭心，永世难忘。

“你猜猜大姐的男朋友会长什么样子？”夏雪问朱聪。不知什么时候开始，夏雪已经悄悄改变了对朱琴的称呼，不再直呼其名，而是亲切地称着“大姐”了。这于这个小小的变化，夏雪没有察觉出来，就连朱聪也没感受到，好像一切都是那么自然而然，就像太阳总是从东方升起从西边落下一样。

“我猜啊，我猜。”朱聪犹豫着，试图寻找一个最贴切的词语，“大姐是一个身材修长的人，她一定会喜欢一个戴着眼镜、一脸书卷气的小男生的。对了，大姐不是说他俩是同学吗？是什么时候的同学，我怎么没见过？”

“不知道呢。”夏雪回答道，自己想了想，又摇了摇头，“诶，想那么多干吗？以后见到了，不就知道了。再说了，大姐的同学你也不是都认识的？”

两人说话间，已经过了十字路口，到了马路的西边了。这边的道路还好，因为是市政府门口道路的延伸，路面铺的还是柏油，不是石子，虽然没有先前那么宽阔了。路灯也暗淡了不少，却平添了一份幽僻和沉静。这里是市里著名的教育区，沿着这条不大的道路两侧，挤满了大大小小十多家大中专学校，像财经学校、粮食学校、师范学院、教师进修学校、食品学校、供销学校、电子学校等等，全部集中在这片区域，而朱聪和夏雪就读的市工学院却在所有学校的最西头。但最西头也有最西头的好处，就是生态环境无比的优越。在工学院的西边不远处，是一条终年汩汩流淌的河流。这条河不是普通的一条河，而是闻名中外的京杭大运河。千里大运河在中国的版图上像是一条银色的玉带，蜿蜒连接着中国的南方和北方，在经过这里时，优雅地转了一个身，划出了一个圆形，像是一位美艳绝伦的女子伸出了两条莲藕似的玉臂，将整个市区都温柔地拥揽在酥香的怀里。而工学院所处的运河的位置，又恰是右臂所处的地方。河水到了这里，没有了上游的喘急和下游的滞流，变得像是初为人母的少妇，舒缓、恬静、安逸、宽厚。在靠近工学院的千年古堤一侧，就是市区著名的景点之一——桃花岛。岛上遍植桃林，每到阳春三月，漫山遍野的桃花云蒸霞蔚，其华灼灼，比那《桃花源记》上描写的景物，不知要强了多少倍。每当这个时节，全城男女老少往往是全部出动，万人空巷，都争相一睹这一春日胜景。古往今来，这期间究竟发生了多少缠绵悱恻的故事，见证了多少佳人才子缱绻旖旎的佳话，就不得而知了。

朱聪和夏雪说话之间，无意中就走过了那条并不太长的道路，径直来到了桃花岛。深秋的桃花岛，早已不见了春日的盛景，没有了压枝的硕果，取而代之的，是光秃秃的枝条和到处裸露的泥土，还有土地里已经枯萎的各种野草。深秋的风已经很有凉意了，夏雪用力裹了裹身上的呢子大衣，望着眼前缓缓流过的运河水，眸子里星光点点，一闪一闪的。

“诶，此情此景，你想到什么了吗？”夏雪问朱聪，她的眼睛始终没有离开过河面。

“没，没想什么。”朱聪耸了耸肩头，“你不冷吗？要不我们回学校吧？”

夏雪没有回答这句话，而是接着问道：“你知道这是条什么河吗？”

朱聪诧异道：“这是京杭大运河呀，这谁不知道？”

夏雪说道：“有一位哲人说过，人的一生不会蹚过同一条河流。这条河，是大运河，也非大运河。此河非彼河。”

朱聪听了，皱了皱眉头，说道：“你怎么突然间成了哲学家了，说的云里雾里的，让人摸不着头脑。”

夏雪扭过头来，笑着问朱聪道：“你是愿意做这河里的流水呢，还是做这岸上盛开的桃花呢？”

“这怎么讲？”朱聪变得认真谨慎起来。

“你看呀，这个岸上的桃花，固然年年开放，十分的美丽，但她们却永远花开花落，花落花开，成了一个固定的模式，不能有自己的自由，更不能去追求自己想要的生活。你想想，这样的生活是不是很可悲？”夏雪说道。

“那么，那河水呢，有什么不同呢？”朱聪又问道。

“你看呀，那河水，本是微小，散则无形，聚则洪荒，看似无欲无求，实则大智若愚，胸怀梦想，一刻也没有停止过逐梦的脚步。今天一小步，明天一小步，看似慢慢腾腾，不急不躁，实是在积跬步至千里，积细流成江海。这是什么样的雄才大略，又是什么样的气贯长虹，真是壮哉！伟哉！”夏雪伸出双手，仿佛要拥抱面前的这条夜色中的大运河。

“那你到底是想做桃花呢，还是河水呢？”朱聪问道。

“能做河水固然最好，不拘形式，不入俗套，为了梦想，一往无前，哪怕要摔得粉身碎骨也在所不惜。当然了，如果实在做不了河水，那就做桃花也不错，一树花开，不负韶光不负卿。到底怎么选择，只能走一步，看一步了。”夏雪说道。

朱聪听了，半晌没有言语。夏雪反应过来，觉得有点奇怪，凑到他的面前，盯着他的眼睛，问道："怎么不说话了？你没事吧？"

朱聪别过脸去，凝望着那一树光秃秃的枝条，说道："我没有河水那样的志向，也没有桃花那样的芬芳，我只想做脚下的这方泥土，让河水在我身上流淌，让花儿在我身上开放，让小鸟在我身上尽情地歌唱，让一切美好的梦想在我身上启航，我只想做，做这一方，一方小小的泥土……"

"打住，打住，"夏雪听了，已经笑得直不起腰来，"你呀，怎么就这么点出息？把我肚子都笑痛了。"

"那有什么办法？我小时候就没什么志向，天生的。"朱聪说道。

"你呀，怎么有点像《红楼梦》里的贾宝玉。"夏雪笑道。

"怎么讲？"朱聪问道。

"生就一副好皮囊，腹中原来草莽。"夏雪答道。

朱聪听了，不由得来了气，说道："好，好，我是贾宝玉，可惜你也不是薛宝钗。"

夏雪见他真的生了气，赶紧缓和了语气，拉着朱聪的胳膊摇晃了起来，哄道："你看你，这么不经逗，怎么像个小女生似的？"

朱聪没好气地说道："谁是小女生？你才是小女生呢。"

夏雪连忙点头道："好，好，我是小女生。"

看到夏雪服软了，朱聪也就顺坡下驴，拉着夏雪的手，建议道："天不早了，我们回去吧，小女生。"

夏雪用另一只手指戳了一下朱聪的鼻子，嘲笑道："你呀，小肚鸡肠的，也就这点出息，有料也不大。"

朱聪也笑道："我料大不大不要紧，要紧的是要把你看好了，免得你这朵浪花要飞走了。"

夏雪说道："那就看你的本事了。"

朱聪笑道："你要敢飞走，我就建一个挡河坝，让你哪儿也去不了。"

夏雪说道："如果哪一天你留不住我了，哪里是一个挡河坝就能挡住的？算了，不说了，我们还是早点回去吧，迟了，学校大门就该关上了。"

朱聪跟着说道："走吧。"

两人一路说笑着，离了河边，穿过那片桃树林，拐上了通往工学院的道路。这时，突然一个人影从另一边桃树林里慌慌张张地跑了出来，来到两人面前才停了下来，大口大口地喘着粗气。在路灯的照耀下，朱聪看到来人身材瘦长，一身牛仔服，留着卷毛头，乱蓬蓬地顶在尖瘦的脑门上，就像是一颗倒立的陀螺戴着一个鸟窝似的，十分地滑稽。其人面部颧骨高耸，眼窝深陷，鼻梁中间鼓起，像是一只弯曲的手指，略显苍白的嘴唇上面留着一层短短的黑色胡须，两只眼睛明显因受到了惊吓而夸张地大睁着，整个表情都显得有点阴森恐怖了。

"这不是顾章吗？你怎么在这呢？你到底怎么了？"朱聪认出此人是隔壁班里的同学，见他如此模样，便急切地询问起来。

"不，不好了，那边有抢劫的了。"顾章惊慌地指着桃林深处说道，因过分紧张，上下嘴唇不停地打架。

"在哪里？什么情况？"朱聪问道。

"就，就在那边，有三四个人，他们在抢我女友的包，还把她挡住了不让走……"顾章惊魂甫定，再一次指了指来时的方向。

"那你怎么先跑了？怎么把一个女人丢下不管呢？"朱聪来了气，大声地责问道。

"我，我，我是跑走喊人的，他们人多……"

朱聪听了，不再言语了，而是迅速到四下寻找了一下，没有发现称手的物件，就跑到一棵离自己最近的桃树跟前，抓住一根鸡蛋粗细的桃树枝，手脚并用，硬生生地把桃枝掰断了下来，然后抓在手上，头也不回地就往顾章所指的方向跑去。

"朱聪，你要干什么？"夏雪跟在后面大声地喊着。

"你们去喊人，我去救人。"朱聪大声地回答着，身体敏捷地向桃林深处的小道奔去。

夏雪不放心，跟在后面跑着，大声喊道："你等等我，我跟你一起去。等等我。"

朱聪哪里等得了，他此时心急如焚，恨不得一步跑到那个女生身边才好，他早到一分钟，女生就少一分危险。朱聪跑进桃林没多远，就隐约看到前面不远处有人在一起厮打的声音，还传来一两声音女子的惊叫声。朱聪此时血脉偾张，怒气上涌，他老远就怒吼起来：“混蛋，快住手，你们这帮混蛋，看老子不砸死你们……”

怒吼声在空旷的桃林里像是惊雷响起，前面的人显然受到了震慑，原先的混乱声一下子安静了下来。须臾，便见一位白衣女子衣衫不整、长发凌乱地迎面跑了过来。女子大口地喘着气，跑到了朱聪面前，停住脚步，一把抓住他的膀子，因用力过猛，抓得朱聪生疼。

“坏，坏人……”女子上气不接下气地说道。

“他们人呢？”朱聪大声地问道。

“跑，跑了，刚刚跑了……”女子回答着，因跑得急，胸脯急剧地起伏着，身体几乎瘫软在了朱聪的身上。这时，夏雪从后面赶了上来，赶紧把她扶住了，才不至于让她倒了下来。

“他们没对你怎么样吧？”顾章不知什么时候也来到了跟前，他贴在女子的身边，小心翼翼地问道。

女子没有回答。

“你没什么事吧？”这一次，顾章加大了音量，还试探着想伸出手去扶女子胳膊。

“你告诉我，当时你为什么跑？在我遇到危险的时候，你干了什么？你还是个男人吗？”女子问道。

“你误会我意思了，我跑走是为了喊人救你的，不然我们俩都得倒霉，我这是为你好啊。”顾章说道。

“你为我好？”女子冷笑道，“你哪天为我着想过？我生病的时候，一个人躺在宿舍里，你去看过我吗？我一个人孤独无助的时候，你去安慰过我吗？你说你在上海有房子，你什么时候带我去看过？你说你父母都是大老板，你为什么背地里老向同学借钱？你这个骗子，我再也不相信你了。”

“你冷静点，有什么话，我们回去再说吧，好吗？”顾章伸手来搀扶女子。

女子甩开他的手，骂道：“拿开你的臭手，不要碰我。”

顾章有点绝望，哀求道：“我错了，再给我一次机会吧，我一定为你上刀山下油锅，眉头都不皱一下。行吗？求求你了。”

女子说道：“迟了，我再也不信任你了。”

顾章说道："真的，真的不给我机会了？"

女子说道："机会给过你，是你自己没把握好，怨不得别人。"

顾章看到女子一副决绝的样子，还心有不甘，说道："那最后求你做一件事，可以吗？"

女子问道："什么？"

顾章说道："你不跟我好，我就自杀了。等我死了，麻烦你把我的骨灰带给我的父母，可以吗？"

"好啊，你死给我看。"女子冷冷地说道。

"等等，我还有话说。"顾章说道。

"什么？"女子问道。

"我死之前，可以吻你一下吗？"顾章说着，伸手就去拉女子的手。

"滚，你这个懦夫，算我看走了眼。滚，滚，滚……"女子猛然挣脱了顾章的手，歇斯底里地咆哮着、呵斥着。

顾章愣在了那里，泥塑木雕一般，没有了任何的反应。

"我们走吧。"夏雪小声地对女子说道。

女子没有言语，只是轻轻地点了点头。

女子在夏雪的搀扶下，一步一步地离开了桃林，离开了顾章。朱聪手里提着半截木棍，像个保护神一般，凶神恶煞般地跟在她两后面，寸步不离。

这是一起影响十分严重的刑事案件，在本地的历史上已经多年没有发生了，从而引起了社会层面的广泛关注。接到报警后，当地公安机关一刻也没有耽误，迅速投入警力，兵分多路，将当晚参与抢劫的几名犯罪嫌疑人全部缉拿归案。同时，当地新闻媒体也给予了极大的热情，多角度、全景式地对这起案件进行了跟踪报道，也自然而然地，把朱聪塑造成了全市家喻户晓的英雄人物。也正如此，朱聪在学校读书的生涯也走上了巅峰，不仅入了党，而且还先后担任了班级团支部书记、班长、系团委副书记和系学生会主席，可谓是风光无限，前途无量。

俗话说龙生九子，各有不同。就在朱聪的学习、生活渐入佳境之时，他的那位再一次离家出走的弟弟朱玉，却进入了人生中最至暗的时刻。

二十三

朱玉的过往轶事，总会让老家人在茶余饭后津津有味地嚼上一阵子。这一次，他的离家出走再次成了当地一个卖点新闻，大街小巷都在议论纷纷。陆霏霏听说了这件事，也是听上街买菜的母亲回来告诉她的。也就在一天前，陆霏霏打听到了一个确切的消息，她被市师范学校的普师专业录取了。她还兴冲冲地准备去告诉朱玉呢，却没想到等来了这么一个消息。

当朱玉在考场上被老师认定作弊时，她和他正在同一个考场上。在监考老师硬是把朱玉拽出考场过程中，她几次想站起来为他鸣不平，但都没有勇气站出来，尤其是看到那位女监考老师傲气的表情时，她的那一点仅存的勇气也彻底被打压了下去。

朱玉离开教室时的那一刹那，他努力地回过头来，急切地用目光巡睃着、找寻着，她知道，那一刻，他一定在找她，希望得到她的声援，哪怕是一丁点目光的安慰也好。只是，她什么也做不了，甚至，连看到她一眼的机会也没有给他。事后，她后悔极了，很长时间都不能原谅自己的怯懦和慌张。

中考结束后，陆霏霏想找朱玉好好地沟通一下，聊一聊彼此的想法，谈一谈今后的打算。她去他的老家找他，他都避而不见，让她十分懊恼。后来，她也不去找他了，就让他先冷静冷静，毕竟谁遇到这种事情都会抓狂的，何况他还只是个十六七岁的孩子呢？可谁曾想，等到自己考上师范想和他共同分享这一喜悦的特殊节点上，他却不翼而飞了。他能去哪呢？她急切地想知道答案，她去找陈月英阿姨、去找陈老师，甚至还去找过那个班长张文如，她能找到的所有的人，没有一个人能够明确地告诉她他去了哪里。

傍晚时分，陆霏霏一个人来到了天鹅湖边上，坐在那块巨石之上，在脑海里努力地搜寻着关于朱玉的点点滴滴。记得有一次，也是坐在这块石头上，朱玉告诉她说，从小时候开始，在他的心底里，总是有一个声音在反复地对他说道：

“来吧，孩子，你不属于任何一个人、一个家庭，你是天空飘浮的白云，你是海上翱翔的海燕，你是天地间明亮的闪电，只有回到大自然，你才能得到呼吸，才能得到重生，才能得到你想要的一切。来吧，孩子！”她当时听了，禁不住掩面而笑，笑他的痴狂，笑他的妄想。现在回头细想起来，他说的话却大有玄机，让人不得不认真审视起来了。

“也许，也许多少年前他就有了外出闯世界的想法了。”陆霏霏心里说道，“可是，不管怎么说，这么大的事，你总该和我商量一下啊。不商量也行，临行时告诉一声总该行吧？你这个狠……”

然而，任凭陆霏霏一个人怎么怨天恨地，朱玉仿佛凭空消失人间蒸发一般，连半点消息都没有。看看挨到了师范学校开学的日子，陆霏霏只好收拾行李，在父亲的陪伴下先去学校报到上学再说了。

不提陆霏霏是如何开学报到了，却说朱玉此刻正在离家100公里外的盱县的一个集镇上做起了当街卖画的生意。临走的时候，他给父母留下了一封信，告诉家人，自己去了外地，让他们不要寻找，也不要牵挂，自己已经是大人了，会照顾好自己的，等到自己生活安稳了，定当回来看望他们。信写好后，他便到街上的邮政局，把信投送了。自己也就一身轻松地走了。因为有过一次离家出走的经验，因此，对于这一次的离家出走，他在心里并没有多少的惶恐和不安，相反，外面的大千世界才是他梦寐以求的、施展抱负的舞台。只是，正如一句话说的那样：理想是丰满的，现实是骨感的。

朱玉落脚的这个镇叫天水镇，是盱县风景名胜之地，山水秀丽，风景绝佳，是个不可多得之地。境内几座高度不过百十米的小山环绕着十多平方公里的天然湖泊，湖泊里的水终年清澈如许，水草荡漾，鱼虾潜底，鸟儿飞翔，真是个避暑观光之所。更妙的是湖畔的山上有一座千年古刹，飞檐翘角，曲折回廊，更兼那古木参天，梵声缭绕，成了远近香客争相前来顶礼膜拜的场所。小镇就在山脚之下，前有碧水，后有名山，规模虽然不大，却也人烟稠密，房舍错落有致。街道上除了镇政府门前的道路铺上了水泥路外，其他的小巷弄里基本上都是清一色的长条石板铺地，这些石板大多取自附近山上开采出的石料，年代久远，历经沧桑。沿着青石板路，两侧是各式的民居，有的是清一色的石头房，除了木门、木窗之外，其余基本上都是石头砌成的。当然，其间也会夹杂着具有现代气息的白墙红瓦的楼房之类的建筑，虽然和那些原民居的模样不同，却也风格相融，不显突兀。在小镇的中心区域，是镇政府所在地，青石垒成的门楼，石块砌成的围墙，墙体一律用白灰粉刷，上面彩绘该镇独有的湖泊、古刹美景，让人看了以为是到了一个文化场馆似的，一点也看不出是政府机关所在地。政府大门的外面是一个不大的广场，广场四周散落着一些老式的商铺，商铺里摆满了各式的生活用品，更多的却是本地的特色产品和文化旅游商品。当地人善于就地取材，用湖中的芦苇就能编出凉席、太阳帽、花篮之类的物品。用山上的枫叶之类，就能在一张白纸上勾勒出了山鸡、野兔等小动物的形状，活灵活现，惟妙惟肖。用地上知了褪出的空壳，就能加工出各种猴子的造型，真是让人忍俊不禁，拍案叫绝。

朱玉初来的时候，一眼就相中了这里，但他囊中羞涩，付不起店铺的租金，就只好在一个修自行车摊位人的旁边摆了一个小木头椅子，让顾客坐在上面，自己坐在一块砖头上给人画画。晚上，没钱住旅馆，就蜷缩在修车人的木棚子里。修车人看他可怜，就从家里给他取来了一件沾了黑色油污的军大衣，让他晚上裹在身上取暖。

为了打开局面，白天摆摊的时候，朱玉就把自己平时画的一些伟人画像和风景画挂在一根铁丝上，见到有人过来观看了，就凑上前去问道："你要画画吗？五毛钱一张，很便宜的。"被问的人大多数时候都会摇摇头表示拒绝，运气好的时候，一天中也会有两三个人带着不信任的表情坐在那张小木椅上，不耐烦地一会儿催一遍："画好了没有啊？你到底会不会画啊？"每当这个时候，朱玉总是一手夹着画笔快速地在画板上勾勒着，一手做了一个标志性的动作，把手微微地向上一扬，自信地说道："放心吧，包你满意。"当看到顾客拿到画像一脸惊讶的表情时，是他最开心的时候。当然，他也有不开心的时候。有几次，本地的几个小混混来找碴，有时把他放在地上装钱的铁盒子都抢跑了，有时把他挂在铁丝上的画都扯坏了，有时还把他按在地上揍了一顿……每当这个时候，他从来不还嘴，也从不还手，更没有流过一滴眼泪。因为在他看来，这些苦痛都是小儿科，是成就大事过程中必备的科目，如果没有这些佐料，将来成功的那顿大餐一定会逊色不少。

心中唯一让他牵挂的，夜不能寐的，就是他的陆霏霏。本来，朱玉是要和陆霏霏一起考取师范学校的，能和她一起学习、生活，乃至终生厮守，都是他最最幸福的梦想。他爱陆霏霏，从他在那条上学的路上第一眼见到她始，就深深地爱上了她，虽然当时的他和她都还是个上初中的学生，根本不懂得什么叫爱情。但是，那个时候的年龄，正处于情窦初开的季节，这个时候的情感纯洁得就如新生婴儿的一双明眸，容不得半点的杂物，更如春日的山泉，清澈见底，一览无余。有一次，陆霏霏问他：“你为什么想起来送画给我？”朱玉不知道怎么回答才好，因为，在他懵懂的意识里，只知道自己每天都非常想见到她，哪怕只是远远地看到她的背影，心里都会得到极大的欢愉。每一天清晨，睁开眼睛的时候，她的身影就会悄悄地潜入他的脑海里，晚上临睡觉的时候，她的身影依然还停留在他的记忆里，真正是挥之不去，驱赶不了。一度朱玉都怀疑自己是不是生了毛病，或者是精神上出了什么问题。直到他读到了李清照的词“一种相思，两处闲愁。此情无计可消除，才下眉头，却上心头”时，才忽然醒悟：原来自古痴情古已有之。他对陆霏霏说道：“我也不知道为什么要送画给你。”其实，这还需要答案吗？当然不需要，需要的是你懂我懂就行了，虽然，他们之间从来没有说过什么，但两人却都把彼此当作了知己，一个心有灵犀一点通的知己。

做出弃学的决定，朱玉的内心是极度矛盾的，一方面，考取师范美术专业，是他实现自己既定的目标，也是将来从事自己喜欢行业的基础；一方面，考取了师范，就能和陆霏霏在同一所学校，每日朝夕相处，形影不离。可是，在人生的第一个十字路口，人生跟他开了一个大大的玩笑，让他的人生航向发生了偏移，再也回不到原来的道路上了。本来，他和她是携手站在同一条起跑线上，只等着发令枪响，两人就共赴未来，奔向幸福。而现在，情况截然不同了，枪是响了，他却中枪倒下了。而她，却依然光艳地奔跑在赛道上，离成功的终点越来越近了……如果选择去上县中，固然是好的，但是，那口黑锅他就要背上一辈子。一辈子的背负，于一个刚刚毕业的初中生而言，是不是太过沉重了。“不能，绝不能。我朱玉最讨厌别人来规划自己的生活，那不是我。我自己的路，我自己走，哪怕是摔得头破血流，我也心甘情愿。因为，路是我自己选择的，无怨无悔。”他终于自己对自己下定了决心。

临行的前夕，朱玉内心的矛盾不仅没有得到缓解，而且还不断地升级。“到底要不要去告诉她呢？”在心里面，他一遍一遍地问自己。如果自己就这样冒冒失失地走了，于陆霏霏而言，实在是太过残忍了。然而，去了又会怎么样呢？显而易见，凭自己对陆霏霏的了解，她一定会拼死阻挡，甚至可能采取一些不计后果的方法。果然如此，那么他的一切努力都会前功尽弃，荡然无存了。“心不狠，不足以成大事，情不断，终会被情所困。”罢，罢，罢，还是不见为好。然而，话虽然这么说，朱玉在走前的那个晚上，还是一个人偷偷地溜到了陆霏霏的家门口，贼也似的藏身于她家门前的那条幽僻的小巷子里，看着陆霏霏的身影在门前进进出出的，有一次，他看到她离开家门到隔壁的杂货店里去买东西时，他差一点忍不住要喊出口。话到嘴边，还是硬生生吞了回去。一直到夜阑人静、万籁俱寂之时，陆霏霏居住的二楼房间灯光熄灭以后，朱玉才一步三回头、恋恋不舍地走了。走时，恰是月满西楼时，两行清泪顺着朱玉的面颊，悄然地滑落了下来。正是：行行重行行，与君生别离。想去万余里，各在天一涯。道路阻且长，会面安可知？

“此生不能出人头地，绝不回家乡。霏霏，相信我，我一定不会让你失望的。”这个信念，一直是朱玉苦苦支撑下去的精神支柱，更是他追求美好未来的原生动力。在艰难的初创之初，他给自己立下了处世立业的三条规矩：第一，不做违法乱纪之事；第二，不坑蒙拐骗；第三，坚持与人为善。这三条规矩，朱玉一直恪守着，奉为“三大法宝”，也成了他为人准则和信条。在这三条准则的约束下，朱玉的名气渐渐地在天水镇传开了，也为他人生的下一个转变埋下了伏笔，打下了基础。

一个初冬的午后，太阳暖暖地照耀在广场上。朱玉的小摊位前面没有什么顾客，他就一个人坐在一板凳上埋头看着一本徐悲鸿画集。此时，朱玉的住宿条件有了一定的改善，那位修自行车的师傅刘大爷看他可怜，就自愿将自己的车棚让给了他，自己挪到了隔壁的一块空地上，还帮着他把四边芦苇扎成的墙用木板加固了一层，帮助装上了一个门板门。朱玉自己找了几块木板，用一些旧砖头垫在下面，再铺上一些稻草，就成了很好的一张床了。朱玉自己又购置了一个炭炉和简单的锅碗瓢盆，解决了基本的吃饭问题。镇民政办的工作人员听说了他的情况，为他抱来了一床棉被和一件军大衣。这样，朱玉终于有了属于自己的小天地了。

一位五十多岁的、身材魁梧的长者穿着一身笔挺的藏青色呢子中山装，倒背着手，慢慢地踱到了朱玉的摊位前。他站在那一排挂在铁丝上的画像前，一幅一幅仔细地端详着。刚开始的时候，朱玉没有注意到来人，时间长了，引起了他的注意。他站起来走到老者面前，恭敬地问道："大爷，你喜欢哪一幅画呀？"

老者没有答言，而是把头又往画前伸了伸，看得十分专心。尔后，他回过头来，盯着朱玉的脸，指着一副天水春色图，问朱玉道："小鬏啊，这张画是你画的吗？"

"嗯的，大爷。"朱玉态度谦逊地回答道。

"这些都是你画的？"老者指了指挂在铁丝上的一排画作，问道。

"嗯的，大爷。"朱玉说道。

"那你多大了？小鬏啊，看你还是个学生吗。"老者说道。

"我二十了，大爷。"不知为了什么，朱玉虚报了自己的年龄，怕年龄太小被人瞧不起。

"噢，不大，还没到小鸡弹绒的年龄呢。"老者笑着说道。

朱玉没听懂老者的话，又不好细问，只好说道："大爷，你喜欢哪一幅画呀？"

老者指了指那幅天水春色图，问道："小鬏啊，你这幅画多少钱啊？"

朱玉问道："大爷，你为什么喜欢这一幅画呀，你说说吗！"

老者说道："此画乍一看去，和其他的山水画似乎没什么不同，但其构图之奇巧，用笔之简约，都有大家之风范，真看不出它竟然出自你的手，想必你一定得到过大师的指点？"

朱玉谦恭地说道："大爷你过奖了，我哪里得到过大师指点，只不过是信手涂鸦，以后还望大爷多加指点一二才好。"

老者听了，满意地点了点头，说道："孺子可教，孺子可教。"

朱玉说道："大爷，如你不嫌此画粗鄙，愿将此画转送给你，也不负遇到有缘人一场。"

"你真舍得？"老者问道。

"果然舍得。"朱玉一边说着，一边将画从铁丝上取了下来，卷好后，送到老者面前，"大爷你收好。"

老者也不客气，收下画，略略拱拱手，说道："承蒙割爱。"说完，径自走了。

望着老者离去的背景，朱玉若有所思地一言不发。隔壁修车的刘大爷看到了这一幕，一边干活，一边大声地对朱玉说道："小朱啊，你知道他是谁吗？"

朱玉回答道："我哪知道呀，他又没有自报家门？他是谁呀？"

刘大爷说道："你连他都不认识啊？他就是我们镇最大的文化人，镇文化站站长李大军，棋琴书画样样精，吹拉弹唱个个会，人称文曲星下凡，名气大着呢。你呀，没事要多朝他那边跑跑，保证让你没亏吃。"

朱玉听了，也没有当真，不置可否地笑了笑，就转头招呼其他顾客去了。

一个星期后，文化站长李大军又来找朱玉了。这一回，他不是来买画的，而是邀请朱玉上他家做客的。

"小朱呀，明天是星期天，中午到我家去喝两杯，怎么样啊？"李大军说道。

"这，这怎么好去打扰呢？"朱玉听了，有点难为情。

"这怎么叫打扰呢？我反正都是一个人住，算不上打扰，你能去陪我说说话，我还要感谢你呢。好了，就这样说定了，明天我在家等你。"李大军说完，也不管朱玉同不同意，就双手背在背后，踱着方步慢悠悠地走了。

李大军走后，朱玉拿不定主意明天是去还是不去，就和修车师傅刘大爷商量。

"这是好事啊，还要问吗？"听了朱玉的话，刘大爷头也不抬地说道。

"他为什么非得要我去他家呢？我又跟他不熟悉。"朱玉说道。

"你哪这么多'为什么'？要我说啊，他八成是看上你了，你还不赶紧顺杆子就上？这年头，能被李大军看上的人不多。小子，你要走狗屎运了。"刘大爷笑着说道。

"那我要注意点什么？"朱玉问道。

"顺毛抹呗，人都喜欢听好话。噢，想起来了，他喜欢吃马头羊肉汤和漂母饼，你明天想着带一点。"刘大爷眯着眼睛想了一下，说道。

"哪里有卖的？"朱玉问道。

"靠中心小学的大门口有一家老牌'马头牛羊肉馆'，每天有牛羊肉汤和漂母饼卖，天天不够卖，你要早点去。"刘大爷说道。

翌日。临近中午，朱玉穿了一身出门才穿的天蓝色滑雪衫，脖子上围了一条白羊毛织成的围巾。这条围巾是陆霏霏花了一个月时间织成送给他的，离家的时候，他特意把它带在了身边，看到了围巾，他就能感受到了陆霏霏的温暖。朱玉手里提着一个白色塑料袋，在刘大爷的指点下，来到离镇政府不到一公里外的紧临湖边的一个小村子里。这个村子不大，沿湖居住着十来户人家，房屋大多是粉墙黛瓦的徽派建筑，和周边的湖光山色浑然一体，俨然成了一处绝佳的世外隐居之地。

在一处长着几疏冷竹、几株广玉兰的庭院门口，朱玉停下了脚步仔细地打量着。这是一座中式的宅院，白色的围墙上覆盖着黛色小瓦，门楼飞檐挑角，高大气派。两扇大门用朱漆刷之，上面钉着几排金光闪闪的铜铆，显得十分的厚重。大门两侧的门柱上挂着两副雕刻在木板上的对联，上联是：朗月清风怀旧宇，下联是：残山剩水读遗诗。朱玉读罢，心中暗暗笑道："诗是好诗，只是太过清凉了。"

看罢对联，朱玉抬手拍打大门上的铜环，须臾，李大军的声音从院内传了出来："来了，来了。"

随着"吱呀"一声门响，李大军探出半个身子，热情地把朱玉迎了进去。

朱玉把手中提着的袋子递到李大军面前，抱歉地说道："大爷，第一次来也没带什么礼物，只是带了一份马头羊肉汤和漂母饼，给你解解馋，实在不好意思啊。"

李大军先是一脸的意外，然后笑着说道："我这一点小爱好你都知道了，真是有心，难得，难得。"

李大军一边接过朱玉手中的袋子，一边把他往里让，还不忘给他介绍自己家的庭院布置情况。

这是一座典型的三合院式住宅。进了院子，东西两侧各建有一排厢房，正北是三间主屋，四周用回廊连接。院子中间挖了一个约一百平方米的水池，池子边上配有太湖石垒成的假山，中间还零星点缀着几块造型奇特的灵璧石，摆着几只描金绘龙的水缸，上面长着崖柏、黄杨之类的植物。主屋门口的前边是一块伸向水池的木质平台，上面建有一个小小的八角亭子，亭子里面摆放着一套圆形的石桌、石凳，石桌上面放着一副刚下了一半的围棋，黑白棋子缠斗正酣，犹如还能听到千军万马呼喊厮杀之声。主屋是一座二层小楼，一楼是厨房、客厅和工作室。宽敞的工作室里挂满了国内名人字画，中间摆放着一张香樟木做成的工作台，台上放着一堆堆买来的宣纸和毛笔、砚台之类书写的东西，一旁的画缸里堆满了一卷卷字画。

“大爷，你还写书法呀？”朱玉好奇地问道。

“写着玩的。”李大军谦虚道。

“有空给我也写一幅吧？”朱玉小心翼翼地请求道。

“好呀，现在就写。”李大军兴致很高地在工作台上铺开一张宣纸，挑了一只中号的毛笔，饱蘸了墨水，笔走龙蛇，一气呵成，写下了“天道酬勤”四个遒劲有力的大字。朱玉看罢，击掌赞道：“果然笔法老练，名不虚传。”

李大军放下笔，笑道：“好久不写了，手有点生了。”

说话间，李大军把朱玉让到了会客厅一张茶桌前坐了下来。这张茶桌是用了一色的花梨木做成的，两边摆放的四把木椅也是一色的花梨木，做工十分的精细考究。一位十六七岁的小姑娘围着一个碎花围裙走了进来，手脚麻利地撤去了桌子上的茶具，端上了几碟做好的菜肴，有山笋炒腊肉、蘑菇炖山鸡、红烧鳜鱼、盐煮湖虾等。

“这些都是我们这里自己山上长的、湖里游的，没什么好招待的，只好将就吃些了。”李大军说道。

“没有，没有，已经十分名贵了，在我老家很少吃到这些东西。”朱玉说道。

“你的老家是什么地方的？”李大军一边打开一瓶白酒，一边漫不经心地问道。

“在天鹅湖边上，一个小地方。”朱玉回答道。

“那是淮阴县了？”李大军问道。

“是的。”朱玉说道。

“淮阴名气可大了，记得当年一个徐州人和一个宿迁人打架，正打得不分胜负的时候，来了一个淮阴人。这个淮阴人是一个很有本事的人，他要是帮了徐州人，那么徐州人就夺得了天下。他要是帮了宿迁人，那肯定是宿迁人得了天下。后来啊，你们这个老乡就帮徐州人一起打那个宿迁人，后来才一统天下，建立了大汉帝国。也正是从大汉开始，我们中国人才始称汉人。从这个意义上来说呀，一个淮阴，就是半个中国史呢。何况，你们淮阴本身历史就很悠久，从秦朝时就开始置县了，真不愧是历史底蕴厚重的地方，她每一寸土地都有一段故事，每一滴运河水都是文化的传承啊。以后有机会，我一定要去看看，看看古清口，去一下韩侯祠，走一走胯下桥，拜一拜漂母墓……如果时间允许的话，还要去郑文英墓去凭吊一下，再去钓鱼台去试一试身手呢。”李大军谈起淮阴来竟然如数家珍，娓娓道来。

“大爷，你对淮阴怎么这样了解啊？”朱玉好奇地问道。

“这就说来话长了。来，我们边喝酒边聊。”李大军给自己和朱玉面前的酒杯里一一斟上酒，“我这个酒啊，你在市场上买不到的，是我自己酿造的。用的是这湖边种的高粱，加上从高沟酒厂请来的酿酒师亲自指导，才酿造出人间一品美酒。因为我们这个湖叫天水湖，所以，我就把这个酒称为‘天水湖高粱酒’了。来，尝尝，看看是什么味道？”

朱玉端起酒杯，心里有点犹豫，在此之前，他可是从没有沾过酒的。看到李大军已经喝了，他只得硬着头皮一口干了下去。顿时，只感到一条火舌从喉咙口，一直舔到了胃里，火辣辣的灼人。朱玉被呛得连连咳嗽，鼻涕眼泪全下来了，样子十分的狼狈。

李大军见了朱玉的样子，哈哈大笑，问道：“你以前没喝过酒啊？”

朱玉有点尴尬，抹了一下眼泪，笑道：“没有呢，以前光是读书，没敢喝酒。”

李大军听了，才恍然大悟道：“对对，读书的孩子喝什么酒啊？现在没事了，你又不读书了，可以放开量喝了。”

朱玉说道：“我才喝第一杯，头就有点发晕了。”

李大军笑道：“醉过知酒浓，爱过知情深，醉一次，酒量大一次，我们都是这样过来的。来，人生总会有第一次的，既然开始喝了，就不妨一醉方休。”说着，就要给朱玉斟酒。

朱玉见了，忙欠起身把酒瓶抢到了手，先给对方满上，最后才给自己斟上。就这样，两人你一杯，我一杯，边喝酒，边聊天，相谈甚欢。聊天中，朱玉得知，李大军原先是上海人，父母都是大学教授，高中毕业后来到盱县当知青插队，被分配到天水乡公所做了通讯报道员。后来，在天水娶了当地党委书记的女儿，妻子在县广播电台做播音员。在天水安下了家，李大军的仕途也一帆风顺，逐步做到了乡公所的文化站长至今。国家落实知青政策后，李大军因父母都已先后去世，就没有再回上海。自己婚后育有两个女儿，一个在县中做老师，一个在县中读高一，一个星期才回来一趟。去年，妻子患病离世，家中就只剩下李大军一个人了。

“你是怎么到我们这来的？家里都有些什么人啊？”酒过三巡，菜过五味，李大军打开的话匣子再也关不起来了。

朱玉见问，就把自己的情况简单地跟李大军介绍了一下。

李大军听罢，半天没有言语，几杯酒下肚，他才悠悠地问道：“你现在吃了那么多苦，有没有后悔当初的选择？”

朱玉听了，认真地回答道：“我虽然年纪小，但我做事从来不后悔，在我的字典里就没有‘后悔’这两个字。”

李大军听了，脸上露出了赞许的神情，说道：“小朱呀，你很有我年轻时的影子。我当年离开上海的时候，父母都不放心，尤其我那母亲，哭得像个泪人一样。我背起包裹，头也不回地就走了，一滴眼泪都没有掉。男子汉大丈夫，有什么好哭的？我没有后悔。我和妻子结婚时，父母都反对，我还是执意结了婚，我至今都没有后悔。落实知青政策时，我没有回上海，没有后悔。父母去世后，我没有留下父母的房产，没有把户口迁回上海，我没有后悔。现在，我老了，女儿们让我到城里去住，我没听，舍不得这里的山水，虽然这里的条件没有城里好，可我还是没有后悔。人的一生太短了，哪有那么多时间后悔？如其后悔，还不如大不了从头再来。干，永远比说来得实在。所以呀，我欣赏你，敢想、敢说、敢干，是个与众不同的小家伙。”

朱玉听了，心里受到了鼓舞，从小到大，还没有哪个人对他的一些不合常理的想法如此肯定呢。他真诚地说道：“大爷，你待我比我父亲还要好。”

李大军听了，仰头哈哈大笑，说道：“那我就认你做我干儿子吧，怎么样？”

朱玉听了，立马站了起来，端起酒杯说道：“那我敬干爹三杯。”说完，仰头干了一杯，接着又连干了两杯。

李大军看了，心里十分的受用。他招了招手，让朱玉坐了下来，说道：

“好，朱玉呀，既然你已经认了我这个干爹，那我也连干三杯，我们就把这事定下来了。”说完，果然也接连喝了三杯酒。

这时，厨房里传来了那位小姑娘菜刀剁菜板的“咚咚”声。

“那个姑娘是谁啊？”循着声音，朱玉看了一眼小姑娘的背影，问李大军。

“你说谁呀？”李大军此时已经喝了不少酒，正是眼饧耳热之际，顺着朱玉的目光看了厨房一眼，“她呀？她是隔壁韩三婶家的三丫头，叫韩春燕，今年初中刚毕业，没有考上高中，就在我们中心小学的校办厂打工，挣几个生活费。平时不忙的时候，韩三婶会叫她来帮我做做家务什么的。今天因为你要来，我就让她早点下班来帮我掌掌勺了。你甭看她年纪小，做菜的手段还顶呱呱的呢。”

正说着，韩春燕穿着一件藕色碎花小棉袄，腰间系着一条红色围裙，步履轻盈地端了一碟掌鸡蛋走了过来。

“燕子，你也坐下来，来喝两杯。”李大军招呼道。

“我哪会喝酒啊？李叔。”韩春燕笑吟吟地说道，“我刚刚剁了排骨，正在烧排骨汤呢。”

“先在锅里炖着，你先坐下来，告诉你一个天大的喜事。”李大军兴冲冲地给韩春燕摆上了杯筷，刚准备倒上酒，被她一把抢过了酒瓶。

“哪能让你倒酒呢，李叔。”韩春燕一边娇羞地一笑，一边把自己的酒杯倒了浅浅的一杯，“什么喜事啊？李叔，讲出来听听呗。”

李大军冲着韩春燕说道：“你把酒杯先端起来，敬一下你干哥。这是我刚刚认的干儿子，朱玉，也是你的干哥。怎么样，这酒该不该喝？”

韩春燕听了，早端起了酒杯，双手捧了，举到眉梢，莞尔一笑，敬朱玉道：“早听李叔回来夸你呢，说你是貌若潘安、宝玉重生，今日一见，果然不假。在我们这十里八乡的，要想找出像你这样的人物，恐怕也是难上加难了。我听李叔的，先敬干哥一杯，以后还望干哥多照顾。”

李大军见了，笑道：“好，好，好，以后你干哥就住在我家了，照顾你的机会多着呢。”

二十四

一顿酒喝过后，文化站长李大军执意要让朱玉搬到他家居住，理由是朱玉已经是他的干儿子了，如果还住在那个修车棚子改建的临时住所，会有损他李大军的声誉和形象。另外，朱玉也不能再在原来的小棚子前面摆摊了，那个地方太寒酸，不能让朱玉这样的人才尽情地施展自己的才能，更不利于天水镇对外开展良好的文化交流。于是乎，在李大军的一手操办下，朱玉不仅入住李大军的家中，而且还把画室搬到了镇文化站临街的两间门面房里面。至于租金什么的，李大军在经过请示镇长后，对朱玉的回复是：三年免租金，以后视经营收入实际情况再定。

门面房的问题解决了。但是，一个更大的问题出现了：没有钱装修！

“钱的问题你不用担心，有我在，难不成会让你去当掉裤子？”李大军安慰朱玉道。

接下来的几天，李大军找到了镇农村银行的主任黄玉斌，邀请他到家里喝酒。

“老李哟，你这个人啥都好，就是有一条不好，我来天长镇工作那么长时间，你都没有请我喝酒。今天太阳从哪出来的，你这个大文人请我来家喝酒了？”酒席间，三杯酒下肚，黄主任开始调侃起了李大军。

听了黄玉斌的话，李大军笑道：“你这个金融大佬，哪是什么人都能随随便便请得动的？再说了，整天围绕在你身边的人，不是富商，就是小姐，不是有一句话吗，叫作：‘白天跟着酒杯转，晚上跟着裙子转’吗？你说我这一个糟老头子，要官没官，要钱没钱，平时你都懒得搭理我，我要请你吃饭，你能肯来吗？”

黄主任听了，正色道：“诶，这说哪里话？凭你李站长的为人和名气，这十乡八里，想巴结还巴结不上呢？那些老板、商人，铜臭气太重，哪有你们这些文化人，骨骼自带一份清奇，禀赋更有一份傲气，非常人可比。和你们在一起久了，自己都觉得身上多了一份儒雅之气。你说，你请我吃饭，我能不来吗？打死我都要来。”

李大军听了，对一旁陪酒的干儿子朱玉说道：“朱玉啊，黄主任能来我们家吃饭，是给了我们天大的面子了，一般人是请不动他的。今天哟，你一定要把黄主任陪好了。”

朱玉说道：“干爹放心，我虽然不会喝什么酒，但我今天宁愿醉了，也要把黄主任陪好。”

于是，一番推杯换盏，氛围渐入佳境。

“老李哟，我们都是比亲兄弟还亲的人，你以后有什么需要我两肋插刀的，尽管吩咐。”黄主任半斤酒下肚，讲话越来越豪气。

“也没什么大事，都是些小事。”李大军说道。

“我们兄弟之间无小事，你的事都是大事，说，说。”黄主任睁着已经开始泛红的眼睛，逼问着李大军。

“就是，就是朱玉想贷点款，把他的工作室装修一下，他才出道，手里也没有多少积蓄，就想请兄弟帮帮忙。其他的，都是更小的事，就不麻烦兄弟了。”李大军说道。

“请黄主任关关心。”朱玉也赶紧跟着说道。

黄玉斌睨了朱玉一眼，说道：“你这模样还挺俊的，要是一个女的，凭脸蛋就能吃饭了。你说，你要多少？”

朱玉老老实实地回答道：“一万。”

黄玉斌拿过一瓶没开盖子的天水湖高粱酒，去掉了瓶盖，放到了朱玉的面前，说道：“你只要把这一瓶酒一口干了，我给你二万。”说完，直愣愣地盯着朱玉的眼睛，一句话也不说了。

李大军听了，顿时愣住了，一时不知如何是好。朱玉抓起酒瓶，望着黄主任，一字一顿地说道：“此话当真？”

黄玉斌答道：“绝无戏言。”

朱玉没有再说话，只是举起酒瓶，把瓶口含在嘴里，一仰脖子，“咕噜、咕噜”地猛灌了起来。

这时，早已走进餐厅听他们说话的韩春燕，见此情景，赶紧跑到李大军的身边，摇着他的胳膊，着急地小声说道：“李叔，怎么办呀？”

李大军轻轻地拍了拍韩春燕的手背，小声地安慰道：“甭急，不会有事的。”

这时，朱玉已经把一瓶酒喝得露了底。他把酒瓶倒过来举到黄玉斌的眼前，模模糊糊、口齿不清地问道：“怎么、怎么样啊？算、算、算不算数啊？”

黄玉斌看着朱玉一双瞪得血红的眼睛，吓得头像小鸡啄米似地点道：“算，算，算，当然算了。”

朱玉听了，眼睛一闭，身子一下子像是被人抽去了脊梁骨似的，顿时软瘫在地上，不省人事了。众人见了，都一下子惊跳起来，跑到朱玉身边察看情况。

“快，快送医院。”李大军喊道。

从医院回到家里，朱玉在床上整整躺了三天。这三天里，韩春燕寸步不离，悉心地照料。第四天，朱玉才恢复了正常。李大军逢人便夸：“我那干儿子，邪种！”

事后，朱玉去找黄玉斌，黄玉斌以最快的速度完成了货款的各式手续。黄玉斌拍了拍朱玉的肩膀，一脸讨好地说道：“小老弟，后生可畏！等到你发大财的时候，甭净自己吃肉，连汤也不给我喝呀。”

货款到手后，在李大军的相助下，朱玉仅仅用了一个月的时间，就完成了“朱玉画廊”工作室的装修工程。开业的日期，李大军和朱玉商量，特意选在农历腊月二十二。进了腊月门，农村基层干部的工作基本上已经告一段落，剩下的就是开春过后的事情了。干部们也乐得在这一段忙年的时间里，过一段惬意的个人时光。因此，在这个时间段请人上门捧场，一般情况下都不会拒绝的。那一天，李大军简直把开业典礼办成了天水干部聚会的专场。除了镇党委书记因有事到县上开会而外，从镇长、三套班子成员，到镇七所八站的站所长和十五个村的支部书记，悉数到场。李大军还别出心裁地让自己在县中做音乐老师的大女儿李濛从县中请来了女教师时装表演队，进行了一场现实版的真人时装表演。那个时候，时装表演甭说在农村，即使在城里，也是一个稀罕的东西。姑娘们穿着各式艳丽的服装，迈着踩着点儿的猫步，一个扭头，一个回眸，就能惊倒现场围观的一大片男男女女，引来一波波惊叫声。李大军嫌这样还不够热闹，干脆把自己平日里组织起来的几支文艺表演队准备过年会演的节目也拿了出来，几支队伍从大清早就开始了踩街行动，喧天的锣鼓差点把天水镇掀了个底朝天，也让全镇的老百姓早早地进入了过年的氛围，也让他们享受了一顿丰富的文化盛宴。

经过这一场折腾，朱玉的名字一下子红透了整个天水镇，到了谁人不知、无人不晓的程度，无论走到哪里，都会有人认出他来。迎接他的，有真心的赞许、有表面的奉承，更有隐约的妒忌。这是后话。不过，朱玉的工作室生意渐渐红火了起来，倒是人人皆知的事实。他不仅给人画像，而且还开设辅导班，专门给小学生们进行美术方面的启蒙教学，一下子给他带来了人气，很多望子成龙的学生家长托关系、走后门，变着法子想把自己的孩子送到他的工作室来学习。孩子学得怎么样并不重要，重要的是孩子从小就接受了艺术的熏陶，认识了像朱玉、李大军这样的文化人才是最重要的。

眼看着事情越来越多，朱玉一个人有点招架不了，李大军就给他出主意了。

“要不这样吧，你把韩春燕叫过来，给你打打下手，省得你一个人忙得够呛。”一天晚饭后，李大军把朱玉留在客厅里说道，“这个丫头不错，是我看着她长大的，样貌儿俊，心地也实在，给你做帮手，肯定错不了。”

“人家在企业上班好好的，突然间把她摘下来，会不会不高兴啊？”朱玉有点担心地问道。

“怎么会呢？这种好事别人想都甭想，她怎么会不情愿呢？”李大军安慰道。

“不是，关键是她的收入就减少了，我给不了企业发给她的工资啊。”朱玉说道。

“什么工资不工资的？一家人谈什么工资？”李大军说道。

话虽这么说，但该说的话还是要说的。两天后的一个傍晚，在朱玉的工作室里，朱玉在忙着收拾孩子们上完课后的桌椅时，韩春燕赶过来帮忙。朱玉问道：“你老是这样来帮忙，我挺过意不去的。”

韩春燕笑道：“都是抬抬手的事，又不费什么事，有什么过意不去的？”

朱玉问道：“你在单位里每月能拿多少工资啊？”

韩春燕答道：“我们校办厂是计件工资，每个月拿多少要看你做了多少，都是不一样的。”

朱玉问道："那你正常能拿多少？"

韩春燕回答道："不多，平均起来也就80元左右吧。"

朱玉问道："乡镇企业都是这样，工资都不是太高。那你想过要出来干吗？"

韩春燕反问道："我出来能干什么？自己初中才毕业，没什么文化，什么也不会呀。谁会要我呀？"

"这个也不一定啊，我也是初中才毕业，不是照样可以出来闯天下吗？"朱玉说道。

"我哪能跟你比呢？我听李叔说，你也算是一个官二代了，只是受了委屈，自己不愿让人摆布，才自己跑出来单干的。再说了，以你的本事，这天底下也没有几个人比得上你的。"韩春燕说道。

"打住，打住。"朱玉忙阻止道，"千万不能这样说，要是传出去了，我会被人笑掉大牙的。这世上有本事的人太多了，哪能数得上我朱玉，我只不过是出来混口饭吃的罢了。从此往后，再不许说这样的话了，听见没有？"

"本来就是，干吗不让说？"韩春燕噘着嘴，有点不高兴。

"算了，算了，我问你一件事，如果让你从校办厂下来，到我这儿来，你干不干？"朱玉忍不住直接挑明了话题。

"是你的想法呢，还是别人的想法呢？"韩春燕俏皮地反问道。

"是干爹的意思。"朱玉实话实说。

"噢，是李叔的意思，不是你的意思？"韩春燕问道，"那你是不想让我来了？"

"我是怕你受委屈，我给不了你那么高的工资。"朱玉说道。

"我是那种爱钱不要命的人吗？"韩春燕说道，"钱都好说，有钱就多给点，钱少就少给点，实在没钱不给也行，就当我在你这儿学徒的。怎么样，这样回答你满意了吧？"

朱玉听了，一脸的哭笑不得，却也无可奈何。就这样，韩春燕正式成为了"朱玉工作室"的一分子了。有了韩春燕的帮衬，朱玉有了更多的时间来谋划工作室的业务拓展了。经过一段时间的市场调研，他得出了一个结论，就是这里的照相业务十分匮乏，集镇上的人要想照一张照片，往往要跑到五十多里外的县城照相馆，来回一趟要花费半天的时间。如果能在工作室里再添加一个照相的业务，那生意一定错不了。

晚上，到了家里，朱玉把这个想法和李大军一说，李大军用手拍着自己的脑袋，说道："对呀，我怎么就没有想到这一点呢？"有了李大军的支持，朱玉的信心更足了。

说干就干。第二天一早，朱玉就去了省城，晚上回来的时候，带回了一大包东西，什么照相机啊、镁光灯啊、胶卷和洗影液之类的，都一股脑儿地买了回来。不到三天，工作室的照相业务就正式对外营业了。朱玉本是画画出身，对照相图片的构图、光影的拿捏都有自己独到的见解，出自他的手拍出来的照片，其实往往已经不是普通的一张照片了，而是一件艺术品了。他选择了一些自己十分满意的作品挂在橱窗里，公开地对外展示，不出所料地引起了轰动。一下子，一传十，十传百，十里八乡都知道集镇上有了一个照相馆，都扶老携幼，争相前来照相图个新奇。尤其是要结婚的新人，都把能到"朱玉工作室"拍上新婚照，当成了首选节目。

朱玉工作十分辛苦，为了方便偏远山村群众的照相需求，他还常常一个人骑着一辆新买的凤凰牌自行车，带着照相器材，深入到最难行走的村庄去拍照。朱玉拍照有一个特点，就是对没钱来照相的人，他也一样热情接待，以后给不给钱，他都不会计较的。正因为这一点，十里八乡的村民都记住了他的好，当地的人们只要一提起他，都会忍不住竖起大拇指，连连说道："这小鬏，不错！"

镇里派出所的警察听说了朱玉的事情，主动派人找到他，把全镇全体居民拍摄户籍照的任务交给了他。这一任务的完成，虽然耗费了他几个月的时间，但也为他带来了丰厚的回报。名声出去后，社会上慕名找他去拍照片的单位和个人就更多了。一度时间，让他应接不暇，疲于应付。

即便如此，朱玉还是不敢掉以轻心，一直尝试着为照相这项工作注入新鲜的血液。为此，他不惜血本，更换了照相器材，将黑白相机换成了彩色相机，还迎合社会上掀起的古装戏电影热潮，亲自绘制了彩色的七仙女、花木兰、穆桂英、唐伯虎、杨宗宝等人的古装戏背景幕布，留出脸部的空白，让拍摄的人站在幕布的后面，把脸露出来，就可以拍到一张十分满意的光彩夺目的古装照了。这一系列复古照片的推出，无可置疑地在社会上刮起了一股崇古旋风，带动了俊男靓女学习民族传统戏曲的热情。当然，朱玉在无意间推动中国传统文化发展继承的同时，自己也赚得盆满钵满，令人意想不到地在短短的一年时间内就还清了所有债务。

从银行结清所有手续的那天，正是周末。晚上，朱玉在干爹李大军的家里举办了一场小型的私人聚会，李大军、黄玉斌、刘大爷、韩春燕、李濛，还在县中读书的李大军的小女儿李欣也被请了回来。从一大早开始，韩春燕就到街上菜场采购食材，忙了一天，终于把一大桌子摆放得满满当当的了。看看人员都已经到齐了，朱玉就招呼韩春燕道："燕子，你也坐下来吧，准备开始了。"

"就来，就来，你们先开始。"韩春燕在厨房里扭过头来说道。

"快来吧，甭忙了，菜已经摆不下了。"李濛也催促道。

"来了，来了。"看到李濛发话了，韩春燕只得摘下围裙，来到餐厅的桌子前紧挨着李欣坐了下来。

看到众人都坐好后，朱玉端着酒杯站了起来，饱含深情地说道："今天把各位长辈、各位姐妹请到一起小聚，主要目的就是一个，感谢在座的各位没有把我这位外乡人当外人，在我最无助的时候，是你们伸出温暖的手接纳了我，让我成了你们的家人，感受到了家的温暖，没有你们，就没有我朱玉的今天。我的今天，是你们给予我的，我先敬你们一杯。"说完，一口把酒干了。

众人还在发愣时，黄玉斌先站了起来，对朱玉说道："你这酒不能这么喝，不能眉毛胡子一把抓，得先分出个层次来。"

朱玉还没答言，李大军先说道："你就甭为难朱玉了，他上次吃你大亏了，到现在还没恢复呢。"

李欣在一旁听了，不明就里，悄悄地问韩春燕。韩春燕附在她的耳边叽咕了几句，听得李欣眉开眼笑，不停地拿眼瞟向朱玉。

黄玉斌听了李大军的话，不以为然，说道："你就甭护着他了，该让他表达的心情还是要表达的。"

李大军无奈，只好说道："那就随你吧，不过，千万不能再像上次那样，把他喝得睡了几天几夜，我都快吓死了。要是出了什么意外，我怎么跟他那没见过面的干亲家交代啊？"

"你甭把我想得太坏，我不会害他的，他才多大啊，我能下得了手吗？要害也害你这样的老狐狸呀。” 黄玉斌笑道。

“好了，好了，甭拿我开涮了，你说怎么喝就怎么喝吧，反正我也说不过你。”李大军主动投降了。

黄玉斌听了，这才满意了，对着朱玉说道：“这样，你先敬刘师傅两杯，没有刘师傅的收留，你哪来的歇身之地？”

李大军听了，鼓掌道：“必需的，必需的。”

朱玉端起酒杯，来到修车的刘大爷身旁，眼圈泛红，深深地鞠上一躬，毕恭毕敬地说道：“刘大爷，恩深似海，无以为报，我敬您一杯。”说完，将杯中酒一饮而尽。

刘大爷赶紧站了起来，满脸惶恐地说道：“不能这么说，不能这么说，我也没做什么，担不起，担不起。”

“担得起，担得起，我一辈子都忘不掉您把车棚子让给我住的这件事情，不仅我不能忘，以后我的子孙后代都不能忘。”朱玉的眼泪不知不觉下来了。

刘大爷见了，手忙脚乱起来，不知道如何是好，就赶紧把手里的酒喝了，又按照当地喝酒至少两杯的风俗，自己又斟了一杯喝掉。因为紧张，酒洒了一半，把胸前的衣服都淋湿了。朱玉也跟着喝了一杯后，把刘大爷扶着坐了下来，回到了自己的座位上。

“现在应该敬第二个人了。”黄玉斌对朱玉说道，“敬你的干爹李站长了。”

“我们都是一家人，要敬也得先敬你啊。”李大军忙说道，“朱玉，来，端杯敬黄主任，没有黄主任把你的贷款批了，你拿什么装修，后来又怎么好搞照相？”

“好嘞，我先敬黄主任。”朱玉说道，端着酒杯来到了黄玉斌面前。

“不急，不急。”黄玉斌伸手拦住，对朱玉说道，“俗话说‘吃水不忘挖井人’，如果不是你干爹把你介绍给我，我怎么能认识你呢？即使认识了你，又怎么敢把一大笔资金贷给你呢？你一无身份，二无抵押，凭什么信任你呢？为什么，不就是你有一个人人敬重的好干爹吗？你说，你应不应该先敬你干爹？”

“‘一家人不拘常理’，怎么说我们都是一家人，你是客人，不敬你是说不过去的。”李大军说道。

朱玉听了，深以为然地说道：“干爹说的对，没有你给我的启动资金，我不会这么快就有起色的，还是应该先敬你。”说完，一仰脖子把酒干了。

黄玉斌见状，只好说道：“‘恭敬不如从命’，那我也干了。”说完，也把酒喝了。

朱玉连敬黄玉斌两杯酒后，又端着酒杯来到了李大军身边。李大军忙站了起来，端着酒杯说道：“来，我们爷儿俩喝两杯。”

朱玉一句话也没有说，只是默默地把酒喝了，回到自己的座位上坐了下来，脸上泪痕犹在。

姐姐李濛见了，对着众人说道：“朱玉弟弟喝到现在，连一筷菜还没有吃呢，让他歇歇吧，我来敬大家喝。”

黄玉斌听了，十分赞成，端起酒杯呼应道：“好，让朱玉先休息休息，我来陪大小姐喝。”

两个人端起酒杯，开始喝了起来。其他人见了，也都各自找了对家喝了起来。酒桌上一时觥筹交错，气氛热闹了起来。李濛几两酒下肚，话也多了起来。她端着酒杯来到朱玉面前，一只手搭在朱玉的肩上，醉眼蒙眬地看着朱玉的脸，问道：“小弟，你想过今后的路怎么走了吗？”

朱玉忙不迭地站了起来，回答道：“跟着干爹好好干。”

李濛听了，肆意地仰头大笑起来。李濛师范学校音乐系毕业才不到两年，还没有学到做老师的沉稳，平时还像个孩子似的。她留着齐耳短发，十分精神。面容姣美，五官精致，是一个不折不扣的美人儿。她听了朱玉的话，忍不住笑了起来。笑罢，问道：“你真是这么想的？”

朱玉诚恳地回答道：“是的，大姐。”

李濛说道：“你要是跟着俺大学，就耽误你前程了。”

李大军听了李濛的话，脸上顿时有点挂不住，忍不住插话道：“濛濛，什么意思啊？你看不上你大吗？我怎么就耽误他的前程了？”

李濛望着父亲笑道：“你看，你看，刚说了你一句，你就沉不住气了。这样的老师，能带出好学生吗？”

李大军还想说什么，朱玉见状，赶紧帮腔道：“干爹是个大文人，跟着他要学的东西可多着呢。”

李欣在一旁也说道："就是呢，俺大在盱县无人不知，无人不晓，肚子里的本事多着呢。"

李大军见了，立马有了底气，说道："看看，还是二女儿最了解我。"

李濛斥责妹妹道："去、去、去，一个小孩子家，懂什么。大人说话，小鬏看什么颜闹[1]？"

李欣听了，噘起了嘴，不高兴地嘟哝道："谁是小鬏？人家都快高二了，还一口一个小鬏、小鬏的？烦不烦呀？"

一旁的黄玉斌看到这种情况，不由地认真了起来，他问李濛道："大小姐啊，依你看，朱玉以后的路应该怎么选择呢？"

"对呀，李老师，你给朱玉出出点子吧，你毕竟见过大世面的，见识多。"修车的刘大爷也在旁边帮衬道。

李濛看了李大军一眼，一副欲言又止的模样。李大军看见了，不高兴地说道："瞧你那样，有话就说，有屁就放，扭扭捏捏的，看了真让人着急。"

"好，那我说了。不过呢，我也是一家之言，说得不对的地方，还请各位长辈多带谅。"李濛抱了抱拳头，说道。

李大军听了，干脆扭过头去，不去看她了。

"我的意思啊，朱玉弟弟还很年轻，和我妹妹差不多大，按照常规，现在正是要读高二的时候。如果这个时候就彻底地放弃读书了，对他以后的人生影响会非常大的。"李濛说道。

"可是，可是，朱玉已经无法读书了呀？"黄玉斌摊了摊双手，又夸张地耸了耸肩头。

"对呀，朱玉已经没有学籍了，他已经没办法上学读书了。"李大军扭过头附和道。

"你们真是死脑筋，不到学校去读书，难道就不能在家读书吗？"李欣突然插话道。

"在家怎么读呀？"黄玉斌诧异道。

"对呀，在家读书，这不异想天开吗？"李大军说道。

李濛望着妹妹李欣夸赞道："还是小妹有头脑，今天终于说到点子上了。"

---

① 颜闹：淮阴方言，热闹的意思。

李欣得意地说道："我哪天没说到点子上啊？"

李濛笑道："得了，刚夸你两句，你就拽了。"

这时，一直没有发言的朱玉说话了："大姐，你能讲得详细一点吗？我都听糊涂了。"

李大军也说道："是啊，你的葫芦里到底卖的是什么药？倒出来看看呗。"

李濛对朱玉说道："很简单啊，就是让你每天在正常工作的同时，要自主学习高中的课程，等到三年高中课程学习结束了，你要去参加高考。这个时代，你如果没有文凭，是很难跻身上流社会的。当然，我不是唯文凭论者。有了文凭，不一定有真才实学，没有文凭，也不一定没有真才实学。"

李大军听了，皱起了眉头，说道："你让你弟弟一方面去挣钱，一方面去读书，还不把他给累死啊？"

李濛说道："有志者，事竟成。天下事有难易乎，为者，则难者也易乎，不为，则易者也难乎。凭朱玉弟弟的智商，这点事恐怕也难不倒他，就看他自己有没有这份毅力了。"

这时，一直没有发言的韩春燕说话了："行，朱玉干哥肯定行。"

李欣也说道："朱玉哥哥那么优秀，自学高中知识一定没有问题的。何况还有我，有不会的地方我可以教他的。"

李濛听了妹妹的话，笑道："你呀，先把自己学习搞好再说。至于朱玉的学习，我会请我们学校的老师定期给他辅导的。条件是，只要他想学。"

李大军没有作声，默默地看着朱玉。黄玉斌和刘大爷等人也都望向朱玉，等着他自己拿主意。

"朱玉，你倒是说句话呀？"韩春燕在一旁催促道。

"朱玉哥哥，有我在，你不要怕，我们一起学习，你一定能行的。"李欣鼓励道。

朱玉抬起头，望了李濛一眼，又对着众人动容道："想我朱玉孤身一人来到天水，两眼漆黑，举目无亲，连吃饭、睡觉都成了问题。若不是你们一心地帮我，把我当成自己的家人，我一个外地的孩子，怎么可能有今天的成绩。现在，你们又为了我长久的生计着想，千方百计为我考虑，怎么能不让我感激涕零？怎么能让我不接受你们的好意？你们就是让我上刀山、下火海，我也绝不皱一下眉头，何况你们都是一心一意为我考虑的呢？这个书，我一定读。再苦，我也要坚持下去，再累，我也不嫌累。”

李大军听了，点头赞叹道：“朱玉我儿，果然没有辜负我的希望，志存高远，却又脚踏实地，胜不骄，败不馁，他日必成大器。”

李濛拍掌笑道：“江淮自古多才俊，昔有韩信胯下受辱，才有助汉灭楚之壮举，创下不朽之伟业。今有朱玉受困天水，才有发愤苦读之故事，写下旷世之篇章。”

从此日始，朱玉的日常生活中又多了一道靓丽的风景线：与书做伴！

二十五

俗话说得好："书山有路勤为径，学海无涯苦作舟。"且不说朱玉自学高中知识之艰辛，只说他的大哥朱聪大学生活即将结束，面临着一个何去何从的难题。在这件事情上，朱聪和女朋友夏雪的观念明显不在同一个起跑线上。一天傍晚，忙着毕业论文答辩的朱聪被夏雪拉到了桃花岛上来散步。

五月的桃花岛上，那满树的桃花早已落尽，已经看不出任何一抹的残红，但那满枝鼓起的小小果实，却在向世人骄傲地述说着她曾经的繁华。现在的桃花岛经过几年的打造，已经成了远近闻名的踏春之首选了，里面修建了彩色的跑道，添置了一些凉亭、桌椅等休闲设施，每到傍晚，就会有许多市民和附近的学生到这里来散步、锻炼身体。

夏雪穿了一件象牙色连衣裙，外面披了一件手工织的纯羊毛坎肩，显得十分时尚、阳光。两人一边散步，一边聊天，聊着聊着，就聊到了毕业分配的问题上了。

"你到底是怎么想的，我们怎么一谈到这个，就总是谈不到一起呢？"夏雪满眼幽怨地望着朱聪。

"这能怪我吗？按照政策，我们是哪里来，就回到哪里去的。而你呢，却天天幻想着到省城去发展，一点都不切实际。"朱聪说道。

"凭你的条件，你完全可以申请到省级机关去工作，而你为什么不去申请呢？别人削尖了脑袋想去省城，你有条件却不去，这不明摆着是一个傻子吗？"夏雪越说越有点激动，声音也不由地提高了几度。

"我怎么在你心目中就成了一个傻子了呢，噢，不去省城工作就是傻子了，你这是什么逻辑？"朱聪反驳道。

夏雪轻轻吁了一口气，放底了声调，说道："不去省城也就罢了，那你干吗不申请留在市级机关工作呢？凭你学生会主席和模范人物的身份，完全是够格的呀，那你为什么不选择留在市里呢？”

朱聪问道：“为什么一定要留在市里呢，回到淮阴不好吗？那里可是我们的老家呀，你不想念她吗？不想回去参加建设吗？”

夏雪听了，望着朱聪，一脸哭笑不得的表情，仿佛是在望着来自火星上的怪物似的。她摇了摇头，无奈地一笑，小声地说道：“我都不知道说你什么好了？你让我很无语耶！”说完，扭过头去，星眸点点。

朱聪却没有察觉到夏雪那情绪变化，还在想着怎么说服夏雪时，只见夏雪扭过头来对着朱明建议道：“好了，好了，我们两人也不做无谓的争论了，这样争论下去谁也说服不了谁。这样吧，我提个建议，这周星期天我们都回各自老家一趟，听一听大人们的意见，看看他们怎么说的，好吗？”

朱聪想了想，说道：“好吧，多听听他们的意见，总不是坏事。”

夏雪见到他同意了，就说道：“那就先这样吧，我先走一步了。”说完，就转身离去，留给朱聪一个披着羊毛坎肩的靓丽的背影。

三天后，也就是星期一的下午，也是傍晚时分，也是在桃花岛上，也是在同一个地方，朱聪和夏雪再次走到了一起，再次就同一个话题展开了讨论。

“聪聪，你父亲怎么看待这个问题的？”这一次，夏雪换了一件衣服，穿了一件长袖的、袖口带皱的白色衬衫，领口开得很低，露出了葱根般色泽的脖颈，很醒目地，那里多了一样东西，细细的、金灿灿的，非常地显眼。夏雪出门的时候，特意做了精心的化妆，尤其是那一弯眉毛，打了眼影，施了粉黛，还粘上了假睫毛，两眼一闭一合间，多了几许妩媚和妖娆。

朱聪上下打量着夏雪，说道：“你刚回家一趟，好像变了个人似的，我都快认不出你了。”

夏雪笑道：“我没变，是你的心里变了。”

朱聪有点纳憨道：“没有呀，我没感觉到啊。”

夏雪笑道：“你真傻，一个人心里的变化，哪里是你的眼睛可以短时间看出来的？”

朱聪似懂非懂，说道：“好像也是呀，就是你亲眼看到了，又哪里是真实的？”

夏雪说道：“不是有一句话，叫作‘假着真时真也假，无为有处有还无’，这个世界，哪里是真的，哪里是假的，人哪里都能分辨得清楚？”

朱聪听了，回想起和夏雪相处以来的一幕幕往事，心里涌起了一阵难言的酸楚，一时竟不知道说什么好，就这样杵在那里，像个电线杆子似的，甭提有多别扭了，真恨不得扭头跑掉算了。但是，他不能这么做，他在心里对自己说：“再努力一次，说不定这次就能说服她了呢。”

“雪儿，这次回家，俺大对我说，我们是淮阴走出去的孩子，如果有可能的话，还是回到淮阴的好，毕竟，如果连我们都嫌弃了她，谁还能真心地来爱她呢？”朱聪对夏雪说道。

“这是你大亲自对你说的，还是你自己杜撰出来的？”夏雪有点不相信自己的耳朵。

“是俺大亲自对我说的。”朱聪老老实实地说道。

“那你没把我的意思说给他听？”夏雪有点不死心，问道。

“说了。”朱聪回答道。

“那他怎么说的？”夏雪急切地问道。

朱聪嗫嚅道：“俺大说‘天要下雨，娘要嫁人’，我管不了你们了。”

夏雪听了，恨道：“说的是什么话？聪聪，那我只问你一句话，你是跟我走，还是跟你父亲走？”

朱聪愣了，说道：“这是哪跟哪呀？你让我怎么回答这个问题呀？”

夏雪听了，冷笑一声道：“你呀，你，就跟你那个榆木脑袋的你大过一辈子去吧。”说完，又一次甩开膀子，自顾自地走了，把朱聪一个人晾在了那里。朱聪长叹一声，找了一个小道边就近的公共木椅坐了下来，陷入了深深的思索中。

二个月后，毕业分配方案正式公布了。朱聪如愿回到了淮阴，而夏雪则放弃了国家包分配的权利，一个人去了南方某一个城市了。

一个星期日的上午，朱聪一个人提着行李回到了淮阴老家。父亲朱守正正在老家休息，看到儿子落寂的表情，心里有些不忍，但还是关切地打了声招呼：“回来了，回来就好。”

朱聪从鼻孔里“哼”了一声，就径直走进了自己的房间，“砰”的一声关上了房门，屋里就再也没有动静了。

“他大，孩子不会生了什么病吧？”陈月英看到这种情况，心里不放心，悄悄地问朱守正。

“年轻人的事，睡一觉就好了，没什么大不了的。”朱守正安慰道。

“你给我盯紧了，甭出什么事情啊？”陈月英交代朱守正一句后，就忙着自己的事情去了。

整个上午，朱聪都没有从房间里出来，朱守正也没有去打扰他，而是请来了自己的哥哥朱守礼商量女儿朱琴出嫁的事宜。女儿朱琴做了三城镇再生纱副厂长后不久，就和同厂的自己高中的校友侯宇好上了。朱琴选择在父亲回家过生日的那天，把侯宇领了回来。

侯宇是三城镇人，父母都是朴素的农民，在三城中学读书时和朱琴同届不同班。侯宇身材魁梧结实，五官端正，皮肤因长期劳作而显出一种健康的油黑色。朱守正和他交谈几句后，就知道他是一个不太健谈的人，内心却很实在，是一个很有责任感的好男人。只半天的工夫，朱守正就对他颇多好感，从心里认可了这门亲事。

此后，因朱琴在工作中太过认真，反对厂长在产品销售中以次充好，而彻底得罪了厂长。厂长钱井有觉得朱琴再待在自己身边工作，总是有点别扭，就找了个借口，把她介绍到三城镇建材厂去做了一名管理生产的副厂长。朱琴到任后，自己的男朋友侯宇自然而然地也就跟着来到了建材厂，做了一名技术人员。建材厂是三城镇老大难的乡镇企业，规模小、产量低、效益差，成了三城镇主要领导的心头病。县里对乡镇企业进行资产重组工作后，谁都不愿意接手这样的一个烂摊子。镇分管工业的副书记受主要领导的委托，找到朱琴谈话，软磨硬缠，让朱琴把厂子买下来。朱琴哪里有这个实力，想也没想，一口就回绝了。领导急了，说这样吧，只要你同意把厂子买下来，我们价格好说，半卖半送，先给一半钱，剩下的缓一缓再给，你看如何？朱琴看到价格很有诱惑力，就回来和父亲商量，朱守正也是一口就回绝了。

朱琴没辙了，抱着最后一线希望去找男朋友侯宇商量。侯宇回答也干脆：“你定吧，我听你的。”朱琴说道：“好，你听我的，不许反悔，那就买吧。”决心好下，可是钱难筹。

“钱的事我来找，你安心把厂子搞好就行。”侯宇说道。

最后，在规定的期限内，侯宇把老家准备盖房子的钱拿了过来，钱还不够，就把自家养的要在年底过年用的那头近三百斤的大肥猪卖了，才总算凑够了一半的数目，把厂子顺利买了下来。

厂子到手后，朱琴对侯宇说道：“我们结婚吧。”侯宇说道：“还是等等吧，厂子才开始，手里也没钱了，等手头好一点再说吧。”

朱琴说道：“等什么等？等把婚结了，夫妻两人一门心思搞工厂。至于没钱，那就简单点，一切从简，有个意思就行了，谁还在乎那些形式？”

虽然女儿不在乎，但朱守正挺在乎的，自己就这么一个宝贝女儿，说什么也要热热闹闹地把她嫁出去啊。

“大哥，找你来主要商量一下，怎么样能把小琴子的婚事办得热闹些？想听听你的意见。”朱守正对大哥朱守礼说道。

“那还能怎么办？怎么热闹怎么来呗。”朱守礼点着一支香烟，半眯着眼睛思考说道。朱守礼在生产队做了多年的队长了，平时里谁家遇到个红白喜丧事，都会请他来操持，而他本人也十分乐于做这种事，一来可以人前人后吆五喝六地发号施令；二来也可以赚点香烟抽抽，有此二大好处，何乐而不为？

按照朱守礼的想法，要先对老家的房屋进行一番收拾，先把环境搞好，这是第一步。于是，朱守正就把原先自己手下的几个人找了过来。这么多年下来，红星村的干部人事也有了一点变化，自从镇党委书记张文调到县委农干校任党委书记后，红星村主持工作的党支部副书记陆小兰就被调到镇敬老院做了副院长。原村主任潘兴阳现在做了村党支部书记，原副村主任王宝贵做了村主任，村会计胡得书还是村会计。他们几人接到朱守正的通知后，除了潘兴阳因在镇里开会，没有在家外，其余的两人都先后到了。

“朱书记，你什么时候回来的？”会计胡得书看到朱守正，亲热地打着招呼，从口袋里掏出一包红梅牌香烟，抽出一支递给朱守正。

“我戒烟了，不抽了。”朱守正摆摆手，说道。

“不抽好，不抽好，我们都不年轻了，身体重要。”胡得书说着，就把香烟顺手递给了朱守礼。朱守礼也不客气，接了过来，连一句客气话都没有说。好在胡得书也早已习惯了，也不生气。

一会儿，村主任王宝贵也赶到了。一见面就风风火火地拥抱了朱守正一下，大声地说道：“哦哟大局长，你回来也不提前说一声，好让我去接你啊。”

朱守正推开他，笑道：“你这个村主任才做几天啊，就浑身官架子了。”

王宝贵赶紧立正、稍息，敬了一个十分滑稽的礼，说道：“局长批评得对，我一定好好向局长学习，绝不辜负局长的栽培。”

朱守正听了，皱了皱眉头，有点不悦地说道：“得，得，得，以后有点正形，甭整天虚头巴脑的。”

王宝贵点头道：“好，好，好，一定改正，一定改正。”

朱守正指着他，对着众人哭笑不得，说道：“你们看看，他又来了。”

众人听了，也都大笑了起来。

半个月后，朱琴的婚期如约而至。在这之前，朱聪因父亲的建议，放弃了留在团县委工作的机会，来到了淮阴县码头镇任团支部书记。姐姐婚礼的前一天，他就向镇党委书记李铭轩请了假，赶回老家帮帮忙，打打下手。朱守正的老宅子经过连续多天的装饰，已经焕然一新了。房子和四周的围墙都涂上了白色的颜料，大门重新用红漆油过，门楼上悬挂着两只火红的大灯笼，门前的杂草提前被清除，被铺上了细碎的石子，菜园子的四周原有的桑条扎成的菜园篱子全部被拔掉，一律换上了白色木条编成的栅栏。栅栏的四面还点缀着玫瑰、黄杨之类的植物，十分的好看。

朱聪回到家里，乍一看去，还真有点不习惯呢。

早上九点过后，就陆续有客人上门了。院子里搭起了篷子，摆放了十张桌席，连堂屋里都是桌席。按照朱守正的估算，整个喜宴的桌席应该在三十桌左右。按照当地的风俗，头天晚上就要把本姓家族里年长的族人都要请过来吃一顿饭，第二天中午还要把他们请过来，再吃一次正宴。村里两旁世人听说谁家有了喜事，不用主家上门去请，也会自动前来讨杯喜酒喝，而且大部分是在头一天晚上来，到了第二天中午，来的往往是主家的各路亲戚和社会上交往的朋友。朱守正守在大门口，对每一位上门的客人都握手、递烟、让座。陈月英带着赵月红等一班妇女在院子里临时搭起的锅台前忙得热火朝天。朱守礼领着王宝贵、胡得书等人在忙着摆碟、找碗，也是一刻也不得闲。而朱聪则在姐姐朱琴的指挥下，一会儿找东，一会儿找西，一会儿上南，一会儿上北，即使累得是腿酸胳膊肿，脸上却总是乐呵呵的。

对朱守正来说，今天是他成家以来主持的第一个最重要的仪式。虽然来宾众多，但是在他的心头还有两个遗憾，一个是二儿子朱明当兵去了，不能参加姐姐的婚礼；另一个是最烦神的小儿子朱玉，虽然前一段时间来了一封信，告诉家里他现在过得很好，正在自学准备参加以后的高考，让父母和家人不要担心，等他工作、生活有了一定的起色会回来看看的云云，可是当家里遇到了重大的事情，做父母的还是希望他能够回来，哪怕看上一眼就走也行。现在的老家人，都在传说朱玉在外面行骗，被公安局抓去蹲牢了。害得母亲陈月英一听到这个消息就哭，因为这个事，陈月英拼了命地要去寻找儿子。结果，都被朱守正拦了下来。作为一名父亲，他对自己的儿子还是有点数的，他知道，自己的儿子只是心理上的叛逆，骨子里是一个善良正直的人，绝不会做任何鸡鸣狗盗之事的。只不过，有一位女孩子常常来家里打探朱玉的消息，让他的心里多少不得安宁。有的时候，那个女孩子还会找到文化局，一直找到他的办公室。不为别的，只想知道朱玉现在在哪。次数多了，朱守正才了解道，这个美丽的女孩子叫陆霏霏，是朱玉的同班同学，现在市里的师范学校读书。其他的情况，朱守正从陆霏霏的口中就再也打听不出来了。不过，凭着一位过来之人的直觉，朱守正感受到了这个女孩子和自己的小儿子之间一定有着不同寻常的过往。“朱玉呀，你个浑小子，千万不能辜负了人家姑娘的一片心啊！”朱守正一边在心里骂着儿子，一边悄悄地为儿子感到骄傲。

一阵“噼里啪啦”震天的鞭炮声响，迎亲的车队到了。两辆北京吉普车的车头扎着大红的绣球依次地开到了门口，停了下来。从第一辆车子的副驾驶室里，女婿侯宇一身西服喜气洋洋地钻了出来，手里还捧着一大捧鲜红的玫瑰花儿。

“大爷[①]，我来了。”侯宇喜气洋洋地和岳父打着招呼。

“来了，快到里面歇歇。”朱守正一边说着，一边冲着里面喊，“朱聪，朱聪，把你姐夫他们带进去。”

听到声音，朱聪从院子里快步走了出来，热情地把迎亲的一行人往院子里让。堂屋里面的两个全福奶奶迎面走了出来，对着侯宇说道：“新郎官来了，新娘子的包裹呢？”

侯宇听了，赶忙让随行的人把一个大红包裹递了过来。其中一个全福奶奶接了过来，把包裹递到朱琴现在待的房子里去了。另一个全福奶奶则对着侯宇伸出

① 大爷：淮阴农村，有的地方把岳父称为大爷。

手来，说道：“还有东西呢？”

侯宇满脸堆笑，说道：“有呢，有呢。”说着，就把装有两条香烟和四斤糖果的红色塑料袋子递给了全福奶奶。全福奶奶是有经验的人，袋子也不打开，放在手里掂掂就知道东西不差什么，就心满意足地拿进去和另一个全福奶奶平分了。这也是全福奶奶应得的战利品，如果东西不丰厚，那新郎官就有的罪受了。所以，有经验的男方那头请的全福奶奶，都会提前把东西准备好，省得到了女方那头让新郎官多受罪。

这时，王宝贵从人群中钻了出来，拿了一条长板凳横在了侯宇面前，然后一个屁股坐了上去，对着侯宇说道：“新郎官呀，俗话说‘不闹不热闹’，你今天大喜事，我们大家都替你高兴，但你今天要进这个屋子把新娘子带走，就必须要出出血，拿出一些香烟和糖来。否则，耽误了时辰就不是我的事情了。”

围观的众人听到王宝贵这么说，都来了精神，跟着起哄道：“对，对，对，拿烟来，不然我们都不走了。”说着，就又有几个人坐在了板凳上，堵住了侯宇的去路。

侯宇还没来得及说什么，就看见一只大黄狗从外面摇头晃脑地跑了进来，看到王宝贵坐在板凳上挡住了侯宇的去处，对着他就是一顿狂吠，把他吓得差一点就从板凳上摔了下来。这条狗是朱守正家养的一条看门狗，从小就和朱琴感情最好。每次朱琴回到老家来，大黄也不知从哪里得到了消息，就早早地守在了村口，摇头摆尾地把朱琴迎了回来。朱琴走的时候，大黄又是送去老远，直到看不见朱琴了才依依不舍地回家去。

看到大黄对王宝贵又叫又吠的，朱聪赶紧把大黄撵了出去。大黄见到朱聪发脾气了，知道自己惹不起这个主，只好夹起尾巴从人缝里钻了出去，另觅地方玩去了。

村党支部书记潘兴阳拿着一本新的记账本走了过来，他今天是负责记账的，看到王宝贵神气活现地坐在板凳上时，冲着他笑道：“我说宝贵啊，你当心点啊，朱书记家的大黄可记得你了，说不准哪天趁你不注意把你的屁股咬烂了，你可注意啊。”

王宝贵听了，一脸的不屑，说道：“我叫它咬，改天我把它给炖了，做我的下酒菜。”

这时，王宝贵的老婆赵月红端着一摞碗碟从旁边走了过去，听到了王宝贵的话，骂道：“绝种的，你少说两句吧，屎没出来，屁就先出来了。哪天大黄要是真的不见了，你脱不了干系。”

王宝贵听了，不服气道：“我说过的狠话多呢，我说把你休掉娶你妹回来，我做了吗？”

赵月红听了，气得要把碗碟放到地上来揍他一顿。旁边有人劝道：“算了吧，你跟他计较，还不早把自己气死了？”

赵月红无奈，只好一边端着碗碟去干活，一边骂道：“这个绝括子[1]，整天没嘴尿壶乱呲，以后死都不知道是怎么死的。”骂骂骂咧咧地去了。

这边，王宝贵看到赵月红走了，胆子更壮起来了，把手伸向侯宇道：“你都看到了，为了向你争喜烟，我差点被狗咬不说，还差点被母老虎咬了，这个亏吃大了，今天说什么你都要拿出两条烟、两斤糖出来，不然我死了都不闭眼。”

侯宇不好意思地说道：“唉哟，您看这事闹的，让您受了那么大的委屈，我真的过意不去，一定要对您有个说法。这样办，您先抽支烟，我再想想办法。”

王宝贵听了，得意起来，跷起了二郎腿，说道：“看看，还是新郎官明事理。说好了，两条烟、两斤糖，少一样都不行啊。”

朱聪看到这种情况，笑着小声对王宝贵说道：“王叔，你是一村之长，那么多人都看着呢。如果哪天有人到镇党委告你一个敲诈勒索罪，以后还怎么提拔你当村支部书记啊？”

王宝贵听了，警惕起来，眼珠子向四周瞟了瞟，嘴上却说道：“哪跟哪呀，有这么严重吗？”

朱聪说道：“人多眼杂，不得不防呀？何况，看上你的位置的人多了去了。”

王宝贵听了，心中暗暗掂量了一下，想到，对呀，还是低调一点好，绝对不能在大庭广众之下太张扬了，否则，真的传到了新来的党委书记耳朵里确实不是好事。想到这里，也就顺水推舟地对侯宇大声地说道：“算了，算了，我也不为难你了，你就拿两包烟来吧。”

侯宇听了，大喜过望，赶紧从衣兜里掏出两包香烟放到了王宝贵的手上。王

① 绝括子：淮阴方言，就是骂男人的意思，类似于“死和尚”的意思。

宝贵拿到了香烟，从板凳上一溜烟地滑了下来，钻进人群里溜了。

众人见王宝贵跑了，也就哈哈笑着一哄而散了。侯宇进到堂屋，来到东厢房见到了身着新娘盛装的朱琴时，朱琴嘲笑道："多大点事呀，就把你弄得焦头烂额的了？以后办企业，遇到的事肯定比这大得多了去了，看你怎么应付？"

侯宇憨笑道："我才不傻呢，有我这么能干的少夫人在，我还费那个劲干什么？不是没事找事、成心找不自在吗？"

朱琴听了，笑道："我就是你们家的老妈子、大管家，你想得美呢？"

侯宇也笑道："等我们结了婚，以后什么都听你的，你让我向东，我绝不向西，你让我撵猪，我绝不打狗。"

朱琴笑道："一大早你是抹了蜜来的吧，甜死人不偿命。"

侯宇说道："我说的是真心的，你不信……"说着，就要赌咒发誓。

朱琴忙止住道："好，好，好，我信，我信。"

一屋子的人听了，都忍不住笑了起来。

午宴过后，前来接亲的媒人开始每隔十多分钟就燃放一挂鞭，用这种方式催着新娘子早点上路。

朱琴坐在床沿边听了，不耐烦地说道："催什么催？再催就不去了。"

大家听了，都笑了起来。一旁的一个全福奶奶说道："让他们催去吧，这个时候不拽拽，还有机会吗？"

众人听了，又是一阵大笑。朱琴说道："就是呢，管他呢！"

院子外面，每隔一会儿，鞭炮就会响起。一个多小时过去了，朱守正来到朱琴的房间里，对朱琴说道："小琴子，时间差不多了，不要再怄了，能走了。"

朱琴听了父亲的话，眼泪汪汪地问他："俺大，你就这么急着想赶我走？"说着，不由得眼泪掉了下来。

朱守正笑着说道："看看，你说的哪里话？哪有做父亲的急着赶女儿走呢？好，好，那就再等等。"说着，就一个人先退到了院子里，和其他人说闲话去了。

又是几次鞭炮声响过，朱琴的房间还是没有动静。母亲陈月英有点看不下去了，亲自来到女儿的房间察看情况。朱琴看到母亲来了，不好再违拗，只得长叹了一口气站了起来，说道："这个家从此不再是我的了。"

母亲陈月英听了，笑道："这是哪里话，有妈在，这个家就永远是你的。"

朱琴也不说话，只是默默地拥抱了一下母亲，对着一直站在旁边一言不发的大弟弟朱聪说道："我走了，你以后要常回家看看，父母都老了，两个弟弟又不在家……"话犹未完，眼眶已经泛红，声音也哽咽了起来。

弟弟朱聪也跟着抹眼泪，说道："大姐你放心吧，他们不在，还有我呢，我一定常回来陪二老的。"

朱琴含泪点了点头，没有说话。一位全福奶奶见状，忙对外高声喊道："新娘出发了。"

外面的人听了，一个接一个地往外传。紧跟着，连天的鞭炮轰响了起来。鞭炮声中，朱聪驮着姐姐朱琴从里屋出来，在众人目光中，一步步地送到了院子外面的婚车上。根据当地的风俗，出嫁的女儿是不能带走娘家一粒尘土的，所以朱琴就由大弟弟朱聪背到了车上。上了车后，朱琴便脱下了自己脚上的鞋子，换上了从男方家带来的新鞋。接亲的人都上车后，朱聪还有一项使命没有完成，就是和另外一个堂兄弟，一前一后把接亲的队伍礼送一段距离。就在朱聪骑上一辆自行车准备出发时，一个意想不到的情况出现了。朱琴从小养大的那条大黄看到朱琴要走了，竟然直接躺在了车头不走了。任凭朱守正怎么撵，它就是眼泪汪汪地抬头看着婚车，一动也不动。吉普车驾驶员没有办法，只好把车向后倒了倒，准备从旁边开过去。然而，任凭车子怎么挪腾，大黄总是在第一时间扑到车头前，趴在那里不动弹。司机看到这种情况，没辙了，只好把车子停下来，和狗狗对峙了起来。

众人看到这种情形，都"啧啧"称奇。一传十，十传百，邻里乡亲都跑过来看热闹，很快就把婚车和狗围得里三层、外三层，水泄不通起来。朱守正在现场，急得是团团转，却又无计可施。陈月英气得要拿木棍子打，棍子到了手却被赵月红给夺了下来。

"大黄这么通人性，疼还疼不过来呢，怎么还忍心去打它？"赵月红说道。陈月英听了，只得作罢。

就在众人一筹莫展之际，一直坐在婚车里的朱琴打开车门，走了下来。一旁的一位全福奶奶见了，赶紧提醒道："新娘子上车了就不能再下来啊。"朱琴没有理睬，而是径直来到车头，蹲在了狗狗面前。朱琴伸出手来，在大黄的脑袋上轻轻地摩挲着。大黄伸出脑袋，任凭朱琴抚弄着，眼里满是哀怨和不舍。

“大黄，时间不早了，我要走了。我走以后，你要把家看好了，不能让坏人到我们家来，明白了吗？”朱琴对大黄说道。

大黄嘴里“呜呜咽咽”地，仿佛听懂了朱琴的话似的。

“好了，你让开吧，我以后会常回来看你的，你放心吧。”朱琴说道。

大黄伸出舌头，在朱琴的手上舔舐了几下，才慢慢地站了起来，抬头望了望朱琴一眼，最后钻进人群里消失不见了。

迎亲的队伍走后，直到第二天早上，朱守正才发现大黄始终没有回来，便带着家人到处寻找。找了很久，还是一无所获。连续找了三天，朱守正才终于死了心，确认它再也不会回来了。为此，陈月英哭了好几回，久久不能释怀。

直到多年以后，当地公安局派出所在侦破一起盗窃案时，才解开当年大黄失踪之谜：原来是当年的村主任王宝贵，串通了一个狗贩子，趁着朱琴出嫁当晚无人留意大黄的机会，把大黄骗到了房屋后面，用“七步倒”迷药把它毒倒后，装入事先准备好的麻袋运到城里，卖给了一家狗肉馆了。

这个王宝贵，正是让人见识了什么叫作“知人知面不知心”了。

二十六

大黄失踪后，朱守正心情大受影响。不过，这种影响是短暂的，很快，接下来的一连串好事，让他的心情又变得格外好了起来。

首先是二儿子朱明来信了，报来了一个天大的喜讯：朱明在部队里干得顺风顺水，不仅入了党，而且部队里已经推荐他报考军校了。“这小子，简直就是为了部队而生的。”朱守正在心里说道。

不仅朱明来了信，就连一向很少联系的小儿子朱玉也来了第二封信，告诉家人他现在工作生活都很安稳，现在正在准备冲刺来年的高考。看了来信，朱守正十分的高兴，虽然朱玉在信里还是不肯透露他落脚的具体地方，但是从寄信的邮戳上分析，那个地方一定在南方。得出这个结论就已经让朱守正非常开心了。对于这个最小的儿子，他还是很有信心的，最起码他是不会在外干违法乱纪的事情的，有了这一点就已经足够了。至于其他的，那是后话。他相信，朱玉在外面一旦混不下去了，就一定还会回来的，无非就是时间长短的问题了。

而大女儿朱琴在婚后，全力经营三城建材厂，因产品质量好，服务到位，上门订货的单位和个人越来越多，每天厂子里都是满负荷运转。工人不够用，又新招了一批人。朱琴负责对外业务，厂内生产的事情就全部交给了侯宇。侯宇也是一个实干的人，为了不让妻子分心，他起早贪黑地在厂里忙，把个不到100人的小厂子经营得有条不紊，使厂子在很短的时间内不但有了起色，甚至扭亏为盈了。而且，根据国家的产业政策，未来建材行业一定会发展得超乎想象的。

而最让朱守正得意的一件事，就是他成功地让大儿子朱聪大学毕业后回到了淮阴。不仅回到了淮阴，而且还成功地让他一竿子下到基层任职。这一伟大的成就，就足以让朱守正骄傲一辈子的了。

朱聪任职的码头镇在淮阴县的大西南，在历史上是淮阴旧城所在地，著名的京杭大运河穿境而过，遗留下一连串美丽的传说和众多历史古迹，历史文化底蕴极其厚重，是当地闻名遐迩的旅游首选之地。朱聪上班的第一天，党委书记李铭轩得知他是文化局局长朱守正的儿子，就兴致勃勃地和他聊起了码头的风土人情以及历史文化。李铭轩四十出头，人长得高高瘦瘦，长条脸，大眼睛，高颧骨，整个人都十分精神。讲起话来声音又高又尖，直钻进人的耳朵，让人印象深刻。更让朱聪难以忘记的，就是他的博学的知识，谈起码头，他的脑子里装满了各种的典故和趣事，甚至于这里的一块砖、一片瓦，他都能讲上半个多小时的故事。朱聪心里暗暗称奇，没想到一个基层的主要领导干部竟然如此富有才华，真让他对农村干部另眼相看了。

“你们去把王一当喊来，我有事跟他说。”李铭轩拿起桌子上的对话机，拨通了党政办的电话，说道。

王一当的本名叫王学超，是镇文化站长，因为人平时办事周到一当，所以就得了一个“王一当”的外号，自己的本名倒没有多少人喊了。但敢于喊他“一当”外号的，只有官比他大的，其他的人是不敢随便喊的。

“一当啊，交代你一个任务，等你哪天不忙了，你陪着我们这位新来的团委书记朱聪同志到处转转，让他实地感受一下我们码头的深厚的历史文化，也好让他对我们以后的文化发展传承多提意见。怎么样啊，没问题吧？”王一当走进了党委书记办公室后，李铭轩对他说道。

王一当年纪大约五十出头，中等身材，不胖不瘦，长方脸，小眼睛，头发乌黑，看不到一根白发，整个人看上去都是挺顺眼的。唯一的不足之处，就是皮肤较黑，脸上除了到处乱转的眼睛珠子是白的外，其余部分真的是太黑了。听了李铭轩的话，王一当咧开嘴，笑嘻嘻地说道：“书记啊，要费那么大劲干吗，你就是我们镇第一大才子啊，什么东西不是在你肚子里装着？你直接给朱书记介绍一下情况不就得了？”

李铭轩笑道：“一当啊，你在我们镇里，是我们公认的大才子，也是我们镇的活地图，你要是第二，那就没人敢称第一了。好了，就这么定了，我还指望着你好好带一带朱书记呢。”

王一当听了，心里十分受用，嘴上却说道：“李书记号召，地动山摇；李书记发话，全民叫好；李书记指示，一定办到；李书记交代，一了百了。”

李铭轩听了，笑骂道：“油嘴滑舌，赶紧滚，请你走。”

王一当笑道：“叫你滚，是书记看你行。请你走，让你心里活抖抖。到底是滚还是走，让我心里犯了愁。”

李铭轩笑道：“那你就爬出去吧。”

王一当笑道：“爬像乌龟头，样子不雅又难受。不如向后退，等着书记拿钱追。”

李铭轩骂道：“你是白天做大梦，想好事呢？滚，滚，滚。”

王一当笑着出去了。

李铭轩对朱聪笑着说道：“你甭看他滑头滑脑的，人很不错，有才华，有点子，以后你多跟他学学，保证错不了。”

朱聪说道：“好的，李书记，我一定好好跟他学习。要是没有其他事，我就先出去了？”

李铭轩摆摆手，说道：“好的，你去忙吧。”

第二天一上班，王一当就来到朱聪的办公室，对朱聪说道：“朱书记，今天忙不忙呀？要是不忙的话，我就带你出去转转。不然，李书记怪罪下来，我可吃不消。”

朱聪说道：“不忙，不忙，我正想着要去找你呢。你看，我们什么时候走啊？”

王一当说道：“那就现在走吧。”

朱聪问道：“我们怎么走啊？要不，我去找一辆自行车？”

王一当说道：“你上哪去找自行车？坐我摩托车吧，虽然破了一点，但还是蛮好骑的。”王一当指了指停在门口的一辆红色重庆80摩托车说道。这辆摩托车子有半成新，车子的大架上和轮子上都沾了不少已经发白了的泥巴，看来已经有些日子没有清洗了。

王一当走到摩托车跟前，用手在后座上抹了一下，又用嘴在上面吹了吹，说道：“朱书记，你甭嫌脏啊，在农村上班不比城里，想干净干净不了。”

朱聪说道：“我也是农村出生，什么苦没吃过，这一点都是小意思，没问题。”

王一当说道：“那就好，上车吧。”

朱聪坐上了摩托车，两只手拽着王一当的后背衣服。王一当用脚使劲蹬着摩托车，蹬了几下，车子才“突、突、突”地发动了起来，烟管后面喷出了一股股黑烟。

“这个车子多少钱啊？”朱聪在后面问道。

“当时很贵的，一共7800元，把我一年的工资都搭进去了，害得我喝了一年的稀饭。”王一当半真半假地说道。

朱聪听了，知道后半句是玩笑，因此笑了笑，没有答言。车子动了起来，一副很吃力的样子。出了镇政府的大门，必须要爬上一个坡子到街道上去。王一当一加油门，车子喘着粗气艰难地向上爬行着。

“要不要下来啊？”朱聪问道。

“不要。甭看我这车子小，可绝对是拖拉机冒黑烟——能出过头力。”王一当说道。

“这个街道为什么要建在河堤上？每天爬来爬去的多累人呀？”朱聪问道。

“这个你就不知道了吧？”王一当骑着摩托车扭着8字形上了堤顶，来到了街道上，他一只手指了指两边古色古香的建筑说道，“你知道吗，这条堤可不是一般的河堤，它是著名的运河古堤，这条堤，向北连着古清口枢纽，向南就是百里天鹅湖大堤的起点。这条街道就是沿着河堤应势而建，曾经是当年的淮阴城旧址，一代兵仙韩信就出生在这里。让咱们这里的老百姓引以为傲的是，这里还曾经接待过三位皇帝的巡幸，一个是明朝的武宗皇帝，一个是清朝的康熙大帝和乾隆皇帝。”

朱聪从摩托车上下来，望着眼前的街道，就好像一下子穿越到了楚汉时期。街道两旁的建筑都是青砖、红窗、黑瓦，尤其是屋顶上的一排排小瓦压成了一道道波浪，又像是种田的农民犁出的泥沟，再兼那四边的飞檐翘角，一看就是典型的楚汉风格。这些房屋已经有些年月了，它们就像上了年纪的老人，腰板已经不是那么挺拔，变得佝偻起来，容颜也失去了青春年少时的光泽，到处呈现出类似于老人斑一般的痕迹，有的屋顶上眼看着就要被大自然的伟力所征服，到处长满知名的、不知名的野草，看了让人十分的揪心。

“你看到那一幢建筑了吗？”王一当指着不远处一幢木质二层楼房说道，“你看看有什么不一样的地方？”

王一当所指的小楼，是不远处一幢通体朱红色的全木质楼房，说是朱红色，是因为它曾经是朱红色的，现在已经到处斑驳陆离，失去了本来的色彩，变得发灰发白了，还到处起了皮。只有在零星的木板上，还保留着当初的原色。从那些蒙着灰尘的雕刻精美的窗楹和门楹上，看得出这个小楼曾经有过怎样的辉煌。

“它有什么不一样的地方吗？”朱聪来到小楼跟前，一边细细地品味，一边虚心地请教道。

“这座建筑是民国时期建成的，整幢楼房是全木材建成的，全部都是上等的酸梨木建成的，价值连城啊。更绝的是，这座木楼在建造时，工人没有使用一根铁钉，全部都是使用了我国古代传统的榫卯结构技术，至今无人能够超越。厉害吧？”王一当不无炫耀地说道。

“确实是个古董，应该好好保护起来，不能让其自生自灭，不然我们会愧对历史的。”朱聪若有所思地说道，“不过，这样的建筑当时是做什么用的呢？”

“这个你就不知道了吧？”王一当说道，“当时，这是我们淮阴城最繁华热闹的场所，叫作万花楼，是达官显贵经常出入之地，普通的老百姓连门都不给靠近，门口通常站着三四个彪形大汉，像看门狗似的整天一步不离地看着。”

朱聪听了，禁不住大笑起来。王一当奇怪道：“你笑什么？难道我说错了？”

朱聪笑道：“错倒没错，就是说得太形象了，好像你亲眼看到似的，我真怀疑你是不是当年那些人当中的其中一个投生来的？”

王一当听了，也笑了起来，说道：“我哪有那本事，如果真是从那个年代转世来的，那我肯定没有喝孟婆汤，所以能记得前生事。到时，我投胎到这里，就什么事都不干，专门写回忆录，肯定让你们这些后世人看得鼻涕顺嘴淌。”

“你说韩信故里在什么地方呢？能带我去看看吗？”朱聪笑道。

“这里就是韩信故里啊，韩信就出生在离这里不远处的南城门根下。”王一当说道，“你看，那里有一块石碑，上面写着字的，是民国时期设立的。”

顺着王一当手指的位置，朱玉果然在一处房子的墙角处看到了一块半人高的大理石石碑，上面写着“韩信故里”几个大字，落款是民国初年地方政府设。朱聪看了，笑道：“司马迁在《史记》中描写韩信小时候被亭长夫妻拒饭以及漂母一饭千金的趣事，写得十分生动有趣，看来这位大史学家一定是亲临淮阴实地采访过的，不然，他怎么会知道得那么清楚？又怎么会知道韩信小时候钓鱼的城北大门正好面临淮水呢？”

王一当思索片刻，说道：“司马迁和韩信是同一时代人，生活时间相近，地理距离也不算远，他为了写韩信而亲自前来淮阴实地走访，也是十分可能的。”

朱聪说道：“自古大学问家做起学问来都是十分严谨的，这一点，值得我们后世人永远学习呢。”

王一当说道：“这个自然。”

朱聪问道：“你说有两个皇帝都来过这里，有什么遗迹留下来了没有？”

王一当说道：“当然有了。走，我带你去看官巷去。”

朱聪跟着王一当往前了不远，就看见有一条宽约三米左右的石巷子出现在了面前。站在堤顶，也就是站在街道中间，看到这条石巷子被街道分成了东西两个部分。东西两侧各有一个青砖砌成的门楼，东边门楼上正面刻有“安澜马头镇”几个古朴的大字，下面一行写的是“中华民国十六年木商重建”，反面门楼上写的是“瑶池西望”几个大字。西边的门楼正面写的是“马头官巷”四个繁体汉字，反面是“控引淮泗”几个行书大字。门楼一律是用青砖砌成，非常古朴端庄，体现了民国建筑风格初期那种从传统走向现代的过渡阶段的特点。下到东坡底，回望坡顶，蓦然发现那一条石板路是那么的陡峭、悠长，像是跨过了一条时间隧道，在历史和现实的碰撞中不断传递出历史的、生命的信息，传递着一种绵延的基因和传承。

一群南京大学的研究生们在教授的带领下，正在聚精会神地观察那一块块被岁月打磨得光滑水溜的长条石。领头的教授是一位五十来岁的知识分子，戴着一副金丝眼镜，鬓发斑白，身材瘦削，精神矍铄，颇有一番仙风道骨之态。他问同学们：“同学们，你们说说，这里的条石都是些什么岩石呀？”

听了教授的话，同学们一个个专心研究了起来。一个说道：“这块是岩浆岩。”那个说：“不对，这个是沉积岩。”又一个说道：“都不对，这里的应该是变质岩。”一时争得是面红耳赤，谁也说服不了谁。

“你们说得都对，也都不对。因为，这里既有岩浆岩、沉积岩，也有变质岩。”

教授笑着提问道：“你们说说，为什么在这个地方，一个不足200米长的淮阴码头官巷里面，会有多种不同类型的岩石呢？而且，你们注意到了没有，这里的条石长短不一，有长的，也有短的，这又是为什么呢？谁能回答这个问题呢？”

听了教授的话，一群意气风发的年轻人顿时没有了声音，都在歪头思考着。

“怎么样？你们想明白了没有？”教授再一次发问道。

“我知道是什么原因，我来回答这个问题。”就在同学们面面相觑，一个个摇起了头，让教授颇为失望的时候，一个男人的声音石破天惊地响了起来。教授扭过头去，透过人群的缝隙，看到一位皮肤黝黑的中年人正跃跃欲试地看向他。此人不是别人，正是码头镇文化站长王一当。

教授一听有人主动请缨，心里十分开心，便热情地向王一当招招手，请他走到跟前来。学生们自动让开一条路，让王一当和朱聪走了过来。

“您好，您能给我的学生解答一下这两个问题吗？”教授热情地说道。

“这有何难？”王一当胸有成竹地说道，“这两个问题，其实是一个问题。我们码头这个地方，自古就是南北地理要冲，南来北往的船只都要经过这条千年大运河，运河上由此诞生了四大著名的都市，那就是杭州、苏州、扬州和淮阴，这四个地方现在相比虽然有差距，但在历史上，我们淮阴是力拔头筹，号称是‘壮丽东南第一州’，而淮阴最繁华之所在，就是你们现在踩在脚下的这片土地，就是这条现在看来很有历史底蕴的官巷。这条官巷，在历史上是专门为朝廷官员上下船准备的专有通道，这条通道曾经接待过明武宗皇帝、清康熙帝和乾隆皇帝。你们说，这条官巷的社会地位高不高？”

“高。”同学们一起回答道。

“就是因为这条官巷的特殊性和重要的历史地位，历朝历代的官府都十分注重对它的保护和修缮。这条官巷上面铺设的各种条石，都是从全国各地运送过来的，有北方的，也有南方的，但更多的是盱眙的玄武石。因为产地不同，所以，条石的类别就不同了。至于为什么条石有大有小，尺寸不一呢？这主要就是这里的条石，还有一些原本是过往船只的压船石，有些船只空船来这里运粮，空船来时，船上往往都会放一些压船石，等到船只装上粮食后，那些压船石就成了负担，船主就会把那些石头扔在了这里，地方官吏就把它们拿来铺路了。这就是所有问题的答案了。”王一当说得是行云流水，一气呵成。

“厉害，厉害！”教授向着王一当竖起了大拇指，“请问你是做什么工作的，能方便透露一下吗？”

“他是我们码头镇文化站长，叫王一当。”朱聪抢先回答道。

“王一当是我的外号，我的本名叫王学超，是土生土长的码头人。”王一当纠正道。

“原来是文化站长，难怪对这里的历史如数家珍随手拈来呢。”教授赞叹道。

“我们官巷的条石，最早的可以找到唐朝时候的，历史十分悠久。”王一当说道。

“哇，也太厉害了。”学生们啧啧称奇。

“我带你们再到官巷的西边走一走，去看看‘御码头’。”王一当对教授和学生们说道。

“那就太好了。”教授说道。

一群人在王一当的带领下，沿着青石板台阶拾级而上，过了“马头官巷”的门楼，走到了官巷的西段。这一段距离大概有一百多米，地势比较平坦，三米宽的地面上同样铺的是各种条石，显得非常的宽敞和整洁。巷子两边是密集的民房，建筑风格也和街道上其他的房子没有什么区别，都是青砖黛瓦的楚汉风格。其中一户人家的门正开着，一位六十来岁的老奶奶倚在门洞里，一脸平静地看着走过来的一群人，没有表现出任何的好奇。看来，这里的住户早已对外来的陌生面孔习以为常了。

“奶奶好。”一位女学生来到老奶奶面前热情地打着招呼。

“你好，你好。”老奶奶面露笑容，客气地回应道。

“奶奶，这个房子是你们家的吗？”女学生问道。

“嗯呢，是我们祖上传下来的。”老奶奶说道。

“能有多少年了？”女学生继续问道。

“那我说不准了，少说也得有百十年了，太老了。”老奶奶说道。

“现在还有人住吗？”女学生问道。

“小孩子们都嫌房子老了，都到其他地方下宅基去了，这里就我和老头子住的。我们老了，不想搬家，也舍不得这房子，就留了下来。”老奶奶说道，“你们是哪儿来的？”

“我们从南京来的。”女学生回答道。

“噢，从大城市来的，大城市好。你们真有福啊！”老奶奶不无羡慕地说道。

“还是你这里好，连皇帝都来过。”女学生说道。

老奶奶听了女学生的话，满是皱纹的脸上竟一下子焕发了神奇的光泽，那是一种发自内心的一种骄傲的光泽。老奶奶指着巷子的尽头说道：“那肯定的，皇帝来时，就是从那儿上的岸。”

巷子的尽头，又是一座青砖砌成的十分别致的拱形门楼。众人一起走到门楼跟前，看到门楼上刻着“韩侯故里”四个大字，落款是“中华民国七年”。门楼的外面，就是一弯波光粼粼的运河水。在河边，有青石板砌成的长约二十多米的码头，在码头的一旁立有一个四角亭子，亭子中央立着一块二米多高的黑色大理石石碑，上面写着三个金色的大字“御码头”。朱聪来到亭子里，仔细地端详着石碑上的三个大字，脑海里想象着皇帝们乘着龙舟来到此处下船时的场景，那一定是盛况空前，十分热闹的吧。毕竟，能让三位皇帝都来过的地方，又能有多少呢。

“当年，康熙皇帝十分关心淮阴的水患治理。清初，黄河年年决口，造成天鹅湖湖底淤高，破溃堰堤，漫流里下河的严重局面。康熙十六年，康熙皇帝亲临这里，舍船登岸，在当时的河督靳辅的陪同下，沿着天鹅湖大堤步行十余里，现场指导护堤工作。借旧石工留宽两丈暂为外障以防风浪撞击，又于后身开槽钉柱砌石，俟新工筑定根基，再折旧工，选用其旧工底石。以糯米、石灰作为胶砌材料，并将石块之间全部用铁锔衔接，以增强石工堤的稳固性。同时，在堤坝外又加修坦坡，防止外水浸入减少抗力。这是一项成功的创举，即使在今天，在建筑高堤上修筑坦坡仍不失其意义。”王一当对着学生们介绍道。

“对于河道的治理，当年淮阴的水工技术代表了国内最高科技，也是中华民族为世界文明做出的又一项巨大的成就。”教授对学生们说道，“所以，你们今天到这里来，就是要从淮阴悠久的历史文化中汲取智慧和营养，全面提高自己各方面的能力，做一个对国家、民族有贡献的人。”

离开教授和学生后，王一当骑上摩托车，带着朱聪一路向着东南方向而来。

“这是要带我去哪儿？”朱聪问道。

“带你去看看漂母墓。”王一当说道。

车子出了街道不远，就拐上了一条田间小道。很快，就在前面一片水稻田里，兀立着一座高大的土丘，昂昂然，巍巍然，十分壮观。在土丘的旁边，还有一个不大的学校，学校门前的木牌上写着七个大字：“码头镇泰山小学”。

车子到了土丘跟前停了下来。朱聪和王一当下了车，朱聪抬头望着土丘，问道：“这就是漂母墓吗？”

“嗯得，这就是漂母墓。”王一当说道。

朱聪怀着一种敬仰的心情绕着漂母墓连续转了几圈。漂母墓十分高大，约有四层楼高，占地超过一亩，上面经年被雨水冲刷，留下了一道道深浅不一纵横交错的沟壑。一些植物在上面肆意地生长着，有低矮的灌木丛，有各种杂树，有有名的、无名的野花，有多种野菜，还有一些金银花、冬青、茯苓、木槿等中草药……这里，简直就是天然植物的理想王国。

“这个墓是怎么形成的呢？”朱聪问道。

“秦朝末年，韩信经常在淮阴城外的淮水垂钓，却常常钓不到鱼儿，就经常忍饥挨饿。有一次，韩信饿得昏了过去。这时，在淮水边上替人浣纱的漂母看到了，就把自己带来的饭菜让给韩信吃。就这样，一连十几天，漂母都把自己的饭菜让给韩信。要知道，韩信和漂母素不相识，没有任何血缘关系，能做出这样的善举，自然让韩信十分感动。韩信于是对漂母发誓说‘等我以后发迹了，我一定要重重地报答您’。哪知，漂母听了韩信的话十分生气，她批评韩信说‘你这么一个大男人，连自己都养不活，还有什么出息？我是可怜你才帮助你的，哪里还指望什么报答啊’？韩信听了漂母的话，感到十分惭愧，从此就发奋读书，学习本领。后来参加了刘邦的起义军，立下了赫赫战功。韩信当了齐王后，就回到家乡淮阴，找到了漂母，赠给她一千两黄金。‘一饭千金’的故事，就是这么来的。”王一当说道。

“那后来呢？”朱聪问道。

“后来，韩信第二次回乡时带了十万人马，那时的漂母已经去世了。韩信十分悲痛，就让自己的十万将士，每人用战袍兜了一袍土放在了漂母的坟上，十万兜土将漂母的坟堆成了小山。当时的规模，要比现在大得多了。远远望去，犹如在苏北平原上矗立起了一座大大的金字塔。”王一当深情地述说道。

“那为什么后来变小了呢？”朱聪问道。

“一是随着时间的推移，岁月的流逝，雨水的冲洗；二是地方官吏不注重保护；三是当地的百姓把坟上的土偷回去垫宅基地。长此以往，漂母墓的规模就不断地缩小、再缩小，最后变成了今天的这个模样了。”王一当说到此处，十分地痛心。

“这是一座爱心金字塔，我们要把它保护好，把漂母的母爱精神发扬光大，让淮阴这个‘千年之都’同时拥有‘母爱之都’的美名。”朱聪说道。

“在中国的历史上，有三位母亲被称为圣母，她们是孟母、岳母和漂母。孟母三迁的故事，可谓是家喻户晓，而岳母刺字更是人人皆知。但是，你如果细想一下，她们两位圣母的故事，和漂母相比，还有很大的不同，不能都用‘母爱’一词来概括。”王一当说道。

“这个有什么不同呢？”朱聪有点犯糊涂了。

“你想想啊，孟母和孟子是什么关系？岳母和岳飞又是什么关系？”王一当问朱聪道。

“她们是母子关系啊。”朱聪说道。

“对呀，她们都是母子关系。那么，漂母和韩信又是什么关系呢？”王一当问道。

朱聪歪头想了想，说道：“她们不是母子关系，她和韩信之间原来并不相识，也不是亲戚关系。”

王一当笑道：“是的，漂母和韩信之间没有血缘关系。那么，搞清了她们之间的关系，有些问题就好理解了。”

朱聪问道：“如何理解？”

王一当说道：“孟母三迁的故事，其实就如现在的母亲给自己的孩子买学区房一样，这个学区不好，就买另一个学区的。为了孩子，学区房再贵也要买。这样做的目的，就是要让自己的孩子有一个更好的受教育的环境。你说，现在的母亲，是不是也和当年的孟母一样？只不过，在多少年前，伟大的孟母就理解了环境对孩子成长的重要性，为了孩子的成长，不惜连续搬了三次家。这样的精神，即使放在当代，也是值得世人永远学习的。也正是由于孟母的支持，才有了一代圣人孟子的诞生。可以毫不夸张地说，有了孟母，才有了孟子，有了孟母的执着，才有了孟子的千年传奇。”

朱聪问道：“那么岳母呢？”

王一当说道：“岳飞是历史上定论的抗金名将，这是不容置疑的。岳飞成长为一代杰出的将领，同样是和他的母亲的教诲密不可分的。岳母刺字，是一种很强的仪式感，类似于今天进行的爱国主义教育一样。爱国主义是任何一个民族、任何一个国民都必须拥有的最宝贵、最纯真的情感和品德。很难想象，一个不爱国的人内心会能有多少人类美好的情感？爱国主义，这一情感，必须是刻在每一个人内心的最基本的情感，是与生俱来的基因传承。爱国主义，也是评判一个人最基本的标准。一个人，只有当他把自己的前途命运和自己的民族、自己的国家前途命运紧紧联系在一起，他的生命才能真正得到升华、得到永恒，生命才最有意义。因此，从这个意义上来说，岳母对自己的儿子岳飞的爱国主义教育，是完全符合正统思想教育标准的，也是完全正确的。正是有了岳母正确的思想引领，岳飞才会在国家面临生死存亡的危急关头，横刀立马，统帅岳家军，挥师北伐，大败金兀术，收复失地，成了南宋抗金斗争的中流砥柱，成了历代中国人民心目中爱国主义英雄的典范。这其中，岳母发挥的教育作用是非同小可的。对孩子进行爱国主义教育，在任何时代都是主流教育，以往是这样，现在是这样，今后也是这样。只不过，在这方面，岳母是一位杰出的代表。也可以毫不夸张地说，有了岳母，才有了岳飞，有了岳母的教育，才有了岳飞的彪炳千秋。”

朱聪问道：“那你又如何理解漂母的呢？”

王一当说道：“刚才已经说了，孟母和孟子、岳母和岳飞，她们之间的关系是母子关系，是血缘关系。但是，漂母和韩信的关系，非母子关系，也非血缘关系，完全是两个八竿子打不着的人。但是，历史就是这样的神奇，让两个毫不相干的历史人物走到了一起，让人们记住了他们的名字，记住了他们的故事。你说，这是不是缘分？”

朱聪说道：“历史机缘，总是在不经意间发生的，但某些时候，又是那么的巧合。”

王一当说道：“你说的没错。如果没有韩信流落淮水，也没有漂母浣纱，他们怎么也不会碰到一起的。漂母是一位什么样的人，她的家庭是什么样的，她自己有没有孩子，这些，在历史上都无法考证了。但是，这些并不重要，重要的是我们知道了漂母在此之前并不认识韩信，韩信也不认识漂母，他们的认识，纯属偶然。但是你发现没有，从古书记载中，我们能得出一个结论，那就是漂母的家境并不好，要不然，她也不会出来给有钱人家浣纱。所谓的浣纱，很可能就是替人家在河边漂洗蚕丝。当然，这只是我的个人猜测。因为当时，在我们淮阴已经有了桑蚕的饲养技术，有了蚕丝的生产。从这个角度来看，漂母浣纱很可能就是漂洗蚕丝。也由此可以看出，漂母是靠出卖苦力维持生计的，类似于今天的外出给人打工。漂母给人打工的后勤保障应该不是太好，最起码是没有食堂保障，不能提供食宿，所以，漂母不得不每天从自己家里带饭出来，到了中午吃饭的时候再拿出来填饱肚子。那个时候，又没有微波炉，更没有其他保暖设施，估计至多用棉袄什么的包裹起来就不错了。”

朱聪说道：“是的，那时的人们生活条件也太艰苦了。”

王一当说道：“是的，是非常艰苦。但是，即便在这样的艰苦条件下，当漂母发现了比自己还要困难的、需要帮助的人时，她还是毫不犹豫地把自己的饭菜让给了一位素不相识的人。对不？”

朱聪说道：“对的。”

“而且不是一顿，而是连续十几天。估计这连续十几天下来，韩信都把漂母这里当成慈善机构了。”王一当说道。

朱聪笑而不答。

“你说，漂母无私地把自己的饭菜让给韩信吃，她图的是什么？图的是以后韩信能报答她吗？她那个时候能未卜先知知道韩信会当上齐王吗？显然是否定的。那么，漂母帮助韩信是出于母爱吗？他们不是母子，也谈不上是母爱。”王一当说道。

“那到底是什么呢？”朱聪问道。

“是大爱，人间大爱。”王一当说道，“淮阴人自古就有秉性淳厚、刚柔相济、包容兼蓄、悲天悯人的禀赋，概括起来就是一种大爱的情怀，大爱的品格，而漂母正是这种大爱精神的杰出人物，也是历代淮阴人的精神家园和精神标识。”

“看不出来，你对漂母的认识是如此的深刻呀，佩服，佩服。”朱聪由衷说道。

“淮阴的运河文化、韩信文化、漂母文化，是淮阴文化的精髓，也是中国传统文化的一个重要的组成部分，研究好、传承好、利用好、宣传好这些本土文化，是利在当代、功在千秋的美事、好事，希望你也能像我一样，热爱她、呵护她、守望她。”王一当真诚地说道。

“好，但愿不负所望。”朱聪说道。

接下来的那些日子里，朱聪像是小跟班似的跟在王一当的后面，跑遍了枚乘故里、韩信湖、钓鱼台、跨下桥、三闸遗址、大小葫芦岛、双金闸、甘罗成遗址、惠济祠、高堰石工墙、镇水铁牛、侯二门遗址等众多古迹遗址，让朱聪目不暇接，流连忘返，欲罢不能，意犹未尽。同时，也让朱聪产生了一种深深的焦虑感，有一个念头在他心里慢慢产生，而且越来越强烈，那就是要尽快把全码头镇的历史文化点位全部调查清楚，拿出一部总体的保护、传承、利用、开发的规划，交由党委政府讨论、实施。经过多月的努力，加上在王一当的全力配合下，朱聪洋洋洒洒二万余字的《码头镇历史文化遗产保护及开发利用发展规划（草稿）》终于交到了党委书记李铭轩的手里。拿着这份凝聚了朱聪心血的成果，李铭轩十分欣赏，也十分珍惜，经过他适当地修改之后，这份材料就以码头镇党委、政府的名义上报了县委、县政府。县委、县政府接到这份材料之后，立即责成县文化局牵头，对其可行性进行了详实地论证，最后经过修改后又上报到了市委、市政府，受到了上级领导的高度重视，也为后来的运河文化开发起到了很好的铺垫作用。

二十七

朱聪初来乍到，对码头的工作还有一个了解的过程，好在他跟父亲朱守正在三城镇生活多年，乡镇的工作、生活方式是十分熟悉的。镇党委书记李铭轩对他的态度也很热情，甚至可以用“喜欢”一词来形容，有事没事的时候，总是爱把朱聪带在身边，甚至在接待上级领导的时候，也让他跟在旁边，或是帮助倒茶、拎包，或是帮助在酒席上点烟、斟酒。

“你们年轻人要多见世面，不要怕压担子，工作经历多了，也是一笔宝贵的财富。各方面都经历过了，你才能熟悉它们，等到你做了主要领导干部了，开始独当一面了，你才不会被你的下属忽悠，因为这些事情都是你以前做过的。所以，年轻人多做点事不吃亏。”李铭轩书记经常拿这话来教育朱聪。

朱聪也知道李铭轩书记是在有意栽培自己的，所以，每次李书记安排的事情，都尽可能地全力做好。因为这个，很多人都极力把朱聪当成巴结讨好的对象。但却引起了一个人的不满，这个人就是镇长金明。金明四十出头的年纪，个子不高，却长得敦敦实实，戴着一副深色变色镜，那副眼镜在别人的记忆中好像从来没有从眼睛上摘下来，所以镜片后面到底隐藏着什么，对别人来说永远是个谜。金明镇长初中毕业直接考上了中专，四年中专毕业后被分配到了县粮食局下属的一个米厂工作了几年。后来，还是在县招待所做后勤的哥哥找人，把他调到了农村一个乡镇做了民政助理。工作没几年，就进了班子，再过几年，又是在哥哥的帮忙下，到码头镇做了镇长。来到码头后，他没把心思都用在工作上，而是到处拉关系、培植个人势力，积极准备接李铭轩的班。因此，当他看到李铭轩对新来的朱聪格外关照时，他的心思又开始转了起来。按理说，一个新来的干部，还是一个刚刚走出校门的年轻人，对他怎么也构不成威胁，但他却不这样想，“宁欺白须公，莫欺少年穷”，这个年轻人不是一般人，他的父亲在县文化局做局长，虽说文化局不是什么强权部门，但最起码影响还是有的，更何况朱守正在县里一向口碑不错，尽量不要去惹他。再说了，这个朱聪确实不错，不仅人长得帅气，而且还很会做事，特别招人喜欢。如果不能为已使用，至少也不能被李铭轩拉过去。为此，金明先放出了两个气球来试探朱聪。

“朱聪啊，听说你还没有对象啊？要不要我帮你介绍一个呀？”那天上午，趁着李铭轩书记到县里开会，金明镇长把朱聪叫到了自己的办公室，直截了当地问道，“你是不是从来没有谈过对象啊？”

朱聪没料到金镇长会问他这么一个问题，一时不知道怎么回答，涨红了脸，怔在了那里。

“男人吗，有啥不好意思的？实话实说。”金明镇长推了推鼻子上并不歪斜的变色镜说道。

“以前在大学里谈过一个，后来，后来，毕业的时候又分手了。”朱聪嗫嚅道。

“噢，谈对象吗，哪能都一次性谈成，何况是在大学？只当是练手的吧。”金明镇长问道，“后来又怎么分手的？”

“毕业的时候，一个要到省城去，一个要回淮阴，志向不同，就分手了。”朱聪说道。

“噢，原来是这样。志不同，道不合，即使以后结了婚，成了家，也难免不会分手。如其这样，还不如早点分手。当断不断，后患无穷。”金明镇长说道。

“是的。”朱聪附和道。

“既然已经分手了，那就不要留恋了。”金明镇长说道，“感情这事，它不能留有真空地带，一段感情结束了，必须要有一段新的感情来替代。就好像一块土地，当这块土地上的庄稼收割完了，就需要及时种上新的庄稼，否则，这块土地就会被杂草覆盖了，感情也是这样。我给你重新介绍一个吧，怎么样？”

朱聪犹豫道：“分手时间还不长，这么急三赶四地找，恐怕不太好吧？”

金明镇长听了，笑道：“迂腐！你没听人家说过，叫‘好饭不耽误’，现在优秀的姑娘少了，恐怕一旦逮不住机会，就会‘过了这个村，就没有这个店了’。而且，不瞒你说，介绍给你的这个姑娘，是我的小姨子，在县蔬菜局工作，是体制内的不说，而且人也长得漂亮。想追求她的人多了去了，我看你忠厚老实才多这个嘴的，要是换了别人，我才懒得说呢。”

朱聪听了，说道："感谢镇长关心。这个事情不是小事，我先回家跟我父母说一下，听听他们的意见。"

金明镇长听了，用手指点着朱聪笑着说道："看不出来，你还是个大孝子呢！"

事后，朱聪迟迟没有给金明镇长答复，镇长也不好再问，只好装聋作哑，只当这件事根本没有发生过。紧接着，他又进行了第二次试探。

"朱聪啊，你在毛家湖村蹲点也够辛苦的，干脆调到干村来，到我的点上来，你看怎么样啊？"金明在一次早点名结束后，在会场把朱聪留了下来，对他说道。

毛家湖村是党委书记李铭轩的点，朱聪去那蹲点也是李铭轩一手安排的。这个时候，镇长要调他到自己的点上去蹲点，这个可怎么办呢？朱聪愣了半天，实在想不出拒绝的理由，就只好说道："我服从组织安排，组织上让我去哪我就去哪。"

金明镇长听了，颇为满意地说道："那好，那你就去和李书记汇报一下，明天就到干村去。"

朱聪听了，一时没有反应过来，懵懵懂懂地问道："镇长，你让我怎么去说呀？"

金明听了，反问道："有什么不好说的，就说毛家湖村比较远，自己想换一个近一点的村就是了。这点小事，就这么难？"

朱聪听了，拗了起来，梗着脖子说道："我没嫌毛家湖村远呀，你让我这么说我肯定不去。"

金明听了，心中有点恼火，责问道："那你不想去我那个村了？"

朱聪说道："在哪个村都无所谓，都是为人民工作的。但是，让我睁眼说瞎话，这个活我干不了。"

金明听到这里，已经彻底放弃了幻想，他拍着桌子对着朱聪吼道："你瞎说什么？谁让你睁眼说瞎话了？莫名其妙。出去，你给我出去。"

朱聪满腹委屈地出去了。金明瘫坐在椅子上，心里那个恨呀都不知道怎么表达了，他恨恨地骂了一句："不识抬举的东西，你以为你是谁啊？"

在金明镇长的心目中，让朱聪去干村蹲点只是一个由头，他也知道，一年没到底就调整蹲点干部，这种做法是不适当的，尤其是调整党委书记所在村的蹲点干部更是不可取的。他之所以这样做，主要是想看看朱聪的忠诚度，看他是不是可以为己所用。如果朱聪真的答应去找李铭轩去谈，他也会委婉地阻止他的。如果朱聪答应了，那就说明朱聪已经是自己的人了，那让自己的人去冒险就犯不上了。他金明现在要的不是朱聪的行动，而是态度。现在好了，朱聪的态度已经十分明显了，明摆着不愿意站到他的一边了，这让他心里像是堵了一团卫生纸，非常难受。

“既然敢明目张胆地跟我对着干，就绝没有你好下场。等着吧，有你后悔的时候。”在朱聪离开的那一刻，他已经在琢磨怎么样让朱聪知道厉害了。

不久，机会就来了。一天下午，县委办的王副主任带着督查办的领导来码头镇督查盐卤管道工程进度。淮阴县的天鹅湖周边的地底下，埋藏着一个巨大的宝藏。经过国家有关部门连续多年的勘探，查明地底下有一个储量巨大的盐矿层，用现有的技术开采的话，够上开采一百年。这个惊人的发现，让淮阴戴上了“中国盐都”的桂冠，也让领导们看到了新产业发展的希望。经过多方奔走，终于达成了一项向外市输送盐卤的项目。盐卤项目的远距离输送，主要是从地底下铺设一条二百多公里的输送管道，而管道的输送在淮阴县内涉及多个乡镇。其他乡镇的土地征收、青苗补偿等工作都已顺利结束了，工程施工十分顺畅，偏偏到了码头这一段卡了壳，施工受阻。工程队的老板没了办法，就天天跑到县委书记的办公室，赖在那里不走，要求县委尽早解决问题。码头镇问题到底出在哪？县委书记一了解，才得知是码头一户人家正好处在输卤管道线不到五十米的地方，这家主人对施工队提出他家的房子墙壁出现了开裂，要求施工队给予经济赔偿，否则绝不给他们施工。施工队认为他们家的房子裂缝不是现在施工造成的，而是多少年前就存在的，是旧伤口，不能给予赔偿。县委书记了解情况后，打电话给码头的书记、镇长，限他们在十天内处理好问题，确保施工队正常施工。码头党委、政府接到县委书记的指示后，迅速把任务交给了分管农业工作的副镇长。这名副镇长去现场五天后，就回来向李铭轩书记汇报，说那家人太不上路子了，没法交流，自己无法胜任。李铭轩书记无奈，只好让上了年纪快要到达退休年龄的纪委书记去处理。这位纪委书记组织了一个精干的专门班子，信心满怀地开赴第一线。结果，三天不到，这位纪委书记也是铩羽而归，无功而返。一下子，镇里的班子成员一个个都对这件事唯恐避之不及，无人愿意接手。眼看着十天的期限就要到了，码头这边一点动静都没有了，施工队的老板又急了，再次跑到县委书记办公室告状去了。县委书记听了老板的诉苦后，就让县委办王副主任亲自带人到码头走一趟，务必要现场解决问题。

“你们书记呢？跑哪去了？”王副主任没找到李铭轩，就直奔金明镇长的办公室，一进门就气咻咻地问道。

金明一看对方的架势，就知道来者不善，赶紧从座位上溜了下来，跑到王副主任一行人面前，把他们让到了沙发上坐了下来。党政办秘书又及时地一一奉上了茶水。

“李书记怎么不在，到底去哪了？”王副主任咂了一口茶，脸色缓和了不少，但语气还是有点冲。

“是这样的，我们李书记今天一早就到市里接待一位客商去了，估计晚上才能回来，所以就我一个人留在家里看门了。”金明一边说着，一边小心翼翼地掏出一包红塔山香烟，一一敬给大家。

王副主任点燃上一支烟，又问道：“没有电话吗？能打电话给他吗？”

金明露出为难的神色，说道：“他去哪儿，具体位置我也说不上，到了那里，我也不知道号码，你让我上哪去打电话给他。这么吧，你有什么事交代给我就行了，我来给你办，如果办不好，你尽管处分我就行了。”

“这话是你自己说的，我可没掰你嘴说啊。”王副主任脸上浮起了一层笑容。

王副主任今年五十多岁了，在县委办公室里，陪伴了好几任县委书记，也是老资格的副主任了，如果不是他自己不想出去，不然早就到哪个部委办局当了一把手了。现在的好多一把手大多都曾经是他的手下，或者是同事，所以，他到了哪儿，都十分受人尊重，事情也十分好办。一般情况下，县委办很少派他出来跑外勤了，除非是特殊情况，否则，他是不会轻易出来的。一旦王副主任亲自出马了，就说明这件事情有多重要了。金明镇长在官场多年，自然知道王副主任到来的分量，也猜到了来意，心中在不停地打着腹稿。很快，他已经想出了一个应对之策来了。

“王主任放心，有什么事你也不用拐什么弯子了，直接吩咐，如果做不好，甘受处分。”金明拍着胸脯说道。

“好，金明镇长难得今天如此痛快。”王副主任笑道，“你们的输卤工程矛盾迟迟不能解决，眼看着十天的期限就要到了，你们打算怎么向县委交差呢？”

金明镇长听了，不禁笑了起来，说道：“我说是什么事呢，就为这个事情啊，就动用你的大驾？”

王副主任听了，愕然道：“难道这个事情不重要吗？难道你们完成了吗？”

金明镇长说道：“这件事情虽然前期处理得不是很利索，前后上去了两个三套班子领导，虽然没有完成任务，但是他们却积累了宝贵的经验，为最后的总攻打下了坚实的基础了。现在，就差最后一击了。”

“欧，这么说你们已经有了胜利的把握了？”王副主任一下子坐直了身子，问道，“说说看，是什么方案？”

“是这样的，李书记在家的时候曾经说过，这个事情要交给一个新的同志去做，这个新同志虽然岁数小，但却很有能力，是个重点培养的对象。让年轻人去啃一些硬骨头，本身就是对他们的一种锻炼吗。再说了，这个年轻人还有一个强大的背景呢。”金明镇长说道。

“是谁？是什么背景？”王副主任瞪大了眼睛，急切地问道。

“这个人呀，叫朱聪，是文化局局长朱守正的大儿子，当年在读大学的时候，还是全市表彰过的英雄呢，牛得很呢，他一出马保证没事。再说了，李书记说了，如果朱聪处理不好这件事，他本人愿意向县委辞职。怎么样，李书记够对他上心的吧？”金明镇长说道。

“以前好像听说过这件事，影响还不小呢。”王副主任听了，问道：“他真是朱守正的儿子？”

“这个肯定假不了，如假包换。”金明镇长回答道。

“你们把这么大的担子压在一个年轻人的身上，是不是欠考虑啊？一旦有什么闪失，你们怎么向朱守正交待啊？”王副主任心里打不到底，疑惑地问道，“这样做，是不是反而害了年轻人啊？”

金明镇长听了，“呵呵”笑了起来，说道：“哪会呢？有李铭轩书记做他的后盾，还有什么坎爬不过去呢？再说了，年轻人不在风雨中锤打，怎么可能迅速成长起来呢？你放心吧，我的大主任。”

听金明镇长这么一说，王副主任也不好再表示反对了，只好说道："那好吧，听你的。但有一条必须说清楚，一旦工作没有做好，李书记必须要给一个处分，那个朱聪更是直接责任人。当然了，如果他们两个人都被处理了，那你也跑不了，甭以为站在干崖上就湿不了脚了，到时，一个也跑不掉。"

金明镇长笑道："决心是书记下的，关我什么事？"

王副主任说道："你的那点小心事我还看不出来？你是镇长，甭到处推卸责任。好了，好了，快去安排吧。我今天就在你的办公室不走了，坐等消息。"

"好吧，好吧，你们先到食堂打会牌，我来交代一下。"金明镇长说着，等到王副主任一行人出去后，他又拿起了电话，让党政办的同志迅速把朱聪叫到镇长办公室来。

不一会，朱聪就急匆匆地推开镇长办公室的门，走了进来。

"镇长，你找我？"朱聪站在办公桌前面，望着金明坐在宽大的椅子上的背影问道。

金明坐在椅子上没有起身，只是缓缓地把椅子转了过来，用手推了一下墨镜，不急不慢地说道："你来了。现在有一个表现的机会来了，交给你去办。记住，只许成功，不许失败。"

朱聪从镇长办公室出来后，第一时间找到了文化站长王一当，把金明镇长交代给他的事情原原本本地告诉了他，希望他能给自己出出主意。

"这不胡闹吗？三套班子领导一个不出面，让你一个乳臭未干的毛小伙子去啃这么一根硬骨头，这不存心欺负人吗？做好了还好说，做不好罪过都是你一个人扛了。再说了，真正好做的事还轮到给你吗？"王一当听了，十分生气，"不行，我去找金镇长评理去，不带这样坑人的。"

"唉哟，你省点事吧，还是抓紧帮我出出点子吧，看我到底怎么平息这件事？"朱聪着急地说道。

"怎么平息，我哪里知道？"王一当嘟囔着说道，"还是你自己看着办吧，实在不行，你就去找李书记，把差事推掉了事。"

朱聪一听，来了气，说道："都说你叫'一当'，你做事哪里'一当'，多大点的事，就把你吓得尿成这样？这样吧，你跟着我，做我的助手，看我如何摆兵布局，一举拿下。"

王一当气得当即笑了起来，说道："就凭你？到时不要哭出来就算是不错的了。"

朱聪也不争辩，只是让他立即通知所在村的村支部书记到镇团委办公室开会。这个王一当的办事效率也真够高的了，不到半个时辰，汪梨村的支部书记庄爱连就赶到了朱聪那个既是宿舍又是办公室的小房间来了。庄爱连五十多岁，长得十分精瘦，留着平顶头，两边的鬓发像经过了霜打似的，完全花白了。

"庄书记，你们村那户人家不给施工到底是怎么回事啊？"朱聪开门见山地问道。

庄爱连清了清嗓子，说道："我们村的庄爱才家在村子的最西头，按理说房屋离管线有近50米的距离，完全不受影响，但他家硬是不上路子，拼了命不给施工。"

"他们家有什么具体要求吗？"

"有，就是要十万块钱房屋赔偿费，其他的没有。"

"经过的管线是他们家的地吗？上面的青苗费有没有赔偿到位？"

"是别人家的地，跟他半毛钱关系都没有，钱也早赔给别人家了。"

"他们家都有哪些人啊？"

"一共六口人。庄爱才夫妻两个，都六十多岁了。还有三个儿子，一个女儿。大儿子四十出头了，还没有对象。二儿子到外地做了上门女婿。三儿子学校才毕业，在外打工。最小的女儿，还在学校读书。"

"家庭应该比较困难啊。"

"是的，在我们村算是比较穷的了。"

"你们上门做了多少次工作了？"

"无数次了，怎么做都做不通。"

"噢，那现在我们再去一趟吧。"

一听朱聪说要亲自去庄爱才家一趟，王一当就先不答应了，劝阻道："都快晌午了，你现在去人家还以为你要去吃午饭的呢。要不，还是等下午上班时再去吧？"

庄爱连也说道："这样你太辛苦了。这件事都那么多天下来了，也不急着这一刻，还是王站长说的对，就下午再去吧。"

朱聪说道：“你们要是累了，就在这里歇歇，我自己一个人去。”说完，就出门去推自己放在墙角边的那辆新买的飞鸽牌自行车。

王一当见了，无奈地跟了出来，说道：“算了，算了，还是陪你走一趟吧，坐我的电驴吧。”

朱聪听了，笑道：“还是站长心疼我呀。”

庄爱连在旁边说道：“那当然了，‘一当’的名字不是瞎喊的。”

王一当对庄爱迁怒道：“‘一当’是你喊的吗？你再敢喊一句，看我敢不敢撕烂你的嘴？”

……

临近中午的时候，三人来到了汪梨村庄爱才的家里。庄爱才的家有主屋三间，黄砖黄瓦砌成。东西各有两间厢房子，也是一律的黄砖黄瓦，东边两间做了厨房，西边两间既是住人，也是储物间。所有的建筑看起来都很有年月了，显得十分破旧了。在主屋子的屋脊上，还能看到黄色瓦片的下面，压着一大块蓝色的塑料布。门前没有院墙，只是简单地用树枝搭了一个篱笆墙。篱笆墙的外面建了两间砖砌的猪圈，里面养着两头四五十斤重的小黑猪。两头小猪在猪圈里悠闲地啃着山芋头，“哼哼唧唧”的，一副十分受用的样子。猪圈的一旁长着一大簇月季花，那一大朵一大朵的花儿开得正盛，即使到了秋天，也丝毫不减春天的劲头。

一位正在猪圈旁边拿着铁锹往猪圈里倒垃圾的老汉看到一行人来了，继续一锹一锹地铲着垃圾，好像根本没看到他们似的。

“大哥，忙什么呢？”庄爱连走到老汉跟前，热情地打着招呼。

“你自己没长眼，看不到啊？”老汉瞟了他们一眼，不冷不热地说道。

“大哥，这位是我们镇里的团委朱书记，这位是王站长，他们来看看你的。”庄爱连也不生气，把朱聪他们介绍给老汉道。

“我有什么好看的，没病没痛的，好着呢。”老汉停下手中的活，望了望他们一眼后，又开始铲起了垃圾。垃圾撒了两个小猪一身，为了争抢，它们相互开始撕咬了起来。老汉用铁锹拍打着猪们的后背，骂道：“光吃人饭不说人话的家伙，整天只会吵吵吵，连个正经事都不会做，要你何用？”

“大哥，我们是家里人，你怎么骂我我都不生气，人家镇领导来了，又没招你惹你，你干吗夹枪夹棒的，有意思吗？还不领我们进去喝杯水，让领导人坐下来歇歇？” 庄爱连上前夺下老汉手中的铁锹，扔到了一旁，又转头对着朱聪他们介绍道，“这就是庄爱才，是我的大哥，我堂哥。”

朱聪听了，立即向庄爱才说道：“大爷你好，我们今天来主要是想了解一下你家里有哪些具体困难，看看我们有什么能帮助到你的？”

听了朱聪的话，庄爱才的脸色才缓和了一些，不过，语气依然显得十分冷淡，说道：“我们家小门小户，也没别的大事，就是房子被人弄坏了，需要10万元重盖，这个忙你能帮吗？”

“来来来，到屋里坐。”这时，从院子里出来一位老大娘，热情地把朱聪他们让到了堂屋坐下，并忙不迭地捧出几只吃饭的大碗，喊在厨房里灶间正在烧火的大儿子把热水壶提出来，给每人倒上了一大碗热水。

老大娘看着朱聪他们问道：“你们是来处理我们家房屋事情的？那钱什么时候能到位啊？”

朱聪回答说：“大娘，你们家的房子裂缝是怎么开裂的？是不是管道铺设造成的？”

老大娘说道：“那还用说？”

朱聪带着王一当和庄爱连在房子内外转了几圈，发现墙壁上那些大大小小的裂缝确实不像是现在才有的，有的裂缝上都已经爬满了蜘蛛网，蒙上了厚厚的一层灰了。

“大娘，这些裂缝裂了多少年了？”朱聪指着那些蜘蛛网对老大娘说道。

“六七年了，一直都这样。”老大娘随口说道。

“瞎嚼什么？什么六七年了，以前哪儿有？不是外面搞施工了才有的吗？”

紧跟在老大娘后面庄爱才大声呵斥道，“不懂装懂。赶紧做饭去，省得在这里胡说八道。”

老大娘听了，自知失言，偷偷瞅了老伴一眼，像做了错事似的，低下头急急地离开了。朱聪把这一切都看在眼里，脸上却不动声色。几个人又回到了堂屋里面坐了下来。庄爱才又开始了喋喋不休地抱怨起了管道施工给他家造成的多少损失。趁着王一当他们和他周旋的机会，朱聪借口上厕所，来到了厨房找到了老大娘。老大娘看到朱聪进来了，还有点不好意思，侧着脸不敢正面向着他。

“大娘，你们家的房子早就开裂了，为什么还要和工程施工扯上边呢？”朱聪和颜悦色地问道。

老大娘欲言又止。朱聪近前一步，小声地说道：“你们有什么想法，可以直接告诉我，我来帮你们想办法。”

老大娘四下看了看，见厨房里没有其他人，才叹了一口气，小声地说道：“我们家儿子多，都到了能娶亲的岁数了，老头子想趁机向村里要一份宅基地的，才这样闹起来的。”

“要宅基地可以光明正大地要啊，干吗非要这样做呢？”

“现在村子里土地都划到了每家每户，哪有多余的宅基地啊？”

“就是呀，都明知道没有了，还闹什么呢？”

“后来老头子说村部那儿还有一些集体土地，就打了那块地的心事了。”

“那为什么不明说呢？你家儿子多，要一份宅基地也正常啊。”

“都放在面上要，你也要，我也要，到底给谁好呢？所以呀，老头子才想出了这么一出。”

朱聪终于明白了原委，悄悄地说道：“那我把你们的诉求给村里说说，看看他们怎么说？”

老大娘点了点头，充满感激之情地望着朱聪，说道：“那敢情好。”

朱聪从厨房出来后，把王一当和庄爱连喊到了院子外面。三人到了一个僻静之处，朱聪把刚才老大娘的话告诉了他们。王一当听了，拍掌笑道：“病根找到了，这病就能医好了。”

庄爱连听了，则皱着眉头说道：“这个老狐狸，原来是打的这个主意。我千想万想，没有想到这一点上，真是棋高一着啊。”

“有什么困难吗？”朱聪问道。

“朱书记你不知道，村部旁边的那块集体用地我是准备搞集中居住的，到时统一规划，统一样式，统一绿化，统一保洁，建成新的农村居住点。”庄爱连说道，“到时，对有需求的群众，可以公开进行销售。这样，不仅可以解决群众的住房问题，还能增加村里的收入，岂不一举两得？只不过没想到，我还没有正式实施，我这个堂哥已经早就瞄上这块肥肉了。如果说这个时候就答应给一份宅基地给他，肯定是不行的，群众也不会答应的。”

“这个简单。”王一当说道，“这个时候，我们绝不能一口就答应他的要求。我的意思是，可以考虑以后整体规划时，优先出售给他家，但不谈价格。如果他家还不同意，我们再在价格上可以考虑给予一定的优惠，不要把我们的底牌一下子都泄露给对方。”

“这样，我们分步实施：一是由庄书记去和你堂哥谈，把老大娘的话跟他挑明，看他怎么说？二是把我们的初步想法也可以告诉他，以显示我们的诚意，但要留有余地，不要把话说得太满。你们看如何？”朱聪说道。

“我没意见。”王一当说道。

“那我去试试看。”庄爱连说道。说完，就转身进了院子，去找他堂哥去了。

过了许久，庄爱连才从院子里走了出来。王一当赶紧迎上去问道：“谈得怎么样？”

“老狐狸提了两个要求：一是要解决他家现有的住房问题；二是要宅基在出售的时候，要给予他一定的优惠。”庄爱连叹口气说道。

“你是不是把我们的底都告诉给他了？”王一当有点不满地问道。

“还要你说吗？他早把我们的心思猜透了。”庄爱连说道。

“他家的房子也能住，干吗要先搬走找新地方呢？”王一当问道。

“这正是他的高明之处，他想用这种既成事实的方式，告诉其他的村民。同时，也是给我们压力，让我们尽早解决他家的宅基地问题。”朱聪分析道。

“那我们怎么答复他呢？”王一当问道。

朱聪沉吟了一下，对庄爱连书记说道：“这样，关于他家临时安置的问题，可以先安排到你们村已经废弃的小学，那里地方大，房子多，一时半会也用不上。这个问题，我去和文教办协调。关于优惠的问题，不是我们现在能定下来的，这个要取决于他家的配合程度。你就这样给他去说。”

庄爱连答应着去了。几分钟后，又垂头丧气地回来了。

“怎么样？他们家怎么说的？”王一当迎上去迫不及待地问道。

“大哥说他本人没有意见，但要一家人商量一下，下午两点之前回话。”庄爱连说道。

“这个老头，做事怎么这么磨叽？他不就是一家之主吗，还商量什么。”王一当报怨道。

“既然这样，那我们就先回去吧，等到了下午两点钟看他怎么回话吧。”朱聪说道。

“好。”两人附和道。

三人刚回到镇政府，迎头就碰上从办公室出来去陪县委办王副主任一行吃午饭的金明镇长了。

“怎么样了啊？事情办了吗？”金明镇长脸上一副皮笑肉不笑的表情。

“哪有这么快？又不是上街买青菜萝卜的。”王一当带着不满的情绪说道。

“镇长，我把上午的情况跟你汇报一下。”朱聪说道。

金明摆了摆手，有点不耐烦地说道：“好了，好了，我很忙的，哪有时间听你什么汇报？我只看结果，不看过程。这样啊，今天晚上下班之前，必须处理好。县里的领导正坐镇指挥呢，你不要误了大事啊。”说完，不等朱聪再说什么，就头也不回地走了。

“什么人噢？有本事你自己不去处理的？”王一当冲着金明的背影小声说了一句。

庄爱连也小声地对朱聪说道：“朱书记，你要小心啊，金镇长好像是有意整你的呢。”

朱聪笑道：“都哪跟哪哟？甭瞎说了，抓紧到食堂吃饭吧，下午还有事要办呢。”

“好吧，吃饭去。”王一当说道，“不过，还得提醒你一句：‘害人之心不可有，防人之心不可无’，你还小，没经历过江湖，不能把所有人都想象得像我一样的好。”

朱聪听了，大笑着搂着两人的肩膀，一起去食堂吃饭去了。

下午一点不到，汪梨村庄爱连书记就在朱聪的催促下，去庄爱才家听回话去了。半小时后，庄爱连又骑着摩托车返回来了。一进朱聪办公室，嘴里就骂骂咧咧开花了：“这家是什么人啊，翻脸比翻书还快，太不讲信用了。”

“怎么回事？”朱聪问道。

“我去后，大哥告诉我说，他们家中午商量过了，不同意我们的方案，非要10万块钱不可，否则，坚决不给开工。而且，还把自己的三个儿子和一个女儿都叫了回来，每人准备一根棍子，好下午和我们打架。”庄爱连回答道。

“反了，反了他了。”王一当恨恨地说道。

“朱书记，我们怎么办？”庄爱连眼巴巴地看着朱聪问道。

这时，党委秘书过来传话说：“金镇长催你们了，说是县领导生气了，让你们务必下午要让施工队复工呢。”

“好的，我知道了，请你回复镇长，我们下午一定办到。”朱聪说道。

党委秘书走后，王一当抱怨朱聪道：“你说话怎么不给自己留余地呢？万一下午办不好，不是自己给自己挖坑吗？”

“就是呢。”庄爱连也说道。

朱聪听了，只是微微一笑，说道：“其他事你们不管了，现在你们立即办两件事：一是通知施工队所有人员、机械进场，得到通知立即施工;二是立即通知派出所和城管队的人来。立即，马上。”

王一当和庄爱连虽然不知道朱聪要干什么，但还是分头去通知了。不一会，所有的人都集中到了朱聪的办公室。看到人员都各自找了地方坐下后，朱聪开口说话了：“同志们，有一个任务来了，一个几乎不可能完成的任务来了，不知道大家敢不敢跟我去试一试？”

“什么破事，值得费那么大的功夫？”派出所副所长丁雷正值血气方刚，听了朱聪的话，把桌子一拍，“听你朱书记的，你说怎么干就怎么干，绝不说孬话。”

城管队长王浩是个五大三粗的中年人，刚从部队退伍回来不久，也是一个见火就着的主，听了丁雷的表态后，把眉毛往上一挑，说道：“多大的事啊，能难倒城管队？”

朱聪看看火候差不多了，就说道：“事情也不大，还是输卤工程受阻的事情。还是先听听村书记的情况介绍吧。”

“好，那我先把情况跟大伙说一说，好让你们心中有数。”庄爱连说着，就把事情的来龙去脉一一详细说了出来。

“大家情况都清楚了，你们说说，下一步，我们怎么办？”朱聪望着众人问道。

王一当第一个说道：“听你的，你说。”

丁雷说道："还是那句话，你说怎么干就怎么干。"

王浩说道："我们都是你的兵，服从你指挥。"

朱聪说道："既然大家都达成了共识，那么我们就分一下工：丁所长，你带六名联防队员，三人一组，负责控制庄爱才和他的大儿子。到时，迅速带离现场，送到派出所调查取证。"

丁雷说道："没问题。"

朱聪继续说道："王浩队长，你负责带领十二个城管队员，每两人一组，负责控制他家其余四个人。到时，迅速带离现场，送到派出所调查取证。"

王浩说道："没问题。"

王一当和庄爱连问道："那我们干什么？"

朱聪说道："你们两个带着汪梨村的全体村组干部，负责在现场向群众做好宣传解释工作。"

两人一齐答道："好的。"

朱聪最后说道："各人各司其职，组织好自己的队伍，我们半小时后在施工现场汇合。"

众人回答："好的。"

众人走后，朱聪来到金明镇长办公室，把上午的接触情况和下午的工作安排向他做了详细的汇报。

"镇长，你看还有什么要注意的吗？"末了，朱聪问道。

金明听了，心中暗暗吃惊，没想到朱聪小小的年轻，遇到这么大的事情竟然安排得有条不紊，有板有眼。尤其是那种临危不乱、淡定自若的大将风度确实十分难得。如果把这件事摆在自己身上，大概也不过如此罢了。金明想到这里，心里掠过了一丝五味杂陈，脸上又不好表现出来，只好不咸不淡地说了一句："我还是那句话：只看结果，不看过程。"

坐在一旁的县委办公室王副主任听了，面露惊喜之色，对着朱聪说道："你们今天下午的行动我能参加吗？不过，你放心，我只是去旁观，绝不干扰你们任何行动。可以吗？"

朱聪未及回答，金明先阻止道："不可，不可，领导身涉险境，一旦发生意外，我怎么向县委交代呀？"

王副主任笑道："我算什么领导，一个岁数大一点的办事员而且。何况，我在现场，脸上又没写字，谁会认识我呢？好了，你放心吧，我没事的。"

金明没了办法，只好交代朱聪道："到了现场以后，你要多安排一些人手，一定要确保领导的安全。如果出现任何意外，我都拿你是问。"

朱聪说道："好的，我用生命担保。"

王副主任批评金明道："你瞎说什么呢？你净吓人家小孩子，你要把他吓坏了，小心我拿你是问。"又对朱聪笑着说道："你甭听你们镇长乱说，到了现场，我不用你管，你该怎么干就怎么干。好，你找一辆摩托车，我坐你车走。"

朱聪心里十分感激，说道："好的。"

等到朱聪骑着摩托带着王副主任赶到汪梨村施工现场时，那里已经挤满了人，施工队的人、派出所的人、城管队的人、汪梨村的村组干部全部就位，现场还有不少的围观群众，场面十分混乱。在挖掘机头前，庄爱才带着一家六口人一字排开，每人手里都握着两米多长的杨槐木棍，和施工队的人员僵持着，谁也不肯退让一步。王一当和庄爱连在旁边苦苦相劝，可是，庄爱才一家人毫不理睬，态度十分嚣张。周围的群众也是指指点点，议论纷纷，说什么的都有。派出所人员和城管队的人排着整齐的队伍，站在庄爱才一家人的身后，正严阵以待，随时等待命令下达。看到朱聪他们来了，王一当和庄爱连两人赶紧迎了上去。

"现在情况怎么样？"朱聪问道。

"施工队要施工时，他们一家就全出来了，说要施工也行，先拿10万块钱来，否则，死也不给施工。这不，就僵在这儿了。幸亏你来了，现在该怎么办呢？"王一当急急地问道。

朱聪说道："好的，我知道了。"说完，就径直走到领头的庄爱才面前，柔声地说道："大爷，你这是何苦呢，不是都说好的吗？何必又搞得像是仇人似的，一旦出现了什么意外，谁承担责任呢？"

庄爱才梗着脖子，把木棍举到朱聪的眼面前，大声地喊道："谁跟你说好的？你那一套骗人的把戏谁信啊？今儿个如果不把10万块钱捧到我面前，我就死给你看。"

朱聪没有理他，而是又走到庄爱才的老婆面前，说道："大娘，你说的那些条件我们都答应你了，你们怎么又来这一出呢？"

老大娘把脸别了过去，不敢看朱聪的眼睛，只是小声地说道：“我，我，我，我做不了主，我们家老头子说了算。”

朱聪又对庄爱才的四个子女说道：“你们都还年轻，怎么也不懂事呢？你们这样阻碍施工，是犯法的，是要受到法律惩处的。这个时候，你们要是撤了，还来得及。否则，一切都晚了。你们还是听我一句劝，赶紧走吧。”

庄爱才的几个儿子把朱聪围了起来，其中大儿子恶狠狠地说道：“你甭在这里虚头巴脑的，净讲些没用的，我们兄弟几个也不是好惹的，把我们逼急了，啥事都能干得出来。不信，你试试。”

在庄爱才的这几个子女当中，只有站在最后头的那个女孩没有动弹，也没有说话，穿着一身衣服，神情紧张地把棍子柱在地上，小腿肚子因紧张过度而打战不已。

王一当看到朱聪被兄弟三人围在当中，刚想过去帮助解围，就见朱聪已经从圈子里突围了出来。朱聪来到派出所副所长丁雷跟前，把他手里的无线红色小喇叭拿到了手上。

“全体人员注意了，全体人员注意了：现在，所有人员听我指挥！所有人员听我指挥！”朱聪拿着小喇叭反复地喊了起来，“请派出所的同志注意，请你们立即在现场拉上警戒线，立即拉上警戒线。”

公安民警接到命令，立即在施工现场四周拉上了黄色警戒线。

“现在，请在警戒线以内与施工无关的人员立即退出警戒线，请无关人员立即退出……”小喇叭里一次次响起了朱聪那威严的声音。

还站在警戒线里看热闹的人群开始慢慢退出了，最后只剩下庄爱才一家和施工队的人员了。警戒线外所有的人员此时都瞪大了眼睛，他们知道：好戏就要开场了。

“请无关人员立即退场！请无关人员立即退场！”朱聪拿着喇叭冲着庄爱才一家反复地广播。

庄爱才一家看到形势不对，一个个举着木棍做好了搏斗的准备。

“现在，请施工队开动机器正常作业，如果有任何人敢阻止施工，请派出所和城管队的同志立即将相关人员带离现场！现在，施工开始！！！”朱聪大声地发布了命令。

挖掘机上的驾驶员听到了命令，立即启动了钥匙，机器“轰隆隆”地开动了起来，巨大的金属抓手狠命地砸向了庄稼地，瞬间，原本十分平坦的土地上，一下子出现了一道道骇人的沟壑。庄爱才见了，带着一家人举着手中的木棍，发疯似的冲向挖掘机的金属抓手，拼命地打砸了起来。庄爱才的老婆则是直接躺到了挖掘机面前的地上，呼天抢地地翻滚哭闹了起来，一边哭闹，一边大声地咒骂着：“你这个没后代的，不得好死的，千刀剐万人啃的……”

警戒线外面的围观群众一下子炸了锅，大家纷纷想突破黄线近距离地看看热闹。村组干部见了，立即组成了一道人墙，将群众拦在了警戒线以外。

“现在，请派出所和城管队的同志立即清场，将相关人员迅速带离现场，如有抗拒者，可以实行强制措施。”红色喇叭里，再次响起了朱聪那威严的、不可抗拒的声音。

很快，早已列队候命的派出所民警和城管队员们，按照事前的分工，三人一组，或是两人一组，快速进入警戒线以内，没费多大工夫，就将庄爱才一家六口人逐一带离了现场，送上了场外等候已久的警车，送往派出所接受调查。整个过程中，一家人反抗十分激烈，骂声不断。整个清场过程用时不到十分钟，十分干净利落。

现场，恢复了平静。只有挖掘机“隆隆”的作业声。围观的群众见失去了主角，也就三三两两意犹未尽地散去了。

“小子，干得不错呀！”县委办公室王副主任从头至尾观看了处置的过程，心中十分满意，禁不住对朱聪竖起了大拇指。

二十八

朱聪对输卤管线事件的处理，得到了党委书记李铭轩的充分肯定，再加上县委办王副主任在县委书记面前的极力推荐，让朱聪迎来了工作以来的第一个高光时刻。时隔不久，朱聪就被县委任命为码头镇党委副书记，这一点，让镇长金明怎么也接受不了。而让他更想不到的是，在短短的几年之内，朱聪已经升任码头镇镇长，成为全市最年轻的镇长，引起了市委组织部门的高度关注，把他列为全市重点培养对象。更为重要的是，在这期间，原来他的女同学周新雨在省城大学毕业后，主动放弃了留在省城工作的机会，回到了淮阴县图书馆做了一名图书管理员。自然而然地，朱聪和周新雨的接触更为频繁，最后终于如两家家长所愿，两人领取了结婚证书，幸福地走到了一起，两人在县城租了一间民房安下了家。一年后，周新雨生下了一个胖小子，取名叫朱小雨。因周新雨和朱聪平时工作都比较忙，孩子没人带，周新雨那位已经退休的母亲肖若云心疼女儿，就主动搬了过来和他们一起住，帮着周新雨带孩子。

而码头镇原来的镇长金明因为一起企业安全生产事件，被上级追究责任，调离原工作岗位，到县生猪办干了一份闲职去了。码头镇党委书记李铭轩因工作业绩突出，被提拔为淮阴县的副县长，分管全县的三农工作了。

这一段时间，县文化局长朱守正也到了退二线的年龄，回到了天鹅湖畔的老家淮阴县临河镇红星村养老去了。回到老家的朱守正像其他赋闲回乡的干部一样，专注于家里的房屋建设，翻新了老宅，盖了一座新式的二层小洋楼，拉起了崭新的围墙，还在屋前屋后遍植花草苗木，硬是把自己的住处搞成了一个很有情调的地方。

朱守正待在家里，一时很难适应无事可干的生活，要不是每隔几个星期就接到几个子女的来信，那一段时间他都不知道自己怎么捱过来的。每天把孩子们的信拿过来看上一会，就好像他们就在自己身边似的，特别的宽慰。一个人到了思念儿女的年纪，往往说明他的心态已经变老了，芳华岁月已经在不经意间悄悄地溜走了。

接到的第一封信，信封上没有张贴邮票，只是在信封的一个角上盖了一个三角形的红色印章。这封信是从部队寄来的，信封上的字迹正是他的二儿子朱明的笔迹。朱明从小就喜欢练习书法，写出来的钢笔字也颇有毛笔的韵味。在信中，朱明告诉他，自己已经从西部陆军学校毕业了，现在在西部一支部队做了排长。部队的驻地在一座大山上，那里人迹罕至，连鸟儿也很少看见，只有天上的苍鹰会经常掠过哨所，给他们带来生命的气息。那里的气候也反复无常，一年中大风天气特别多，经常下雪，一年能有半年封山。但是，部队的生活保障是非常充足的，部队的领导也十分关心他们，这一点，让老父亲放心，完全不用担心他的日常生活。朱明的来信很有规律，基本上是两个星期一封，和他聊着只有父子之间才有的话题。接到朱明的来信，他看完后，总会急切地第一时间去找陈月英，把朱明的信读给她听。陈月英大字不识一个，信里的有些话她听不懂，却丝毫没有影响到她对儿子心情的理解。从儿子的字里行间里，她能感受到儿子在做一件非常神圣的事情，虽然那里的环境不是太好，即使儿子用最优美的语言来描写那里的环境，但她能感受到儿子那里是不能和老家这里相比的，她自己总结出了儿子那里有三多：多风、多雪、多沙；有三缺：缺水、缺草、缺氧。即便是这样，她还是认为儿子的付出是值得的，他做的每一件事都会成为他以后人生中最引以为傲的东西。有些人，注定一辈子会碌碌无为，但有些人，注定是不平凡的。她自己的儿子能成为后一种人，也是她最引以为傲的事情。朱守正是最能理解陈月英每次听完来信的感受的，他也乐意和自己的老伴分享这份快乐。

接到的第二封来信，是小儿子朱玉写来的，他已经自学完成了高中的所有课程，原本准备参加全国高考的，但是，在报名的最后阶段，他选择了放弃，而是参加了成人自学考试。读到这一段时，朱守正的心里非常不高兴，他不明白朱玉为什么不愿意参加正规的全国高考，而是要参加那个成人自学考试。

“这个小混蛋，总是跟正常人思维不一样，也不知道他的头脑里成天究竟在想些什么？”朱守正愤愤地在心里骂道。不过，接下来他看到了朱玉在信里的解释。原来，当年中考的阴影一直在朱玉的心里挥之不去，再加上他主动放弃了上县中学习的机会，使他对参加国家正规的考试产生了逆反的心里，他在信中说道："从小到大，我都不是一个循规蹈矩的人，也不习惯那些世俗里在别人的眼里再正常不过的东西。别人走过的路不一定适合我走，我要走的，别人也不一定能走，正所谓各走各的路吧。走一条什么样的路并不是最要紧的，要紧的是在路的尽头，你能得到什么？我希望我能得到的，一定会让所有的人大吃一惊。我临走的时候曾经发过誓言：此生不能出人头地，绝不回家乡。"

让朱守正最后感到释怀的是，朱玉竟然通过了成人自学考试，而且在盱县一个叫天水镇的小学当了代课老师了。得到了这个消息，朱守正十分高兴，这么些年，终于知道了自己小儿子的落脚点了。他在心里盘算着，看看什么时候能亲自去一趟天水镇，看一看他。但是，在心里面又一个声音反对他这么想："去看什么呀？这个小子，一走就是好几年，根本没有把父母放在心上，没有把这个家放在心上。他要回来就自己回来好了，绝不能亲自去看他，这样反而显得自己错了。算了，让他自生自灭吧，只当从来没有生过这个儿子的。"朱守正这样想着，也就打消了去看望朱玉的想法了。不过，知道了小儿子确切地点的事情，还是让他激动不已。同时，他立马想到了一个人，心里说道："得赶紧把这个消息透露出去。对，赶紧。"

几天后的一个下午，盱县天水镇小学校园里。朱玉正在小学三年级教室上语文课，传达室的王大爷来到窗户外面，隔着玻璃神情诡异地拼命向他招着手。朱玉见了，只得停下讲课，把头探到门外问道："王大爷，有事吗？"

王大爷从窗口小跑到朱玉的面前，神秘地小声说道："朱老师，门口有人找，是个女的。"

朱玉听了，不以为然地说道："不能等到下课再说吗？你让她在传达室先坐坐，我下课了就过去。"

王大爷只好说道："那你下课就来呀，不要让人久等了。啊？"

朱玉说道："知道了。"就又回到了讲台上继续开始讲课。

很快，就到了下课的时间了。

"当当当、当当当……"传达室门口，王大爷拿起了一把铁锤使劲地敲打着挂在大门口的一块大铁板。一边敲着，还一边伸长脖子朝着三年级的教室望去，看看朱玉有没有出来。

终于，在"当当当"的声音终于停止后，三年级教室的那扇油着黄漆的木板门也终于打开了，英俊潇洒的朱玉穿着一件白衬衫和一条藏青色的裤子、脚穿一双黑得发亮的大头皮鞋，容光焕发地走了出来，朝着王大爷这边急步走了过来。

“谁呀？人呢？”朱玉问王大爷。王大爷没有说话，只是向传达室里面那间会客室指了指，就扭头向别的地方走去了。

朱玉走到会客室门口，看到木门虚掩着，就伸出一只手把门轻轻地推开了。屋里，一个年轻的女子看到朱玉来了，神情有点紧张地站了起来。这个女子个子高挑，身材匀称，面容娇美，肤色白净细腻，乌黑的长发马尾似的被一块粉色的手绢束在了脑后，五官精致、柔美，尤其是柳叶眉下那双大眼睛，清澈、宁静、温暖，却又凝结着一份忧愁、一份深思、一份纠结，让人看了一眼就再也无法忘却。上身穿着一件袖口带着花边的白底碎花连衣裙，肩上背着一只黑色宽带女式小包，脚上穿着一双藕色皮凉鞋，手里拿着一只没有打开的花布太阳伞。看到朱玉进来，因紧张而把太阳伞不停地从这只手换到另一只手里。

朱玉看到姑娘，浑身像是被触了电似的，整个身体一下子僵住了，张开的嘴巴怎么也合不拢了。半天，喉咙里响了许久，才挤出几个字：“你，霏霏，你……”

不错，来人正是陆霏霏。此时，陆霏霏再也忍不住了，鼻子一酸，眼圈泛红，眼泪一下子就流了出来。她丢下手中的太阳伞，一下子就扑进了朱玉的怀里，把头深深地埋在他的胸前，两只手抓住他的后背，恨不得将十根手指全都掐进他的肉里，让他永远也逃不出她的手掌心。陆霏霏不停地抽泣着，瘦弱的肩头剧烈地抖动着，她的眼泪把朱玉穿的白衬衫都打湿了、哭皱了。就这样，他们彼此相拥着，忘记了时间，忘记了周围，忘记了自我……

过了良久，等到陆霏霏渐渐地平静了下来，朱玉才拿开陆霏霏的手，把她带到了自己的单身宿舍，关上门，扶到椅子上坐下，问道：“霏霏，你是怎么找到这里的？”

陆霏霏不回答，而是坐在椅子上，环视着房间里简陋的陈设，瞬时又爱恨交加，情绪激动起来。多少年受的委屈涌上心头，她猛然站起身来，一把把朱玉拽倒在了房间里那张木质单人床上。没等朱玉反应过来，陆霏霏已经举起双手对着他的两只胳膊狠命地抽打了起来，掐了起来。朱玉躺在床上，一动不动，任凭陆霏霏去打，就是一声不吭。打到痛极时，他就咬着牙，拼命地坚持着，依然不发出一点声响，也不叫唤一声。陆霏霏打了几十下，把自己的两只手都打得青紫了起来，还不解恨，一边打，一边流着眼泪。她的手打痛了，就脱掉了皮凉鞋，爬到了床上，用脚对着朱玉的身体就胡乱地踹了起来。突然，陆霏霏一脚踹到了他的肋骨，一阵钻心的疼痛让朱玉“唉哟”一声忍不住叫唤了起来，他用手捂着腰部，痛得额头上都渗出了细密的汗珠。

“你怎么样了？”陆霏霏慌了神，赶紧住了手，俯下身来察看朱玉的伤势，“是不是肋骨断了？”

“好像是断了，特别痛。”朱玉忍着痛说道，“没事，你继续打。”

“你要不要紧啊？不行就上医院吧。”陆霏霏问道。不知什么时候，她的长发早已披散了开来，瀑布般悬挂在半空中，不时地擦过朱玉的脸庞，弄得他的脸上痒乎乎的。朱玉禁不住忘记了疼痛，伸出两只手温柔地摩挲着她的长发。多少年来，他还是第一次和她这么亲密地接触。他不停抚摸着她的头发、她的俏脸、她的脖颈，贪婪地吮吸着从她身上散发出的如麝似兰般的幽香。这种香味，是他一生中从来没有闻到过的，他说不出来这是一种什么样的香气，但他觉得有一点像是武侠书上常说的那种断魂香，因为，他闻着闻着，就有了一种头昏目眩、意乱情迷的感觉，仿佛自己只身一人置身于充满各种奇花异草的百花园，那里的空气里弥漫着各种百花精髓酿成的气味，让人痴迷，让人忘情，让人流连。

“打痛了吗？”陆霏霏心疼地小声问道。

“你打痛我了。”朱玉喃喃地说道。

“没想到你这么脆皮，这么不经打。”陆霏霏说道，“力量都是相互的，对你的打击有多大，对我的反作用力就有多大，你痛，我更痛。你看，我的双手都肿得握不起来了。”陆霏霏把已经肿胀起来的双手举到了朱玉的面前。

朱玉心痛地捧起陆霏霏的手，一一地放到自己的唇边，温柔地舔舐着。陆霏霏没有再说话，也没有再动手打人，而是俯下身子，贴着朱玉滚烫的胸膛，倾听着一个男人身体里那颗躁动不安的、铿锵有力的心跳声。半晌，她抬起头来，把自己的长发从朱玉的脸上拿开，目光怔怔地打量着朱玉。好几年不见，她心中朝思暮想的这个男人此时就和她亲密相见。但她自己都绝没有想到，曾经设想过的无数次相见的场面，竟然是以这样一种暴力的方式开始的。她想笑，可她笑不起来。她想哭，可是，她也竟然哭不出来了。此时，她心中唯一的念头就是要好好把他揍上一顿，让那些无数日子的担心、不满和委屈，都随着那挥出去的一次次巴掌和飞脚化为乌有，变成泡沫，最好永远地消失不见了。几年来，她无数次在梦里见到过他，想象着他的模样，梦里的轮廓有时是清晰的，有时也是模糊的。她不知道他现在到底长成了什么样子了？现在，她终于可以近距离地、安心地观察他了。和多年前相比，他的个头长高了，轮廓变粗了，五官也有棱有角了，那宽阔明亮的额头、突起的浓眉、大而有神的眼睛，还有那高高挺拔的鼻梁、丰满厚重的双唇，无不显示出了一名标准的美男子才应该拥有的特征。

陆霏霏望着眼前的这位美男子，幽怨地问道："你的心怎么这么狠？这么多年……"

朱玉从床上坐了起来，对陆霏霏说道："一言难尽。时间不早了，我带你到街上去吃晚饭，边吃边聊。"

经朱玉这么一说，陆霏霏才感觉到肚子正在"咕咕"地叫唤着。算起来，她已经基本上一天没吃什么东西了。陆霏霏在读师范期间，一有机会就多方打听朱玉的消息，去找过以前的同学，找过朱玉的老家，甚至连他的姐姐朱琴和哥哥朱聪，她都去找过。当然，她找的最多的，还是朱玉的父亲朱守正。一开始，她感到不安的是，她根本不相信朱守正的说辞，作为一位父亲，怎么会不知道自己儿子的去向？即使真的不知道，他又怎么会不出去找呢？哪怕一时不会去找，为什么多年下来还不去找呢？所有的问题，归纳到一起，就是一个问题，那就是朱家人根本不想让她知道朱玉到底在哪儿。为此，她几次三番写信给朱守正，指责他为什么不跟她说实话。接到朱守正几次回信后，再加上多次面对面地交流，才让她彻底相信他是真的不知道的。但这样的结论却让她陷入了一个更大的不安，那就是朱玉很可能真的失踪了，很可能再也不会回来了。多少个夜晚，多少个不眠之夜，她都在担忧和思念中度过。她不知道他现在身处何乡，是瘦了，还是胖了？是白了，还是黑了？是在工地上给人打工，还是在桥洞里面裹着破被睡觉？生病了是有人帮他端茶倒水，还是一个人拖着病体如狗般地爬行……有多少回，她梦见他客死他乡，自己在哭声中惊醒，一个人在黑暗中睁大眼睛，任凭泪水打湿了鬓发，打湿了枕头。

多少个夜晚，多少个不眠之夜，她就是这样渡过的。

也有多少的同学跟陆霏霏说过，说朱玉再也不会回来了，就不要痴心地等下去了。她怎么会听信他们的说法。在她的内心深处，有一个信念一直在支撑着她：那就是她的玉子一定不会丢下她不管的，终有一天会回到家乡来找她的。她害怕朱玉回来后找不到自己，一到节假日，她就会回到老家，来到天鹅湖边的那块巨石上。坐在巨石上，常常一坐就是半天。她还曾经在巨石上用刀子刻下几个字，把自己在师范的联络方式留了下来，好让朱玉哪一天来时能及时地找到她。她还曾经阻止过父母要把街上门面房卖掉上城里做生意的打算，她害怕朱玉回来上她家找她时，房子已经换了主人，那样的话，朱玉该有多伤心啊！不能，绝不能那样做。她把她和朱玉共同去过的地方几乎都跑了个遍，能留下记号的地方都留下了记号。她相信，只要朱玉能从那些地方走过，就一定能够看到她留下的那些只有他才能看懂的记号，最起码也要让朱玉知道她一直在寻找着他，不管这个过程有多漫长。

后来，陆霏霏师范毕业后，为了寻找朱玉方便，就主动申请回到了临河镇中心小学做了一名四年级的语文老师，而没有去县实验小学教书。到了临河小学教书之余，她做得最多的事情还是去朱玉的老家，或是去湖边的巨石上，看看能不能和朱玉来一个浪漫的不期而遇。

来到学校工作以后，陆霏霏就成了学校的焦点，老师们不仅被她的美貌所惊倒，而且她工作的热情和过硬的专业知识也让大家深深地折服。而更多的人关心的，却是她个人的婚恋大事，到处打听她有没有男朋友，有没有谈过恋爱。一时间，说媒的人几乎踏破了她办公室的门槛，让她到了不胜其烦、忍无可忍的地步。有多少次，她都想告诉他们自己有对象了。可是，话到嘴边她又犹豫起来了，如果他们问她你的男朋友到底是谁呀？那她该如何回答呢？她自己也反复地问自己：你的男朋友呢？他到底是谁呀？他现在在哪儿呢？直到朱守正来到学校找到她，把朱玉的信交给了她，她才第一次知道了朱玉确切的地址。当天晚上，她就找到分管四年级语文的副校长张涛，向他请了三天假。

陆霏霏第二天上午来到县长途汽车站，坐上了开往盱县的汽车，到了盱县县城再转乘下乡的农村公交车，到了下傍晚才赶到了天水镇中心小学，找到了朱玉，才算结束了一天的旅程。

而朱玉成人自学考试通过后，就在干爹李大军的极力推荐下，到天水镇中心小学做了一名代课教师。虽然每月薪水不及有正式编制教师的三分之一，但朱玉还是十分珍惜这份工作岗位的。对他来说，新的岗位总是带来新的挑战，新的挑战也会带来新的机遇，正所谓“树挪则死，人挪则活”也。朱玉到学校上班后，没有时间再去打理工作室的事情了，就把那间工作室无偿转让给了自己的助手韩春燕了。

“朱玉哥哥，这间工作室只当是我替你暂时看管的，你什么时候想要回去了，我立马就还给你。”韩春燕说道，“而且，‘朱玉画廊’的名字我也不会换，会一直为你保留着。”

“那又何必呢？”朱玉说道，“既然给了你，就是你的了，起什么名字都是你的权利，你不用顾忌我。”

“就算你给我了，我也把它当成是你的，我愿意。”韩春燕固执地说道。

“好好好，那随你吧，我也懒得问了。”朱玉说道。

哪知，他这么一说，韩春燕倒不依不饶了，缠着他说道：“那可不行，‘朱玉画廊’如果要有什么事情，我还得来找你，谁让你是才是正宗的老板呢？”

朱玉无奈，说道：“行了，行了，甭闹了，以后真的需要我帮忙的，我帮就是了。”

韩春燕笑了，说道：“这还差不多。”

朱玉上班后，学校考虑他是外地人，就给他分了一间单人宿舍。有了自己的单人宿舍后，朱玉就说服了干爹李大军从他家搬了出来。不过，每到节假日，他还是会回到李大军家里，陪着李大军住上几天。那时候，李大军也早已从单位退休，整天在家无所事事，就跑到“朱玉工作室”帮着韩春燕料理事务。有了李大军的帮衬，韩春燕的“朱玉工作室”生意不仅没有受到影响，反而越来越好了。

眼看着朱玉一切都基本安顿下来了，李大军就开始操心起他的婚事来了。

“朱玉啊，你是我干儿子，就像亲儿子一样，你的事别人可以不操心，我却不能不操心。眼看着你早到了谈婚论嫁的年龄了，也该考虑考虑自己的婚姻大事了。”李大军在一次饭后，趁着酒劲还没有上来，就赶紧对朱玉说道。

“我还小呢，不想早早成家呢。”朱玉回答道，“我在事业还没有成功之前绝不谈恋爱。”

李大军听了，说道：“事业成功不成功，跟成家有什么关系？二者之间有必然的联系吗？谁规定必须先有事业，后有爱情的？再说了，你现在的工作已经稳定了，怎么就不算事业成功了呢？”

朱玉听了，仗着酒气说道：“干爹，我当年背井离乡的时候，就曾经发过誓言，‘不出人头地，绝不回家乡’。现在这个代课教师的岗位虽然在外人眼里还不错，但绝不是我心中的终极目标，在没有实现那个目标之前，我是绝不会去奢谈什么家庭的。”

李大军听了，长叹一声道：“我本来是想把春燕介绍给你的，刚才听了你的一番话，我知道你和春燕是没有这个缘分了。殊为可惜，殊为可惜！”

朱玉听了，惭愧道：“刚才干儿子的话，辜负干爹一片心意了，让我十分羞惭了，还望干爹体谅干儿子的难处。”

李大军听了，洒然大笑，说道：“干儿子说哪里去了？你既有此雄心大志，我当助你一臂之力才是，又怎么会怪罪于你呢？俗话说得好，‘人各有志，不便勉强’，以后我再也不会催你成家了。今后，但凡需要我这个老头子出马的地方，尽管跟我开口就是了。”

朱玉感激道：“谢谢干爹抬爱。”

李大军问道：“既然你说代课教师这个岗位不是你的终极目标，那你下一个想法是什么呢？”

朱玉说道：“我也不是能说得太清楚。不过，据我看来，现在我们学校的那个校办厂倒是一个很不错的地方，我倒愿意先去那里试试。”

李大军听了，变色道：“诶，什么地方都能去，唯独那个地方不能去！”

朱玉不解道：“那为什么呢？”

李大军说道：“那个校办厂是个出名的烂摊子，搁谁都弄不好，产品积压，工资发不出，人心涣散，人人犹恐避之不及，你倒想去试一试，却是为何？”

朱玉说道：“干爹，岂不闻‘危机’一词是两个含义，有危险的地方，才会有机遇。如果坐享其成，这种好事也落不到我们头上。置之死地而后生，说不定反而能一举转败为胜，也未可知？”

李大军听朱玉这么一说，想想也有道理，便说道：“也罢，等有合适的机会，我去跟你们的文教助理说说，让你去当那个厂长试试，如果不行，你还回来当你的代课教师。你看如何？”

朱玉说道：“有劳干爹费心了。”

李大军笑道："一家人不说两家话，就这么定了。"

这次谈话不久，朱玉还没有等到结果，倒是先等到陆霏霏找上门来了。两人多年未见，见了面，自然各自要有许多掏心窝子的话要说。晚上，两人外出去吃饭的时候，也是一刻不停地相互诉说着，真恨不得在最短的时间内，将各自需要说的话儿都一股脑儿地，塞到对方的脑袋里面去。就这样，他们一直说呀说呀，从宿舍说到了饭店，从饭店说到了宿舍，从饭后说到了半夜，一直说到两人都口干舌燥了，没有力气了，才无力地斜靠在床架上，怔怔地看着对方。

陆霏霏来的那天，恰好是周末，学校的教师大多是本地人，下了班都早已各自走人了，除了门卫王大爷，就再也没有其他人了。校园里没有路灯，窗子外面黑漆漆的，什么也看不到，显得十分的阴森和冷清。

"平时学校就你一个人住呀？"半晌，陆霏霏心痛地问朱玉道。

"不是还有门口的王大爷吗？"朱玉回答道。

"你要是晚上被人抬走了，王大爷离你那么远，他也能知道？"陆霏霏反问道。

"我一个大男人，谁会来抬我呀？"朱玉说道。

"那可不一定，想抬走你的人多着呢。"陆霏霏说道。

"谁呀？"朱玉问道。

"现在就有一个。"陆霏霏说着，自己凑了过来，微微仰着头，把自己的香唇压到了朱玉那宽厚的留着一层胡楂的嘴唇上。先是慢慢地，像是在品尝着一种从来没有见过的冰激凌，小心翼翼地，万分谨慎地，彼此试探着，生怕被里面隐藏的什么毒素药到似的。不一会，就没有了原来的那些顾虑，情绪就调动了起来，探索的欲望也亢奋了起来，两人都急切地想从对方的口中发现什么，寻找到什么。这是一种从未有过的体验，既像是一团熊熊燃烧的火团在舔舐着逐渐被烧的开裂的身体，让人浑身发热，狂躁不已。又像是有人拿着一把锋利的宝剑，从你的天灵盖往下一剑穿心，让你瞬间感受到了一种刻骨铭心的体验，凝结成了一种庄严的、神圣的情感，这种情感会让你不自觉地、毫无保留地把自己那颗跳动的心脏捧给对方，奉献给对方，发自内心地希望对方能接受下来，同时，也希望对方把心交给自己。其实，这是一种重要的仪式，只有两性之间才会有的仪式，这种仪式是必须的、重要的，不啻新生的婴儿来到这个世界时，用嘹亮的啼哭声来告诉大家：亲，我来了，接受我吧。其实，在陆霏霏来时的路上，她就做好了把自己交给朱玉的心理准备。现在，是时候了。两个相爱的人从心灵的沟通，再到身体进一步的交融，是一种再正常不过的事情了，就好像春华秋实、日出月落一样的自然。

然而，就在一切都自然而然之际，朱玉却气喘吁吁地停了下来。

“你怎么啦？”陆霏霏扳过他的肩头，柔情万种地问道。

“我，我，我好像有点太……”朱玉嗫嚅道。

“看你紧张的，我又不会把你给吃了？”陆霏霏吃吃地小声笑了起来。

“霏儿，已经下半夜了，你累了一天了，要不，要不你就先洗漱一下，早点休息？”朱玉说完，就站了起来，想往外走。

“站住，这半夜三更的，你上哪儿去呀？”陆霏霏拉着他的手问道。

“我上王大爷那儿去对付一晚，他那儿地方大。”朱玉说道。

“不能不走吗？”陆霏霏委屈巴巴地问道。

“我，我，我还是先到别的地方睡，你也洗洗抓紧睡吧。”朱玉说完，就轻轻地挣脱了陆霏霏的手，连爬带滚地带上门跑了。

接下来的两天，朱玉领着陆霏霏把盱县的著名景点都跑了个遍，累得陆霏霏连走路的力气都没有了，回到朱玉的宿舍，倒头就睡着了。第三天早上，朱玉从一位同事处借了一辆嘉陵牌摩托车，把陆霏霏送到了盱县长途汽车站。朱玉买了一网兜的水果，让她带在路上吃。

“你就不能跟我回去吗？”临上车前，陆霏霏突然问朱玉道。

“回去？我回去干什么呀？”朱玉迟疑了一下，问道。

“你也可以到我们学校做代课教师啊。”陆霏霏说道，“反正我们学校也缺教师，我回去就跟校长提。”

“还没到时候。”朱玉说道，“我说过的，不能出人头地，我是绝对不会回去的。”

“你现在已经很好了，也算是出人头地了。你想想，一个乡镇，能有多少人才能做教师？你已经够优秀的了，可以回去了。”陆霏霏劝道。

朱玉听了，说道：“我的梦想哪能就是一个代课教师呢？如果真的是这样，我还不如去死呢。”

陆霏霏听了，只得说道：“其实，你不需要向谁证明什么，你在我心目中就是最优秀的，有了这一点就足够了。有的时候，我们不是活给谁看的，只要自己活的幸福就行了。而幸福，其实只是一种感觉，一种体验罢了，幸福不幸福，全在你一念之间。”

朱玉说道：“我知道了，请再给我一点时间，我需要时间。”

陆霏霏说道：“好，时间有的是，给你一辈子都行。”

朱玉说道：“好，我们保持书信联系。”

陆霏霏说道：“好，书信联系。”

陆霏霏走后，朱玉当天晚上就给她写了一封信，告诉她自己和她的差距多年前都已经存在了，现在就更加明显了。“你是正式的国家教师，我只是一个临时工，我们的差距太大了，如果我们选择了在一起，你会受到世人的耻笑的，时间长了，你也会为当初的决定后悔的。再说了，从我自身的角度来说，我也不希望自己一辈子活在别人的影子里，永远地属于从属地位。这不是我想要的生活，也不是我想要的爱情。虽然说爱情是可以超越时空的，超越世俗的，但我们都不是生活在真空里，而是生活在活生生的现实中。我是一个完美主义者，也是一个理想主义者，梦想一旦确立，就不会轻易放弃，为了梦想，哪怕失去再多，也值得去追求。因为，人的一生，如果有了梦想，才是一种精彩的人生，哪怕这个梦想最终没有实现。没有梦想的人生，就如在茫茫大海上随风漂泊的小舟，没有方向，漫无目的，那是十分可悲的。”

看到了朱玉的来信，陆霏霏终于明白了那天晚上朱玉的表现了。她很快给朱玉写了一封回信。她在信中说道：“梦想人人都有，每一个人的梦想都不一定是一样的，大人物有大人物的梦想，小人物有小人物的梦想，各不相同。但是，追求梦想也不影响追求爱情啊，两者之间为什么要绝对割裂开来呢？如果是因为我的身份问题而导致你有了想法，那我可以放弃正式的编制，到你的学校去做代课教师啊。追求真正的爱情，为什么一定要先拿世俗的尺子来靠一靠、比一比呢？难道，我们经历的痛苦还少吗？还要让我们的痛苦继续下去吗？如果真的是这样，你是不是太残忍了，根本没有顾及我的感受，或者说你从来就没有真正爱过我？”

朱玉接到来信后，经过一番思考，觉得自己真的已经不合适和陆霏霏在一起了，如果那样的话，将是直接害了她。但如果就这样直接明说，按照陆霏霏的个性，肯定会无法接受的。于是，他就想出了一个以逸待劳的主意。他提笔给陆霏霏回信道：“如果你希望我们的爱情能修成正果，请给我一段时间来证明自己，无论是失败还是成功，我都会去找你的，到那个时候，如果你还愿意接纳我的话，我一定不负你所望。不过，这个时间我可能说不准，也许一两年，也许六七年，也许十多年，你愿意等吗？”

陆霏霏回信十分干脆：“我愿意。”

朱玉一看，傻眼了，心中狠狠地抱怨道：“霏霏呀霏霏，你怎么就不能理解我的心呢？”

陆霏霏走后不久，朱玉就接到校长通知，到濒临倒闭的校办厂做厂长去了。刚到厂里，朱玉遇到的第一个难题就是产品积压问题。如何尽快地把产品销售出去，把拖欠工人们几个月的工资发放到位，成了摆在朱玉面前的第一个拦路虎。

二十九

天水小学校办厂是一个著名的烂摊子，五年之内换了六个厂长，没有一个能把厂子搞好的。一提到校办厂，校领导都是一筹莫展，毫无办法。最新上任的厂长工作不到两个月，就跑到校长办公室，死磨硬泡地要调离岗位，一天都不愿再待下去了。就在校领导不胜其烦的当口，原来的镇文化站长李大军找上了门来，推荐了自己的干儿子朱玉出任校办厂厂长。

“你不是开玩笑的吧？”校长有点不相信自己的耳朵，“你说的是真的假的？”

“当然是真的了。”李大军回答道，“我那个干儿子头脑活，天生就是个做生意的料，如果把厂子交给他保准没错。”

“你不反悔吗？”校长问道，“现在反悔还来得及啊。”

“反什么悔？不反悔。”李大军说道。

校长暗暗松了一口气，紧接着就说道：“那就这么定了，让朱玉明天就去上任。”

这下，轮到李大军怀疑是不是听错了，小心翼翼地问道：“明天就去？那你们不要开个班子会议研究研究？”

校长听了，身板子一挺，拍着胸脯说道：“我是校长，我说了还不算啊？”

就这样，朱玉像孙悟空到天庭任弼马温一样，在众人的一片嘲讽声中正式到校办厂走马上任了。

上任的第一天，就有一个人闯进办公室来了。一边闯，一边喊道：“哪个是新来的厂长？人呢？怎么没人呀？”进来的是一位四十多岁的矮个子男人，穿着一件白色的衬衫，衣服上脏兮兮的，几乎都要看不出本色了，领口最上面的三个纽扣都没有扣好，露出了胸口乱蓬蓬的黑色的毛发。衬衫的两只袖子一高一矮地随意卷起来，从袖口里伸出来的两只干瘦的手，没有一点血色，黑黝黝的有点骇人。

“你找谁？”朱玉问道。

“我找新来的厂长，他人呢？”男人大声地说道。

朱玉望了对方一眼，说道：“我就是，你找我什么事？”

男人瞟了朱玉一眼，突然大笑起来，说道：“就你？哈哈哈，甭逗了，你该上哪玩就去哪玩吧，我找厂长有正事呢。”

朱玉听了，也不生气，平静地说道：“我就是新来的厂长，我叫朱玉，你找我到底有什么事？”

“你真的是新来的厂长？”男人满腹狐疑地盯着朱玉，“你那么年轻，怎么可能是厂长呢？”

“如假包换。”朱玉说道，“信不信由你。”

这一次，男人盯着朱玉的脸看了足足有一分钟，才终于确信眼前的这位英俊帅气的年轻人真的是新来的厂长。“好，既然你是真厂长，那么，我的问题你什么时候解决？你给个痛快一点的话，甭像以前的那几位厂长一样，见到我们工人就躲，看到我们恨不得一头钻进地缝里去。”男人说道。

“看到你们为什么要躲啊？”朱玉问道。

“为什么？你说为什么？”男人愤愤地说道，“就是因为他们不发给我们工人工资，所以才处处躲着我们。既然你来了，那么就告诉我们一句话：什么时候把工资发给我们？”

朱玉听了，明白了原来是来要工资的。这是来之前就早已考虑到的，只是没想到上班第一天，还没来得及喘口气，人家工人已经堵上门来了。看来，不解决拖欠的工资问题，是无法打开新局面的。

“我今天是第一天来上班，对你说的问题我还不了解。这样吧，你先回去吧，等我把基本情况都了解了，我会尽早拿出一个方案的。”朱玉耐心地对这个男人说道。

“那要多长时间？时间长了，我可等不了。”男人说道。

“这样吧，以一个月为限。一个月后，你再来找我，到时，我一定给你一个满意的答复。”朱玉说道。

在朱玉的再三保证之下，这个男人终于心不甘、情不愿地走了。男人走后，朱玉让厂长办公室的人立即把车间主任以上的所有干部集中到会议室来开会。办公室主任花了好半天的时间，才总算把六七个人不知从什么地方集中到了小小的会议室里。这些人一个个士气低落，没精打采地闷头坐在那里，没有一个人言语，仿佛都成了哑巴似的。朱玉走进会议室时，这些人都没有一个人站起来，只是冷冷地像看猴戏似的看着朱玉。从他们一个个的表情上，朱玉看出了三个字，那就是：不信任！他们看到朱玉这么年轻，怎么也想不到校领导竟然安排这样一个嘴上没毛的毛头小子来当他们的头。以前的那些厂长，虽然像走马灯似的换个不停，但也都是有了一定的阅历，多多少少都在不同的岗位上历练过。哪像现在的这位，整个像是一个小鲜肉，一点也看不出成熟的领导的气质。让这样的人来当厂长，厂子不死得更快才怪呢？

“我先来介绍一下，我是新来的厂长，我叫朱玉。”朱玉落座后，对着大伙先来个自我介绍。却不料，众人都好像没听到似的，面无表情地看着他。朱玉看着众人都是这一副模样，也不介意，而是继续说道：“我来之前啊，一直听说我们厂子效益不好，大家都没有什么积极性，都不愿来当这个厂长。后来啊，我就走了后门，来当这个厂长了。没想到啊，上班第一天，就有人堵上门来要工资了。不过，话又说回来，工人要工资也是天经地义的事情，没有工资，你让他们一家老少都去喝西北风啊？”

“就是啊，我们已经半年多没拿到一分钱工资了，拿不到钱，谁还有心思来上班啊？”有人在下面响应道。

“是的呀，我们孩子上学、老人生病……哪一样不需要钱？”有人附和道。

“厂长，你是新来的，不管怎么说，你不能跟其他几任厂长学呀，丢下我们自己就拍拍屁股走人了。”

“就是，就是。”

……

看到大家都不再沉默了，朱玉调侃道：“这个厂长不好当啊，我要是早知道是这样，我哪需要去走后门呀，直接前来报到得了。”

一位女同志在下面说道：“厂长，我们厂其实也没到那种地步，现在走到这天了，主要的原因就是产品卖不出去，如果把产品都能卖出去了，那日子肯定能撑下去。”

朱玉问道："我们都生产什么样的产品？"

下面有人抢答道："先是生产教学用的三角尺、粉笔等产品，后来还生产一些台灯等东西。产品生产出来了，可是却没人要。"

朱玉问道："谁能把那些台灯拿一些来给我看看？"

下面有几个人立即就跑了出去，不一会儿，几个人就抱来了五六个品种的台灯来了。朱玉把这些台灯一一拿到眼前端详着，说实在的，这些台灯的款式和颜色都挺新潮的，就不由自主地问道："这些好东西怎么就卖不出去呢？"

下面的人听了，一个个都摇起了头。

"这些台灯的定价是多少？"朱玉问道。

"价格都不高，从5到10元不等。"下面的销售科长回答道。

"有什么激励措施吗？"朱玉问道。

"有，每卖出10台，销售人员就可以得到一元的奖金。"销售科长回答道。

朱玉听了，轻轻地摇了摇头，叹道："太少了，难怪大伙没有积极性了。"

下面的人听了，一个个瞪大了眼睛看着朱玉。朱玉说道："舍不得小孩，套不到老狼。"

"那我们应该怎么办？"有人问道。

"我建议，我们的所有产品价格立即平均上调50%。"朱玉说道，"每卖出一件产品，按总价的30%对销售人员进行奖励。谁卖出去，奖励谁，多劳多得，不劳不得。你们说，好不好？"

会计马上计算了一下，说道："如果按照这个方法，把产品全部卖出去的话，我们厂子不仅没有亏本，反而增加了不少利润。这个方法，我赞成。"

朱玉问其他人："你们是什么意见？"

大家纷纷表示没有意见。朱玉说道："好，既然大家都没有意见，那我们就全厂发动，搞一个'八仙过海，各显神通'。到最后，我们再在厂子里评出'最佳销售员'，厂里再给予重奖。"

"好。"大家一致叫好。

在接下来的一段时间里，原本门可罗雀的天水小学校办厂门口，一下子每天人来车往，十分的热闹。引得路人纷纷打听到底出什么事了。二十几天后，朱玉早上一上班，厂里销售科长和会计两人就一起找上门来了。

“厂长啊，不得了了，出大事了。”销售科长一进门就喊了起来。

“怎么了，出什么事了？”朱玉问道。

“你自己看看吧。”销售科长把一张报表递到了朱玉的手里。

朱玉满脸狐疑地拿起报表一看，立即惊喜地问道：“真的，全部卖完了？”

“不仅把积压在仓库里的产品全部卖完了，有意思的是，连多年前的陈货也被人抢光了。更有意思的还在后头呢，一些商家听说我们没货了，就主动找我们下订单，要求我们早日开工生产呢。”销售科长喜滋滋地汇报道。

“还有呢，我们不仅拿回了成本，再扣除拖欠工人的工资，还余下不少利润呢。这一下子，我们就不愁没钱再投入生产了。”厂会计也把手里的财务报表递给了朱玉。

“怎么？这么一点小成绩就把你们俩嘚瑟的？真是小窟里爬不出大螃蟹。”朱玉一边翻看着报表，一边说道，“你们两个呀，充其量也就是一个土财主，不是发大财的料。”

两人一时语塞，不知如何回答是好。半晌，销售科长才好奇地问道：“厂长，你下一步还有什么妙招？”

“我上任这一段时间以来，做了一个市场调研，我发现我们的产品结构还比较单一，除了一些简单的教学用具，其他的就是学生用的台灯了，即使这些台灯，也是一些简单化的，不能适应市场化的需要，以后用的人也会越来越少。所以，要想把我们厂子进行脱胎换骨地改造，走规模化的发展道路，就必须要开发新产品。不断地创新，才是企业发展永恒的主题，否则，再好的企业也会因为啃老本而关门。所以啊，我们厂下一步的发展方向，就是要在‘新、精、特’三个字上下功夫，努力研制出一批科技含量高、有前瞻性的产品。这就需要我们把一些过时的产品淘汰掉，集中精力重点突破。为此，我们一方面要和高校、科研院所合作，取得他们的人才和技术的支持。另一方面，要加强和大企业的合作，要学会借鸡生蛋，借梯上楼，学会站在巨人的肩膀上去摘星星。你们看呢？”

两人听了，都接不上话了，只是一味地说好了。

不久，朱玉就从市里的一所高校高薪聘请了一位资深教授，担任了新成立的开发科顾问，全力研究新型护目智能型学生台灯，并许诺，一旦新产品研制成功，就让教授以知识产权入股。这位教授大为感动，发誓一定把新产品尽早拿出来。那些日子，为了使教授能一门心思地投入到研制工作中去，朱玉在厂子里陪着教授，一陪就是一年，亲自给他做饭、洗衣服。一个星期天，在厂里的宿舍里，朱玉把自己和教授换下的衣服抱到房屋前面的小水井旁，正在准备打水的时候，只见韩春燕骑着一辆大阳牌踏板摩托车过来了。看到朱玉在洗衣服，韩春燕立马放好摩托车，来到朱玉面前，一把把他拽到了一边。

“洗衣服的事怎么让你一个大男人做呢？你去忙吧，这些活我来干。”韩春燕抱怨道，“这种事，你怎么不喊我呀？以后有什么事，你就喊我一声，反正我有的是时间。”

“喂，喂，喂，这个不好，不能这样。”朱玉说道。

“有什么不好的？以前你住在干爹家里，我又不是没给你们洗过衣服。”韩春燕反驳道。

“以前是以前，现在是现在。”朱玉解释道。

“以前怎么了？现在又怎么了？有什么不一样吗？”韩春燕问道，“是不是你现在做厂长了，觉得自己高人一等了？如果你真是这么想的，那我真就不敢伺候你了。”

“你瞎说什么呢？我这个厂长怎么当来的，你又不是不知道？我什么时候把自己当过厂长了？净让我难堪。”朱玉苦笑道。

“行，既然你这么说，那我们还是以前那样子，你有需要我就来帮忙，等你哪一天把嫂子娶进门了，我自然就不操这个心了。”说着，就开始动手打水洗衣服了。

“行，那就你洗吧，那我就去看看教授实验做得怎么样了。”朱玉无可奈何，“看来，为了减轻你的负担，我还真的要抓紧帮你找一个嫂子呢。”

“那你就快点找啊，甭让我等得太久了。”韩春燕回答道。

宿舍门口发生的这一切，都被站在不远处的一个人尽收眼底。此人不是别人，正是从老家前来看望朱玉的陆霏霏。虽然陆霏霏听不到朱玉和韩春燕在说些什么，但他们两人在一起的情形却让她产生了极大的疑虑。“怪不得他对自己总是保持着一定的距离呢，原来这里已经有了一个现成的了。朱玉啊，朱玉，我等了你这么多年，你竟然全忘记了。也罢，我还是成全你们吧。”陆霏霏想到这里，一股怨气不可遏制地从心里升起，直冲脑门，让她感到一阵眩晕，便赶紧伸出手扶住了身旁的一棵小树，大口大口地喘了几口气。稍稍好了一点后，陆霏霏便转过身来，悄无声息地扭头走了。

而这一切，朱玉还蒙在鼓里，毫不知晓。

陆霏霏失魂落魄地回到学校上班后，副校长张涛看出了她的情绪变化，就把她叫到了自己的办公室了解情况。张涛年约四十五六岁，身材消瘦，早早地谢了顶，为了遮拦头皮，就在四边蓄起了长发，并把长发盖过头顶，美其名曰："地方支援中央"。

"陆老师，怎么刚刚去了一趟盱县，情绪就不高了？是不是两个人吵架了？"张涛倒了一杯水给陆霏霏，关切地问道。

"没，没什么。"陆霏霏小声地说道，她并不想让外人过多地了解自己的私人生活。

"诶，家家都有一本难念的经，这很正常，因为，这就是生活本来的面貌。"张涛说道。

"家家都有一本难念的经？"陆霏霏轻轻地说道，"您是一位领导，事业有成，家庭幸福，您还能有什么不顺心的地方吗？"

张涛听了，微微一笑，说道："我又不是神仙，当然有了。"

陆霏霏不解，问道："是什么？"

张涛说道："甭看我在人前是很风光的，但我有自己的难言之隐，我从来不跟外人说的。"

陆霏霏看到他一种欲说还休的样子，就说道："张校长要是不想说，那就不说了吧。"

张涛听了，立马说道："跟你说说也无妨，就是我那老家的妻子，她是个病人，长年患病，真是折腾人啊。"

陆霏霏听了，诧异道："是什么病啊？"

张涛说道："带她到南京、上海都去过了，也没查出具体是什么病。反正整天是没精打采的，什么事都不能做，尤其是夫妻之间，更是什么事都不能做，不然立马就犯病，比吃药还灵验。"

陆霏霏奇怪道："那犯病是什么样子？"

张涛回答道："一犯病就昏死过去了，每次都能吓死人。"

陆霏霏听了，同情地说道："那真够吓人的了。这种情况有多久了？"

张涛说道："也就十来年吧。"

陆霏霏听了，差点跳了起来："这么久了，那也真够你受的了，要是搁在一般人身上，早就受不了啦。"

"所以说啊，生活上的事又不是写小说，哪能都这么一帆风顺呢？比如说小情侣之间吵吵架什么的，都很正常，是人间常态，没必要事事都放在心里，那样你该多累啊？"张涛说道。

"谢谢校长教导，我知道了。"陆霏霏说道。

"以后有什么困难，就直接跟我说，我会尽力解决的。"张涛说道。

"好的，谢谢。"陆霏霏说道。

经过张涛校长的一番谈话，陆霏霏意识到自己是不是误解朱玉了？"我总不能在没有当面听到他辩解之前就下结论吧？那样子，对他也太不公平了。算了，再给他一次机会吧。"这样想着，心结也就解开了，就又恢复了和朱玉的通讯了。

只是，从此往后，张涛校长就对陆霏霏格外多了一份关照了。

天水镇小学校办厂请来的大学教授果然不负众望，经过一年多的努力，终于研制出了新一代的智能护眼学生灯。样品出来后，朱玉带上它，参加了在上海召开的国际商品展销会。在会上，朱玉和广东的商家成功签订了一份大单。更让他始料不及的是，上海有一家著名的外资企业看上了这款产品，经过多轮实地考察，和朱玉达成了一份合资办厂协议。这是盱县第一家中外合资企业，签约那天，市县的众多领导都来到了校办厂捧场。一时间，天水校办厂成了县里的明星企业，可谓风光无限。签约结束后，校办厂拆除了原有的厂房，新盖了五千平方米的厂房，新招了一批员工，开足马力扩大生产。

企业走上合作生产的正轨后，教授的合约也到期了。无论朱玉怎么挽留，教授都坚定了离开的决心。朱玉无奈，只好晚上在企业食堂摆下了酒宴，邀请了一众头头脑脑来给教授送行。那一天晚上，朱玉喝了太多的酒，以至于当场就烂醉如泥，呕吐不止。在场的朱玉的干爹李大军见了，十分心疼，喊来了韩春燕，让她无论如何都要把朱玉照顾好了。

韩春燕到了食堂看到朱玉软瘫在椅子上，更是心疼不已，当众就对大伙数落了起来："你们怎么这样啊，明知他是一个人在外地，还让他喝这么多的酒？存心让他难堪的吧？如果他有什么三长两短的，你们一个也甭想跑掉。"

众人听了，又好气，又惭愧，但又不好说话。这个时候，只有李大军站了出来，对韩春燕说道："你呀，都到这个时候了，你就甭添乱了，抓紧把他扶到房间躺下，再烧点热水什么的，防止他夜里醒了要喝水。来，大家一起搭把手，把朱玉扶到房间去。"

众人听了，都说一声"好"。韩春燕见到如此情况，也就只好闭上嘴不说话了。在众人的帮助下，韩春燕连拖带拽地，硬是把朱玉弄到了校办厂他自己宿舍的床上躺了下来。众人走后，韩春燕把朱玉身上已经污秽了的外套扒了下来，放到了洗衣盆里洗净晾了起来。半夜时分，朱玉的酒劲又翻了上来，把枕头和被子都吐脏了。韩春燕没奈何，只好又把朱玉身上脏了的衣服脱了下来，用热毛巾擦拭干净了，又替他换上了干净的衣服。再把枕头套和被单、床单全部换了下来。一直忙到了凌晨三四点钟，才算告一段落。朱玉沉沉地入睡了，韩春燕才感到腰酸背痛，又累又乏，就靠在朱玉的床头上想歪一会。不知不觉地，竟然歪睡着了。也许是太劳累了，到了第二天早上，窗前的鸟儿在树梢上激情的鸣叫声，都没有唤醒房间里正在熟睡的人。恰恰在这个时候，陆霏霏一大早赶了过来，径直往朱玉的宿舍来了。

本来，陆霏霏是头天晚上就来的，在盱县长途车站转车的时候，遇到了一位读师范时的同班女同学，在对方的盛情邀请下，陆霏霏就跟着她到家里勉强住了一宿。第二天天刚麻麻亮，陆霏霏就起了床，跟女同学告了别就赶到车站坐了公交车过来了。到了校办厂，厂里还没有到上班的时候，看不到几个人。厂门口的门卫扫了一眼陆霏霏，认出了是她来，也就没有阻挡，直接放行了。因此，陆霏霏一路绿灯，毫无障碍地来到了朱玉的宿舍门口。让她顿感惊讶的是朱玉宿舍的门竟然没有从里边反锁，轻轻一推就开了。她为了给他一个惊喜，就蹑手蹑脚地悄悄走了进来。朱玉的宿舍其实就是普通的两个房间组合，外面是客厅，里面是卧室。陆霏霏进入客厅后，看到客厅的灯光还在亮着，就顺手在墙壁上的开关板上扣了一下，把灯关了。来到卧室门口，又惊讶地发现，卧室的门竟然也没有关上，只是虚掩着，里面什么动静都没有，好像没有一个人似的。陆霏霏伸出手来，把虚掩着的门往里面又轻轻推了一下，她把头往里面探去。瞬间，她的脸色陡然大变，看到的一切让她差点发疯了。几秒钟，也许是十几秒钟过后，陆霏霏就“哇”的一声大声哭了出来，她意识到了失态，立马用手捂住了嘴巴，转过身来，“砰”的一声撞开外面的房门就冲了出去。

屋里开始有了反应。和衣躺在床上的韩春燕听到了外面的动静，打了一个激灵，翻身从床上坐了起来后，迅速下床穿鞋来到外面，透过已经打开的房门，她看到了一个年轻的女子踉踉跄跄向前奔跑着的美丽背影。韩春燕心里暗暗叫声“不好”，就赶紧回到房间，来到床边。此时，床上的朱玉还在呼呼大睡，一点儿都不知道刚才发生了什么。看着熟睡中的朱玉，韩春燕没有丝毫的犹豫，使劲地晃动着朱玉的胳膊。

“干哥，干哥，快醒醒，快醒醒。”韩春燕焦急地喊道，“出大事了，快点起来啊。”

“春燕，你，你怎么在我这儿？”朱玉在睡梦中被晃醒了，他睁开迷迷糊糊的眼睛，看着韩春燕，一脸的迷茫，忍着头痛，无精打采地问道，“我，我，我上身怎么没有穿衣服？这是怎么回事？你怎么进来的？我怎么一点儿都不知道？”

韩春燕催道：“你先甭问那么多，先去追一个女的，刚刚从屋里跑出去。你快去追啊。”

朱玉问道：“哪个女的？”

韩春燕回答道：“我也不认识，反正就是很漂亮的一个。”

朱玉听了，没有再说话，而是接过韩春燕递过来的衣服快速地乱套起来，不等穿戴整齐就跑出了房间。等到朱玉跑到屋外，哪里还有半个人影？

“你刚刚有没有看到一个人出去？”朱玉来到传达室问门卫。

“刚才有一位女的，进来又出去了，走了一会了。”门卫回答道。

“长什么样子的？”朱玉问道。

“我哪能记得？反正是很好看的那种。朱厂长，是你的女朋友吗？你们吵架了？”门卫关切地问道。

朱玉没有回答门卫的话，而是追出了厂门，跑到门前的大路上，但见大路上人来车往，根本看不到陆霏霏的人影。朱玉在路边挡了一辆摩的，让人送他到县城长途车站。到了车站，朱玉找遍了里里外外，都没有发现陆霏霏。日近中午，朱玉才不得不放弃了寻找，一个人垂头丧气地回到了厂里。

“干哥，找到了吗？”一进屋里，韩春燕就迫不及待地迎上去问道。在朱玉出门的档口，韩春燕已经把朱玉房间拾掇得干干净净的了，所有换下的衣服和被褥都洗好晾在外面绳子上了。做完了这一切，她想离开，可又不敢，就只好坐在客厅里耐着性子等待着。看到朱玉回来了，一颗悬着的心才放了下来。

朱玉在客厅的一把木椅子上坐了下来，怔怔地看着韩春燕，半晌，才语气低沉地问道：“告诉我，到底发生了什么？”

韩春燕看着朱玉那布满血丝的眼睛，心里有点惶恐，结结巴巴地说道：“没，没，没什么，什么都没有发生，真的，什么都没有发生。”

“那你怎么在我房间的？怎么一夜都没有回去？”

“是，是，是这样的，你听我把话说完啊，我不会骗你一句的……”

等到韩春燕战战兢兢地把事情的原委从头至尾说完，朱玉才明白过来，懊恼地把十根手指插到了自己浓密乌黑的头发里，把头深深地低垂在胸前，半天没有说话。

“那，那个女的是谁啊，干哥？”韩春燕小心翼翼地问道。

“她叫陆霏霏，是我的初恋……”朱玉说道。

韩春燕听了，大张的嘴巴半天都没有合拢。末了，才如大彻大悟般地自言自语道：“怪不得干哥一直不找对象呢，之前，外界一直传说是你身体毛病，我也当真了呢。原来如此，原来如此！”

“你懂什么？净在这儿给我添乱。”朱玉斥责道。

“是我不好，是我不好。”韩春燕自责道，“看来这误会闹得深了，下一步该怎么办呢？”

“能有什么好办法？且行且看呗。”朱玉说道，“再说了，我一个编外的人员，和她身份也不对等啊。”

“你这就说得不对的，干哥，爱情不是做买卖，是不能用物化了的东西来衡量的，它是超越世俗的。否则，任何的一种想法都是对爱情的亵渎。”韩春燕像是突然换了一副面孔似的，义正词严地抗议道。

“去去去，你一个小鬏，竟然在我面前充当起了哲学家来了。”朱玉教训道。

“你还拿我当小鬏呢？有我这么大的小鬏吗？”韩春燕听了，更加地不满。

“那我拿你当什么？你说说看。”朱玉问道。

“我是女人，一名彻头彻尾的百分之百的、如假包换的女人。”韩春燕喊道，“是女人，女人，你懂吗？”

三十

这年春节刚过，市委就召开了全市干部工作会议，提出了尽快实现干部“年轻化、知识化、专业化”的要求。根据本次会议精神，时任淮阴县码头镇镇长朱聪进入了人们的视野。经过层层考核、筛选，三个月后，朱聪被任命为市委统战部副部长。走马上任前的一个星期天，朱聪骑上新买的嘉陵牌摩托车，带着妻子周新雨和已经上小学的儿子朱小雨到天鹅湖畔的老家临河镇红星村来看望父母。

车子刚到村子东头的路上，周新雨老远就看到不远处一位女子正站在路边笑盈盈地向他们招手，便赶紧小声地提醒朱聪说道：“慢点，慢点，有人，有人。”

这时的朱聪也看到了路边招手的人，便把车子小心地停在了路边，下了车。周新雨和儿子朱小雨也跟着下了车。

“朱聪，你不认识我了？”招手的女子笑盈盈地对朱聪说道。女子年约三十出头，穿着一件黑色的呢子大衣，脖子里围了一条黄色的丝巾，在乍暖还寒的春风里显得十分的单薄。

“这是我的老同学王巧英，是我们村陆小兰书记的女儿，是我小时候的同学。”朱玉一下子认出了此人，对着跟在身后的周新雨热情地介绍道，“这是我的夫人周新雨,是我中学时候的同学。”

周新雨十分优雅地伸出手，对王巧英说道：“你好。”

王巧英有点局促不安地伸出手，握住周新雨的手说道：“你好。真不好意思打扰你们了。我上天还到码头去找朱聪，他们单位的人说你们星期天可能要回一趟老家，所以我就早早地在这里等你们了，没想到还真等到你们了。真的不好意思了。”

周新雨笑道：“我听朱聪跟我提起过你，要不，一起到家里坐坐吧。”

朱聪也说道：“对呀，我们家就在第三家，很近的，一起去家里喝杯茶？”

王巧英也笑道：“下次再去吧，我就几句话，不去了吧。”

周新雨听了，笑道：“那你们就先聊吧，我和小雨就先回去了。”

朱聪说道：“那行，你们先回去，我随后就到。”

看着周新雨母子离开的身影，王巧英有些歉意地说道：“真不好意思啊，她会不会怪我呀？”

朱聪笑道：“你把她说的，她就那么小心眼啊？”

王巧英听了，不好意思地说道：“那就好，那就好。”

朱聪问道：“你找我什么事吗？这么急？”

“唉，都是因为我弟弟王小胜的事情。”王巧英说道，“他学校毕业后一直在社会上晃悠，又一直不肯找一个正式的工作，接近三十岁的人了，连个对象都没有。我妈气得都不愿意管他了。你也知道的，我妈以前能管的时候，他不听，现在我妈已经不做书记了，想安排他工作又安排不了了。现在我弟弟想找事做了，我妈又没办法了，所以就让我来找你，让你想想办法了。”

朱聪听了，笑道：“浪子回头金不换呀。这是好事，我来想想办法吧。”

王巧英感激地说道：“真是太谢谢你了，我回去就跟我妈说，让妈也高兴高兴。”

“你先回去吧，一有消息我立马通知你。”朱聪说道。

“好的，那我先回去了。”王巧英说完，就兴高采烈地回去了。

朱聪推着车子来到家门口，正赶上父亲朱守正在门前的花圃里给一簇簇圆形的红叶石楠修剪着花枝。朱守正家的花圃，进入了一年中最美丽的时节。那一树树盛开的樱花、海棠花和紫薇花，千姿百态，争奇斗艳，将半边天都染红了。每一位路过的路人，每经过这里，都会情不自禁地放慢脚步，心甘情愿地被这火红的春天的气息所俘获、所征服，并且乐在其中，醉在其中。

“陆小兰家闺女找你干吗的？”朱守正看到朱聪停好车子走了过来，就问道。

“也没什么大事，就是想请我给她弟弟王小胜介绍一个工作。”朱聪接过父亲手里的花剪，一边修剪枝叶，一边回答道。

朱守正听了，“嗯”了一声，说道：“陆小兰也不容易，自从张文离开了以后，就没有了依靠，好多事情就指望不上她了。你能帮她家一把就帮吧，不过，千万不能做违规的事情，不能犯错误。”

朱聪笑道：“你放心吧，我心里有数着呢。”

朱守正点点头，继续说道：“中午你姐一家三口也过来，我们一家人一起吃顿饭。”

朱聪说道：“好呢，我也好长时间没有看到她们一家人了，正好好好聊聊。”

朱守正说道：“现在你姐的建材厂赶上好时候了，国家搞城市建设和小城镇建设，到处都要水泥制品，原来的规模已经不能适应需求了，你姐又在三城镇重新建设了一个厂，比原来的要大四五倍，现在正在到处招工呢。”

朱聪说道：“好事啊，中午正好祝贺祝贺。”

父子两正讲着话，只见村主任王宝贵从远处悠哉游哉地走了过来，看到他们老远就打起了招呼：“老书记啊，你们爷儿俩在说什么呢，这么亲密？”

朱守正笑笑，说道：“能说什么？爷儿俩插插呱[1]呗。怎么，你今天不忙啊？”

朱聪笑着和王宝贵打了声招呼：“王叔叔好。”

王宝贵忙说道：“你好，你好！听说你又升官了，我们全家都替你高兴呢。这样吧，今天中午我请客，你们全家都到我们家去吃，我那床底下还有十多年前的好酒，我都没舍得喝，今天我们一起喝个痛快。”

朱守正听了，笑道：“你那酒是哪个计生对象户送给你的？”

王宝贵听了，不好意思地辩解道：“没有啊，哪能收人家对象户的酒呢？我可是干净人啊，在老书记手下这么些年，你还看不出我是什么人吗？”

朱守正笑道：“早看出来了，好人一个。”

王宝贵笑道：“就是呢，在大侄儿面前，我总得做做表率吧。怎么样，说好了，今儿个中午上我们家喝两杯？”

朱守正说道：“你家就不去了，你就留下来和我们一起吃个饭吧，马上朱琴一家也回来，大家一起热闹热闹。”

王宝贵听说朱琴一家也要回来，喜道：“唉哟，大侄女也回来啊？我都好久没见到她了。好呢，我听老书记的，我就不走了。”

---

① 插呱：淮阴方言，闲聊的意思。

朱守正说道："你干脆把潘兴阳和胡得书也喊过来，一起聚聚。"

王宝贵说道："好咧，那我去找他们了。"

王宝贵走后，朱守正对朱聪说道："今天花草不剪了，走，我们到屋里好好聊聊。"

朱聪答应着收拾好地上的枝叶，和父亲一起回到了院子里。孙子朱小雨见到了爷爷，张开两臂像是小鸟似的扑进了朱守正的怀抱。朱守正抱着孙子用满是胡楂的脸去蹭朱小雨红扑扑的小脸蛋，朱小雨"咯咯"笑着死命地挣扎着。朱守正狠命亲了几下，才心满意足地放朱小雨玩去了。

"俺大，喝杯茶吧。"周新雨把朱守正的茶杯放好茶叶，加满了水，端了过来，放在了面前的桌子上。

朱守正端着茶杯，拧掉盖子小心地抿了一口，放下了杯子，问周新雨："新雨啊，现在周书记身体怎么样了？有时间请他们过来喝上两杯啊。"

周新雨笑道："他那个身体哪能喝酒啊？以前受罪了，现在整天咳咳喘喘的，烦死了。"

朱守正笑道："上了年纪的人了，都这样。以后我也一样，都是年轻时酒喝多了，一时逞能，最后祸害的是自己的身体。只可惜，我们在年轻的时候都不懂，不知道爱惜自己的身体。现在上了年纪了，什么毛病都出来了。这叫'种瓜得瓜，种豆得豆'，怨不得别人了。"

周新雨说道："是的呢，所以说，平时就要少喝酒，要能管住自己的嘴。就像朱聪，一天到晚地喝酒，每天就像泡在酒缸里似的，还不能说，一说就生气。像这样下去，倒怎么得了？"

朱守正听了，严肃地批评朱聪道："这个就是你的不对了，虽然说在工作上应酬是不可避免的，但也不能天天喝，更不能每次都喝醉。你的胃子哪怕就是铁打的，也吃不消啊。以后再喝酒，要控制住总量，达到七成就可以了，不要无休止地喝。把自己喝坏了，谁说你的好？没人说你的好，别人还会在背后说你是个酒鬼，一喝就醉，多不好啊。你现在是市里的领导干部了，一定要学会自律，不能像在镇里工作时那样喝酒了。我说的，你都记住了？"

朱聪听到妻子周新雨在向父亲告状，心里有点别扭，听到父亲问自己，便辩解道："哪有啊？你甭听小周在瞎说。"

周新雨听了，反驳道：“我哪里在瞎说了？上次你陪招商引资客人喝酒，把胃子都喝出血了，在医院里住了三天，还不让我告诉家人。你说，有没有这回事？”

朱守正听了，不高兴了，责问朱聪：“到底有没有这回事？”

朱聪看到父亲要动怒了，心里害怕起来，忙小声地回答道：“都已经好了，以后再也不这样喝酒了。”

朱守正说道：“新雨管得对，她是为你好。以后你再这样喝酒，新雨还要管，如果管不住，就打电话给我，我亲自去。我才不管你是市里领导，还是省里领导呢，你是我儿子，老子管儿子，天经地义，谁也管不着。到时候，我到你单位去，找你们的领导，让你们领导来管你。你不要以为你官大，比你官大的人多了去了。我就不信我治不了你。”

朱聪心里十分惶恐，口中连连说道：“我记住了，记住了，一定不敢了，不敢了。”

周新雨看到丈夫被整得灰头土脑的样子，心中甭提有多得意了。她偷偷地抿嘴笑了起来。心中说道：“小样，这叫一物降一物，还治不了你了？”

就在这时，院子外面传来了两声汽车喇叭的声音，只见朱小雨兴奋地从大门口跑了进来，大声地喊道：“大姑回来了，大姑回来了。”

众人听见了，就一起站了起来，迎了出去。朱聪心里那个高兴啊，暗自说道：“大姐啊，你回来得太及时了，你再不回来，老父亲就要把我熊扁的了。太好了，谢谢大姐了。”

众人来到院子外面，看到一辆崭新的黑色桑塔纳轿车停在了家门口，轿车两边的后视镜上面还系着两条鲜红的布条，看来车子才出厂不久。就在众人啧啧称赞的当口，轿车副驾驶的门打开了，一位穿戴打扮入时华贵的女子款款下了车子。朱小雨一见，急忙飞奔过去，边跑边喊：“大姑回来了，大姑回来了。”

朱琴蹲下身子热情地抱起朱小雨，在他的额头上亲了一下，说道：“大侄儿又长高了，更帅气了。”

正说着，侯宇从汽车驾驶室里出来了。儿子侯帅打开了后门，也走了出来。朱小雨看到和自己同龄的侯帅来了，便挣脱了朱琴的怀抱，跑来拉着侯帅亲热地玩了起来。侯帅比朱小雨小三个月，但个头却不矮，和朱小雨站在一起甚至还要高出一点。两个亲表兄弟到了一起，自然有说不完的话了。

“大姐，什么时候买的车啊？太漂亮了。”周新雨看到朱琴回来了，十分地高兴，便亲热地挽着朱琴的胳膊问道。

“前几天才提回来的，没有车太不方便了。”朱琴笑着回答道。

“多少钱啊？一定蛮贵的吧？”朱守正问道。

“也不算太贵，也就七八万块钱。”朱琴说道。

“那么多啊，我一年工资也没有这么多啊。”周新雨惊讶道，“看来大姐是发大财了。”

“诶，能发什么财？还不是现在到处都在建房子，让我赶上了好时候了吗。发了点小财，不过，也是自己苦的血汗钱。对了，我给你和俺大他们都带了一个礼物来，看你们喜不喜欢？”

“什么礼物啊？大姐出手，一定不同凡响。”周新雨说道。

“马上就知道了。”朱琴说道，“侯宇，把后备厢里的东西拿出来吧。”

“好咧。”侯宇答应着，走到汽车后面，麻利地打开后车盖，从里面提出了一只纸袋子后，又关上了车门，转身把袋子交给了朱琴。朱琴从袋子里拿出几个盒子一一交到朱守正、周新雨和朱聪手里，说道：“这是给你们买的三星牌手机，现在没有手机联系不太方便，我就和侯宇商量了一下，给你们每人买了一部，看看你们喜不喜欢？”

周新雨笑道：“手机还是个稀罕物，那么贵，让我们怎么好意思要呢？”

朱聪也说道：“这个礼物太贵重了，我们不能要。”

朱琴笑道：“你们就不要一家人说两家话了，我给你们的，你们拿着就是了，还跟我客气什么？”

朱守正说道：“大琴子这几年厂子搞得不错，赚了一些钱，但也不能太浪费了，该节省的地方还要节省啊。”

在一旁一直不说话的侯宇终于开口说话了，他说道：“这几年我们走到了今天，还不是我们家人一路帮衬的结果吗？没有你们的关心、支持，我们还在再生纱厂做工人呢。现在，我们的厂子规模扩大了，影响出去了，朱琴当上了政协委员了，还做上了县里企业家协会主席，她心里高兴啊。她说，要好好报答家人，我支持她的决定，以后，只要是给你们买的，买什么我都同意。因为，我们是一家人啊。”

朱守正听到这里，想起了朱琴的往事，心中十分感慨，说道：“大琴子从小的时候，就非常懂事，也吃了不少苦，早早地就帮着大人做家务，做什么事都非常认真，也都能做好，是个难得的好孩子。既然她有这个心，我们就收下来吧，不然的话，就显得太生分了。”

朱聪和周新雨听了，也就只好把手机收了下来。一家人到了屋里，朱琴兴致颇高地一一为家人讲解手机的使用方法，直到他们都学会了才罢手。

中午吃饭的时候，村书记潘兴阳和胡得书、王宝贵都赶到了。朱守正看着满满一桌子人，心里十分高兴。他举起酒杯开口道：“今天朱琴一家子、朱聪一家子和村里三位领导都来了，非常难得，我提议今天喝酒敞开喝，不醉不休。”

潘兴阳提议道：“为我们大小姐创业成功干一杯。”

王宝贵听了，不甘落后，也举着酒杯说道：“为我们朱聪成为市领导干杯。”

胡得书说道：“为我们身体健康干杯。”

朱小雨端着倒了水的酒杯说道：“为天天能为侯帅在一起玩干杯。”

众人听了，都“哈哈”大笑起来。

席间，朱聪走下桌子，来到朱琴身边，把她拽到一边，小声地说道：“跟你商量个事。”

朱琴问道：“什么事啊，这么神秘？”

朱聪问道：“你那厂子现在不是正在招收人员吗？你看能不能安排一个人进去？”

“安排谁啊？”朱琴问道。

“王小胜，王巧英的弟弟。”朱聪回答道，然后把今天早上碰到王巧英的事情讲述了一遍。

朱琴听了，若有所思道：“你和王巧英有来往？”

朱聪否认道：“怎么会呢？这么多年，我是头一回见到她，真的。”

朱琴说道：“没来往最好，这个女人，还是少接触为好。”

朱聪说道：“不会的，怎么可能呢？你说句痛快话，能不能把王小胜收到你的厂里去？”

朱琴指着朱聪的脸，笑道："你看看你，给舅老爷做事还挺上心的。这件事周新雨知不知道？"

朱聪说道："告诉她干什么？甭没事再找点事出来。"

朱琴叹道："好事不瞒人，瞒人没好事。"

朱聪急了，说道："你怎么这么磨叽啊，到底行不行啊？"

朱琴笑道："看把你急得。既然你大部长发话了，我敢不同意吗？这样吧，你通知王小胜下周一到厂里报到，我给他安排一个小干部当当，如何？"

朱聪听了，脸上堆满了笑容，说道："这还差不多。"

姐弟俩正说着话，村书记潘兴阳端着酒杯找了过来，满嘴酒气地对朱琴说道："大小姐啊，你的产业越做越大了，快成淮阴的首富了。"

朱琴听了，慌张起来，说道："潘书记，你千万不能这么说，不然的话，就让我无地自容了。我那点家底算得了什么？在我们淮阴，有钱的人真是太多了。"

"你就甭谦虚了，你放心，你有钱我保证不朝你借。不过，我有一个建议，你不妨听听。"潘兴阳说道。

"什么建议？说来听听。"朱琴乐饶有兴致地问道。

"你看呀，现在农村里好多人都到外面打工去了，留在家里种地的大部分都是年纪大的了。十年、二十年后，当这些老人都不在了后，留下的土地谁去种呢？"潘兴阳说道。

"是呀，确实是个问题。现在的村庄都逐步空壳化了，农村劳动力都转移了，那么多的田地怎么办呢？"朱琴问道。

"无农不稳，无商不富。发展工业也罢，发展商业也罢，任何时候都不能丢下农业不管，毕竟饭碗端在自己手里才最踏实。没有了农业的支撑地位，其他的一切都是没有根基的，都是不牢靠的。所以啊，以后农业问题一定会成为国家最优先考虑的问题。以后啊，大片的土地要相对集中起来，给少部分人来耕种，实现真正意义上的农业机械化。所以啊，我建议你以后到老家来发展，在农业上好好干一番事情，还是大有前途的。"潘兴阳说道。

朱琴未及答言，只见村主任王宝贵端着酒杯歪歪扭扭地走了过来，听到了潘兴阳的话，连连摇头，不以为然地说道："老潘啊，你这是什么脑筋？现在谁还到农村来，城里才是苦钱的好地方，谁到农村来谁是傻瓜。”

潘兴阳冷冷地看着王宝贵，回了一句：“你懂得什么？整天只知道喝酒。”

王宝贵笑道：“今朝有酒今朝醉，明朝没酒喝凉水，不喝白不喝。走，跟我干一壶去，箬箬你的酒量[1]。”

潘兴阳说道：“有啥好箬的？我两个都喝不过你一个。”

王宝贵说道：“走吧，走吧，不要耽误他们姐弟俩说话了。”

潘兴阳无奈，只得跟着他又回到了桌上喝酒去了。偏偏这时，周新雨又走了过来，冲着朱聪笑道：“你不去陪客人喝酒，和大姐在说什么悄悄话呢？”

朱聪连忙摇头，说道：“聊着玩的，能有什么悄悄话？”

朱琴也说道：“瞎聊的。你来得正好，我正要陪你喝酒呢。今天中午你和妈光顾着弄饭给我们吃，我连酒还没有敬你的呢。走吧，喝酒去。”

周新雨笑道：“不想给我知道就算了，好，喝酒去。”

三个人一起走了，回到酒席上，又挨个陪着喝了起来。

王宝贵喝得开心，不停地和别人用盛醋的小碟子倒上酒喝了起来。十多盏喝下去后，王宝贵的头大了起来，把醋碟子随便扔到一边，踉踉跄跄地向外走去。

“诶，你，你干什么、么去啊？”醉意朦胧的潘兴阳看到了，随口问了一句。

“我，我，出去方便一下，去去，就，就来。”王宝贵打着酒嗝，划着八字走了。一会儿，席终人散，还是没有看见王宝贵回来。彼时，各人都喝了不少酒，也没有人注意到他回来没有，彼此说着一些酒后的客套话后，也就各自散了。却说王宝贵中午离席去上厕所时，忽然脑海里冒出来一个疑问：小学句老头养的那只狗还在不在了？心里这样想着，腿就不由自主地往学校的方向挪了过来。

红星村小学坐落在一个四面不靠村庄的偏僻之地，紧挨着鹊桥河，原本是一个村里的乱坟岗，后来村里办小学，就把小学的地址定在了这里。小学占地面积不大，也就十来亩地的样子，盖了几排红砖红瓦砌成的教室和教师办公用房。学校四周用围墙圈了起来，大门两侧用白灰刷成了白色，上面分别写了两条标语,左侧写的是：“教育要面向现代化、面向世界、面向未来”，右侧写的是：“培养德智体美劳的社会主义建设者”，两扇大门是用粗大的钢筋焊成的，已经

① 箬酒量：淮阴方言，看看你的酒量有多大的意思。

锈迹斑斑十分陈旧了，好像一阵风就能把它吹倒似的。上面的顶端，焊成了古代长矛似的尖头，主要用途是防止有人从上面攀爬过来。学校的传达室就在大门的里面，是两间狭小的砖瓦结构，平时看大门的句老头就把里面的一间当成了卧室，外面的一间就成了厨房兼客厅。句老头六十多岁了，年轻时娶过一房媳妇，可惜难产死了。此后，句老头就再也没有成过家，更甭说有后人了。句老头性格憨厚，也没有什么亲戚，平时很少跟人往来，但却喜欢养狗。十几年前，邻居送给他一条黑白相间的大花狗，句老头视如己出，成了他在这个世界上最可靠、最忠实的伴侣，无论他走到哪儿，都把它带在身边。有人戏称这条狗是句老头的儿子，句老头听了，呵呵一笑，说道：“有儿子怎么了？还不一定如一条狗呢。”戏称的人听了，想了一想，实在想不出反驳的理由，也就无话可说，只好一笑了之了。

王宝贵一晃三摇地来到小学门口时，但见校门紧闭，里面没有一个人。王宝贵仗着酒气来到大铁门前，透过铁大门上的格子，贼眉鼠眼地观察了一番，既没有发现句老头，也没有看到那条上了年纪的大花狗。王宝贵不免有点儿失望，要迈开腿走时，忽又想起句老头还养了一群鸡，这些鸡崽早就应该长大了吧？“也罢，偷不了狗，就改行偷鸡吧，反正谁让你句老头让我惦记着呢？”想到这里，王宝贵就犹如神助一般，三下五除二就翻过了铁门，向着学校的各个角落搜寻前行，意图发现鸡群，好来个饿虎扑食逮个正着。绕着学校里面转了几圈，却没有发现一只鸡子，正当王宝贵纳闷的时候，却不知道句老头当着亲儿子的那条大花狗从哪儿窜了出来，对着他狠命地扑了过去。王宝贵哪里见过这个架势，吓得只恨爹娘少生了两条腿，没了命地撒开腿向大门口冲去。偏偏在这紧要的关头，那两扇大铁门面无表情地挡在了他的面前，嘲讽似的看着那他末路狂奔的狼狈相。王宝贵见了，心里大受刺激，恨恨地骂道：“不知好歹的东西，就凭你们就想挡住我？”一边这么想着，脚下却一点也没有歇劲，来到大铁门跟前，一点也不带犹豫，就“噌噌噌”地窜了上去。那只大花狗撵到大铁门下，抬头望着骑在门头上的王宝贵，没了办法，只好象征性地“汪汪汪”叫了几声，然后就一个屁股坐了下来，像看猴子似的饶有兴趣地盯着王宝贵的一举一动。王宝贵看到这个情景，知道这条大花狗跟自己杠上了，只好准备溜下大铁门撤退。就在他小心翼翼地抬起一条腿从大铁门的尖头上挪开的时候，一个不小心身体失去了平衡，凭空落了下来。一瞬间，仅仅就在一瞬间的工夫，王宝贵意识到了危险的来临，他来不及多想，索性把眼睛一闭，心里大声地喊道："来吧，该来的都来吧，我认了。"

……

傍晚的时候，句老头不知从哪儿冒了出来，老远就看到自己学校的大门上挂着一堆黑乎乎的东西。

"糟了，谁跑到我的门口上吊了？"句老头的第一反应就是谁跟我过意不去了，临死的时候还要来祸害他。当他一步三跌地来到大门口时，看到的情景让他目瞪口呆。只见一个人头朝下面，外面的黄大衣挂在了大门的铁尖上，把这个人悬在了半空，一动不动地挂在了那里。句老头揉了揉眼睛胆战心惊地上前仔细看了看，才发现原来不是别人，正是村主任王宝贵挂在铁大门上呼呼大睡呢。铁门里面一直蹲守的大花狗看到主人回来了，兴奋地"汪汪汪"大叫起来，在向主人汇报自己的战果呢。

句老头看着眼前的一切，不知道究竟发生了什么，但还是费了九牛二虎之力将王宝贵从大门上弄了下来。王宝贵醒了过来，看到了句老头，忘了自己来到学校的目的，胡乱地找了借口搪塞了过去。句老头虽然有所觉察，但也不好明说，只好装聋作哑打着"哈哈"，最后又少不得留下王宝贵喝了一顿酒才让他离开。王宝贵一个人走在漆黑的乡间小路上，被一阵春风吹来，脑子忽然清醒了大半，他想起了今天上午发生的一切，想起了朱守正说过的计生对象户送他酒的事情，想起了朱守正对他的过往。他越想越气，心里恨恨地骂道："朱守正啊朱守正，我哪里不如你，你充其量是个私塾生，我孬好也读个初中，一辈子在你下面看你脸色，凭什么呀？现在，你的儿子有出息了，做了市里领导了，那又怎么样？你有三个儿子又怎么样？那个当兵的我不说，你不是还有一个离家出走生死不明的儿子吗？你看你天天过得啥日子，不是剪花就是修草的，对了，你不是喜欢那些花花草草吗？今天晚上我就毁了它们，让你伤心去吧。"想到这里，王宝贵酒壮人胆，偷偷地溜回家里，乘人不备，从储藏室里拿出了打药用的喷雾器，还不忘从丢在墙角的塑料袋子里拿出了新买的准备给麦地里打草的农药"百草枯"，悄悄地潜入了夜色里……

十多天后，朱守正的老婆陈月英发现了一个奇怪的现象，她家和别人家一同种下的春玉米种子，别人家的早已发芽破土而出了，唯独她家的迟迟没有生长的迹象。她百思不得其解，只好又找人和她一起补种了事。但是，事情至此还没有完，陈月英很快又发现家里门口种的那些已经长成球形的红叶石楠的叶子竟然迅速地发黄、蜷缩、枯萎了。那几天，陈月英陪着朱守正天天围着那一片正在死亡线上挣扎的红叶石楠打转。

“他爹，我怎么看着这些花草都快要死了呢？到底怎么回事啊？”陈月英心痛不已地对着朱守正说道。

朱守正仔细地端详着那些渐渐枯萎的红叶石楠，叹了口气，说道：“知人知面不知心啊。”

陈月英听了，一头雾水地问道：“你说什么呀？让人一句也听不懂。”

朱守正耐心地说道：“你不觉得奇怪吗？一旦我家里有了什么大事，就会出现一些不正常的事情？”

陈月英不解，问道：“什么呀？说得云里雾里的，让人一头雾水。”

“你还记得我刚去三城不久，老家就有人对你发难了吗？”

“记得呀，怎么会忘呢？那些人对你去三城好不服气，明里暗里欺负我的，你都知道的啊。”

“对呀，现在朱聪又去市里工作了，更加引起了个别人的不服气了，他明里不敢跟你斗，暗地里却给你使绊子呢。”

“那都是谁呀？”

“是谁不要紧，要紧的是我们要学会低调了，人前人后说话要注意点了，不要把家里的什么话都往外说，搞得家里都成透明人了，什么秘密都没有了。”

“那我们该怎么办呢，总不能就这么眼睁睁地看着当什么事都没有发生了啊？不然以后的日子还怎么过啊？”

“这个好办，明天我到派出所去一趟，让警车来转一转，不是想抓谁，只是想告诉对方，‘你的伎俩我都知道了，请你以后注意点，如果还不知悔改的话，到时你连后悔的机会都没有了’。”

“这个管用吗？”

“这叫先礼后兵，如果对方还不知道收手的话，那他真就没得治了。”

第二天，临河镇派出所长亲自开着警车来到了朱守正家门口，对着那些已经枯萎的红叶石楠就是一番拍摄，还找了一些周围的邻居做了笔录。忙活了半天，临走的时候，所长握着朱守正的手说：“老首长，让您操心了，以后再有什么事情，您第一时间通知我，我一定会第一时间安排警力到达现场的。”

朱守正笑道：“身正不怕影子歪，是鬼火总是见不得灯亮的。”

三十一

二儿子朱明好久没来信了，这让朱守正陷入了一种深深的焦虑当中。

“你不能主动写信问问情况吗？做父亲的，就不知道先写封信，什么都要等小孩子先写？”陈月英抱怨道。

“孩子有孩子的事，没事就不要去打扰他们。”朱守正说道，“再等等吧，说不定朱明那边有军事任务不方便写信呢？”

陈月英想想也对，那是在部队，不是在地方上，就说道：“也对头，那就再等等吧。”

就这么一等，又是大半年时间过去了，看看又到了年底，还是没有朱明的消息，朱守正开始坐不住了，提起笔来给朱明写了一封信，当天就骑着自行车来到街上的邮局把信投入了绿色的邮筒里。

两个星期过后，没有等到朱明的来信，却把镇里的人武部长等来了。看到一身戎装的人武部长登门拜访，让朱守正十分诧异，神色有点紧张地把部长迎进了家门。人武部长是个退役转业的三十来岁的年轻人，身材挺拔，举手投足很有军人的气质。

部长落座后开门见山地说道：“朱老，最近朱明的部队首长来电话了，讲了您写信的事情了，他们邀请您到部队里去走一走，看一看，怎么样啊？”

朱守正听了，心里忐忑不安起来，问道：“朱明是不是在部队里出了什么事了，怎么好长时间了都没有给我来信？”

部长笑道：“您也是老兵了，部队有部队的纪律的。”

朱守正听了，点点头说道：“我懂，我懂。那我们什么时候去呢？”

部长说道：“明天就走吧。”

陈月英在一旁听了，惊讶道：“明天就走呀？怎么这么急？”

朱守正说道：“部队有部队的纪律，问那么多干什么？”

看到丈夫发话了，陈月英才不情愿地闭上了嘴，一个人默默地走开了。

第二天一大早，一辆县里人武部的军车停在了朱守正的家门口，把他接走了。这一走就是半个月。半个月后，还是这辆军车又停在了朱守正的家门口，从车里走下来的，不仅有朱守正，还有县里和镇里人武部的领导们。让等在门口迎接的陈月英万万没有想到的，最后走下来的人，竟然是自己的儿子朱明。

"妈，我回来了。"朱明一身军装地走下车子，对着陈月英敬了一个标准的军礼。

陈月英一下子愣住了，她怎么也没有料到自己的二儿子像从天上掉下来似的，突然地出现在了自己的面前。她使劲地揉了揉自己的眼睛，凑上前看清楚了，才大笑着扑上去把朱明搂到了怀里，声音颤抖着问道："二子，你真是二子，你可回来了，回来了。"说着说着，由笑变成了哭，满脸的泪痕把朱明胸前的军装都打湿了。

"妈，我真是二子，我回来了。"朱明抱着母亲哭着说道。

陈月英松开手，仔仔细细地从头到尾打量着朱明，蓦然感到了一点异常，她用手摸着朱明肩头平时戴着肩章的部位，喃喃地问道："上面的东西呢？怎么空荡荡的啊？"

朱明反应了过来，对母亲小声地说道："妈，我转业了，从部队回来了。"

陈月英听了，心里咯噔一下，一脸惊恐地问道："怎么，你犯错误了？怎么好好地就被部队撵回来了呢？说，你到底犯了什么事啊？"

朱明一时语塞，不知道怎么回答是好。旁边的镇人武部长见此情形，哈哈大笑了起来，他对着陈月英说道："大妈，您儿子在部队立功了，没有犯错误，他现在是功臣呢，你放心吧。"

"功臣？功臣为什么被部队撵回来了？"陈月英不解地问道。

"是这样的……"人武部长开口正要解释，被朱守正挡了下来。

"老伴，先让领导到屋里喝杯水吧，其他的事有空再说吧。"朱守正对陈月英说道。

"唉哟，我都忘了这茬了。来，来，来，领导快请进屋吧，我来烧水给你们喝。"陈月英忙不迭地说道。

朱守正热情地把众人让到了家里，吩咐陈月英准备晚饭，晚上好陪领导们好好喝上两杯酒。

陈月英答应着忙去了。

晚饭后，人武部的领导走了，陈月英急忙关上了院门，回到堂屋里。堂屋里，朱守正和朱明坐在椅子上正在等着她。

“你坐下，老伴。”看到陈月英走了进来，朱守正说道。

“老二咋的了？你快说啊，急死人了。”陈月英一屁股坐了下来，急急地说道。

“是这样的，老二在部队里负伤了，不能再在部队了，转业了。”朱守正神情淡然地说道。

“负伤，哪里负了伤，伤着哪了？”陈月英像弹簧似的从椅子上蹦了起来，冲到朱明面前一个劲地上下瞅着。

“老二，你跟你妈说吧。”朱守正对朱明说道。

“也没什么好说的。”朱明嗫嚅着说道，“就是，就是那次在山上巡逻时，出现了一些意外。”

那天早上，山间起了大雾，担任排长的朱明带着一个班的战士照例到山里巡逻。一次巡逻下来，需要三天的时间，战士们带足了三天的口粮，就在朱明的带领下出发了。他们将要巡逻的路线都在大山深处，这里渺无人烟，也见不到一棵树，到处都是光秃秃的山石。没有一条现成的道路，每走一步路，都要小心翼翼，稍不留神，都有摔下山崖的可能。遇到特别陡峭的地方，就要手脚并用，连滚带爬才能过去，半天走下来，一个个累得精疲力竭，身上的军衣都被汗水浸透了。

“排长，歇歇吧，实在走不动了。”班长刘大亮扛着步枪走到朱明身边建议道。

朱明看到大家都太累了，就同意了，说道：“好吧，大家原地休息十分钟。”

战士们得到命令，就地坐了下来小憩。朱明顾不上休息，而是走到一边拿起望远镜向着山下的边境线观察着。脚下这座山谷的下面，有一条山上积雪融化形成的溪流，冬天水流小，到了夏天，水量就大了起来。这条河是两国的自然分界线，虽然没有明文规定，但也得到双方认可的。现在正是夏日，山上的积雪正在消融，河里的水也涨了起来，最宽的地方能有二十多米。这个季节，也是外军最容易越境挑事的时候，朱明的目光正死死地盯着这条河流，观察着对岸的一举一动。河对岸的山上，也是一片光秃秃的石头，并没有发现一个移动的物体。朱明紧绷的神经稍稍放松了一些，便收起了望远镜，就近找了一块石头坐了下来休息。

“排长，有没有什么发现啊？”刘大亮冲着朱明喊道。

“没有，一切正常。”朱明回答道，“安心休息吧。”

“排长，你有多长时间没有回家了？”战士陆永田问道。

“我就是那年考上军校时回过一次，现在大概已经三四年了吧。”朱明说道，“怎么，你想家了。”

陆永田笑道：“也不是太想，就是晚上的时候偶然会想想，一觉醒来就都忘记了。”

朱明说道：“这样吧，等今年底兵员补充的时候，让你随着上面的车子一起下去，你回家去看看。”

“排长，你知道陆永田为什么急着想回家去吗？”刘大亮问道。

“为什么呀？”朱明问刘大亮。

“因为他妈给他介绍了一位女朋友，让他回去相亲呢。”刘大亮回答道。

“噢，这是好事啊，那就更应该早点回去了。”朱明说道。

“就你话多，你不说话，没人当你是哑巴。”陆永田冲着刘大亮说道。

“相亲怕什么，又不是去干什么见不得人的事情，真是的，看把你急得？”刘大亮笑道，又冲着朱明问道，“排长，你对象谈好了吗？什么时候把喜糖给我们吃啊？”

朱明笑道：“八字还没见一撇，早着呢。”

战士们听了，呼啦一下都围了过来。

一个说道：“排长，是谁啊？”

那一个说道：“排长，长得漂亮吗？”

又一个说道：“排长，你们是怎么认识的？”

看着战士们猴急的样子，朱明不紧不慢地从怀里的口袋里掏出了一张彩色照片，刚拿出来，就被刘大亮一把抢了过去。战士们的脑袋凑在了一起，盯着刘大亮手上的照片看。照片上，是一位年轻女子穿着护士服的全身照，女子眉目清秀，端庄恬静，十分美丽。众人看了，发一声喊：“哇，太美了！”

“排长，她叫什么名字啊？你们是怎么认识的？她还有没有妹妹啊？”刘大亮大声地喊道，“把她妹妹介绍给我吧。”

一个战士喊道：“没有妹妹，堂姊妹也行。”

众人听了，都“哈哈哈”放肆地笑了起来。

朱明从刘大亮的手中夺回了照片，重又小心翼翼地装回了贴身的口袋里，才缓缓地说道：“我的女朋友叫张凡，早年父母到新疆伊犁支边，就出生在伊犁，中学毕业后考上了卫校，毕业后在伊犁第一人民医院工作，我是到伊犁带兵的时候在长途汽车上认识的，后来我们就经常通信到现在。其他的没有了，就这些了。”

陆永田问道：“那你们确定了关系没有啊？”

刘大亮听了，不屑地说道：“你真傻，没确定关系，那人家能把自己的玉照寄给我们的排长吗？我们排长现在能拿给我们看吗？真是的。”

陆永田听了，伸出手搔了搔后脑勺，恍然大悟道：“真的呢，我怎么就没有想到呢？”

刘大亮听了，叹了一口气，说道：“你呀，就凭你这智商还去相亲？要我说呀，还不如让我们排长替你去相亲，相好了再交给你，多省事啊。”

众人听了，又是一阵大笑。就在陆永田刚要反驳的一瞬间，朱明敏锐地感觉到山下河谷的对岸有一束刺眼的亮光一闪而过。朱明立即打着手势让战士们做好隐蔽，随后自己隐藏在一个巨石的后面，举起望远镜向河对岸的山坡上仔细地搜寻着。

“排长，什么情况？”刘大亮提着枪猫着腰来到朱明的身边，问道。

“你瞧，就对面的那一片山坡，你看到什么了吗？”朱明手指着对面说道，并随手把望远镜递给了他。此时，正是正午时分，圆圆的太阳明晃晃地挂在天上，把对面的山坡照得明晃晃的。

刘大亮接过望远镜，仔细看了一遍。忽然，一个小亮点映入了眼帘，又很快消失不见了。刘大亮赶紧向朱明报告：“排长，对面的山坡上有人。”

“你怎么知道的？”朱明赶紧问道。

“我发现了一个亮点，那一定是有人在拿望远镜在向我们这边观察，日光照到了镜片上，反射了回来。”刘大亮说道。

“你判断他们能有多少人？”朱明问道。

“这个不好说，只能等等看了。”刘大亮说着，把望远镜还给了朱明。

朱明拿过望远镜又耐心地观察了起来。时间，一分一秒地过去了，周围的一切一下子变得十分地安静，连一只鸟叫声都没有，朱明甚至能听到自己心脏加快跳动的“砰砰”声。

一切，太安静了。

安静得太不正常了。

又不知过去了多久，朱明的望远镜里突然出现了两个拿枪的外军士兵。这两个士兵从一块石头的后面探头探脑张望了一会，在确认没有发现什么危险后，就大大咧咧地从大石头后面走了出来，向着小河的方向走了几步，又四处张望了一下，其中一个人向后招了招手，就见从大石头后面陆续走出了十多个拿枪的外军。这些士兵犹犹豫豫地向着河边一步一步走了过来……

“一个，二个，三个……六个……九个……十一个……十五个。一共十五个。”朱明拿着望远镜数着数。

“排长，我们怎么办？”刘大亮紧张地望着朱明，问道。

“绝不能让他们过河。”朱明说道，“去，把战士们都叫过来。”

“是。”刘大亮应声而去。

等到战士们都围了上来后，朱明说道：“同志们，现在对面有十五个外军，他们很可能想过河越线，我们应该怎么办？”

刘大亮说道：“坚决把他们顶回去，不能让他们踏过河一步。”

其他的战士都异口同声地说道：“对，不能让他们踏过河一步。”

朱明说道：“我们是六个人，对方是十五人，兵力相差悬殊，但不管怎么说，我们就是全部阵亡了，也绝不能给祖国丢脸。大家有没有信心？”

“有。”众人一齐回答道。

“好，现在这样：第一，通讯员立即把这里的情况向连部报告，请求给予支援；第二，我们所有人立即下到河边监视，如果他们敢于过河，就立即全力阻止；第三，我们绝对不开第一枪，这是底线。都明白了吗？”

“明白。”

“好，开始行动。”

“是。”

响亮的回答后，众人就紧随着朱明不顾尖利的石头，奋力地抄最近的地方向着山下冲去。

等到他们跌跌撞撞地一路奔跑到山脚下时，对面的外军已经开始要过河了。

“站住，不准过河！！！不准过河！！！”朱明对着河对岸大声地喊叫着。其他的战士也一起喊了起来：“不准过河！！！不准过河！！！”战士们一边喊着，一边向河边冲去。

正要渡河的外军听到了呐喊声，显然受到了惊吓，他们一个个显得惊慌失措，有的人掉头就往回跑，还有几个干脆直接趴到了河滩的鹅卵石上，抱着脑袋一动不动。一个领头的军官看到对岸只有区区六个人时，胆子突然壮了起来。他大声咒骂着往回跑的士兵，又把趴在地上的人挨个踢了几脚，才把一群人又重新聚拢到了一起。那些人一看到朱明他们的人数时，都一个个笑逐颜开了起来，还有一个人冲着对岸做出了下流的挑衅动作。

刘大亮气得眼睛喷火，对着朱明说道：“排长，这帮家伙太嚣张了，让我过去教训教训他们，教他们怎样学会做人？”

朱明冷静地说道：“不急，看他们下一步干什么？对了，和连部联系上了吗？”

刘大亮回答道：“已经联系上了，连部说马上就派兵增援，让我们随时汇报情况。”

朱明说道：“好，我们先尽量拖延时间。”

“行，我来安排。”

在刘大亮的安排下，全体战士都把枪支放在了地上，然后一屁股坐了下来，做出了放松的、毫无戒备的模样。对面的外军看到这种情况，不明就里，害怕后面还有伏兵，所以也不敢轻举妄动，干脆也学着他们在地上坐了下来，开始相互找起了乐子来了。外军的举动，正中朱明的下怀，他在心里说道：“好，你们就这样坐着吧，多坐一会啊，千万甭早早起来啊。”就这样，两个国家的两支部队就在相隔二十来米的小河边，从中午坐到了傍晚，连续坐了五六个小时，双方都还没有要起来想离开的意思。

“同志们，咱们开饭。”朱明命令道。

战士们听到命令，就一个个从自己的包里拿出了压缩饼干和矿泉水吃了起来。河对岸的外军军官看到了，也赶忙让自己的士兵吃起了东西。双方磨磨蹭蹭地把一顿饭吃完后，都抓紧时间整理好军纪军容，恢复到了临战的状态。经过长时间的观察，外军的军官已经基本断定朱明他们只是孤军深入，没有任何后援。他已经下定决心，一定要在天黑之前跨过河去宣示主权。

一场冲突在所难免了。

外军在那名军官的带领下排成一字长蛇阵型，开始抬脚下河了。

“同志们，跟我上。”朱明一声低吼，第一个冲下了河里。虽说季节已经是夏天了，但河里的水因为是山上的积雪融化而来的，依然冰冷刺骨。但战士们把枪背在身后，一个个争先恐后地跳下了河，跟在朱明身后，面对着人数占绝对优势的外军，赤手空拳无所畏惧地迎了上去。

外军军官看到朱明他们也下了河，心里那个乐呀，暗暗说道：“哈哈，今天算我占到便宜了，你们那么一点人数，都不够给我塞牙缝的了。”因而，一个人走在队伍的最前头，一副趾高气扬目空一切的样子。

“站住，你们不能再往前走了，请你们立即回去。”朱明伸开双臂挡住了那名军官，神情严肃地下了命令。

那名军官来到朱明跟前，一脸轻蔑地看着朱明，伸出手来就想把朱明推开。朱明顺势抓住了他的手腕，猛一用劲，就把他搡的向后倒去，后面的两名士兵赶紧把他架住了，不然早就仰面朝天摔到河里去了。那名军官在自己士兵的搀扶下好不容易站直了身体，在自己的部下面前丢了面子，变得恼羞成怒了起来，他从腰里抽出一根短棍，对准朱明的脑袋就狠命砸了下来。千钧一发之际，刘大亮从身后冲了上去，一把推开了朱明，自己的左胳膊却被重重地一击，失去了知觉。朱明见了，双目圆睁，咆哮了起来，冲上去对准那名军官的双眼拼尽全力，狠狠地打了一拳，直接把他的眼睛打出了血。那名军官一声惨叫，双手捂着眼睛倒在了冰冷的河水里。其他的外军见状，都纷纷从身上抽出了木棍，雨点般地向朱明他们身上打来。战士们把背上的枪取下来，用枪托进行还击，双方一时间混战在了一起，厮打在了一起……

混战中，朱明夺过一个外军士兵手里的木棍，直接把他的脑袋打得开了瓢，另一个人的鼻子也被砸塌了……战士们以一当十，越战越勇，把外军直接逼退到了河岸上。朱明他们跟着冲到了河岸上，外军被打得仓皇逃窜，溃不成军。就在这时，后方增援的部队也到了，外军看到大势已去，只好拖着一些伤员狼狈地撤退了。

朱明会合了大部队，在返回的路上被山上的一块落石砸中了头部，昏死了过去。朱明连夜被部队派出直升机送到了山下几百里外的城里医院里躺了八天，才苏醒了过来。伤好后，脑部被鉴定为伤残三级，符合转业条件。朱守正被部队请过去，就是去商谈转业的事情的。

“能转业就转业吧，不要给部队添麻烦了。”当部队首长征求朱守正的意见时，朱守正这样说道。就这样，朱明办理了转业手续，带着荣立二等功的喜报，跟着父亲朱守正回到了阔别了多年的家乡，见到了日思夜想的老母亲陈月英。

陈月英听说儿子受伤了，心痛地来到儿子面前，在儿子头上仔细地、一点一点地找寻着受伤的地方，眼里流着泪水，嘴里喃喃地说着：“你怎么不写信回来告诉我和你大啊？我们都没能上医院去陪陪你，让你受了那么大的罪啊，儿子，你遭罪了，受苦了，儿子……”

朱明把母亲的手从自己的头上拿开，笑着说道：“早就好了，哪还能看出来？”

陈月英问道：“还疼吗？以后会不会有什么妨碍啊？”

朱明说道：“一点都不疼了，什么后遗症都不会留下的，你放心好了。”

陈月英听了，心里稍稍放下心，尔后又问道：“那你以后生活呢？靠什么来养活自己呢？”

朱守正听了，在一旁说道：“你就不要费那个神了，费也白费，国家会安排工作的。”

陈月英说道：“自己的儿子，问问还不行吗？”

朱明说道：“妈，我的工作你就放心吧，下周我就去民政局谈我分配工作的事，不会有任何问题的。”

陈月英叹了口气，说道：“我知道你们的事我也管不了，只要你们能活得好，我也就知足了。”

朱守正听了，赞许道：“这还差不多，活出味道来了。”

不久之后，朱明就被分配到县物资公司上班去了。再不久，一位长相清秀美丽的女孩子从新疆坐着火车到了连云港，又从连云港坐上长途汽车来到淮阴，找到了县物资局朱明的办公室。这个女孩子不是别人，正是朱明的女朋友张凡，她征得父母同意后，就从单位辞职只身来到了朱明的身边。再不久，朱明就为她安排好了工作，进了县医院干起了护士老本行。之后，两人就举行了简单的婚礼，在县城第一家开发的小区贷款买了一套120平方米的商品房，把家安顿了下来。再不久，物资公司实行市场化改组，朱明一次性买断了工龄，进入了社会成了自由择业者。失去了稳定的工资收入，使朱明一家人的生活一下子变得拮据了起来。好在大姐朱琴的生意越做越大，急需要人手，就把朱明紧急招到了自己的麾下，成了她的得力助手。

随着城镇化率的推进，水泥建材的需求也空前大了起来。朱琴没有办法，又只好在县城工业区购买了五百亩土地，新建了水泥制品有限公司，朱琴就让朱明担任了公司的总经理，自己担任了董事长。有了朱明的加盟，朱琴的生意犹如神助，直接垄断了城里百分之八十以上的水泥制品生意，坐上了本县建材行业的第一把交椅，成了全县炙手可热的人物，每天的应酬也空前地多了起来，待在家里陪伴家人的时间越发少了。好在丈夫侯宇从不计较这些，总是默默无闻地充当幕后英雄，承担起照应儿子和家庭的职责，好让她一门心思地在外打拼。

在大姐朱琴这里找到了用武之地后，朱明的小日子也越过越红火了起来，不仅很快还清了房贷，妻子张凡还给他生了一个可爱的女儿，让他乐得每天都合不拢嘴了。偶尔的时候，他还会去盱县天水镇小学校办厂，看望弟弟朱玉。看到弟弟朱玉的企业也是做得风生水起，他真心地替弟弟高兴。但是有一件事不能让他理解的是，朱玉也多次让他帮着自己带东西给父母，但却始终不肯回到老家一趟，哪怕是和父母见上一面就走也行。每次劝朱玉回来一次的时候，朱玉总是说一句：“机会还不成熟。”对于这句话，朱明听了特别生气，但又无可奈何，毫无办法，回来见到父亲母亲时把情况都细说了，陈月英不停地淌眼泪，朱守正则恨恨地说道：“罢罢罢，我只当没有他这个儿子的，以后你也不要再把他的东西带给我了。”陈月英听了，也不好说什么，只得把一肚子的相思埋在了心里。趁着朱守正不留意，偷偷地把朱明拽到一边，详细打听朱玉的情况，什么住的房子怎么样啊，瘦了还是胖了，每天吃的怎么样啊等之类的问题，问到了最后，就集中到了一个问题：对象的事情到底什么时候解决？

三十二

陆霏霏最后一次从盱县回来后，像是变了一个人似的，做什么事情都魂不守舍，无精打采的。副校长张涛看在眼里，找了一个机会把她叫到了办公室，询问到底发生了什么。

“有什么事你就说出来，说不定我们能帮上你的忙呢。”张涛说道。

“我能有什么事？没事。”陆霏霏回答道。

“没事就好，如果你有什么需要帮忙的，就吱一声。”张涛说道。

“好，谢谢校长。”陆霏霏说完，就告辞出来了。

几天后，张校长用手机打电话给陆霏霏，让她参加晚上的一场接待晚宴。陆霏霏犹豫了一下，说道：“我又不是领导，去恐怕不合适吧？”

张涛在手机里说道：“有什么不合适的，谁一开始就是领导啊？不都是一步步从下面走上来的吗？去吧，认识一下领导不坏事。”

话都说到这个份上了，陆霏霏才勉强答应了下来。

晚上，在镇上的一家最有名的餐馆的一间包间里，张涛陪着上级领导坐在了上首，学校的几个中层干部左右相陪，陆霏霏坐在最远的位置上。按照淮阴的规矩，二杯门面杯酒结束后，就是介绍人员的环节。张涛先是把上级领导介绍了一下，然后逐个介绍自己学校的陪同人员，介绍到陆霏霏时，特意加重语气说道：“这是我们学校的陆老师，既是美女，又是才女，而且，到现在还没有对象呢，请领导关心一下，如果上级机关有合适的还请帮忙介绍介绍。”

领导听了，笑道：“一定，一定的，像这么漂亮的老师，还怕找不到对象吗？只怕到时排成队的都有呢。”

大家听了，都笑了起来。

一个个单独敬酒的环节，陆霏霏端起酒杯给领导敬酒，张涛看见了，怂恿道：“陆老师，平时你能随便见到领导吗？来，小杯变大杯，喝一壶。”

大家听了，都跟着起哄。陆霏霏看着面前透明玻璃酒壶里满满一壶的酒，估计能有二两之多，想想都头皮发麻，犹豫着不知道是喝好还是不喝好时，领导却主动地把自己面前的酒壶端了起来，那也是满满的一壶。领导笑了笑，没有说一句话，头一仰，“骨碌、骨碌”就把一壶酒喝干了。这一下让陆霏霏尴尬了，杵在哪里是喝也不是，不喝也不是。

张涛见了，便径直走到她面前端起那壶酒，说道：“这样，陆老师的酒我替她喝了。”说完，就要仰脖子喝。

陆霏霏见了，赶紧夺了过来，说道：“我的酒，干吗让你喝呀？”说完，也是一仰脖子，硬生生，一口气干了下去。喝完，呛得是弯下腰大咳不止，连眼泪都出来了。

领导见了，才满意地露出了笑容。张涛看到领导笑了，立即带头鼓起了掌声，一时间，酒席上响起了一片热烈的掌声。掌声停息后，张涛把自己的酒壶斟得满满的，又把领导的空酒杯倒了一杯，说道：“领导，刚才您喝了一壶，简直太厉害了。这次，您就不要动壶了，喝一杯就行。”说完，自己就先把手里的一壶酒先干了。

领导见了，笑道：“哪能让你吃亏呢？我这个人呀，最欣赏张校长的，为什么呢？我常常讲，‘酒风就是作风，酒品就是人品’，能喝半斤喝八两，这样的干部要培养；能喝一斤喝半斤，这样的干部要当心。像张校长这样的干部，怎么能让他心寒呢？来，把我的酒壶也倒上，一比一。”

领导把一壶酒喝完，酒席上自然又少不了一阵热烈的掌声。掌声过后，领导又主动斟了一壶，对陆霏霏说道：“‘来而不往非礼也’，刚才你敬了我一壶，现在我再还你一壶。”说完，一仰脖子，先干为敬了。

张涛等人看见了，又是一番起哄。陆霏霏无奈，只好又倒上了一壶酒，满满地喝掉了。众人刚要鼓掌，就听见“哐当”一声，她手里的酒壶一下掉在了地上，摔了粉碎，整个人像是被抽了筋骨一样，一下子瘫软了下去。一旁的另一位女教师眼疾手快，伸出手臂托住了她的腰，才没有使她倒在了地上。

众人见了，都惊骇起来。领导见了，赶紧指示张涛：“快，快把她送到医院去。”

张涛连忙答应着，和那名女教师搀扶着陆霏霏离开了酒席。后面，领导一个劲地叮嘱道："用我的车，用我的车。"

到了镇医院，陆霏霏止不住地呕吐起来。张涛来不及去拿垃圾筒，又怕弄脏了门诊楼才铺上的地板砖，就只好伸出两手接住了呕吐物。一旁的那位女教师看了，禁不住"哇"的一声，也吐了出来。

那一个晚上，陆霏霏整整折腾到了大半夜，才挂完了水，安静了下来。等到张涛和那名女教师把她送到宿舍安顿好以后，已经是凌晨二点多钟了。两人累且不说了，光是哈欠打得，就能把人吵死了。女教师和衣倒在陆霏霏的床上，对着张涛说道："你走吧，我今晚就在这里睡了，不回去了。"

"那你打电话告诉家里一声啊，省得你那口子找上了天。"张涛说道。

"拉倒吧，哪像你家那个，人病倒了不说，还整个是一个醋坛子，谁碰到她谁倒霉。"女教师笑道，"快走吧，快走吧，甭影响我们女生睡觉。"张涛听了，便关了灯，带好门，就回家去了。

第二天早上，陆霏霏醒来的时候，那位女教师早已起床走了，她根本不知道夜里发生的一切。只是头疼欲裂，浑身酸痛无力，便用手机打了一个电话，和别的老师调了一下课，便又沉沉地睡着了。直到中午时分，才又醒了过来，想起下午调了课，便匆匆起床，梳洗完毕，懒得去食堂吃饭，便随便从床头的纸箱里拿出一包方便面，烧了开水，泡上吃了了事。

下午上完课后，陆霏霏来到办公室批改学生作业。办公室是两间教室改造的，分成两排，放了八张办公桌子，全校的语文老师都统一集中在这里办公。陆霏霏进来的时候，办公室的老师们下午基本都没有课，有的在批改作业，有的在和学生谈话，也有的在埋头写文章，总之，各个人都在忙碌着。陆霏霏的办公桌和其他的老师一样，都是那种和学生用的一样的普通课桌而已，上面堆满了一摞摞学生作业本子，还有一些参考书和教学杂志。在靠近右手边的窗台上，放着一个盆景，盆景是一个青花瓷，上面绘着两只蝴蝶在花丛中翩翩起舞的情景，取材于著名的悲剧爱情故事《梁山伯与祝英台》，瓷器的下面还有一个紫檀木雕成的底座，十分的精致小巧。瓷器里面栽种着二株紧紧相拥在一起的矮小的发财树，树叶翠绿，生机盎然。这个盆景是陆霏霏第一次去见朱玉时，朱玉亲手送给她的。陆霏霏十分喜爱这个盆景，就把它带到了办公室，这样，就能时时一抬头看见它了。看见它，她就会想起了朱玉，就会感觉到朱玉就在她的身边默默地陪护着她。即使她看到了朱玉和另外一个女人躺在床上的场景之后，她也没有把这个盆景扔掉，因为她坚信，她和朱玉之前的情感是美好的，也是真诚的，这份情感是值得她永远珍惜的，永远值得怀念的。至于他是否有了其他的女人，这个已经不重要了，重要的是他曾经属于过她，为她陪伴过，为她伤心过，为她孤独过……她把它带在身边，不为别的，就为天天能够看到它，能及时地为它浇水，让它晒到太阳，让它每天都能在她的庇护下健健康康、快快乐乐地成长。

“朱玉，我照顾不了你的生活，就让我来照顾它吧。”陆霏霏满眼柔情地看着窗台上的盆景，心里默默地说着。然后，理了理衣裙，坐了下来，认真地批改学生作业了。

坐在陆霏霏对面的是二年级的语文老师孙小莉，她是一位有着二十多年教书经验的老同志了，留着齐耳短发，戴着黑框眼镜，显得十分的干练。她看了看正在埋头批改作业的陆霏霏一眼，欲言又止，一副十分犹豫的样子。片刻过后，孙小莉老师还是忍不住拿起钢笔，在自己的桌面上轻轻点了点，以期引起陆霏霏的注意。几次点击过后，终于引起了陆霏霏的注意。

“孙老师，有事吗？”陆霏霏抬起头，笑盈盈地望着孙小莉。

孙小莉把一根手指头放在嘴边，轻轻“嘘”了一下，示意她小点声。陆霏霏见了，一脸的疑惑，也只好照办了。

“你昨天晚上干什么了？”孙小莉小声问道。

“没干什么呀？”陆霏霏回答道。

“上午那个母老虎来找过你了。”孙小莉说道。

“哪个母老虎？”陆霏霏问道。

“就是那个得了怪病怎么也治不好的那个，张涛的老婆，气势汹汹的，你要小心啊！”孙小莉叮嘱道。

“她找我干什么？我又不认识她，也没招惹过她？”陆霏霏百思不得其解，说道。

“我哪知道啊，反正你要留点神，那个母老虎不好惹，最好躲着她点。惹不起，还躲不起吗？”孙小莉说道。

“我为什么要躲着她呀，我又没得罪她？”陆霏霏反问道。

孙小莉正要再说什么，就听见办公室的大门“砰”的一声，被人从外面一脚踹开了，把屋里的所有人都吓了一大跳。

“谁是陆霏霏啊？”一个炸雷般的声音从门外传来，震得屋子里嗡嗡作响。随着声音，一个粗大的倒影投射到了门口屋子里的空地上。黑影一步步挪了进来，也慢慢缩短了距离。影子尽头，一个身材高大胖硕的女人走了进来。她像一座黑塔似的堵在了门口，大声地问道：“你们谁是陆霏霏？给我主动站出来。”

陆霏霏听了，心里不由自主地紧张了起来，头皮都感觉到阵阵发麻，两条小腿肚子也不听使唤地抽搐了起来。心脏“扑通、扑通”地跳动着，仿佛不留神就要从嗓子眼里冒出来了似的。办公室里所有人的目光都齐刷刷地看向陆霏霏。众人的目光出卖了陆霏霏，胖女人顺着众人的目光，最后锁定在了陆霏霏的身上。一刹那，陆霏霏感觉到后背一阵阵发凉，连想跑的勇气都没有了，像个即将挨宰的羔羊似的，无助地等待着决定生死时刻的到来。

屋子里的人看到这种情况，都急着想逃离。孙小莉老师脸都被吓成了苍白色，她小声地对着陆霏霏说道：“你自己千万要小心啊。”说完，就要跟着众人向门口移去。

胖女人看到众人想跑，就大喊一声：“谁都不许走，都回到原来位置。再想走，你们试试？”一句话，唬得众人都灰溜溜地蹭回了自己原来的位置上，再也不敢乱动了。连正在被老师训话的孩子也乖乖地回到了老师的桌子前面，不知所措的双手捏着自己的衣角揉搓着。

一场暴风雨正在到来。

胖女人一步一步走到了陆霏霏的桌子前，双手叉着腰，身上的衣服紧紧地包裹着那一块块饱绽的肌肉，真担心那些肌肉一不小心就会挣脱衣服的束缚自己跳出来。陆霏霏站了起来，尽量用一种平静的目光看着胖女人。突然间，她的心里升起了一种怜悯之心，对这个女人，也对张涛校长。

“你就是陆霏霏？”胖女人用一种居高临下的眼神看着陆霏霏，盛气凌人地问道。

“对，我就是，请问，你找我什么事？”陆霏霏尽量抑制住自己的紧张情绪，声音尽可能变得柔和一些。

“‘请问’？你还用‘请问’一词，你勾引我老公的时候，你‘请问’过我吗？你们昨天晚上一夜都待在一起，你‘请问’过我吗？你让我的老公好长时间都不碰我，你‘请问’过我吗？我每天晚上独守空房，连死的心都有了，在那个时候，你又‘请问’过我吗？原来我不知道狐狸精长什么样子？现在我看到了你的人，才明白原来狐狸精长得是这个样子……”胖女人手指着陆霏霏，开始了机关炮似的攻击。

“请你把嘴巴放干净一些，这里是办公室，不是你撒野的地方，请你立刻离开这里。”陆霏霏语气强硬了起来，严肃地把手指向门口所在的位置，让她出去。

胖女人没有想到陆霏霏竟敢这样对待她，这在这所学校里还从来没有过呢。“反了，反了，真是彻底反了，不给她一点厉害瞧瞧，她就不知道姑奶奶的手段了。”想到这里，胖女人猛然伸出粗大的胳膊，张开蒲扇般大小的手掌，抡圆了，铆足了劲，对准陆霏霏的脸就打了过来。陆霏霏灵巧地把头一偏，让了过去。胖女人扑了个空，重心失去稳定，一个趔趄，撞到了陆霏霏的办公桌上，把桌子上的书本和茶杯都撞飞了。胖女人吃了亏，心头的火气更大，她好不容易站直了身体，就再次向着站在一旁的陆霏霏扑了过来。在这紧要关头，孙小莉老师一把把陆霏霏拽到了一边，对着她喊了一声：“还不快跑？”

陆霏霏反应了过来，一扭身，从教室跑了出去。胖女人眼睁睁地看着陆霏霏从自己的眼皮子底下跑了，便迁怒于孙小莉老师。她转过身来准备厮打孙小莉时，哪里还有孙小莉的影子，她早已跑得无影无踪了。这个时候，办公室里的人看到已经有人跑掉了，谁也不傻，都一个个悄悄地开溜了，胆子大一点的人，或是聚在门口，或是趴在外面的窗户上，像是看马戏似的看着胖女人一个人在办公室里发着疯。瞬间，办公室的门口和窗户上都挤满了人，黑压压的全是看热闹的人的脑袋。

一下子，空旷旷的办公室里只有胖女人一个人在表演了。她想去抓住一个人发泄一下，但一个人也抓不住，她们都跑得太快了。于是，她便恼羞成怒起来，把陆霏霏办公桌子上的物品全部打翻在地，还把窗台上的那盘盆景搬起来，高高地举过头，狠狠地摔在了地上。随着一声清脆的声音，瓷器一下子变成了无数块碎片，向着四面八方像是子弹般地飞了出去。胖女人砸完了陆霏霏的办公桌子，又开始砸起了孙小莉老师的办公桌子……接下来，就是张老师、王老师等人的办公桌子……

就在闹得不可开交的时候，副校长张涛带着几名男教师闯进了办公室。男教师们看到胖女人张牙舞爪的样子，一个个立马怂了下来，没有一个人敢于上前了。张涛看到这些男教师没有指望了，只好用手把脑门上的几缕长发理了一下，壮着胆子冲了上去，照着自己女人的脸上就扇了两巴掌，嘴里还大声地骂道："你不死家去吃药，跑这里来发什么神经？还不死家里去？"

胖女人被人突如其来扇了两个嘴巴，一时懵了。当她看清楚原来是自己的丈夫下的黑手时，心头的怒火再次如地底的岩浆般喷发了出来，心里恨恨地骂道："我弄不了别人，还弄不死你？"

胖女人冲着张涛就没头没脸地撕打了起来，一边打，一边大声地咒骂道："你这个死不要脸的，你这个没良心的，心被狗掏吃了的，你不想想你是怎么当到副校长的？要不是我父亲帮你，你还不知道死在哪块呢？你现在嫌弃我了？嫌我胖了，嫌我丑了？你追我的时候怎么不嫌啊？没结婚前你不是口口声声说爱我一辈子的吗？这一辈子到头了吗？还没到头，你就盼着我死，就想一下子到头了？你好去找小的去了？你不是天天喊着男人三件喜：升官、发财、死老婆吗？我还没死呢，还有一口气呢，你就忙着开始找下家了？就忙着找替补队员了？怪不得你天天晚上迟迟不回家，原来早就有相好的了。有相好的你还说呀，说了，我给你们腾地方，省得我碍你事，烦你心。你找就找呗，找什么不好，偏偏要找个这么小的，要找个狐狸精回来，你是不是嫌我老了，不够风骚啊？啊？你说呀，你说呀。打死你个狗不吃的，打死你个不要脸的，打死……"

在雨点般的巴掌面前，张涛副校长完全失去了平时里副校长的风范了，只有一副挨打的狼狈相了。这个时候，也只有这个时候，站在门口看热闹的几个男教师不能不出手相救了，不然的话，也太不够意思了。他们兵分两路，从左右两边，上前架起校长夫人，连拖带拽地把她送回到学校家属生活区的家里去了。为了不让她再度跑出来闹事，他们还打电话给了卫生院值班室，请他们派人来给她打了一针镇静剂，看到她歪在床上沉沉地睡着了，一个个才从张涛校长家里告辞出来。张涛千谢万谢地把他们送走了。过了几天，又少不得把那几位男教师喊到一起，请他们喝了几杯酒以表谢意。

经过了这一番折腾，陆霏霏和副校长张涛的事情就传得沸沸扬扬，满城皆知了。各种版本的故事都有，传到了陆霏霏的耳朵里，让她无比的愤怒。这一天，陆霏霏利用寒假到县教育局培训的机会，把副校长张涛约到了公园里一个僻静的地方。这是淮阴县一处沿着古淮河边一座新修建的公园，公园的门口耸立着一座漂母的全身汉白玉雕像，里面长达二公里的草坪上散落着各种以母爱为主题的雕像，因为这些，当地人就把这座公园称之为“母爱公园”了。在公园里挨着河边的一个木结构的八角亭子里，陆霏霏身上穿着一件绿色的羽绒衫，脖子上围着一条火红的围巾，正襟危坐地等待着张涛的到来。

不多一会儿，张涛穿着一件黑色的羽绒衫，手里拿着一枝红玫瑰走上了栈桥，来到了亭子里。

“你今天的衣服真好看。”张涛站在陆霏霏面前，笑眯眯地说道。

“衣服好不好看，关你什么事？”陆霏霏面无表情地说道。

张涛把手里的玫瑰递到了陆霏霏的面前，陆霏霏扭过头去，看都不看一眼。张涛固执地再一次把花伸到了陆霏霏的面前，这一次，陆霏霏没有再为难他，而是接了过来后，随手就扔到了亭子下面的古淮河的水面上了。玫瑰花在河面上随着水流转悠了几圈，然后就随波逐流地向着下游漂去，不一会儿，就再也看不到玫瑰花的身影了。看到这一情景，张涛的心里像是被人狠狠地捅了一刀，十分难受。不过，他的脸上没有表现出来，而是表现得非常儒雅地吟道：“罗帕分香，玉钗留股，东风羞记初盟。残阳剩柳，休问啭春莺。虚向蒲关驻马，淹误了、云路鹏程。伤心处，枕寒衾冷，香梦杳难成。章台人远，寻春计晚，露蕊凋零。叹落花有意，流水无情。好事从来易阻，御沟里、红叶难凭。空惆怅，夜深人静，辜负月华明。”

陆霏霏听了，不屑一顾地说道：“你也懂词？”

张涛受到了鼓舞，赶忙说道：“略知一二，略知一二。”

陆霏霏说道：“可惜脏了辞赋了。”

张涛听了，不敢接话，只好站在那里默不作声，像极了犯了错误的学生在等着挨老师的训了。

“说说看，那天晚上到底是怎么一回事？”陆霏霏看都不看他一眼，冷冷地问道。

“哪天啊？”张涛问道。

“你说哪天啊？”陆霏霏转过头来，目光直盯着张涛的脸，“这个时候，你装什么蒜啊？”

“你是说喝酒那天啊？”

“你说呢？”

“噢，噢。”

“那天晚上，到底发生了什么，你老实说。”

“我哪能记得清楚啊，都过去那么长时间了。”

“那我问你，我是怎么回到宿舍的？又怎么到了床上的？是哪些人把我送回去的？你一一回答我。”

“那天我也喝多了，具体的细节我真的记不清楚了。你喝酒了，我也喝酒了，你喝多了，我也喝多了。喝得断片子了，这能怪我吗？”

“那你再回答我，除了你之外，还有哪个把我送回去的？”

“不记得了，真的。真没骗你，骗你是小狗。”

“那回到宿舍里，你有没有对我做过什么？这个总该能记得吧？”

“也不一定啊，真的呀。我如果敢骗你，就天打五雷轰，出门被车撞，下水被淹死……”

陆霏霏听了，叹了一口气，万念俱灰地说道：“我被你坑惨的了，就是跳进黄河也洗不清了，没人会要我了。”

张涛说道：“没人要你，那你就嫁给我吧。”

陆霏霏啐道：“你放屁。你老婆还没死呢，你就动歪念了？你还是人吗？”

张涛说道：“听医生说，她这种病也就是捱时间了，谁也说不……”

“你甭做梦了，你老婆就是死了，我也不会嫁给你的，你不配。”陆霏霏气愤地说道，“你今天让我看清了你真实的嘴脸，你太让人恶心了。你滚吧，立即滚吧。立即，必须，马上。”

“有什么话，我们不能再商量吗？何必发那么大的脾气呢？”

“你走不走？你再不走，相不相信，我立即从这里跳下去，信不信？信不信？”

“好，好，好，我走，我走，我走。”

张涛狼狈地离开了，陆霏霏无力地把头靠在亭子的木桩子上，两行泪水无声地顺着面颊流了下来。此刻，她在心里一遍一遍地呼唤着朱玉的名字，默默地说道："亲爱的，你在哪里啊？你知道我正在经历什么吗？我现在连死的心都有了，我心里真的太苦了，连个说话的人都没有了，所有人都在嘲笑我、耻笑我，都在看我的笑话，看我出洋相……这一切，不都是拜你所赐吗？我的一切的痛苦，不都是你一手造成的吗？当年你一个人离开的时候，连个招呼都不打，一走就是好多年，也不来个音讯，也不知道你死活，你知道人家多担心你吗？哪一天晚上睡觉不梦到你？哪一次不是都从梦中惊醒？好不容易见到你了，你倒好，还跟我讲什么门当户对？讲什么我是正式的，你是临时的，你配不上我……我算看清了，你找那么多借口，就是不想我了，不爱我了，就是想着那个女的了，那个狐狸精了……你们天天在一起多快乐啊，多幸福啊，哪里还能想到我呀，想到我受的那么多苦啊……朱玉啊朱玉，我好恨你啊……你等着，既然你不仁，就甭怪我不义了，我一定会找一个比你强十倍、百倍的男人的，你等着瞧吧……"

陆霏霏想一会，哭一会；哭一会，想一会……

这件事后不久，陆霏霏开始答应别人参加相亲了。虽然见了好多个，却没有一个成功的。见面的时候，没有一个人不同意的，但事后人家一打听，就立马回绝了亲事。对此，陆霏霏也是无可奈何，一笑了之。

几年后，副校长张涛的老婆病故了。当同事把这个消息告诉给陆霏霏时，她的脸上没有显露出半点的喜悦，反而是深深地叹了一口气，说道："那也是一个苦命的女人啊。"

不久，坐在陆霏霏对面的孙小莉老师有一次神秘兮兮地对她说道："我看你也老大不小的了，应该成个家了。"

陆霏霏回答道："谁不想呢，还不是嫁不出去吗。"

孙小莉压低了声音说道："我看呀，'解铃还须系铃人'，干脆呀，你就和张涛合到一起过得了。"

这个时候，张涛头上的那个"副"字已经去掉了，变成了"正"的校长了。

陆霏霏凄然一笑，问道："是他的意思吗？"

"也差不多吧。"孙小莉问道，"那你什么意思呢？"

"也不是不可能，但要有个条件。"

"什么条件？"

"第一，把他们家在城里买的房产必须全部过户到我的名下；第二，他每个月的工资必须按时上交，每个月给多少零花钱由我说了算；第三，以后家里大小事必须由我作主。如果答应了这些条件，本姑奶奶还可以考虑，否则，一切免谈。”

“就这些条件啊？”

“暂时就这些了，其他的容我想想，想起来了再告诉你。”

“我的姑奶奶，那你就抓紧想，能想起来多少就想多少。这个时候不提要求，等到轿子抬进了屋，一切都晚了。”

“管他呢，这个社会，谁离开谁不能过呀？你还当自己是旧社会的女人啦？”

“就是呢，这个世界上，男人就是贱骨头，他喜欢你，把头割给你都愿意，不喜欢你，把你当一棵稻草一样地扔了。对，不宰白不宰。”

陆霏霏笑道：“这话是你说的，以后你就是同谋了。”

孙小莉也笑道：“咱们本来就是一条战线的，也不差多这一条罪名。”

三十三

朱玉失眠了，整夜整夜合不上眼。

即使是身处市教育局的住宅楼里，也是如此，哪怕这个房子已经是自己的了。

晚上睡觉的时候，不管采取了什么方法，都无法安睡。过去已经发生过的一切，像放电影似的在脑海里一帧一帧地浮现，是那么真切，又是那么地让人难忘。有人说，梦里的事情和现实都是相反的，而且，睡醒了什么事情都会忘了。可是，多日的他，根本无法进入睡眠的状态，只能机械地跟随着自己的梦境，重新回味自己最近几年来走过的道路，尝过的酸甜苦辣。到了凌晨四点钟左右时，窗外树上的鸟儿开始叽叽喳喳喳地外出觅食时，朱玉才会渐渐地睡去。市教育局宿舍楼里的树木多，一到凌晨，到处都是鸟儿的歌声。

朱玉的校办厂在全市成为首家中外合资企业后，产品主要以出口为主，大部分产品都销往了欧美市场，厂里的经济效益连年翻番，成了在全市都有影响的大企业了。朱玉本人也跟着水涨船高，成了众人瞩目的明星企业家，成了市里的政协委员。

这一年，省委召开企业家表彰大会，市里推荐朱玉代表本市出席。在参加会议之余，朱玉特意去省政协拜访自己的那位大领导。不巧的是，这位大领导已经到省人大上班了，而且最近一直在北京开会，什么时候回来工作人员也不肯透露。朱玉没法子，只好每天都来问一次。终于，在企业家大会闭幕的最后一天的下午，大领导终于从北京回来了。当朱玉来到办公室门口时，大领导的秘书已经认识了他，客客气气地把他领到了大领导的办公室。

“首长，您的那位学生又来了。”秘书让朱玉先在门口稍等一会，自己进去禀报。

“快让他进来。”大领导吩咐道。

朱玉进来后，看到大领导那原本高大挺拔的腰杆已经有些佝偻了，头发也完全斑白了，依然戴着宽边黑色眼镜，却明显地老了。朱玉看了，鼻子一酸，差点掉下泪来，哽咽着说不出话了。大领导亲昵地拍着他的肩头，牵着他的手，让到沙发上坐了下来。大领导仔细地端详着朱玉的容貌，不停地微笑着，夸道："长高了，也帅气了，成了美男子了。好，好，好。"

朱玉这次来，给大领导带来了一幅已经装裱好的油画，上面画的是大领导许多年前在苏州参加会议时的模样，画面中大领导戴着宽边黑色眼镜，目光深邃，表情坚毅，整个画面呈现出一种凝重的基调。这幅油画是朱玉花了一个月的时间，亲手创作出来的。这次，他把它当成一件礼物，亲手交到了自己老师的手中。

大领导用手把眼镜顶到了脑门上，凑到油画前认真地品鉴着，半晌，竖起一只大拇指，说道："此画既有西欧派的画风，又揉进了中国传统人物画的风格，是一幅不可多得的佳品。好，好，好，看来你的画技又有长进了。"

大领导收好油画后，拉着朱玉的手叙着家常。听着朱玉一路走来的境况，大领导也是唏嘘不已，听到动情处，大领导竟然抹起了眼泪。一个多小时的时光很快就过去了，朱玉感觉到不能再耽误大领导的时间了，就起身告别了。

大领导拉着朱玉的手，说道："今天晚上就不走了，你们市的一位领导是我的学生，正好现在也在省里开会，我把他也叫过来，晚上一起吃个饭，让你们也认识认识。"见如此说，朱玉只好留了下来。

晚上，在省政府招待所的一间金碧辉煌的包间里，只有几个人参加的小型宴会开始了。酒过三巡，菜过五味，大领导拉着朱玉的手来到市领导的面前，郑重其事地介绍道："他叫朱玉，在你们市盱县一个校办厂做厂长，这次来省里是参加全省企业家表彰大会的。他也是我的学生，我非常喜爱的一名学生，和你一样，都非常的优秀。今天，我就正式地把他交给你了。"

市领导听了，站了起来笑道："老师的学生，就是我的同门师弟，以后我们就是一家人了。"

大领导听了，哈哈大笑道："如此这样，我也就放心了。"

朱玉从省城回来后不久，市里一纸调令，把朱玉调到了市教育局招生办工作了。调令来得如此突然，让他一点准备都没有。但命令难违，朱玉只好在规定的时间内把工作交接好。临走之前，又来到干爹李大军家辞行。当天晚上，李大军把两个女儿李濛和李欣都喊了回来，一起给朱玉饯行。参加饯行的，还有已经年迈的修车师傅刘大爷和早已退休在家的原镇农村银行主任黄玉斌。

相处多年的朱玉要走了，大家的心情都比较沉重，酒桌上的气氛十分压抑。为了缓和一下氛围，韩春燕率先端起酒杯站了起来，对着朱玉说道："干哥，你一来的时候我们就认识了，这么多年幸亏你帮了我，要不然，我还不知道自己在哪里呢？来，按照你们淮阴的习惯，我先敬你两杯。"说完，先自喝了。接着，又斟了一杯，又喝掉了。

朱玉看了，笑道："春燕好酒量。"说完，也连干了两杯。

接着，众人都挨个地和朱玉喝了酒。

酒酣耳热之际，李欣趁着别人不备，把朱玉一个人拉到了门外的院子里。李欣和朱玉同年，都是同一年参加中考的。李欣高中毕业后考上了一所大专，毕业后在盱县一家国营商场做会计。工作几年了，连个对象都没有谈。每次一回家，李大军都会唠叨个没完，盼望她早点带着男朋友进门。对于李欣，朱玉一向接触得不多，没有多少了解，只知道她比较任性，性格独立，敢讲、敢说、敢做，和她的姐姐李濛完全不是一个风格的。

"朱玉，你这次真的要走啊？"李欣悠悠地问了一句。

"是呀，调令都下来了，不走也不行啊。"朱玉实话实说。

"那，那你还会回来吗？"

"当然会了，这里也是我的家呀，你们也是我的家人呀，怎么会不回来呢？"

"唉哟，我不是这个意思，我的意思是说……"

"那是什么意思啊？我没听明白。"

"我的意思是说，你能不能把我们家就当成是自己的家，不对，不是当成，就是你的家。你听明白了吗？"

"噢，我明白了。我以后会经常回来的，保证当成是自己的家。"

"你明白什么呀？你什么都不明白。既然你揣着明白装糊涂，那我就把话挑明了说，我要嫁给你。这下，你能听明白吧？"

朱玉听了，懵了，半天才说道："你是我妹妹，我一直都把你当成是自己亲妹妹的。这一点，你也是知道的。”

李欣听了，噘起嘴，说道：“我不管，我又不是你的亲妹妹，我可从来没有把你当成亲哥哥。”

“可是，可是……”

“可是什么？你是不是没看上我呀？嫌我丑啊？”

“你怎么可能丑呢？盱县第一大美女。”

“那你可是什么？”

“我是说，我在老家的时候谈了一个，是自己的同班同学，我这次回去的话，一定要去找她的。我耽误了人家多少年了，是到了给人家一个说法的时候了。”

“噢，我听春燕说过，她曾经来找过你。可是，你有没有发现，她已经很长时间没有来找过你了，这个正常吗？情侣之间很长时间不联系了，说明什么？说明她已经不爱你了。再说了，她是师范毕业的，正宗的科班出身，你呢，你是自学成才，身份没有变换过，这二者之间是不对等的。即使她自己不在乎，她的父母呢？她的同事、朋友呢？她们不会做她的思想工作吗？所以啊，这件事我看有点悬。”

“不管怎么说，我这次回去，是一定要去找到她的。”

“我挺奇怪的，人家以前找上门了，你不理不睬的。现在，你为什么又主动去找人家呢？为什么呀？”

“以前我在老家的时候，受人欺负，离家之前，我发过誓，‘不能出人头地，我绝不回家’。现在，我到市里上班了，和同龄人相比，也算是将就了，回到家里也能抬起头了。以前，虽然做到了厂长，但毕竟能力还有限，不能让对方扬眉吐气。现在我到市里去工作了，也算是配得上她了。所以啊，这次回去，我肯定是要去找她的。”

“诶，你这个人啊，满脑子都是‘门当户对’的老封建思想，和你平时做事的风格一点儿也不像。我告诉你啊，真正的爱情是没有这些世俗的束缚的，爱了就爱了，哪问那么多乱七八糟的事情？我给你时间去处理你个人的事情，如果那个初恋情人还能接受你的话，我选择退出。如果她已经移情别恋了，对不起，你就是我的了……”

两人正说着，姐姐李濛从屋里找了出来。看到他们两人站在院子里聊天，便上前打趣道："你们两不进去喝酒，鬼鬼祟祟地躲在这里干什么的？是在商量着私奔吗？不用商量了，如果你们决定在一起了，我作主，同意你们婚事了。怎么样，姐姐干脆吧？"

李欣嗔道："你瞎说什么啊？净胡说。"

李濛笑道："唉哟哟，小姑娘被我说中了，开始脸红了。"

朱玉赶紧打圆场道："大姐，我们在说别的事情呢。"

李濛笑道："知道，知道，不要解释了，越解释越乱，还是进去喝酒吧，大家都等着喝满堂红酒[①]呢。"

听李濛这么一说，朱玉和李欣都跟着她一齐进去了。

几天后，朱玉正式到市教育局报到上班了。上班的第一天，教育局办公室主任把一把钥匙交到他手里，说这是局宿舍楼的钥匙，这套三室一厅的房子就是你的了。晚上，朱玉一个人躺在第一次真正意义上的属于自己的房间里，回想起自己走过的路，好像都已经变成了遥远的回忆了，现在的一切又变得那么的不真实，让他如此的没有安全感。这种缺乏安全感的体验，对于朱玉来说，好像是与生俱来的。他好像从记事时起，就一直和这种感觉进行着斗争，这种斗争也成了他一次次做出了与常人有别的思想根源，也激励着他时刻处于战斗姿态，在前进的道路上去攻克一座又一座的堡垒。如今，他已经站在了新的起点上，依然如凌空的鹰隼，警惕地注视着自己的领地，随时准备发起新的冲击。

朱玉上班的处室是局里的招生办，具体的工作就是帮助全国高校在本市的招生。正值暑假招生的季节，一时间，全国高校，包括公立高校、私立高校在本市的招生负责人把朱玉办公室的门槛都踏坏了。每天常常忙到深夜才能回家，即使是这样，也还会有人在他家三楼的楼梯口等着他。工作忙是忙了一些，但是，却也让朱玉认识了全国不少知名高校的领导，让他的眼界大大地开阔了，社交的圈子也越来越广了，自己的知名度也渐渐地大了起来。

几个月后，朱玉在市里的工作、生活都已经走上了正轨。

现在，他终于实现了当年离乡的夙愿，如愿以偿地衣锦还乡，回到了阔别多年的老家淮阴了。待一切都安顿好后，朱玉回到老家看望了父母家人，走访了部

---

① 满堂红酒：淮阴喝酒的一种仪式，表示酒席结束了的意思。

分亲戚朋友。然而，他最想见到的、最牵肠挂肚的人，就是他的陆霏霏。

此时的陆霏霏在孙小莉老师的撮合下，已经对校长张涛的求婚表现出了可有可无的状态了。

“是女人，总得要嫁人的。何况……”孙小莉老师欲言又止，陆霏霏当然知道她想说什么了。

“孙老师，你说时光如果能够退流该多好。”陆霏霏托着腮，看着窗外树上正在变黄飘零的树叶儿。她想起了她和朱玉一起躲雨的情景，一起在长途车站的场景，还有在中考的考场上朱玉被人架出去的样子，还有，还有，那个女人躺在朱玉床上的样子……如果没有后来的意外，没有那一天晚上的醉酒……如果，如果这一切都没有发生，她还能回到少女时代，回到那天朱玉送她画像的那个上学的早上……那该多好啊！想着，想着，泪水便模糊了陆霏霏的双眼。

“唉，人生就是一次没有回程飞机票的单程旅行，已经发生的一切，毕竟都已经发生了，人生哪有后悔药可以吃啊？”孙小莉老师在一旁陪着掉着眼泪，劝慰道。

“孙老师，你说我那天晚上会不会真的和张涛发生了什么？”

“这个，这个我哪能说得清楚啊？不过，孤男寡女深夜独处，什么事情都有可能发生啊。你为什么一直纠结于这件事情呢？”

“这是一个原则性的问题，也是我关系到能否嫁给他的问题，如果这个问题没有搞明白，会让我一辈子死不瞑目的。我问过张涛，他从来没有给过我明确的答复，既没有否定，也没有肯定，基本上采取的是模棱两可的策略。”

“其实追究这个问题已经没有多大价值了，因为对于这件事，不管你们有没有发生过那件事，社会影响面已经形成了，人言可畏啊。”

“我知道，不管是不是真的发生了，我在别人的眼里已经是的了。唉，今生何苦让我做女人？如果有来生，就是做牛做马，也不做女人了。”

“我们已经做了女人了，总得要完成自己的使命吧？从古到今，结婚、生子，不就是我们女人的命吗？你能挣脱这个命吗？”

“唉，也只能如此了，否则，你又能如何呢？”

接下来的事情，就是水到渠成，自然而然的了。张涛托孙小莉做媒人，连定亲的仪式都免了，直接选了个结婚的日子。陆霏霏的父母也对张涛的事情有所了解，虽然有点心不甘情不愿，但又能如何呢？原来，陆霏霏担心父母反对，没想到父母倒是反过来做女儿的思想工作了。陆霏霏见是这种情况，也就死了心了。

一转眼，结婚的日子就到了。

结婚的头一天晚上，陆霏霏做了一个梦：不知怎么回事，她莫名其妙地出现在一个陌生的小集镇上，而且是在早上吃早饭的时候，她便急着想找个地方吃早饭，看到几家早餐店明明开门，里面还冒着热气，但进去发现没有什么能吃的东西，店主人神情冷漠，爱理不理的。这时，冒出了一个小孩，他悄悄地告诉陆霏霏，如果想找吃的就得往里面走。这时，前面出现一个大房子，里面灯火通明、人声鼎沸，好不热闹，只是那灯光变成了红色，一闪一闪的，显得有点诡异。这时，外面聚集了不少人，准备进入大房子时，正好看到有人从房子的窗口翻爬了出来，表情惊恐地向外面的人摆手，大声喊着："里面有鬼，不要进去。"然而，大家不仅没有感到害怕，反而更激起了好奇心了，他们一个个地从洞口和窗口进去了，陆霏霏也跟着走进了房子里。房子很大，有各种娱乐设施，甚至还有一座小山包。一连几天，大家在里面玩得十分开心。最后一天，大家在一个空地上列队集合，这时，一个陌生的女人出现了，一上来就对大家颐指气使起来，大声地咒骂起来。有人气不过，上去一拳把女子打倒在了地，打得血都出来了，那血竟然变成了雨，淅淅沥沥地下了起来，雨是红色的，像鲜血一样地红。大家纷纷穿上了雨衣，有的人试图离开这所房子。这时候他们发现，找不到出口啊，出不去了，那个躺在地上的女人也不见了。房子的空间慢慢地变小了起来，最后快要缩成土地庙那样大小了。陆霏霏跟着众人拼命地找出口想出去时，此刻房间大厅突然发生了爆炸，当场炸死了好几个人。在爆炸的场景中，还出现了日本兵被炸飞的场景，地上也发生了塌陷。此时，血雨下得更大了，众人更慌张了，纷纷去找已经脱掉的雨衣。陆霏霏想拿起一件紫色雨衣给别人穿时，衣服的颜色却发生了变化，一开始明明是紫色的，穿上了却成了绿色。这时候，陆霏霏意识到又有人牺牲了，整个空间都是血色的了，地上躺了好多尸体。现场更混乱了，活着的人都在拼命寻找安全之处，寻出口，想出去。但找不到，只有往天上望，希望有飞机带着他们飞出去。结果，远处真的飞来了一架飞机，越来越近，飞机看着竟然没有变大，还是那么小，从飞机上飘下来的人没有理会那些急着逃生的人，而是去收拾现场死掉的人，找到一具尸体，就用一个担架抬起来，用张牌子写上名字等信息。整个房间变成了停尸间，放着一个一个盖着白布的尸体，画面诡异极了，除了被炸死的几人，其余人竟然不知道是怎么死的。空间又在慢慢缩小，突然发现一道楼梯口，剩下的三四个人纷纷沿着楼道口跑去，发现墙上方有个小小的窗户，陆霏霏发现能打开，便提议大家从这里翻出去。她首先爬了上去又从窗口翻了下去，大家终于一个接一个地翻爬了出来，到了大房子外面了。这时，屋外又有一批想进大房子的人，陆霏霏她们惊恐地劝他们不要去，人们也没有听她们的，就像她们之前进去时没有听劝一样。陆霏霏大哭了起来,拼命地喊道：“里面有鬼，不要进去。”这时，从房子的窗户里伸出了一个硕大的鬼的脑袋，张开血盆大口，照准陆霏霏的头就咬了下来。陆霏霏被吓得大喊一声，一下子就从梦里惊醒了过来。这个时候，陆霏霏才发现，自己身上的睡衣都被冷汗浸透了。

陆霏霏睁着双眼，呆呆地望着黑漆漆的屋顶，再也不敢入睡了。

第二天上午，陆霏霏在临河镇街道上的老家门口停满了迎亲的汽车。张涛花了大价钱，从淮阴城里租来了二十几辆汽车，组成了浩浩荡荡的迎亲队伍，开到陆霏霏家门口的时候，把半条街道都给占了，弄得镇城管队不得不派出全部的人员前来维持秩序。下午三点左右，身着一袭洁白婚纱的陆霏霏在西装笔挺的张涛的陪伴下，踩着红地毯，缓缓地走向了停在门前的第一辆婚车。陆霏霏的后面，是孙小莉等一些女同事，手捧鲜花兴高采烈地紧紧跟随着。一旁扛着摄像机的小伙子跑前跑后地忙碌着，唯恐捕捉不到珍贵的镜头。陆霏霏走到婚车前，张涛殷勤地打开了车门，弯腰拱手邀请她进去。陆霏霏抬起头来，神情忧戚，目光茫然，一点都看不到喜气的样子。就在她打量着聚集在门口看热闹的人群时，突然，她好像看到了一个非常非常熟悉的高大的身影。她怀疑自己看错了，便使劲地揉了揉眼睛，再仔细看时，那个身影已经不见了。

“你在看什么呢？快上车啊。”孙小莉老师在陆霏霏的身后小声地提醒着。

“我好像看到朱玉来了。”陆霏霏扭过头，附着孙小莉的耳边低语道。

“怎么可能？你肯定看花眼了。”孙小莉一脸夸张地回答道。

这时，张涛看出了一点异样，问她们：“怎么了，有什么事吗？”

孙小莉老师忙掩饰道：“没什么，在说女人之间的事呢。马上就走了。”

见到孙小莉老师这么说，张涛也就不再怀疑什么了，催促着陆霏霏上了车。

一行车队缓缓地离开了陆霏霏的家门口，向着县城的方向不紧不慢地，一路招摇地驶去了。

聚拢在陆霏霏家门口看热闹的人渐渐地散去了，有一个人却久久没有离开，他不是别人，正是前来寻找陆霏霏的朱玉。他的手里拿着一本黑色的美术用的速写本子，这个本子是那年朱玉第一次上苏州时陆霏霏在汽车站送给他的。这个本子，朱玉从来没有舍得用，都是一直珍藏在自己身边的，没事的时候，或是想念她的时候，他就会打开来，看着扉页上她用钢笔写的那首诗——《那夜的雨》，现在，诗还在，写诗的人却走了。天空渐渐昏暗了起来，一丝小雨洒落了下来，打湿了朱玉那冰冷的面颊。朱玉和着雨水，在雨中轻轻地哼唱了起来：

暮色如许，湖边雅聚，小食几许。哪知阴云暗聚，只道是寻常一幕。

茅檐小屋，暂避风雨，少语片时。谁知天色发晴，只恨那岁月二重……

晚上七点十八分，在淮阴城市名人酒店三楼的豪华宴会厅里，张涛和陆霏霏的婚礼如期开始。在几百位宾客的注目下，婚礼司仪按部就班地进行着各个必要的环节，很快，婚礼的高潮即将到来了。

司仪拿着话筒问张涛："你愿意娶眼前的这个女人为妻吗？无论她贫穷，还是富贵，健康，还是病老？"

不等司仪问完，张涛就迫不及待地大声回答道："我愿意，一万个愿意。"顿时，引起了现场一片哄笑，还有人趁机吹了几声口哨。

司仪笑道："看来新郎真是个急性子。"司仪的话，又引来了一阵大笑。

司仪接着问陆霏霏："你愿意嫁给眼前的这个男人为妻吗？无论他贫穷，还是富贵，健康，还是病老？"

陆霏霏没有回答。于是，司仪又问道："你愿意嫁给眼前的这个男人为妻吗？无论他贫穷，还是富贵，健康，还是病老？"

陆霏霏还是没有回答。

站在旁边的张涛额头上开始渗出了细密的汗珠了。台下的观众开始有节奏地呼喊了起来："我愿意，我愿意，我愿意……"

恰在这时，一位婚礼现场的女工作人员急匆匆走了上来，把一个信封递给了陆霏霏，对她说道：“刚才有一位女士让我转交给你的，让你务必在第一时间打开来看。”

陆霏霏不明就里，问道：“是谁呀？”

女工作人员回答道：“她不让说，就是让你无论如何，都要及时打开它。”

陆霏霏礼貌地说道：“好的，谢谢你。”

工作人员下去了，陆霏霏一头雾水地打开了信封，发现了里面有一叠现金，还有一封信。陆霏霏低头快速地看了起来。一旁的张涛不知道究竟发生了什么，不安地悄悄搓着双手，额头上的汗珠已经变成了黄豆粒大了。台下的观众更是不知道发生了什么，都在静静地等待着下文。

几分钟过后，仅仅是几分钟的时间，陆霏霏的脸色骤然大变，拿着信笺的双手也开始微微地颤抖了起来。她的眼睛开始湿润了，泪水在明亮的眸子里孕育、打转，终于，泪水夺眶而出，顺着秀美的面颊肆意地流淌着……她拿过司仪的话筒，用哽咽的声音对着整个大厅的几百位观众说道：“各位亲朋好友，请允许我给大家读一封我刚刚收到的来信，可以吗？”

不等下面的观众回答，新郎张涛就强烈地表示反对：“不行，绝对不行，这里是婚礼现场，不是诗歌朗诵会。霏霏，你甭闹了好不好？”

陆霏霏态度坚定地说道：“我没有闹，因为这关系到我一生的幸福。如果你不让我读这封信的话，这个婚礼就你一个人参加吧。”

宾客席里，孙小莉老师带领着一群男女教师一齐高喊着：“让她读！让她读！让她读！”

张涛看到群情激昂，只好让步了，说道：“好吧，那就快点读，不要耽误时间了。”

陆霏霏对着台下深深地鞠了一躬，然后大声地读道：

陆老师，请原谅我直到这个时候才给你写这封信，否则，我会被良心谴责一辈子的。我要把那天晚上的真相告诉给你，我知道你一直在寻找着事情的真相。那天晚上你在酒桌上喝多了，是我和张涛副校长一起把你送到卫生院挂水的，一直到凌晨一二点左右，我们才把你送回宿舍里。当时因为太晚了，我就留在你的宿舍里陪了你一晚上，张涛副校长独自一人回家了。我早晨醒来，因为要急着赶回家给孩子做饭，也因为你喝得太多了，一直没有醒来，所以就没有叫醒你，而是一个人先回去了。我证明那天晚上，你没有和张涛副校长发生任何事情，你是清白的、无辜的。当别人都说你和张涛副校长发生了什么时，我本来想站出来说明情况的，是张涛副校长找到了我，给了我一笔钱，让我不许把真相说出来，否则就让我在学校没有好日子过。他这样做的目的，就是想让你错以为已经生米煮成熟饭了，好让你死心塌地嫁给他的。我怕他打击报复我，所以一直没有勇气告诉你实情。现在，我把真相告诉给你了，也把张涛给我的钱拿出来了，我的心也安了。希望你能原谅我。谢谢你了。请原谅我的名字暂时保密。

读完这封信，陆霏霏转过头来，大声地责问站在旁边已经大汗淋漓的张涛："你这个骗子，你还有什么好说的？"说完，把手里的那一摞钱砸向了张涛。顿时，舞台上纸币纷飞，一片狼藉。

张涛狼狈地一边大声喊道："这不是真的。"一边又忙着去地上捡钞票。

台下的宾客瞬间愣住了，没有人会料到婚礼竟然进行到了这种程度，一个个都宛如泥塑木雕一般，呆了，傻了。

看着台上手忙脚乱地捡着钞票的张涛，陆霏霏带着脸上的泪痕，凄然一笑，对着所有的宾客说道："对不起了，今天的婚礼让大家失望了！"说完，扔了话筒，扯下了秀发上的装饰和胸前的红花，扬手把它们抛向了半空中，最后又落到了台下的地板上。陆霏霏双手提起婚纱的裙裾，下到了台下，迈开脚大步流星地穿过厅堂，在众目睽睽之下，走向了大厅门口，离开了婚礼现场。

正在忙着拾钱的张涛看到陆霏霏离开了，顾不上再去捡钞票，急忙站起来想去追陆霏霏，结果，一个趔趄，摔在了舞台上，逗得台下一片嘲笑声，还有人趁机吹起了一两下尖锐的口哨声。

……

朱玉从陆霏霏家回来后，在床上整整躺了三天。一口水也不喝，一口饭也不吃，甚至连手机也不接。单位里的人找不到他，不得不把电话打到了市委统战部，找到了朱玉的哥哥副部长朱聪。朱聪不放心朱玉，立马联系上了姐姐朱琴和二弟朱明，大家一起找上了朱玉的在市教育局宿舍楼的家，费了好大的劲，才把朱玉的房门敲开了。

“你到底是怎么回事，为什么不接任何人的电话？”哥哥朱聪一进门就对朱玉吼了起来，“你想急死人啊？”

姐姐朱琴倒是特别地细心，伸手摸了摸朱玉的额头，关切地问道：“你是不是生病了？”

朱玉把头侧向一边，摇了摇头。

二哥哥朱明则什么话都没有说，四下里看了看，没有发现什么可疑的情况后，就一头钻进了厨房忙活了起来，很快就给朱玉端来了一碗鸡蛋面。朱玉接过面条，狼吞虎咽地吃了起来，末了，还端起碗把汤都喝掉了。

“还有吗？我还没吃饱。”朱玉把碗伸向二哥朱明，一脸没皮没脸的样子。

二哥朱明伸出手，耸了耸肩，没有言语。大姐朱琴见了，笑着伸出手打了朱玉手背一下，笑道：“少吃点吧，晚上大姐请你吃大餐。”

朱玉听如此说，只好把碗缩了回来，不作声了。

“三弟，说说看，到底是怎么回事，反正大家都在这，天大的事大家一起商量商量。”大哥朱聪说道，他还是第一次称呼朱玉为三弟，连朱琴和朱明听了都有些不习惯。

朱玉没有一丝反应。

“你说说呗，都是一个妈养大的，又没有外人，有啥不能说的？”大姐朱琴说道，“今世我们是一家人，来世还能是吗？你有什么苦，说出来，我们一起帮你承担。”

看到朱玉还是没有什么反应，二哥朱明说话了：“三弟，你是我们最小的弟弟，我们都疼你不够，都有愧于你，我们几个大的都早早地跟着父亲去了外地读书，只有你一个人陪着俺妈在老家，你这些年吃了多少苦，我们都看在眼里，也疼在心上。但是你知道吗？你给家里造成的伤害还少吗？父母为了你哭了多少回，你知道吗？我们姊妹兄弟们为了你，哪一个又不是在牵肠挂肚？现在，你回来了，你有出息了，你可以不考虑家人的感受了，可是，我们哪一个人不是在牵挂着你？盼望着你好？你呢，一走就是多少年，家里什么事都不问。你终于回来了，原本以为一家人终于可以团圆了，什么事都有个照应了。可是你呢，有什么事都藏在心里，都不告诉我们，你应该吗？”

大姐朱琴附和道：“是呀，天大的事，说出来就好办了。”

大哥朱聪说道："你看，你看，你从小到大，就是任性，从来不听我们的。"

大姐朱琴听了朱聪的话，责备道："你说什么呢？有你这么劝人的吗？你给我少说话。"

朱聪听大姐发话了，立马闭上嘴不说话了。

朱玉叹了口气，说道："我死的心都有了。"

"说说吧，我们帮你出出主意。"朱琴说道。

到了这步田地，朱玉再也没有退路了，何况，他也需要向自己的亲人倾诉。于是，他就把自己和陆霏霏一路走来的经历都一一地说了。讲到他亲眼看到陆霏霏的婚礼时，他终于忍不住了，在自己的亲人面前痛痛快快地哭了起来。

大家看到朱玉这种状态，都禁不住替弟弟心疼不已。

良久，朱玉的哭声渐渐地止住了。

大哥朱聪叹了口气，说道："没想到朱玉还有这么一段故事，还挺浪漫的，也挺伤感的。"

二哥朱明直言道："三弟就是小资情调太重，看起来是个特立独行的人物，但事到临头，却不如我们当兵的人来得干脆。"

大姐朱琴一边抹着眼泪，一边劝朱玉道："三弟呀，我也是女人，你也不能都看表面，说不定那个霏霏也是被迫的呢？你又没有亲自听到她说什么？怎么就早早地下结论呢？毕竟女人呀，最懂女人……"

朱玉神情凄然，打断了姐姐的话，淡淡地说道："大哥、大姐、二哥，你们今天都在这里，我有个想法，正好和你们说说。我打算辞职了。"

"你说什么？"几乎所有人都惊讶的差点掉了下巴。

"我已经决定了，你们都不用再劝我了。"朱玉平静地说道。

三十四

朱玉辞职了。

没有人能理解他的这一决定。但父亲朱守正听到女儿朱琴告诉给他的这一消息的时候，什么话都没有说，只是一下子感到胸闷，没来得及说上一句话，便一头栽倒在了地上，口角抽搐不已。朱琴吓得魂不附体，手忙脚乱地喊人把父亲送到了县人民医院进行急救，经过医生的一番抢救后，朱守正的各项生命体征终于暂时平稳了下来。

“俺大，要不要告诉给朱玉，让他来看看你？”在病房里，一直陪伴在父亲病床前的朱琴看到朱守正病情好转了，便问道。

朱守正摆了摆手，说道：“不要告诉他了，这么多年过去了，只当我没有这个儿子了。”

朱琴听了，想起了朱玉出生时算命先生说过的话，虽然她是从来不信的，但是看到父亲的这个状态，也只好答应了。

“小玉子这个人，可能会有出息的，也可能没有大出息，全靠他自己的造化了，我们都帮不上他的忙了。”朱守正说道。

“俺大，你是怎么看待他这个人的？”朱琴问父亲。

朱守正抬头望着病房里刷的粉白的天花板，嘴里突然冒出了一首诗：“本是一精灵，遇劫落凡尘，世间难相容，白忙两双亲。”

朱琴听了，不甚明白，问父亲道：“这是什么意思啊？我怎么没听明白啊？”

朱守正闭上眼，想是在努力地回忆着什么，然后，终于又说道：“列列长空白雪飞，几家欢喜几家悲。不怨世人不识相，只怪天宇蒙尘灰。若许年后再相逢，与君一一剖是非。”

“这又是什么意思啊？”朱琴问道。

朱守正笑道："我也不是太明了，只是朱玉出生的时候，一位算命的先生随口胡诌的。不知为什么，我突然想起了这几句话，只当听听罢了，不值得去深究的。"

过了几天，朱守正的身体已经没有大碍了，医生建议可以出院了。正赶上县老干部局发来了通知，两天后局里组织党史学习教育座谈会，要求老干部们都尽量参加，朱守正就急急忙忙地让朱琴给自己办理了出院手续。

到了开会的那一天，朱守正早早地就让朱聪用车子把自己送到了老干部局所在的一楼会议室里。陆续地，一些老干部们都先后步履蹒跚地走进了会场。等到大家坐定以后，最后一位出场的是一位八十多岁的老干部，坐在一辆轮椅上，由一位年近半百的人推了进来。看到这个人，好多老干部都站了起来，热烈地鼓掌。这个人不是别人，而是淮阴县的新任县长李铭轩。他微笑着摆摆手，让大家安静下来。主持人立即走上前来，将轮椅接了过来，李铭轩也就走下台来，找了一个空位置坐了下来。

"各位老干部，老同志：我们今天很荣幸地邀请到了一位革命的老前辈李春峰爷爷给我们讲述淮阴历史上的战斗故事，大家欢迎。"

一阵掌声过后，坐在轮椅上的李春峰老人神情专注地开始了自己的讲演，他的声音嘶哑、平和。他讲到了淮阴刘老庄八十二烈士牺牲的经过，更是讲到了自己亲自参加的在天鹅湖大堤上阻击日军的那场战斗……时间，一分一秒地过去了。整个会场，没有人咳嗽，更没有人走动，人们久久地沉浸在了几十年前那一幕幕血与火的战斗中……最后，李春峰老人慷慨激昂地说道："在那次阻击战中，牺牲了好多战友，他们也以为我牺牲了，把我当成了烈士上报了部队。幸运的是，当时我被一颗日本兵的炮弹炸昏了过去，是一位渔民的女儿救下了我，把我藏在了水草里，救了我一命。等我半年伤好后，淮阴已经解放了，我没有赶上大部队，就只好留在了天鹅湖，和救我的那位姑娘成了亲，生下了我的宝贝儿子，他就是新任的淮阴县长——李铭轩。"

大家听了，更是报以热烈的掌声。

报告会结束后，朱守正走出会议室的时候，正巧碰到了县长李铭轩把父亲李春峰老人推了出来。李铭轩看到了朱守正，热情地打着招呼。

"朱局长，你好啊。"李铭轩说道。

“县长好，县长好。”朱守正忙说道。

“最近您儿子朱聪工作怎么样啊？”李铭轩问道。

“托您的福，朱聪的工作还算正常，还请您以后多带带他。”朱守正说道。

“他不会在市里待多久的，很快也会下来的。”李铭轩说道。

“那他会到哪里啊？能不能提前透露一点啊？”朱守正笑道。

“你看你看，你这不是逼着我犯错误吗？”李铭轩笑着说道。

“那不能，那不能。”朱守正也笑了起来。

朱守正和李铭轩分手后，回到了朱聪的车子上，朱聪正在车里等着他。朱守正把碰到李铭轩的事情告诉了朱聪。朱聪笑了笑，没有多说什么。对李铭轩的话，他并没有感到很惊讶，因为在这之前，市委组织部的领导已经征求过他的意见了，准备让他到淮阴县任副县长了。毕竟组织上的任命还没有下来，所以，他也就不好和父亲提前说了。朱守正看到朱聪的态度很淡定，也说没有就这个话题再继续下去了。

朱聪开着车子，顺着淮海路一路向南，来到古淮河桥时，朱守正一眼看到了路边的路牙上坐着一位上了年纪的算命先生，他的左眉头上面长着一颗很大的黑痣。朱守正似乎想起了什么，就示意朱聪把车子在路边停了下来。朱守正从车子里走了出来，来到这个算命先生面前，仔细地辨认了一下，终于认出了他就是朱玉出生的时候给朱玉算过命的那个人。虽然几十年过去了，他已经变得很老了，但他左眉头上面的黑痣却好像长得更大了。

“老先生，你还好啊？”朱守正对算命先生说道。

算命先生仰着头，问道：“你是算命啊？”

朱守正说道：“今天不算命，就是来聊聊的。几十年前，我们淮阴下了一场大雪，你还记得吗？”

算命先生愣了一会，说道：“记得，当然记得，那一年我差点被冷死了。”

朱守正哈哈大笑道：“你还记得你在天鹅湖边给一个刚出生的小男孩算过命吗？”

算命先生想了想，然后摇了摇头。

朱守正说道：“‘列列长空白雪飞，几家欢喜几家悲。不怨世人不识相，只怪天宇蒙尘灰。若许年后再相逢，与君一一剖是非’，老先生，这句话你还能记得吗？正好几十年过去了，我又碰到你了，你还能给我一一剖是非吗？”

算命先生听了，半晌才说道：“你那个儿子后来怎么样了？”

朱守正叹了口气，说道：“整个一个叛逆，气死我了。你说说，他到底是怎么一回事？”

算命先生也叹了一口气，用充满同情的口吻说道：“算命的哪有真的？不都是故弄玄虚吗？否则，谁还能来找你算命啊？你呀，这么多年了还记得我当年瞎嚼的几句话，也真是够呆的。”

朱守正听了，顿时无语了，多年来心里的那只靴子也终于完全地落下了。回到车子里，他苦笑着对朱聪说道：“以后呀，朱玉的事情就不要再管了，随他去吧。”

朱聪听了，有点奇怪地问道：“你思想怎么转变得这么快啊？”

朱守正说道：“人吗，谁还能都是一个样子啊？如果都是一个模子出来的，这个人生还精彩吗？”

朱聪笑道：“你是越老越活明白了。”

朱守正说道：“都是被生活逼出来的。”

朱玉辞职后，和国内一所高校联手，在市开发区购买了二百亩土地，创办了本市第一家民办高校。一时间，朱玉的学校人满为患，前来求学者络绎不绝，在校学生每年都在一万人左右。短短几年时间，朱玉的高校已经名满全国，他本人也成了著名的教育界成功人士，成了省市两级政协委员。更为可观的是，他的个人资产实现了几何级数的增长，达到了十多亿元，成了本市名副其实的首富。在学校办学之初，李欣拖着行李箱从盱县来到了学校，在校长办公室里找到了朱玉。

“听说你的那位初恋已经结婚了，是真的吗？”李欣带着一脸幸灾乐祸的表情问道。

“你是怎么知道的？”朱玉有点不高兴地问道，自己的隐私被别人掌握了，总是一件令人尴尬的事情。

“那你就不要问了，反正你的事情都没有逃出我的眼睛。”李欣得意地说道，“反正我来的时候已经从商场辞职了，已经成了无业游民了，以后就在你这儿混吃混喝了，吃好吃坏，你就看着办吧。”

“你真的辞职了？”

“骗你是小狗。你看，我行李箱都带来了，今晚就没地方住了。”

“你到这儿来，干爹他们知道吗？”

“知道啊，当然知道了，他们都很支持的，包括李濛。”

“你是真的赖上我了？”

“那当然了，不赖上你赖谁啊？”

“行吧，既然你来都来了，那就直接到财务处报到吧，先从财务科长做起，做不好就滚蛋啊。”

“这是我的看家本领，财务交给我，你就放七十二个宽心吧。对了，我晚上住哪啊？”

“有职工单身宿舍，你就先住那里吧。”

“不行，我不住那儿。”

“那你要住哪儿啊？”

“当然是住你家里呀，就像当年你住我们家一样啊。如果老爸知道你把我撵在外面住，还不把他的嘴给气歪了啊？”

“你呀，真烦神。这样吧，那就先暂时住几天，过一段时间我把你单独安排一处住处吧。怎么样啊？”

“这还差不多。”

“那我先让司机把你送家里去，你先休息休息，晚上我请你到文庙那里吃龙虾。”

“好嘞！”

晚上，朱玉把李欣带到了市区最繁华之所文庙，找了一家以龙虾为主打的餐馆，为她点了十三香龙虾、椒盐龙虾、蒜泥龙虾和冰镇龙虾，又点了二扎生啤。一直吃到了深夜十点，才让司机把他两送回了家。

下了车子，李欣头晕目眩，站立不稳，朱玉只得搀扶着她，一步步地挪上了楼。开了门，李欣不等把门关上，就一把搂住了朱玉的脖子，微微闭上眼，把香艳的嘴唇递了上去……朱玉偏偏这个时候打了大大的一个饱嗝，说道：“不好，要吐了。”就赶紧把她放到了沙发上，自己跑到卫生间里装模作样地大声吐了起来。

李欣一个人躺在沙发上，侧耳倾听着卫生间的动静。朱玉待在卫生间里，愣是半天没有出来。李欣等着等着，不一会，酒劲上来了，她只觉得真的天地都在转了起来，先是慢慢地转着，后来，越转越快，终于转得只看到一个炫目的影子了，才开始支撑不住，一头歪在沙发上睡着了。

朱玉听到外面没了声响，悄悄把门开了一条缝，发现李欣真的睡着了，才蹑手蹑脚地从卫生间钻了出来，到卧室里拿了床被子盖在了她的身上，自己打车去了学校自己的办公室里将就了一夜。此后不久，朱玉就在市区的一个高档小区里为她买了一套三室两厅的商品房，让她把干爹李大军也接过来一同居住了。李大军亲自跟朱玉说媒，想把李欣嫁给他，被朱玉婉拒了。李大军没辙了，只好听之任之，放手不管了。一年后，朱玉为李欣介绍了本校才招聘过来的一名帅气的男教师，到了这种地步，李欣也只好同意了。两人成亲后，日子过得十分甜蜜，朱玉见此，也就彻底放下了心，便专心致志地忙自己的事业去了。

几年后，朱玉又到邻市创办了一所高校，规模比原来的还要大，还要好。朱玉的事业蒸蒸日上，一发不可收拾了。可是，他的婚姻问题却迟迟没有解决，成了家人的一块心头病。

就在一大家人为了朱玉的终身大事一筹莫展之际，大姐朱琴那边出了一件大事了。她的水泥制品厂的产品出了质量事故，一个小区正在建造的商品楼坍塌了，把几名工人埋到了废墟底下了。事故发生后，市长亲自坐镇指挥救援，公安机关也在第一时间把水泥制品厂的负责人朱琴控制了起来。

得到消息的朱守正心急火燎地赶到淮阴县政府，找到了已经就任副县长的大儿子朱聪。朱聪看到父亲来了，便已知道了来意。

“你快救救你姐姐啊，这个时候，也只有你有这个能力了，你不能见死不救啊。”朱守正屁股还没坐稳就急急地催促道。

“你先屏屏气，不要着急。”朱聪给他倒了一杯水，说道。

“你看到底怎么办呢？”朱守正顾不上喝水，问道。

“这个事情不是着急的事，我已经了解过了，公安局的同志正在调查，相信很快就会有结论了。现在那几个被埋的工人也被救出来了，现在正在医院里抢救，暂时还没有脱离危险。”朱聪说道。

“你大姐她还好吗？”朱守正问道。

“她还在公安局接受调查，要相信政府，会依法处理这件事的，你不要太担心了。”朱聪安慰道。

“怎么会发生这事呢？我多次跟你姐说，要加强企业内部管理，尤其是产品的质量，那都是关系到人的生命安全的，是比天还大的事。不能把钱看得太重，看得重了，人的良心就会变轻了，甚至就没有了。”朱守正说道。

“是的呢。不管怎么说，这次的教训是深刻的，大姐一定要好好吸取这次惨痛的教训，不能再像以前那样了。”朱聪说道。

“等你大姐回来的，我一定要跟她好好谈谈。”朱守正说道。

一个月后，县公安局的调查结果出来了。起因是朱琴水泥制品厂的一家竞争对手为了打击朱琴，买通了朱琴手下分管生产的副厂长王小胜，在生产当中偷工减料，以次充好，最终酿成了这起安全事故。那几名工人均已脱离了危险，转到了普通病房。王小胜已经被公安机关依法逮捕，而作为企业的法人代表朱琴，被处以高额的罚款。企业也被勒令停产整顿。

在公安局里待了一个多月的朱琴终于回到了家里。朱守正带着朱聪、朱明和朱玉前来看望朱琴。看到朱琴一脸的憔悴，朱守正心疼地说道：“看看，你都瘦成什么样子了？在家养几天，哪儿都不要去了。”

朱琴苦笑着说道：“诶，我都这么大的人了，还让你们替我操心，真的好惭愧啊。”

朱聪说道：“大姐，这件事都怪我，是我把王小胜推荐给你的，要不然，也不会……”

朱琴制止他道：“快甭这么说，这哪能怪到你头上了，要怪只怪我平时忽略了对职工的思想品德教育，让别有用心的人钻了空子。这件事，教训深刻啊。”

朱玉说道：“大姐，我看这件事某种程度上来看，它也是一件好事，它提醒我们，事情的发展到了一定的程度，就会发生一种想象不到的转化，这种转化往往是不以人的意志为转移的，是大势所趋，这就需要我们及时地做出调整，主动进行，而不是被动应对。”

朱琴叹了口气，说道：“是的，有些事情，往往是盛极而衰，无法逆转。只是我们平时没有及时觉察到，或者说即使觉察到了，自己却不愿承认，或者说是不敢承认罢了。我这一个多月里，对自己进行了反思，也让我下定了决心，对未来的产业发展方向进行重大的调整。”

朱聪问道：“大姐，说说看，你是怎么想的？”

一直没有说话的朱明也问道："怎么改呀？"

朱守正听了，明确表示了反对，说道："都多大岁数了，就不要瞎折腾了。"

朱玉对父亲说道："这怎么叫瞎折腾呢？这叫趋利避害，积极作为。"

朱守正听了朱玉的话，有点不高兴地说道："好好，我年纪大了，管不了你们那么多了，你们爱怎么地就怎么地吧，我不管了。"

朱琴说道："其实也很简单，就是我准备把厂子卖掉，到天鹅湖老家去发展农业，搞农业合作社，带动更多的乡亲发家致富。"

朱明听了，鼓掌道："这个想法好。"

朱聪说道："现在国家十分重视三农工作，你要到天鹅湖去发展倒是一个不错的选项。不过，我有个建议，你在搞农业集中连片开发的同时，不妨把农村集中居住点建设当成另一个重点项目开发。这样的话，就会从根本上改善农村的生产、生活条件，同时，也让你实现了自己的另一种价值。"

朱琴听了，豁然开朗道："真的呢，你这么一说，我的底气更足了，方向也更明了。行，就这么办了。"

朱明说道："我跟着大姐干，你到哪，我就到哪。"

朱聪笑道："打仗亲兄弟，上阵父子兵，关键的时候，还是自家人最可靠。"

朱玉在旁边说道："大姐带了个好头，以后我要转变经营方向的时候，我也回天鹅湖去。"

朱聪笑道："你要是回去的话，就搞大运河生态文化长廊建设，把我们老祖宗留给我们的宝贝保护好、利用好、传承好。"

朱玉听了，笑道："这个主意不错，是个大手笔。"

朱守正听了，生气地说道："人家都往城里跑，你们倒好，城里不待了，反而往乡下跑了，让我说你们什么好呢？"

朱琴笑道："你不是不管我们了吗？怎么又想管了？"

朱守正连连摆手道："算我说错了，我不作声了。"

朱琴笑道："'老不问少事'，你尽管安享晚年就得了，其他的就甭管了。"

事已至此，朱守正也只好如此了。

一年后，天鹅湖生态合作社正式挂牌成立了。朱琴卖掉了自己的所有产业，在天鹅湖畔的红星村流转了五千亩土地，一部分用于生产特色品种的无公害瓜果，一部分规划建设农村集中居住点，将有意向集中居住的农民统一起来，对宅基地进行有序地流转。朱琴在动员群众将自己的老宅拆掉，搬到新建的居住点去时，第一个跳起来反对的，不是别人，正是自己的父亲朱守正。

"要搬你们搬吧，我是不会搬的。"朱守正对前来做自己工作的女儿朱琴说道。

"俺大，你不带头搬，别人怎么肯搬呢？"朱琴说道。

"为什么非得我先带头呢？就不能让别人先带头吗？等到他们都搬过去了，我就搬。"朱守正说道。

"你不带头，别人肯定不肯搬呀，谁让你是当过大领导的人呢？"朱琴奉承道。

"去，去，去，少来这一套。"朱守正说道。

"那你总得说说你不肯搬的原因吧？"朱琴问道。

"原因很简单啊，我住在这老宅子上，一是故土难离，二是宽敞，三是有个小院子，多好！你们搞的那个集中居住点，我们没看到是什么样子，光听你们自己说，谁敢信呢？咱们老百姓不信说的，就信自己看到的。"朱守正说道，"你能把这个事情解决了，其他的事情自然是水到渠成，自然而然的了。"

"好吧，我一定会解决好的。"朱琴说道。

事后，朱琴找到了大弟弟朱聪，让他帮自己出出主意。朱聪其时正在和县长李铭轩讨论大运河文化带淮阴段百里画廊建设的事情，等到讨论结束后，朱聪回到办公室看到姐姐来了，赶忙放下手中的资料去给朱琴倒茶。

朱琴忙制止道："快甭忙乎了，我有话跟你说呢。"

朱聪笑着一边倒茶，一边说道："什么事情啊，把你急成了这样？"

朱琴把和父亲谈话的事情一五一十地和朱聪说了，朱聪听了，笑了起来，说道："多大一点事情啊，你就摆不平了？"

朱琴急得跺脚道："人家都快急死了，你还在这里说着风凉话呢。"

朱聪看到姐姐真急眼了，才一本正经地说道："这个事情好解决：第一，你要注重借助基层党组织的力量，遇事多和镇村干部多汇报，取得他们的理解和支持。第二，你们在确定集中居住点的位置时，要尽量靠原来的村子近一些，不要让群众有离土离乡的感觉。甚于这第三条吗，就是在设计房屋式样的时候，既要考虑美观大气，又要考虑农村的实际，不能贪大求洋，要多听听群众的意见，因为，毕竟这些房子以后是让他们住的，他们最有发言权。而且，最好先建成一批，让群众有一个直观感，群众满意了，下面的事情也就迎刃而解了。"

朱琴听了，顿时有了一种醍醐灌顶的感觉，高兴地对着弟弟竖起了大拇指，夸道："到底是一级领导一级水平，站得高，看得远。听你这么说，大姐心里有数了。"

朱琴从县里回到天鹅湖畔后，立即找到了镇村领导，请求他们的支持。两级领导的答复都非常干脆，全力支持！经过镇政府推荐，朱琴找到了本市一家知名的建筑设计院，拿出了第一稿房屋的图纸。镇村两级又多次召集群众代表、党员代表、人大代表、社会名流等不同的群体，反复地征求意见，进行修改、完善，最后达成了共识，几个方面都非常满意。

来年春天，天鹅湖畔第一个农民集中居住点建成后，朱琴邀请了村干部和群众代表作为首批参观团成员实地观摩。大家在朱琴的带领下，步行来到了新家园。远远地看去，只见一片白墙灰瓦的徽派建筑出现在了众人的面前，十分气派。家园的入口处建了一个景观小品，上面用金色板镌刻着 "天鹅湖农庄"几个大字，进了大门，迎面是一处宽阔的大型广场，广场的一端建有古色古香的一座大戏台，戏台的对面是一座二层楼的公共服务区域，里面有超市、电影院、书房和可供村民委员会为群众提供基本服务的大厅。围绕着广场的二层服务区域的四周，是一片错落有致的漂亮的建筑群，一排一排的，十分地整齐。里面阡陌通幽，两旁绿荫砸地，芳草萋萋。更妙的是一湾浅浅的小溪逶迤从农庄流过，小溪里的水清澈见底，水下铺着大大小小的鹅卵石，溪上一两座木质拱桥像彩虹一般横卧其上，溪边垂柳依依，如烟似黛，更兼其间夹杂的几株桃树、梨树、石榴、海棠，那些盛开的白的、粉的、红的、紫的花儿，把春天的气息烘托得十分地热情和浓烈。

朱琴领着众人来到了一幢房子的门口，随手推开大门，里面有一个大约三十平方米的独立小院子，院墙一律是雪白的，上面是灰瓦压脊，古朴简约。房子也是二层小楼，一楼设计有厨房、餐厅、会客厅和卫生间，更有一间收储间，是专门放置小型农具和粮食的。二楼主要是卧室、阳光房、活动室和卫生间等，设施齐全，设计精巧。

“我们这里的每户面积从60平方到160平方不等，可以满足不同家庭的居住需求。”朱琴介绍道。

“那怎么兑换呢？”村主任王宝贵问道，“我喜欢是喜欢，就是口袋里没有钱，让我干着急呢。”

“对呀，我们一下子拿不了这么多钱啊？”有的群众代表说道。

“是啊，看样子不得便宜啊。”有人附和道。

“是这样的，我来告诉大家。”村党支部书记潘兴阳说道，“我们镇党委研究过了，对于愿意拆除老宅子的群众，根据各家房屋的结构，一律按照国家的补偿标准补偿到位，对于新搬迁进来的农户，根据面积的不同，一律按照低于市场的建筑成本价给大家，这样，大家等于不花钱就能搬进来了。你们说，这样好不好？”

“好是好，那我们的老房子拆掉后，宅基地归谁的？”有人问道。

“宅基地复垦后，如果大伙自己种就由你们自己种，如果你们不想种，就由我们合作社统一承包。你们说，这样行不行？”朱琴对大伙说道。

“大田面积都流转给你们了，我们还要那些小田块干吗，不如一起给你们算了，到时我们到你们合作社打工，你们要我们这些老头子吗？”有人说道。

“当然要了，只要你们愿意来，来多少我要多少。”朱琴说道，“另外，我还要告诉大家一个好消息，我们还专门新建了一批‘爱心房’，为生活困难的乡亲们免费提供住处。”

“好，好，好。”大家热烈地鼓掌。

“朱琴啊，你放心吧，以后只要是你们合作社的事情，就是我们的事情，我一定会带头支持的。你对我们这么好，人心都是肉长的，我们都看在眼里了。”一位上了年纪的老大爷对朱琴说道。

“是呀，我们一定支持。”大家说道。

“谢谢乡亲们了！谢谢你们了！”朱琴双手抱拳，连连打躬作揖。

三十五

朱守正这些年衰老得十分明显，发须都已花白，面容消瘦，脸上、脖子上、手上那些灰褐色的斑点越来越多了起来，只是精神尚好。每天早晚，他都要带着老伴陈月英到天鹅湖大堤上跑上一个多小时，多年如一日，成了雷打不动的生活规律了。老宅拆除以后，他就搬进了朱琴给他在农庄里精心准备的一套大院子里面。除了跑步外，朱守正更多的时间就是在自己的书房里练习书法。为此，他让朱琴给他买了好些古代名家的字帖，每天临摹不已。过了一段时间，他觉得自己的书法练习得差不多了，就选出自己最得意的作品让大伙品。大伙也不好说什么，都哄着他说好。朱守正得了意，就经常把自己的书法作品送给别人当收藏。尤其是一到过年的时候，他就免费地给大家写对联，时间长了，大家也就乐见其成了，反正也不要钱，不要白不要。朱守正还有一个爱好，就是写诗。虽然自己文化不高，但却十分喜欢吟诗作对。他还给自己定下了一条规矩，就是每天必须写一首。每过一段时间，他就会从中选出几首来，自己用钢笔端端正正地誊写在信笺纸上，等到朱聪回来看望自己时，就把誊写好的诗拿出来，让他拿到县报上发表出来。朱聪拿到诗一看，半天没有言语。

朱守正明白了他的意思，说道："怎么呀，是不是不行啊，如果不行你就再改改。不过，一定要想法发表出来。"

朱聪笑道："唉哟，俺大的诗我哪能改得了，添一字嫌多了，减一字又少了，真真难为死我了。"

朱守正听了，笑骂道："你这家伙，跟我都油嘴滑舌的，我不管，你一定要在报纸上发表出来，这是命令。"

朱聪说道："好吧，我试试啊。"

"不是试试，而是一定。"朱守正强调道。

"是，一定。"朱聪答应道。

朱聪回到城里后，就把父亲的诗忘到了脑后窝去了。朱守正在朱聪走后，有事没事就会到农庄的书房里去翻看新送来的县报。一个多星期下来，还是没有在报纸上看到自己的诗作。朱守正沉不住气了，掏出手机给朱聪打电话。朱聪正坐在自己的办公室里批文件，听到手机响了，一看是父亲的电话，便反应了过来，暗叫一声“不好”，赶紧从办公室的抽屉里把诗稿找了出来。

“是朱聪吗？”朱守正在手机里问道。

“是我呀，俺大。”朱聪回答道。

“那几首诗登出来了吗？”

“快了，估计下周吧。”

“怎么那么慢呀？”

“报纸上的文艺版比较少，不是每期都有的，所以要等版面。”

“噢，如果登上了，就把报纸给我带回来啊。”

“好的。”

朱聪挂了电话后，就立即拿起笔来，在父亲的诗稿上一字一句地认真修改了起来。改好后，把秘书喊了进来，让他把稿子用电脑打好后发给报社的值班室，让值班的编辑再把把关。秘书接过诗稿，答应着出去了。

几天后，报纸出来了，朱聪第一时间拨通了父亲的电话。

“喂，俺大吗？你的诗发表了，反响很大啊，大家都夸你呢。”朱聪说道。

“真的呀？快把诗念给我听听。”朱守正在手机那头急不可耐地吩咐道。

朱聪拿起报纸，一本正经地，声情并茂地大声朗读了起来。

朱守正听了，十分地高兴，问道：“你有没有帮我改改啊？”

朱聪回答道：“你的诗我还能改得了？没改。”

朱守正听了，大声地笑道：“好，好，好，这几天我又写了几首，你有空来家里拿去，放到报纸上发表出来。”

朱聪听了，脊背发凉，只得硬着头皮说道：“好吧，好吧，要注意身体啊，不能天天写啊，否则，身体会吃不消的。”

朱守正听了，安慰道：“你放心吧，我身体还行，趁自己还能吃得消，要抓紧多写几首。”

朱聪听了，“嗯嗯”了几声，就找了个借口，赶紧挂断了手机。

朱守正的新诗在报纸上发表以后，每隔一段时间，他就会让朱聪拿到报纸上去发表几首。朱聪每次拿到父亲的诗稿后，都要大费周章地修改一下，有的时候，甚至能将原诗改得面目全非，完全不是原来的样子了。时间长了，朱聪发现，父亲的诗的质量也在渐渐地提高了。慢慢地，可改的地方越来越少了。看到这种情况，朱聪也替父亲的进步感到高兴。而朱守正本人呢，又多了一个创举，把自己写的诗写成书法作品，遇到志趣相投的人，就赠送给人家。遇到哪家老人过生日，或是孩子结婚，他也会写上一首诗，自己写好了，装裱好了当成礼物送给人家。因为名气逐渐大了起来，镇里成立了诗词协会时，就让朱守正当了会长，地点就放在天鹅湖农民集中居住点的公共服务区里。每个月到了协会活动的时间时，朱守正都会早早地来到活动室，拖地、抹桌、烧水、调试音响，忙得不亦乐乎。参加诗词协会的人，大多都是一些上了岁数的人，他们有的是退休的干部、教师、医生，也有一些是地道的农民，他们因为对诗词的共同喜爱而聚到了一起，创作的主题十分广泛，或是歌颂美好生活的，或是歌颂祖国的，或是好人好事的，也会是一人、一事、一物等等不一。在分享会上，各人拿出自己的作品在会上朗读，其他的人发表意见，最后评出等次，发一张奖状以示鼓励。每到半年，朱守正就把大家的作品收集起来，印刷成册，发放给会员留作纪念。遇到重大活动，协会还会选派选手参加县级以上的诗词比赛活动，甚至还得到过一次市级的奖项呢。

在朱守正的运作下，诗词协会的名气越发大了起来，好多单位遇到一些活动，也会主动前来和朱守正洽谈合作的事情了。然而，就在诗词协会名气越来越响的时候，一天凌晨时分，朱守正突感嘴角歪斜，言语表达不清了。陈月英看到这种情况，情急之下，拨打了朱琴的电话，很快，朱琴和侯宇就开着车子到来了，把朱守正直接连夜送到了县医院。经过拍片、核磁共振等系列检查，医生初步判断可能是脑部出现了肿瘤。

很快地，朱聪、朱明和朱玉都到了医院，经过大家讨论，一致决定把父亲转到了市第一人民医院脑外科就诊。市一院脑外科王主任是朱琴的朋友，他仔细看了看朱琴带来的CT片子后，十分有把握地说道："肯定是肿瘤，现在还不是太大，建议立即住院动手术，这种情况越早做手术越好。"

"好，我同意立即做手术。"朱聪表态。

“我也同意。”朱明表述。

“我也没意见。”朱玉表态。

“好，既然都没意见，那就这样定了。”朱琴拍板定音道。

两天后，朱守正的手术开始了。朱琴、朱聪、朱明、朱玉几个子女都来到了手术室门口相送。朱守正躺在病床上看了看几个孩子，挥了挥手，含糊不清地说了一句话：“没事，你们都忙去吧。”

朱琴听清楚了，赶紧俯下身子，贴着父亲的耳朵说道：“我们没事，就在这儿等着你，你要坚强啊。”

朱守正点了点头，没有说话，把头放到了枕头上，躺平了。护士见了，就赶紧把病床推进了手术室，另一位护士从门里把手术室的门关上了。门框上方的“手术中”的指示灯随即亮了起来。

五个小时后，朱守正终于被推出了手术室，朱琴和几个弟弟立即围了上去，帮着护士把病床一齐推到了病房。病床上，朱守正头上缠满了白色的纱布，因为麻药的药效还没有过去，一直处于昏睡中。

“王主任，手术怎么样啊？”朱琴来到医生办公室，找到了王主任问道。

“手术还算顺利，会恢复到什么程度，就要看病人自己的努力了。”王主任说道。

“好的，谢谢王主任了。”朱琴说道。

“我们还客气啥？”王主任笑道，“下一步，就要看你们的表现了。”

“必需的。”朱琴也笑道。

接下来，朱琴把几个弟弟叫到了一起，把基本情况说了一遍，然后就进行了分工，三个兄弟一人在医院服侍一周，轮流来，她本人负责后勤保障工作。几个弟弟都点头同意了。

就这样，朱守正在医院整整住了一个月，病情总算稳定了下来。最后，在他的强烈要求下，朱琴等人又把他接回了天鹅湖畔的农庄家里。天气晴好的时候，陈月英就会把朱守正扶到了一辆轮椅上，把他推到农庄的广场上溜达溜达，或是把他推到天鹅湖边走走。

这天，当朱守正再次被推出来到了广场上时，村书记潘兴阳急匆匆地走了过来，从陈月英的手中接过轮椅，一边小心地向前推着，一边陪着朱守正聊天：

"老书记啊，你住院期间，村主任王宝贵出纰漏了。"

朱守正听了，扭头看了一眼潘兴阳，断断续续地问道："他，他又、又怎么了？"

"唉哟，你是不知道啊，洋相出足了。"潘兴阳说道，"那天，他小姨子儿子带亲，他喝多了酒，非得爬到新娘床上去挺尸，结果，没挺多长时间，一泡尿把人家新床都糟蹋了，气得他老婆拿着一把菜刀就要把他砍死。幸亏他跑得快，要不然，脑袋肯定要开瓢了。"

"后来呢？"朱守正问道。

"后来，他一个人跑到镇上去洗澡了，到了澡堂子把自己脱得精光，然后吵着要到女浴室去。结果，被看浴室的人狠狠打了两个耳刮子，才把他打清醒了。洗了澡过后，晚上又跟着几个小蟊贼去其他庄子里偷狗，结果被人家抓了个现行，扭送到了派出所。后来一交代，他竟然多次参与偷狗了，你家的那条大黄也是他偷的。你说可恨不可恨？他不仅偷狗，还参与偷猪，更是把你家的庄稼和花草都用农药'百草枯'给打死了。"

"现在怎、怎么样了？"朱守正问道。

"被公安局刑事拘留了，估计要去吃牢饭了。"潘兴阳说道。

"罪——有——应——得——"朱守正突然提高了音量，一字一顿地说道。

"真的是活该。"潘兴阳也骂道，"这个家伙，多少年前就看不像是个好人。"

朱守正长叹了一声，没有说一句话。

"另外，我有个想法，想跟你商量一下，我岁数也大了，党支部书记也做了多少年了，已经不适合再做了。党支部马上就要换届选举了，我想让朱琴来做这个书记，她年轻，能力强，比我有闯劲。如果她做了书记，一定会更好地服务当地群众的。我的想法已经跟镇党委汇报过了，党委也已经正式批复了。你有没有什么意见啊？"

朱守正听了，还是没有说一句话。只是，消瘦的面颊上露出了一丝不易察觉的笑容。

一个月后，红星村党支部正式进行换届选举。朱琴众望所归，当上了新一届的村党支部书记。

一年后，朱守正在自己的家中安然辞世了。

他走的时候，十分的安详，宛如平日里正在熟睡一般。朱守正走了，走的时候没有留下一句话，也没有打扰任何人。就这样，在凌晨四点半钟左右，当别人还在梦乡酣睡的时候，他带着太多的故事、太多的传奇、太多的不舍，一个人悄悄地、悄悄地走了……

朱守正去世后，按照他生前的遗愿，将他安葬在了天鹅湖畔的村民公共墓地里。墓地占地约五十亩，是朱琴在红星村实行的“三集中”成果之一。“三集中”，就是村民的住房相对集中，责任田相对集中，墓地相对集中。这块墓地统一规格，统一样式，统一管理，每个墓穴占地面积也仅仅一平方米左右。朱守正的墓碑是一块黑色的大理石，上面镶嵌着一张生前的瓷质照片，这张照片还是他退休后在自己家的花园里照的。那时的朱守正一点也不显老，面容和蔼，神态淡然，仿佛有了一种超世脱俗之感。

朱琴站在新竖立起来的墓碑前，看着照片上的父亲，不禁悲从中来。她掏出手机，拨通了远在西部挂职锻炼的大弟弟朱聪的手机。

“朱聪啊……”话刚出口，朱琴已是数度哽咽，“朱聪啊，俺大已经下葬了，你放心吧。”

接到电话的朱聪正在西部外出调研的路上。半年前，朱聪接受市委组织部的指派，到西部一个城市挂职副市长，任期三年。朱聪挂职的这个市，是一个边境城市，经济发展相对缓慢，维稳压力很大。到职后，市委安排他分管文化文艺工作。接受任务后，他的足迹遍布城市、乡村，广泛地走访调研，他要着手拿出全市五年的文化文艺发展规划，作为以后工作总纲和指导思想。半路上，接到姐姐朱琴的电话后，朱聪示意驾驶员把车子停到路边。车子停稳后，朱聪下了车子，走到路边一个没有人影的地方，他面向家的方向，“扑通”一声跪倒在地上，泪流满面地对着手机里喊道：“俺大，儿子不肖，不能给你披麻戴孝了，儿子在千里之外给你磕头了。俺大，你一路走好！！！”

听着手机里传出朱聪那凄怆心酸的哭喊声，朱琴、朱明和朱玉顿时又控制不住了，一个个哭得像是泪人一般。倒是一旁的母亲陈月英把持住了，她一个个拍着孩子们的肩头，劝慰道：“你们也不要哭了，你们都对得起你父亲了。把手机给我，让我跟朱聪说几句话吧。”朱琴听了，抹了抹眼泪，依言把手机递给了母亲。

“朱聪啊，我是你妈。”陈月英对着手机温柔地说道。

“妈——”几千里之外的朱聪听到母亲的声音，心如刀绞，泪水又一次止不住地流了下来。

“朱聪啊，你莫要哭了，听妈好好说几句话。你这么样子哭，还让我怎么好好和你讲话啊？”陈月英轻声细语地说道。

朱聪听到母亲这么说，才勉强止住了悲声，小声地说道：“妈，你说，我听着呢。”

陈月英听到朱聪的情绪在手机里渐渐地平静了下来，才缓缓地说道：“朱聪啊，人死不能复生，你大走时，是我不让他们告诉你的。再说了，你的姐姐、弟弟们都在家里，也不缺你一个人。你才到那么远的地方去，人生地不熟的，工作起来多不容易啊。国家把你派到那里去，不是让你去看风景的，更不是让你去逛街的，是把那一方的百姓都交给你的，他们的吃喝拉撒什么的，你都要问到了，问好了，不要让他们吃苦，要让他们每天都过得像是过年似的，那才是你最需要做好的事情。我的话，你听到了吗？”

朱聪含泪说道：“妈，我听到了。”

陈月英又问道：“儿啊，妈的话，你记住了吗？”

朱聪说道：“妈，我记住了。”

陈月英听了，满意地露出了笑容，最后说了一句：“好了，快去工作吧，我挂了。”说完，就把手机挂了，还给了女儿朱琴。

一家人回家不提。

朱玉参加完父亲的葬礼回到家里后，浑身酸软无力，做什么事都提不起精神。他觉得是自己忙父亲的后事累得，也没放在心上，认为休息几天就会好的。哪知道，一个星期过去了，这种症状不但没有得到缓解，反而越来越严重了，一度到了连眼皮子都抬不起来的程度了。每天嗜睡，不想起床，甚至连茶饭都不想沾了。朱玉感觉到了不正常，就让司机陪着自己来到市医院去看看。医生看了，也没说什么，就让先住院观察观察。朱玉听了，心里犯起了嘀咕，这能有多大的事情啊，还犯得着住院吗？因此，就自作主张地回家了。

“董事长，医生怎么说的啊？”司机小张问道。小张是一名退伍兵，年轻、能干，执行力特别强，深得朱玉的赏识和重用。看到朱玉这么快就从医院出来了，忍不住问了一句。

“诶，医院这个地方不能来，来了，没病都能吓出病来。”朱玉气鼓鼓地说道，“这一点小病，非得让我住院，这不是小题大做吗？”

“董事长，如果您不相信地方医院，那我们去省城的大医院看看，你看如何？”小张建议道，“毕竟，把身体看好了比什么都重要。”

朱玉听了，有点心动，担心道：“我去是可以，可是没有人照顾我呀，我的那些哥哥、姐姐们整天也忙得够呛，也腾不出时间啊。”

小张说道：“这个你就不要担心了，反正我也没有成家呢，有的是时间，如果你不嫌弃的话，你就把我当亲儿子对待吧，我去服侍你。”

朱玉听了，大受感动，说道：“好，有你这句话，我就放心啦。那我们明天就去省城，去找一下我的那位大领导，请他给我介绍一位好的医生。”

小张听了，说道：“好的，一切都听您的。”

朱玉回到家里，立即拨通了大领导的电话，请他帮忙介绍一位好的医院和一名好的医生。其时，大领导早已退休赋闲在家了，接到了朱玉的电话，半天才弄懂了朱玉的意思，颤巍巍地在电话里说道：“好吧，我给一个号码给你，你自己联系啊，就说是我让去找的。”

按照大领导给的电话号码，朱玉很快联系上了对方，对方爽快地答应：“好吧，那你们过来吧，我把床位给你准备好。”

朱玉他们按照约定的时间，去了省城，住进了省里一家知名的大医院。小张跟随左右，悉心地照料着。

在医院里一连住了一个月，朱玉的症状还是没有减缓，甚至连气息都有些衰弱了。直到有一天，护士送来了一张病危通知单让小张签字。

“你把病危通知单签了吧。”护士说道。

“我不是直系亲戚，能签字吗？”小张问道。

“那不能，必须是他的亲属，或是他最信任的人。”护士说道。

“我是他的驾驶员，不能算是最信任的人吗？”小张问道。

护士望了小张一眼，突然压低声音说道：“你傻呀？人命关天的，你肩头能有多宽啊？”

小张听了，一下子不言语了。

“你问问他本人，希望谁来签字？”护士支招道。

小张听了，茅塞顿开，来到朱玉的床前，在正在昏睡着的朱玉耳边小声问道：“董事长，你最想见到谁啊？”

朱玉没有言语。

小张又问了一遍：“董事长，你最想见到谁啊？”

这一次，朱玉嘴角动了动，只是眼睛还没有睁开，嘴里含含糊糊地说着一个人的名字。

“谁呀？”小张把耳朵往朱玉的嘴边靠了靠。

这次，他听清楚了，朱玉的嘴里说了两个字：“霏——霏。”

谁是霏霏呢？小张在脑子里回想着，搜寻着。半天，他来了主意，拿起了朱玉放在床头柜上的手机，看到手机锁屏了，一时想不起来怎么开锁。正着急时，一旁的护士提醒道：“你不会用他的手指试试吗？”

一语点醒梦中人。小张依言拿起朱玉的右手，一个手指一个手指地捺下去，终于，当食指触碰到屏幕的时候，朱玉手机的屏幕亮了起来。小张找到了手机的通讯录，急切地翻找了起来。一会儿，还真在浩如烟海的名单里看到了“陆霏霏”的名字。小张一阵狂喜，立即起身走到了走廊里，拨通了陆霏霏的电话号码。

翌日上午，一位穿着白色上衣，黑色吊肩长裙，系着红领结，披着长发，身材高挑，气质优雅的女性走进了朱玉的单间病房。她一走进病房，看到躺在病床上奄奄一息的朱玉时，再也忍不住了，眼泪夺眶而出，奔到床头，伸手颤抖着温柔地抚摸着朱玉苍白的额头，大滴大滴的泪珠滴落在了他的脸上。

病房里的小张已经猜到了来人的身份，知趣地悄悄站起身，离开了病房。

不错，来人不是别人，正是朱玉昏睡中说出的最信任的人——陆霏霏。陆霏霏一边抚摸着朱玉的脸，一边急切地喊着：“玉子，玉子，我是霏霏，我是霏霏，你的霏霏来了，来看你了，你睁开眼看看我，看看我呀……”

这时，昨天的那位护士又走了进来，手里依然拿着那张病危通知书，对陆霏霏说道：“你就是陆霏霏吧？请你在这个上面签个字。”

陆霏霏站了起来，接过病危通知书看了看，脸色大变，她扭身跑出病房，找到了医生办公室，找到了朱玉的主治医生，一下子跪倒在医生的面前，声音哽咽着恳求医生道："医生，求求你了，请你无论如何，都要救救朱玉，他不能死啊，求求你了。"

医生赶忙扶起了陆霏霏，问道："你是他的什么人啊？"

陆霏霏回答说："我是他的爱人。求求你，一定要救活他呀！"

医生说道："我们会尽力的，你也要配合啊。"

陆霏霏含泪点了点头，答应了下来。

回到病房里，陆霏霏用脸盆打来热水，把毛巾沾湿了，轻轻地替朱玉擦着脸， 一边擦，一边呼唤着朱玉的名字，还不停地讲述着她和他以前的故事，背诵着她写给他的诗：

暮色如许，湖边雅聚，小食几许。哪知阴云暗聚，只道是寻常一幕……

没想到，陆霏霏刚刚吟了一半，就有人接着吟出了下一半：

茅檐小屋，暂避风雨，少语片时。谁知天色发晴，只恨那岁月二重……

这个人不是别人，正是躺在床上的朱玉。只见他的嘴角翕动着，眼角流下了两行热泪。陆霏霏看见了，十分地激动，她抓住朱玉的手，兴奋地抽泣道："朱玉，你醒了？"

缓缓地，朱玉多日不能张开的眼睛，这个时候，竟然奇迹般地睁开了。他看着出现在自己眼前的这张熟悉的、终生难忘的秀丽的面孔，喃喃地说道："霏霏，你来了……"

陆霏霏把朱玉的手放到自己的脸上，流着泪喃喃地说道："来了，来了，这下再也不走了。"

朱玉听了，脸上终于露出了久违的笑容。

说也奇怪，自从陆霏霏来了以后，朱玉的病情一天比一天好了起来，到了第十天，已经能下床走路了，连医生见了，都称为是奇迹，感到十分不可思议。又过了半个月，医生就正式出具了要求朱玉出院的通知了。

“你可以出院了，你创造了一个医学史上的奇迹。祝你好运。”医生对朱玉说道。

“谢谢你，医生，是你给了我第二次生命，我一辈子都不会忘记你的大恩大德的。”朱玉说道。

“不，不，不。”医生连连摇头，“你不要感谢我，你应该感谢你的爱人，是她的到来创造了奇迹。”

朱玉不解地望向陆霏霏。

陆霏霏假装没有看见，满脸羞涩地把头别了过去。

“你回家以后，要找一个好山好水的地方，静心调养半年，就可望痊愈了，切记，切记。”医生叮咛道。

“好的，我记住了。”朱玉说道。

“没事，我们老家有个天鹅湖，风光旖旎，绝对适合养生。”陆霏霏建议道。

“不错，不错，那个地方确实不错。”医生赞叹道，“我以前也去过那里，确实美。”

“好，那就去那儿吧。”朱玉痛快地答应道，“那是我的老家，能回老家真是太好了。”

三十六

夏日的天鹅湖上，浮光耀金，碧波万顷。

湖面上一大片一大片碧绿的荷叶间开满了粉红色的花儿，那些亭亭玉立的荷花，有的含苞待放，有的香艳正浓，有的已经结成了莲子，莲子的上面还残留着一缕缕金黄色的花蕊。一些长得酷似睡莲的芡实也尽情地舒展着自己的身姿，将一团团带刺的绿意尽情地奉献给了这泓湖水。芡实的花儿也长得特别，挺立的花苞宛如一只只曲颈高歌的鸡头，当地人也叫这种花为鸡头花。甭看它浑身披着针形的铠甲，一旦它开花的时候，不知能惊艳到多少人呢。那一朵朵芡实花在艳阳下开得正炽，最外面的花瓣呈青黄色，第二层开的花片最多，也开得最大，一律是紫红色，第三层小瓣的花片又成了乳白色，最里面的一大团金色的蕊心，密密麻麻地抱成一团，层层叠叠，相映成趣，像一团火燃起了夏日的炽热和激情。

一两只铁皮船在湖面上晃荡，撑船的渔民懒洋洋地任船儿慢悠悠地向前滑行着，船上顶着硕大荷叶的城里人手里拿着钓竿，有一句没一句地和渔民扯着闲话，连鱼儿都上钩了，都懒得及时地提竿子。不远的湖面上，几个光着腚的小男孩裸露着黑黝黝的皮肤，在湖水里像个鱼儿似的穿梭着，还不时地蹿出水面，冒出黑乎乎的小脑袋在水面上打水仗，把一池湖水都搅得晃荡了起来。

朱玉坐在一只渔民生活用的大船头，如痴如醉地看着湖光水色，久久地没有挪动位置了。

陆霏霏从船舱里钻了出来，手里端着一碗煎好的汤药，来到朱玉面前递过去说道："趁热喝了吧。"

"嗯。"朱玉听话地接过碗，一小口、一小口地抿着。

陆霏霏看了，嘲笑道："你看你，喝个药怎么也像是品龙井似的，你不嫌苦呀？"

"霏霏熬的药，怎么会苦呢，甜着呢！"朱玉嬉皮笑脸地说道。

陆霏霏笑道："都多大个人了，也没个正形。"

"要正形干什么？一位著名作家不是说过吗，叫'童年将会消失，童心不能泯灭'。我们两人失去了太多的时间了，我要从童年开始，一点一点地把时间给找回来，全部还给你，给你一个完整的爱情空间。"朱玉说道。

陆霏霏说道："你呀，除了长着一张甜嘴，哄得人开心，其他的什么都不能，你做的哪件事让我开心过？我不好的心情不都是你带给我的吗？"

"我知道，千错万错都是我的错。如果有来生，我一定做牛做马，做奴做仆，弥补我的过错，报答你的如海深情。"朱玉正色道。

陆霏霏听了，心里像是灌了蜜似的，要多甜就有多甜，却故意"扑哧"一声笑了起来，说道："你在写诗呢？现在，其他的都不重要，重要的是把你的身体养好了，那才是正事。"

朱玉出院后，遵照医嘱，他带着陆霏霏回到了天鹅湖调养身体。朱琴知道后，专门在农庄里调出一套独门独院的房子给他和陆霏霏居住，却被他拒绝了，而是到天鹅湖上租了一艘渔民的生活船作为自己的养生之所。朱琴拗不过他，只好随他去了，只是他们平时生活所需都是由她安排人专门送过去的。二哥朱明也会抽空前来看望一下，送一些生活用品。陆霏霏为此很不过意，朱玉却不以为然，心安理得地受用着，连一句感谢的话都没有。

陆霏霏看着不过意，私下里抱怨了朱玉几句。朱玉听了，淡然一笑，说道："都是一家人，讲究那么多客套干什么？何况，她和二哥也不缺少这些东西。"

陆霏霏说道："即便是自家人，也应该客气客气才好，不然，你真把人家客气当成福气了。"

朱玉听了，答应道："好呢，既然这样，下次等他们再送东西来时，我客气两句还不行吗？"

陆霏霏笑道："这还差不多。"

两天后，当朱琴再次派人来送东西时，朱玉对来人说道："你回去告诉大姐，让她给我准备一个笔记本电脑，我急着用呢。"

来人答应着走了。

陆霏霏在旁听了，气得跺脚，抱怨道："说好了的感谢话呢？"

朱玉笑道："还不到时候，时候到了，我一定会说的。"

陆霏霏无奈，只得罢了，却又不解地问道：“你要笔记本电脑干什么？这里又不通网，拿来做什么用？”

朱玉解释道：“我在这里闲得没事，就把自己和家里人一路走来的故事理了理，感觉到还是蛮有意思的。你看啊，尤其是像我这样的，一生当中从来不按常规出牌，是不是很有意思啊？”

陆霏霏点头道：“你说的没错，你们家庭的人，真是各有各的活法，各有各的精彩。你的意思我明白了，你是要把他们写出来的？”

朱玉说道：“对呀，当年曹雪芹把自己的故事写了出来，成就了《红楼梦》，施耐庵把自己行侠仗义的故事写出来，成就了《水浒传》，我要是把我亲眼所见的故事写出来，一定会成就了《大湖儿女》的。”

陆霏霏听了，差点笑岔了气，手指着朱玉上气不接下气地说道：“你快拉倒吧，人家那是四大名著，你好意思能和他们比，你拿什么比呀？我的天，世上还有你这种不知天高地厚的人呢，我今天算是第一次见到了。长见识了，长见识了。”

朱玉笑道：“我虽然不敢和大师相提并论，但我可以舞文弄墨，自娱自乐还不行吗？其实呀，写文章并不都是非得要拿出去和别人比个高下的，有的时候，图个心情，给自己留个记忆，留个念想，也给社会留下一份档案。一个人，来到世上走一遭，总得留下一点什么？我常常问自己：秦始皇留下了长城，隋炀帝留下了大运河，司马迁留下了《史记》，汤显祖留下了《牡丹亭》……我呢，若干年后，我能为这个世界留下什么呢？每每念及此事，心中总是羞愧不已。所以，我才有了写作《大湖儿女》的想法，只当是对自己和他人的生活一个阶段性的小结吧。”

陆霏霏这才明白朱玉想要电脑的目的了。

看到朱玉已经把汤药喝完了，就从朱玉的手中把碗接了过来，问道：“你的小说构思的怎么样了？”

朱玉说道：“都装在脑袋里了，电脑一拿来就开工，保证三个月左右完工。”

“那，等你小说写完了，身体也好了，你有什么打算呢？”陆霏霏小心翼翼地问道。

“霏霏，我闯荡了多年，虽然挣下了亿万资产，但你看我过得幸福吗？当我一个人躺在省城医院病床上等死的时候，我把自己的一生慢慢梳理了一遍，我发现自己其实什么也没有留下，多少的财富都是过眼烟云，都是为他人作嫁衣罢了。如果时光能够重来的话，我一定会把情意看得更重，珍惜亲情，培育爱情，拉长友情，让自己时刻感觉到人世间的温暖，感受到他人的呵护。同时，也把自己的温暖传递给别人，让别人也同样时刻生活在温情的世界里。”说到这里，朱玉动情地拉过霏霏的手放到自己的手心里，“霏霏，以后的生活，我只要有你就足够了，就心满意足了，其他的都不重要了，都可以抛开了。等我身体好了，我就把手里所有的产业都卖了，然后带着你浪迹天涯，走到哪算哪，如果你看好了沿途哪个地方，我们就在那儿置办产业，在那儿养老。你看如何？”

陆霏霏温顺地依偎在朱玉温暖的怀抱里，星眸点点，柔情万种，声若呓语：“玉子，以后，你到哪儿，我就到哪儿，我们下半辈子再也不分开了。噢，对了，走之前，你再带我去看一看湖边的那块大石头吧，我好想它啊。以前，你不在的时候，我常常去那儿。”

朱玉轻轻点了点头，紧紧地拥抱着陆霏霏，说道：“渡尽劫难真情在，彩蝶双飞几徘徊。天涯从此无孤旅，心安之处是君来。”

陆霏霏哭了，泪水无声地滑过脸庞，跌落到了朱玉的手背上，朱玉丝毫没有察觉，他已经深深地沉浸在了陆霏霏给他带来的巨大的幸福之中了。

在以后的日子里，陆霏霏全力配合朱玉的写作，为了给他补脑子，每个星期还给他炖一只天鹅湖出产的王八，弄的朱玉文章还没写多少，人倒是胖了一圈了，连双下巴都出来了。有一天，朱琴上船来看望他们，看到朱玉胖乎乎的样子，直夸陆霏霏会伺候人。

“都是大姐每天送来的东西好，所以朱玉才长胖了。”陆霏霏说道。

“也不见得，我每天也吃这些东西，怎么没胖起来？”朱琴反问道。

“那是大姐每天工作忙，劳心劳力的。”陆霏霏说道。

朱琴接着问朱玉：“你要电脑是干什么的？”

朱玉说道：“每天没事干，干着急，所以就要一台电脑打打游戏什么的，消磨消磨时光，其他的没什么。”

朱琴嘲笑道：“我还奇怪呢，以为你要电脑是为了写作的呢？后来想想，你也不是那块料啊，原来是这么回事。”

朱玉笑道：“就是呢，我能写什么作啊？”

“诶，朱玉啊，最近听没听到你大哥什么消息啊？”朱琴问道。

“没有啊？他出了什么事了吗？”朱玉紧张地问道。

“他工作好好的，能有什么事？上天看到周新雨，她告诉我说她儿子朱小雨考上省城的大学了，真巧，我家那小子也刚考上大学，我寻思着什么时候我们一大家子在一起聚一聚，热闹热闹，你看怎么样啊？”朱琴说道。

“好啊，双喜临门，好事，好事，到时我一定给两位孩子准备一些红包，祝贺祝贺。”朱玉回答道。

“那行，日子定下来了告诉你们。”朱琴说道。

“好呢。”朱玉答应道。

朱琴刚要转身走，突然又像是想起了什么，回头对朱玉和陆霏霏说道：“你看我，差点把正事给忘了。我这次来，主要是想跟你们商量一下你们的婚事的，想尽快把你们的事情办了，老妈也算了了一头心事了。你们看呢？”

陆霏霏听了，望了一眼朱玉，然后对朱琴说道：“大姐，我们的事情不急，还是等朱玉把身体养好了再说吧。”

朱玉也说道：“是呀，是呀，现在谈这个还为时过早了点，先等等吧。”

朱琴听两人如是说，不解地问道：“再等等？你们都多大岁数了？”

朱玉和陆霏霏忙一齐说道：“不急，再等等。”

朱琴听了，摇摇头，无奈地走了。

朱琴走后，朱玉加大了写作的力度了。陆霏霏劝他注意身体，不要太累了，朱玉说没事，就又继续趴在电脑面前写了起来。

一转眼，朱琴给孩子们操办的上学宴的日子到了，那天晚上，一大家人聚集在朱琴的大别墅里，济济一堂。大家都到齐了，就差朱玉和陆霏霏两个人了。朱琴让侯宇打电话催一下。侯宇打了半天，两个人的手机都关机了。朱琴听了，心里放心不下，就带上侯宇来到湖边找朱玉两人。老远地，就见朱玉的那条船上一点灯光都没有，也不像有人在家的样子。朱琴见状，心里着了急，带着侯宇急急忙忙地上了船。到了船上，才发现船上的房门上锁了一把锁。朱琴掏出了随身带在身上的备用钥匙，打开房门和侯宇走了进去。里面黑漆漆的，侯宇摸索着打开了电灯，但见屋子里早已人去屋空了。侯宇眼尖，看到客厅里的餐桌上放了一封信、一摞稿纸和一张银行卡。

朱琴急忙拆开信，上面是朱玉的笔迹：

大姐、二哥并母亲：

恕我不辞而别了，其实，你们也不是第一次见我离家出走的，我已经习惯了，你们也应该早就习惯了吧？我走了，带着霏霏，你们放心吧。感谢你们对我一直以来的照顾。本来我是不想说感谢的话的，因为我们是一家人，一家人不说两家话。霏霏非得让我说，那我就只好说了，不想拂了她的心意。

这次我们走了，去找自己心中的香格里拉去了。香格里拉在哪？我也不知道，且行且看吧。

这张银行卡留给你们，里面的五十万元给母亲养老，两个孩子上大学每人十万元，剩下的钱你们拿去搞淮阴大运河生态文化长廊建设吧。

另，我写的长篇小说《大湖儿女》留给你们吧，权作纪念。

朱琴读完信，早已是泪流满面了。她拿着信跑到船舷边，面向着大湖，声嘶力竭地大声呼喊着：“朱——玉——你——在——哪——儿——”

回应她的，只有天鹅湖上汩汩涌动的波浪声，像婴语，像呢喃，像梦呓……还有那芦苇丛中被惊起的鸟儿，扑楞楞地扇动着翅膀，掠着湖面飞过，将那清脆的鸣叫声洒落满湖，激起一片星光……

陈进

2022年10月26日21：28

定稿于江苏淮阴家中

烟岚云岫　击筑而歌

——读陈进《大湖儿女》有感

申海芹

陈进的长篇小说《大湖儿女》以洪泽湖为背景，农村普通家族成员为主要原型，用简练传神的语言、绮雄阔丽的手法、严整而波澜起伏的情节，极具层次感地刻画出栩栩如生的人物形象。将那个时代，那个地方，那个家族的发展史、奋斗史、创业史娓娓道来，彰显了劳动者、创业者、领导者的责任担当和无私奉献精神。可以说既是一部家族史，也是一部地方史、社会史、时代史。

自然与人文彰显黼黻的历史

陆机说："石韫玉而山晖，水怀珠而川媚。"要孕育出这样一种品质，是需要一定的自然人文因素的。从地理上看，洪泽湖四万多年前就留下了先民活动的足迹。春秋战国时期，这里是吴楚齐鲁等大国争夺的重要地域。秦统一后，湖区有淮阴、盱眙等五个秦置县。鸟瞰洪泽湖，其水域宛若一只振翅翱翔的天鹅，镶嵌于江淮大地，故又被人们雅称为"天鹅湖"。

"天鹅湖"不仅有着广袤的滩地资源、水利资源，还有异常丰富的自然遗产，如在距今1200万年至1400万年前，湖西岸地区曾是古脊椎动物的乐园等。小说中的天鹅湖也就是洪泽湖，自古就是一个树木繁阴的清净仙地，一个有着深厚文化底蕴的人间胜地，一个自然与人文资源丰富的国家宝地。所谓一方水土养一方人，正是在这样的大环境里，养育了以朱守正一家为优秀代表的"大湖儿女"。

在《大湖儿女》里，陈进不遗余力地对洪泽湖这片土地上的风土人情、历代遗迹、人文历史击筑而歌。他不仅因自己生于斯、长于斯，更重要的是他骨子里散发出的对这片故土的满腔热恋。讴歌大湖儿女，也就是讴歌家乡、讴歌时代。

从郊外风光到运河内景，再到城中街市，陈进用由远及近的镜头、精致的工笔手法，描绘了小朱玉眼中看到的20世纪70年代的老淮阴“清明上河图”：犹如长虹贯日，更似蛟龙饮水，甚是雄伟的龟腰大桥，也就是城南大桥；河水汤汤，蓝缎一样缓缓流淌的京杭大运河，以及河面上连成一串蔚为壮观的驳船；县城那“栽着白色路灯杆子的柏油路面”；“街道两侧青砖小瓦房的店铺，一家紧挨一家高高低低的不是很整齐，一家家的门口挂着各式各样的招牌，有理发店，杂货店，水果店，农资店，酱油店……十字路口还挤满了各种流动摊点，有卖馒头包子的、卖猪头肉的、卖凉皮的、卖卤菜的，还有抱着吉他卖唱的……”

男女老幼，士农工商，三教九流，无所不有。满眼都是那个时代歌舞升平的繁荣景象。这不仅是一幅色彩斑斓的风情画、民俗画，也是朱玉揭橥美好的童年记忆，更是那一代人的素时锦年。

作者写朱聪到任淮阴码头镇，穿过青砖黛瓦、飞檐翘角的楚汉建筑，走过廊腰缦回的明清殿堂，徜徉在璀璨厚重的历史中：“码头这个地方自古就是南北地理要冲，南来北往的船只都要经过这条千年大运河，运河上由此诞生了四大著名的城市，淮阴是力拔头筹，号称‘壮丽东南第一州’。淮阴最繁华之所在，就有历史底蕴深厚的官巷。官巷是专门为朝廷官员上下船准备的通道，曾经接待过明武宗皇帝、清康熙帝和乾隆皇帝。”这样氤氲着岁月幽香的文字，让人恍惚置身于昔日的繁华盛世。

“因码头官巷的特殊性和重要的历史地位，历朝历代的官府都十分注重对他的保护和修缮，官巷地面上铺设的各种条石，都是从全国各地运送过来的。因为产地不同，所以类别就不同，有岩浆岩、沉积岩、变质岩，更多的是盱眙的玄武石，还有过往船只的压舱石……”古镇的青石板上，被历代的才子们以鹤的姿态，把内心的才华走成了一首首写着铜字的歌，青铜的歌，被岁月嵌进葱茏的记忆。可现在又有几人知道，千百年来脚下踩着的，是在历史的传承里安身立命的石头故事？

“康熙皇帝十分关心淮阴的水患治理。清初黄河连年决口造成天鹅湖湖底淤高，破溃堰堤,漫流里下河的严重局面，康熙十六年,康熙帝亲临码头，舍船登岸，在当时的河督靳辅的陪同下，沿堤步行十余里，现场指导护堤工作”。

“对于河道的治理，淮阴的水工技术代表了国内最高科技，是中华民族为世界文明做出的又一巨大的成就。”对于大运河的治理，历代都很重视，而对于运河文化的保护、传承、利用、开发，却是近代才重视的。朱聪作为刚上任的团委书记，能够在两个月内，以星奔川骛之速，拿出关于运河历史文化遗产保护及开发利用的发展规划，并为后来的运河文化开发，立下了汗马功劳，这是一件高瞻远瞩的事，也是一件功德无量的事。在这里，我们看到了一位有着社会责任感与担当精神的国之栋梁。

“淮阴人自古就有秉性醇厚，刚柔相济，包容兼蓄，悲天悯人的禀赋，概括起来就是一种大爱情怀，大爱品格，而漂母正是这种大爱精神的杰出人物，也是历代淮阴人的精神家园和精神标识。”千年之前，当其他古文明光辉灿烂的时候，中华文化早已深刻地影响了世界。而漂母文化、韩信文化、运河文化是淮阴文化的精髓，也是中国传统文化的一个重要组成部分，却一直寂寞的辉煌着。如今，还在斑驳的流年里闪烁着不朽的光芒，带给人追忆，带给人惊叹，带给人无限的遐思。

小说中，朱聪跟在码头镇文化站长王一当后面，跑遍了“枚乘故里、韩信湖、钓鱼台、胯下桥、三闸遗址、大小葫芦岛、双金闸、甘罗城遗址、惠济祠、高堰石工墙、镇水铁牛等众多古迹遗址”。这些历史的遗迹，是一个民族文化的融汇，一个民族精神的折射，一个民族性格的体现，更是一个民族激情震荡的灵魂。

这些历史的遗迹，也似一把把古旧斑驳的铜琶，数千年来弹着一首首催人泪下的英雄挽歌，又若一部部厚重悲壮的长篇史书，诚笃记载了古楚淮阴的荣辱与兴衰。就像“胯下桥”，那黑色的耻辱曾经流过韩信的心房，流过淮阴人的呻吟、呼吸和长淮烟雨的朦胧，流过人性陷落的断层地带和埋入泥土的岁月。经过血与泪、冰与火的锻造，终是扛起大汉“兵仙”的称谓。风云变幻，鹤归华表。千年之后，这些光芒四射的古迹遗址，安详地端坐在码头，看船来船往。

《大湖儿女》场面恢宏、结构严整、笔法细致，不仅向我们展示了一幅商业形态和百姓生活的生动画卷，也展示了洪泽湖大地上沧桑变迁的岁月。

在《大湖儿女》里，不仅能身临其境般感受到淮阴人文珠玑黼黻的历史文化，还可以跟在朱玉和陆霏霏身后，踯躅盱眙第一山的万象中，感受登高行远，踮足眺望雉堞迤逦、微风婆娑、树影徙靡的自然美景。

醇懿与质朴构筑葳蕤的人性

陈进通过少年朱玉进城，让我们看到了老淮阴城的“清明上河图”，同时，又通过在官场上摸爬滚打了一辈子的朱守正的亲身经历，让读者看到了真正的人生百态。

作者在行云流水的描述中，采用对比的手法，让正反人物粉墨登场。正面人物如怀瑾握瑜、公而忘私的朱守正、周有政等，鹤颜松姿、勇毅笃行、反哺家乡的朱聪，沉默寡言、卫国立功的朱明，雷厉风行、兰薰桂馥的朱琴，明懿弘旷、娉婷专情的陆霏霏，青衿之志、霞姿月韵的夏雪……反面人物如宋四牛、王宝贵等。

在《大湖儿女》中，朱守正作为老一代大湖儿女的代表，像他的名字一样，守正芒寒、公而忘私。儿子高考出成绩那天，“从县城开会回来，朱守正没顾得上回家，就急着赶到党委书记周有政的办公室，把王副县长的指示做了汇报”；接到女儿出事的电话，“交代好工作，在车棚里找到自己的自行车，跨上去就心急火燎的赶往乡镇卫生院”，面对追在后面问“要派车吗？”的秘书，他斩钉截铁说“不用，把车留给处长应急用”；面对县里提拔他做党委书记，他“向王副县长坦白了三城镇计生工作存在的千疮百孔问题，请领导重新考虑对我的任命问题”。乡公所的王所长，是最不好惹的人，连一把手周书记都要礼让他三分，而王所长却对朱守正敬重有加；老百姓评价他“是大好人，实在，没官架子”；王副县长评价他“太实在，不喜欢玩花拳绣腿”。

朱守正从村支书干到局长，一辈子顺民意、厚民生、暖民心，真正做到黎元为本，不忘初心，诠释了老一代共产党人与光同尘的本色。

而朱聪、朱玉、朱琴等作为小一辈的大湖儿女的代表，在各自的领域都干得风生水起。朱聪沉稳而睿智，又秉承了父亲朱守正为民生福祉躬耕不辍的品格，大学毕业后放弃到省城工作的机会，回到家乡从基层干起，通过自身的能力，干出了一番惊天动地的业绩，小小年纪便活成了别人眼中的一道光。

琴心剑胆的朱琴虽说是女孩子，然巾帼不让须眉，不仅眼里有星辰，心中有银河，而且还有着琨玉秋霜的杨家女将风范。朱琴从小任劳任怨，主动担负起照顾三个弟弟的责任，高中毕业后“青丝渐绾玉搔头”，直到和敦厚的夫君侯宇栉风沐雨打拼出一片锦绣天地，并带领乡亲们一起发家致富。

小说重点写了朱玉。主人翁朱玉从一出生天降异象起，就注定了他不平凡的一生：童年时代车碾水淹没死，屋塌没压死，大火没烧死，农药没毒死；少年时代泥糊王宝贵，暴打蒋根年，一战成名后，人人对这个曾经九死一生的孩子又敬又怕。

这个特立独行的少年，从无师自通的绘画到拒绝保送去城里公办一流学校，从中考被人栽赃、放弃高中学业离家出走到办画廊、做老师、当厂长、升市招生办主任后又辞职办国家级高校等，直到带着心爱的女子浪迹天涯。每当人们以为他已经取得了成功应该安定下来后，他总是出乎意料地放弃别人望尘莫及的荣誉，奔向下一个目标，于奋斗中不断地掇菁撷华。

但就是这样一个朱唇玉面让人琢磨不透的人，一个集魏晋风骨和铁血柔情于一身的人，在绮纨之岁的创业路上，和陆霏霏谱写了一首让人悲欣交集而又荡气回肠的虐恋之歌。

朱玉不喜欢墨守成规的生活，他像汹涌的岩浆，奔腾的火焰，飞湍的瀑流，在岁月的辗转中不断地追求诗与远方。跅弛不羁的外表下，其实隐藏着一颗飒飒振羽的绚丽灵魂。他冷峻而重情，深沉而精警，善良而叛逆，隐忍而宽容。他活得自由奔放，无惧人生中的狂风暴雨，一路披荆斩棘高歌猛进，创造了自己的嘉年华。

也许，朱玉的一生注定了是漂泊的一生，奋斗的一生，讫情尽意的一生。也许，闲云野鹤的日子才是朱玉人生的终极目标。作者写朱玉，何尝不是在写自己。芸芸众生，哪里是自己餐云卧石之地？“吾心安处是故乡”。天鹅湖，也许才是理想中的家园。

陈进写市井百态，尤其是人的劣根性，如狐假虎威的贾汪，偷鸡摸狗的王宝贵，爱财如命的庄爱才，监守自盗的宋四牛等，尤其对金明镇长的描写，把人性的伪善刻画得淋漓尽致。

镇干部朱聪处理庄爱才事件时，作者通过庄爱才老婆的口，将庄爱才无视法律、阻碍施工、敲诈政府的龌龊心理，战战兢兢地抖给朱聪：“家里儿子多，都到了能娶亲的岁数了，老头子想趁机向村里要一份宅基地”。儿子多了结婚要宅基地，这在当时的农村是一件很正常的事，就像朱聪说的：“为什么不光明正大的要呢？”找到病根，朱聪准备对症下药了，而老狐狸庄爱才几次三番出尔反尔：“需立马解决他现有的住房问题，以及在宅基地出售时给予一定的优惠。”当镇干部答应会满足他的要求时，他算计着还能捞到好处，便借着两只争食的小猪，指桑骂槐：“光吃人饭，不说人话，只会吵吵吵，连个正经事都不会，要你何用？”然后是“今儿个不把十万块钱捧到我面前，我就死给你看”！步步为营，层层加码，直到带领全家六口人操着家伙一字排在挖掘机的前面阻拦施工。

牛顿说过：“我可以计算天体运行的轨道，却无法计算人性的疯狂。”人性的丑陋之处就是，明明自己揣着私心，却苛求别人大度无私。

同时，初入仕途的朱聪还要面对另一只官场老狐狸金明。“这不胡闹吗？三套班子领导一个不出面，让你一个乳臭未干的小伙子去啃这么一根硬骨头，这不纯心欺负人吗？做好了还好说，做不好，那都是你一个人扛了，再说真正好做的事还轮到你吗？我找金镇长评理去，不带这样坑人的！”作者通过文化站长王一当怒气冲冲的打抱不平，用白描直抒的铿锵之语，道出了金镇长的阴险歹毒。

靠关系做了镇长的金明是一个什么样的人性呢？拉拢朱聪不成，便开始算计，方法是假传“圣旨”与捧杀。“金明镇长笑道：‘李书记在家的时候曾经说过这个事情要交给一个新的同志去做，这个同志虽然岁数小但是却很有能力，是个重点培养的对象，他还是全市表彰过的英雄，牛得很呢！李书记说了，如果朱聪处理不好这件事，他本人愿意向县委辞职，有李铭轩书记做他的后盾，还有什么坎爬不过去呢？再说了，年轻人不在风雨中捶打，怎么可能迅速成长起来呢？你放心吧，我的大主任。’”

笑里藏刀的金镇长一面向县委办王副主任打着包票，一面不动声色的栽赃党委书记李铭轩在单位拉帮结派搞小团体。一转身又把朱聪叫到办公室：“你的表现机会来了……”一个人最大的愚蠢，就是自作聪明。金明镇长自信地认为三套班子都啃不下来的硬骨头，对于一个才出校门初入职场没有任何工作经验的朱聪来说，更是无法解决的难题。到时候自己既报了私仇，又打击了一把手李书记和朱聪，隔岸观火，说不定自个儿还能取代书记的位置呢，正是一石三鸟的好计谋。

殊不知他精明过火，搬起石头砸了自己的脚，“朱聪对庄爱才家旁输卤管线事件的处理得到了党委李铭轩书记的肯定，再加上县委办王副主任极力推荐，朱聪被任命为码头镇党委副书记，短短几年之后，又任命码头镇镇长”。这下还真的成了金明所说的重点培养对象，并且还是市委组织部的重点培养对象。金明做梦也想不到，自己“因一起企业安全生产事件被上级追究责任，调离原工作岗位，到县生猪办干了一份闲职”。更让他想不到的是“李铭轩书记因工作成绩突出被提拔为淮阴县副县长，分管全县的三农工作”。没把别人拉下水，自个却先下了河，还被淹了个半死。真是机关算尽太聪明，差点要了自己老命！

你以为在看一部小说，但却是在看一场戏；而当你觉得这是一场戏的时候，这却在描写最真实的人性。

前有庄狼，后有金鬼，朱聪旁边还围满了吃瓜群众，“还站在警戒线里看热闹的人群，慢慢退出了，此时，他们都瞪大了眼睛，知道好戏就要开场了”；当好话说尽，庄爱才一家仍然阻挠政府施工，朱聪拿起小喇叭开始指挥派出所公安民警和城管队员立即清场时，“警戒线外面的围观群众一下子炸了锅，纷纷想突破黄线，近距离的看看热闹”；当庄爱才一家随着朱聪的一声令下被执法人员带走后，“现场恢复了平静，只有挖掘机隆隆的作业声。围观的群众见失去了主角，也就三三两两意犹未尽地散去了”。

在吃瓜群众眼里，好戏还没开始就结束了，真是天大的失落。那种失落，是一种典型的酸葡萄心理。“热闹”没看成，他们也没有从这个“大瓜”身上得到优越感，从而来维护自己的自尊感，因此才“三三两两意犹未尽地散去”。

这一章节的描写，作者没有添加任何个人的感情因素，只是放电影般再现事件镜头，就将那种剑拔弩张的恢宏场面，淋漓尽致地展现在读者面前，不得不说陈进驾驭文字的功底早已炉火纯青。

“只有县委办王副主任从头至尾观看了处置的过程，心中十分满意，禁不住对朱聪竖起了大拇指”。作者明线上想通过对于这个事件的处理，歌颂朱聪如何沉着冷静地力挽狂澜，从而来表现大湖儿女的优秀，暗线却是想通过不同阶层人的心理、站位、言行等，从而表现不同的人性。

同样是写围观群众，朱守正当年处理占道经营的顾小如事件时，遇到的角色可比朱聪遇到的角色厉害多了。

顾小如占道久了就把街道一隅当成自己的私人财产，面对拆除违建的执法人员，手挺铁叉歇斯底里以死相拼，面对这样的“热闹”，周围的吃瓜群众在煽风点火：“顾老头，快戳呀，戳死一个够本，戳死两个赚一个，快戳呀！”有的火上浇油：“杀人不过头点地，二十年后又是一个好汉，我就佩服顾老头，敢说敢想敢干，好样的！”“顾老头要是一生下来没被父母扔掉，哪里遭这个罪呀？唉，没妈的孩子没人疼啊！”而当朱守正摆手示意十几位城管队员退下时，“周围那些看热闹不嫌大的群众，看看没什么热闹可看了，都一个个无精打采地离开了”。

通过对比，我们可以看到朱聪不但遗传了父亲厚德载物的品格，还继承了父亲对于突发事件临危不惧、处变不惊的能力。同时也可以看出，20世纪80年代的吃瓜群众比70年代的内敛多了。作者于轻描淡写中，就完成了对“围观群众”不动声色的贬褒。这说明时代在发展，社会在进步，人的思想也在发生巨大的变化。同时，也体现了作者山高水长的构思。

小说中的庄爱才，看到政府准备在他们家附近铺设一条地下输送管道，便开始无理取闹。“其实施工经过的管线在别人家的地上，和他家半毛钱关系都没有”，他却不顾廉耻说自家房子的裂缝是施工震得，要政府给他十万块钱房屋赔偿费。是为了给准备娶亲的儿子要一份宅基地。从头至尾庄爱才不惜以说谎、要挟、自杀、阻挠施工等手段与政府为敌，一而再再而三地把别人当傻瓜，最终带着全家活成人生舞台上的一群小丑。

这个表面无知狡黠又顽固不化的丑恶之人，装着爱财的样子，骨子里真正爱的，其实是他的孩子。作为一个父亲，不要脸不要皮，舍弃为人的尊严、道德与法律法规，不惜一切代价将一个刁民的形象展示在众人面前，就是想给儿子谋得一份幸福生活，却又不知如何通过正当渠道获得，实在可怜可恨亦可悲。

然而，我们却看到了贪婪愚昧下隐藏的一份人性的光辉：一份沉甸甸的父爱。所谓父爱如山，所谓可怜天下父母心，莫过如此吧。

和陈进相识二十多年，知道他是一个有着悲悯情怀的人，他的骨子里一直奔泻着善良的血液，他这样设计庄爱才的姓名，就像曹雪芹设计《红楼梦》中的人名一样，有着深刻的寓意。这在他的另外两部长篇小说《大湖长歌》《大湖风云》中都有所体现。他写再不堪的人，总能让你看到一点人性的光辉。所谓文如其人。如果没有包容天下的胸襟、海纳百川的气魄，悲天悯人的禀赋，何能写出片石韩陵的作品。

同样是写底层人物，寥寥数笔，鸢肩羔膝的顾大牛，善良慈祥的王大爷等小人物形象跃然纸上。以小见大，于细节中凸显人性，于陈进而言是雕虫小技。如在写顾大牛时，把他的心理活动，用拓碑的语言展现在读者面前："他每天总是乐呵呵的，谁叫干活都行。不管是乡公所大院的，还是下面村的干部，'他们是看得起我，不然怎么会看到我呢'？当别人嘲笑他，谁都能用得动时，他总是在心里这样对自己说，而且也懒得跟别人去争论。他觉得说那些话的人是不怀好意，好让他不做事，这样就好让领导批评他，他的工作就没有了，这样别的人就能顶替他做门卫了。""顾大牛这样想着，就更坚定了自己的想法，平日里不仅没有丝毫的偷懒，反而比以往更勤快努力了。"

在这里，作者将无父无母无家、无人疼无人爱的顾大牛那蜉蝣一样低到尘埃里的自卑又积极上进的心理与性格，描摹得淋漓尽致，令人唏嘘不已。与在其位不谋其政、只谋人不谋事的金镇长，形成了鲜明的对比。看似无心的描述，实是作者高屋建瓴的谋篇布局。

写学校门卫王大爷，作者写他面对一个陌生女孩来学校找朱玉时，他不顾朱老师正在给学生上课，隔窗玻璃拼命向朱玉招手："你下课就来呀，不要让人久等了。啊？"下课时间一到，"王大爷拿起一把铁锤，使劲敲打着挂在大门口的一块大铁板，一边敲着，还一边伸长脖子，朝着三年级的教室望去，看看朱玉有没有出来"。等朱玉向传达室这边疾步走了过来时，"大爷没有说话，只是向传达室里间会客室指了指，就扭头向别的地方走去了"。作者把人物的善良、敦厚、精谨、成人之美、对于人情世故的通达活络，以及一位长者对晚辈的关心、喜爱，还有一个门卫对老师的尊崇的人性，刻画得入木三分。

同样是写门卫，作者对工厂门卫宋四牛的描写，正好与政府门卫、学校门卫天壤之别。王大爷的形象，代表了洪泽湖地区普通老百姓质朴的人性。

在《大湖儿女》中，陈进将艺术性的唯美与多维运用的风生水起，如雕塑美、绘画美、建筑美等。在对于景色描写、人物刻画、情节设置，那璧坐玑驰的语言、层峦叠嶂的意境、明懿巍峨的内涵，充满张力的情感表现，对人性的深刻剖析，让人沉浸其中，惊叹不已。

此外，陈进非常注重小说国画式的留白。如朱玉带着心爱的陆霏霏不辞而别后，去何处过着漱石枕流的生活了？还是筚路蓝缕又去创业了？作者没说。留白才彰显小说含蓄的魅力，才能为读者留下宽广无限的想象空间。正如《四暝诗话》中所述：“起句当如爆竹，骤响易彻；结句当如撞钟，清音有余。”作者这样的构思可谓匠心独具，让小说充满了神秘的魅力。

《大湖儿女》是一幅烙印着苏北影像的清明上河图，一支蕴藉着东方美学的命运交响曲，一首跌宕着烟岚云岫的大湖长歌，更像一尊恢宏磅礴的青铜雕像，端庄地屹立在淮安大地上，熠熠生辉。

申海芹：笔名安晴，中国散文学会会员，江苏省作家协会会员，江苏省大众文学艺术院常务理事、儿童文学创作委员会主任，淮安市历史文化研究学会特邀文史委员，淮安市作家协会散文创作委员会副主任，淮阴作家协会副主席，现供职于淮阴区委史志研究室。

出版散文集《花开的声音》《三月如歌》。《握一把乡愁》《在时间深处静静飘香》等多篇文章入选《2010年中国散文经典》《2013年精短美文精选》《中国作家网》《散文选刊》《散文百家》《文艺报》《雨花》《新华日报》《中国学术周报》《中国纪检报》《江苏文学报》等刊物及语文高考模拟试题。荣获省市级以上奖项三十余次。

后 记

陈 进

2022年7月19日凌晨两点，当我在电脑上打完长篇小说《大湖儿女》最后一个字的时间，脑子里面是一片空白的，身体也几近到了虚脱的程度，倒头睡了好长时间。等到醒来的时候，才明白过来我的“大湖三部曲”的最后一部确实真的是完成了，心里顿时空空如也了。有的人说过，作家写文章就好像是女人生孩子，生孩子有一个孕育的过程，十月怀胎，一朝分娩。作家写文章也类似于此，但有一点是不同的，女人生孩子是两个人共同完成的，缺一不可，是需要帮手的，痛苦也罢，幸福也罢，是有人与你共同分享的。而作家写作的过程，是一个人进行的，是颇为寂寞的，没有观众，没有帮手，是欢乐，抑或是心伤，只能自己一个人扛着了。

我是从20世纪90年代开始长篇小说创作的，其时的我，正在淮阴洪泽湖边上的乡镇工作，算起来，我在洪泽湖边上工作的时间长达十五年之久，已经成了地地道道的湖边人了。十五年来，我是喝着洪泽湖的水成长起来的，如果把洪泽湖比喻成母亲湖，是一点也不过分的。洪泽湖温顺、柔美、善良，像母亲般无私地滋养着方圆千千万万的儿女，儿女们在她的呵护下一代代繁衍生息，绵延不绝。对这一母亲湖的赞美，用什么样的语言来表白都是苍白的，都无法表达出自己内心真情实感。但是，书写母亲湖的冲动一刻也没有停止过，这是一个儿子对母亲的回报，是一种自然而然的作为。每一位子女，不管你用什么方法来报答母亲，都是应该的。我没有其他能力，只好用自己的键盘来为自己的母亲树碑立传了。

我的第一部长篇小说《大湖长歌》是在洪泽湖边上开始写的，十七八年后才拿出来公开出版发行。描写了生活在湖边的一群年轻人在我国农村社会面临着历史转型期，是如何坚定理想，为实现社会主义新农村而舍小家为大家的。《大湖长歌》真实地再现了洪泽湖地区人们生活、生产、工作的场景，为研究20世纪最后十年和21世纪前十年洪泽湖的人文史，留下了丰厚的文学版的鲜活史料。

2021年，是中国共产党成立100周年的重要年份，为了再现洪泽湖地区人们在中国共产党的领导下奋勇抗日的场景，我又以洪泽湖为背景，以淮阴人民抗日史料为素材，创作了长篇小说《大湖风云》。这部长篇小说在2021年底，获得了淮安市“五个一工程奖”，获得了参加江苏省“五个一工程奖”的提名。虽然最终没有得到江苏省“五个一工程奖”，但能参加提名，对于我来说，已经属于是非分之想了。

创作“大湖三部曲”的最后一部《大湖儿女》，是从2017年就开始构思的，当时写了三万多字以后，就再也写不下去了，无奈，只好搁笔不写了。后来，因为忙着出前两本小说，也就把这本书的创作耽误了下来。直到2021年下半年，才又重新拾起来，理上头。但是，对于长篇小说的写作，一旦中断了再想续写，难度是比较大的。一来是前面的线索记不住了，要重新把已写的复习一遍，回味回味，消化吸收一下；二来是以前设计好的情节发展，随着时间的变化，会有一些新的想法，从而打乱了原先的思路；三是要合理安排好工作和写作的关系，不能占用工作的时间。那么剩下的时间，只能是在晚上或者是节假日的时间。如果再除去人情应酬的时间，真正能用在写作上的时间就会很少了。所以，我的这部小说从去年下半年始，断断续续，直到今年的七月份才正式完稿，说起来已经是非常慢的了，没有达到我的预期。大概这是我的惰性使然吧，我一向就不是个勤奋的人。

这部小说能得以顺利完稿、付梓，得益于同事的鼓励、朋友的支持和南京出版社的全力协助。在此，向所有关心过这部小说的写作、出版给予过帮助的亲们，由衷地说一句：“谢谢你们了，你们的心意，我会永远珍藏在心里的。青山不老，情义常存！”

谨以此文，聊作后记。